U0328263

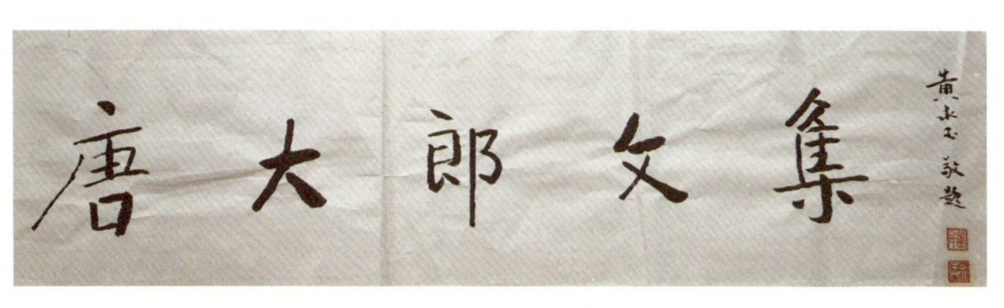


黄永玉题写文集书名

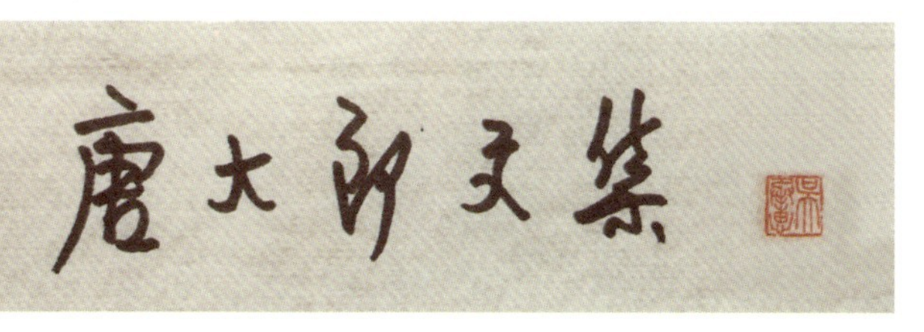


吴承惠题写文集书名

黄永玉绘画《戊戌中秋读大郎忆樊川诗文》

1948年4月10日浙江南北湖，左一丁聪，左三龚之方，左四唐大郎

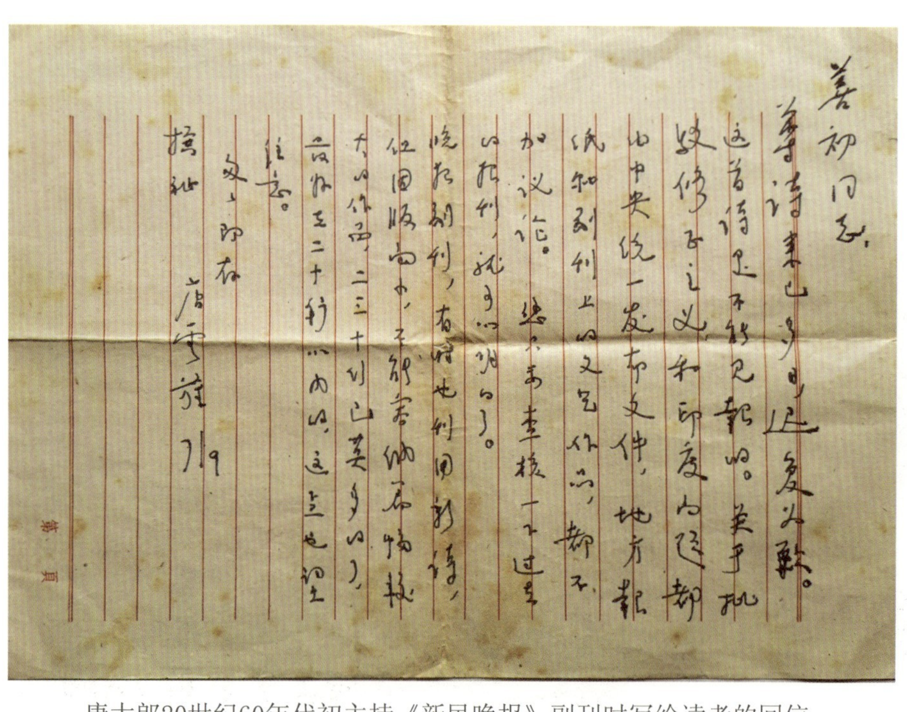

善初同志：

尊诗来已多日，迟复为歉。这首诗是不能见报的。关于批驳修正主义和印度的问题，都由中央统一发布文件，地方报纸和副刊上的文艺作品，都不加议论。总之希望核一下过去的报刊，就可以明白了。

晚报副刊，有时也刊用新诗，但因版面小，不能容纳篇幅较大的作品，二三十行已差多的了，最好在二十行以内的，这点也望注意。

文々即存

撰祉

唐云旌 7/9

唐大郎20世纪60年代初主持《新民晚报》副刊时写给读者的回信

那两年，在北京看戏（一）

那两年是什么年代呢？（若问[illegible]年代，[illegible]）全国内的时局来说，开始是徐世昌做总统，后来段祺瑞执政，又是冯玉祥到北京，这一幕给我的印象最深：一个早晨，满街都是冯军，兵士身上佩着一方布块，上面写着"不扰民，真爱民，誓死救国"的几个字。还有一件大事是齐燮元、卢永祥两个军阀火并，江南地方倒楣，时人称之为江浙之战，又称齐卢之战，又因为那年是甲子年，又称甲子战争，反正是又一派乱七八糟的局面。

我不想谈这些事，谈也谈不清楚，谈了无聊。我要谈的是那两年我在北京看戏。

"国事兴亡谁管得，满城争唱叫天儿"，这个气氛，那两年的北京还是有的。可是我生也晚，没有赶上叫天儿（谭鑫培又名谭叫天是京剧[illegible]泰斗），我赶上了杨小楼、梅兰芳、尚和玉、陈德霖、龚云甫以及王长林这些快掉了牙的老伶工。

先从那时的戏院谈起吧。

五十年前北京的闹市中心是在正阳门（前门）外的。大商铺如西宗瑞、瑞蚨祥、谦祥益绸布店都在大栅栏，大的饭庄如聚丰园、同丰园以及肉市的全聚德乃至[illegible]是在上门回回的名声大噪的"锦园"都在煤市桥（都在煤市桥）。当时通鲁殿灵光的西[illegible]和最有名气的内联升鞋店[illegible]房头条，许许多多的珠宝店也分布在廊房头条之间。而先谈高级戏院和低级戏院[illegible]，无不在城南一带。至于戏院，除了一家吉祥园（在东安市场）[illegible]的戏院在正阳门外。

可以排一排队：大栅栏这条我可以至得它的街上，是旧式戏院集中的地方。那里有广德楼、三庆园、庆乐园，中和[illegible]门东面向前，在大栅栏东边的粮食店，后者则在大栅栏西边的门框胡同。第三在大栅栏对马路的鲜鱼口。肉市尽头，正对面有前门大栅栏的广和楼，这是[illegible]富连成科班的[illegible]

唐大郎《那两年，在北京看戏》手稿

古老埃及人的歌，大郎夫子正之，永玉敬赠，1962年3月上海滩

唐大郎肖像，司徒乔1956年10月试笔

唱江南　劉郎

代序一首

知君久已別江南，猶得鄉思日就酣。我唱江南君自記，江南近事我經諳。

本報這個新闢刊要我寫些打油詩之類的東西，我就想了一個「唱江南」的題目，用小詩的形式，來寫江南的小事；「江南何事長相思」，即使是江南的小事，也往往是酣人相思的。

因為動筆前沒有什麼計劃，因此這個唱江南，也不是有什麼系統的記錄，只是拉拉雜雜地唱出來，我是唱到那裏是那裏，讀者諸君，你們就「聽」到那裏是那裏吧！

唐大郎以“刘郎”笔名写《唱江南》专栏，刊1954年1月1日香港《大公报》

“唐诗江画”初次合作，刊1945年4月14日《光化日报》第1号

# 唐大郎文集

## 西苑杂记

张　伟　祝淳翔　编

上海大学出版社

**图书在版编目(CIP)数据**

西苑杂记/张伟,祝淳翔编. —上海:上海大学出版社,2020.8

(唐大郎文集;第 10 卷)

ISBN 978-7-5671-3891-9

Ⅰ. ①西… Ⅱ. ①张… ②祝… Ⅲ. ①杂文集—中国—现代 Ⅳ. ①I266.1

中国版本图书馆 CIP 数据核字(2020)第 101326 号

责任编辑 黄晓彦
封面设计 缪炎栩

唐大郎文集

**西 苑 杂 记**

张 伟 祝淳翔 编

上海大学出版社出版发行

(上海市上大路 99 号 邮政编码 200444)

(http://www.shupress.cn 发行热线 021-66135112)

出版人:戴骏豪

*

江阴金马印刷有限公司印刷 各地新华书店经销

开本 890mm×1240mm 1/32 插页 8 印张 13.25 字数 366 千

2020 年 8 月第 1 版 2020 年 8 月第 1 次印刷

ISBN 978-7-5671-3891-9/I·592 定价:78.00 元

---

# 小朋友记事

黄永玉

大郎兄要出全集了。很开心,特别开心。

我称大郎为兄,他似乎老了一点;称他为叔,又似乎小了一点。在上海,我有很多“兄”都是如此,一直到最后一个黄裳兄为止,算是个比我稍许大点的人。都不在了。

人生在世,我是比较喜欢上海的,在那里受益得多,打了良好的见识基础。也是我认识新世界的开始,得益这些老兄们的启发和开导。

再过四五年我也一百岁了。这简直像开玩笑!一个人怎么就轻轻率率地一百岁了?

认识大郎兄是乐平兄的介绍。够不上当他的“老朋友”。到今天屈指一算,七十多年,算是个“小朋友”吧!

当年看他的诗和诗后头写的短文章,只觉得有趣,不懂得社会历史价值的分量,更谈不上诗作格律严谨的讲究。最近读到一位先生回忆他的文章,其中提起我和吴祖光写诗不懂格律,说要好好批评我们的话。

我轻视格律是个事实。我只愿做个忠心耿耿的欣赏者,是个不愿做奴隶的人(们);我又不蠢;我忙的事多得很,懒得记那些套套。想不到的是他批评我还连带着吴祖光。在我心里吴祖光是懂得诗规的,居然胆敢说他不懂,看样子是真不懂了。我从来对吴祖光的诗是欣赏的,这么一来套句某个外国名人的话:“愚蠢的人有更愚蠢的人去尊敬他。”我就是那个更愚蠢的人。

听人说大郎兄以前在上海当过银行员,数钞票比赛得了第一。

我问他能不能给我传授一点数钞票的本事！

他冷着脸回答我：

“侬有几化钞票好数？”

是的，我一个月就那么一小叠，犯不上学。

批黑画的年月，居然能收到一封大郎兄问候平安的信。我当夜画了张红梅寄给他。

以后在他的诗集里看到。他把那张画挂在蚊帐子里头欣赏。真是英明到没顶的程度。

“文革”后我每到上海总有机会去看看他，或一起去找这看那。听他从容谈吐现代人事就是一种特殊的益智教育。

最后见的一面是在苏州。我已经忘记那次去苏州干什么的。住在旅馆却一直待在龚之方老兄家，写写画画；突然，大郎兄驾到。随同的还有两位千金，加上两位千金的男朋友。

两位千金和男朋友好像没有进门见面，大郎夫妇也走得匆忙，只交代说：“夜里向！夜里向见！”

之方兄送走他们之后回来说：

“两口子分工，一人盯一对，怕他们越轨。各游各的苏州。嗳嗨：有热闹好看哉！”

“要不要跟哪个饭店打打招呼，先订个座再说，免得临时着急。”我说：“也算是难得今晚上让我做东的见面机会。”

“讲勿定嘅，唐大郎这一家子的事体，我经历多了！”之方兄说。

旋开收音机，正播着周云瑞的《霍金定私悼》，之方问怎么也喜欢评弹？有人敲门。门开，大郎一人匆忙进来：

“见到他们吗？”

“谁呀？”我不晓得出了什么事。

“我那两个和刘惠明她们三个！”大郎说。

“你不是跟他们一起的吗？”我问。之方兄一声不吭坐在窗前凳子上斜眼看着大郎。

“走着，走着！跑脱哉！”大郎坐下瞪眼生气。龚大嫂倒的杯热茶也不喝。

“儿女都长大了，犯得上侬老两口子盯啥子梢嘛？永玉还准备请侬一家晚饭咧！”

大郎没回答，又开门走了。

第二天一大早我上龚家，之方兄说：

“没再来，大概回上海了！”

之方兄反而跟我去找一个年轻画家上拙政园。

大郎兄千挑万挑挑了个重头日子出生：

“九·一八”

逝世于七月，幸而不是七月七日。

2019年6月13日于北京

# 给即将出版的《唐大郎文集》写的几句话

方汉奇

唐大郎字云旌，是老报人中的翘楚。曾经被文坛巨擘夏衍誉为“勤奋劳动的正直的爱国的知识分子”。他发表在报上的旧体诗词，曾被周总理誉为“有良心，有才华的爱国主义诗篇”。他才思敏捷，博闻强记，笔意纵横，情辞丰腴。每有新作，或记人，或议事，或抒情，或月旦人物，都引人入胜，令人神往。有“江南才子”“江南第一枝笔”之誉。我上个世纪50年代初曾在上海工作过一段时期，适值他主持的《亦报》创刊，曾经是他的忠实读者。近闻他的毕生佳作，已由张伟、祝淳翔两兄汇集出版，使他的鸿篇佳构得以传之久远，使后世的文学和新闻工作者得到参考和借鉴，善莫大焉，功莫大焉。

2019年6月11日于北京

# 序

陈子善

唐大郎这个名字，我最初是从黄裳先生那里得知的。20世纪80年代初的某一天，到黄宅拜访，闲聊中谈及聂绀弩先生的《散宜生诗》，黄先生告我，上海有位唐大郎，旧诗也写得很有特色，虽然风格与聂老不同。后来读到了唐大郎逝世后出版的旧诗集《闲居集》(香港广宇出版社1983年版)和黄先生写的《诗人——读〈闲居集〉》，读到了魏绍昌、李君维诸位前辈回忆唐大郎的文字，对唐大郎其人其诗才有了进一步的了解。再后来研究张爱玲，又发现唐大郎对张爱玲文学才华的推崇不在傅雷、柯灵等新文学名家之下。张爱玲中短篇小说集《传奇》增订本的问世是唐大郎等促成的，而张爱玲第一部长篇小说《十八春》也正是唐大郎所催生的。于是我对唐大郎产生了更大的兴趣。

十分可惜的是，唐大郎去世太早。他生前没有出过书，殁后也只在香港出了一本薄薄的《闲居集》。将近四十年来默默无闻，几乎被人遗忘了。这当然是很不正常的，是上海现代文学史研究的一个重大缺失，也是研究海派文化不得不面对的一个严重问题。所幸这个莫大的遗憾终于在近几年里逐渐得到了弥补。而今，继《唐大郎诗文选》(上海巴金故居2018年印制)和《唐大郎纪念集》(中华书局2019年版)之后，12卷本400万字的《唐大郎文集》即将由上海大学出版社推出。这不仅是唐大郎研究的一件大事，是上海现代文学史研究的一件大事，也是海派文化研究不容忽视的一个可喜成果。

1908年出生于上海嘉定的唐大郎，原名唐云旌，从事文字工作后有大郎、唐大郎、云裳、淋漓、大唐、晚唐、高唐、某甲、云郎、大夫、唐子、唐僧、刘郎、云哥、定依阁主等众多笔名，令人眼花缭乱，其中以高唐、刘郎、定依阁主等最为著名。唐大郎家学渊源，又天资聪颖，博闻强记。他原在银行界服务，因喜舞文弄墨，约在20世纪20年代末弃金（银行是金饭碗）从文，不久后入职上海《东方早报》，逐渐成长为一名文思泉涌、倚马可待的海上小报报人。当时正是新文学在上海勃兴之时，在最初一段时间里，唐大郎与新文学界的关系并不密切，40年代初以后才有很大改变。但他的小报文字多姿多彩，有以文言出之，也有以白话或文白相间的文字出之，更有独具一格的旧体打油诗，以信息及时多样、语言诙谐生动而赢得上海广大市民读者的青睐，一跃而为上海小报文坛的翘楚和中坚。至40年代更达炉火纯青之境，收获了“小报状元”“江南才子”和“江南第一枝笔”等多种美誉。

所谓小报，指的是与《申报》《时事新报》等大报在篇幅和内容上均有所不同的小型报纸。20世纪20年代以后，各种小报在上海滩如雨后春笋般涌现，是上海市民阶层阅读消遣的主要精神食粮；后来新文学界也进军小报，新文学作家也主编小报副刊，使小报呈现更加丰富多彩的面貌。完全可以这样说，小报是上海都市文化的一个重要标志，海派的一个独特的文化现象。近年来对上海小报的研究越来越活跃，就是明证。

唐大郎就是上海小报作者和编者的代表。他的文字追求并不是写小说和评论，而是写五百字左右有时甚至只有两三百字的散文专栏和打油诗专栏。从20年代末至40年代，唐大郎先后为上海《大晶报》《东方日报》《铁报》《社会日报》《金钢钻》《世界晨报》《小说日报》《海报》《力报》《大上海报》《七日谈》《沪报》《罗宾汉》等众多小报和1945年以后开始盛行的“方型报”《海风》等撰稿。他在这些报上长期开设《高唐散记》《定依阁随笔》《唐诗三百首》等专栏，往往一天写好几个专栏，均脍炙人口，久盛不衰。他自已曾多次说过：“我好像天生似的，不能写洋洋几千字的稿件，近来一稿无成，五百字已算最多的了。”（《定依阁随笔·肝胆之交》，载1943年5月14日《海报》）唐大郎的写作史有力地表明，他选择了一条最适合发挥自己特长、最能得心应手的创作之路。

当然，由于篇幅极为有限，唐大郎的小报文字一篇只能写一个片断、一个场景、一段对话、一件小事……但唐大郎独有慧心，不管写什么，哪怕是都市里常见的舞厅、书场、影院、饭馆、咖啡厅，他也都写得与众不同，别有趣味。在唐大郎的专栏文字中，谈文谈艺、文人轶事、艺坛趣闻、影剧动态、友朋行踪……，无不一一形诸笔端，谐趣横生。如果要研究20世纪20年代至40年代上海的都市文化生活，唐大郎的专栏文字实在是一份不可多得的生动的教材。又当然，如果认为唐大郎只是醉心风花雪月，则又是皮相之见了，唐大郎的专栏文字中，同样不乏正义感和家国情怀。在全面抗战时，面对上海八百壮士可歌可泣的抗日事迹，唐大郎就在诗中写下了“隔岸万人悲节烈，一回抚剑一泛澜”的动人诗句。

归根结底，唐大郎的专栏文字和打油诗是在写人，写他所结识的海上三教九流的形形色色。唐大郎为人热情豪爽，交游广阔，特别是从旧文学界到新文学界，从影剧界到书画界，他广交朋友，梅兰芳、周信芳、俞振飞、言慧珠、金素琴、平襟亚、张季鸾、张慧剑、沈禹钟、郑逸梅、陈蝶衣、陈定山、陈灵犀、姚苏凤、欧阳予倩、洪深、田汉、李健吾、曹聚仁、易君左、王尘无、柯灵、曹禺、吴祖光、秦瘦鸥、张爱玲、苏青、潘柳黛、周鍊霞、胡梯维、黄佐临、费穆、桑弧、李萍倩、丁悚丁聪父子、张光宇正宇兄弟、冒舒湮、申石伽、张乐平、陈小翠、陆小曼……这份长长的名单多么可观，多么骄人，多么难得。唐大郎不但与他们都有所交往，而且把他们都写入了他的专栏文字或打油诗。这是这20年里上海著名文化人的日常生活的真实记录，这些人物的所思所感、所言所行，他们的音容笑貌、喜怒哀乐，幸有唐大郎的生花妙笔得以留存，哪怕只有一鳞半爪，也是在别处难以见到的。唐大郎为我们后人打开了新的研究空间。

至于唐大郎的众多打油诗，更早有定评，被行家誉为一绝。“刘郎诗的重要特色就在于在旧体诗的内容与形式上都做了创新的努力，而且确实获得了某种成功。”唐大郎善于把新名词入诗，把译名入诗，把上海话入诗，简直做到了出神入化的地步。论者甚至认为对唐大郎的打油诗也应以“诗史”视之（以上均引自黄裳《诗人——读〈闲居集〉》）。这是相当高的评价，也深得我心。

本雅明有“都市漫游者”的说法，以之移用到唐大郎身上，再合适不过。唐大郎长期生活在上海，一直在上海这个现代化大都市里“漫游”，他的小报专栏文字和打油诗，使他理所当然地成为上海都市文化生活的深入观察者、忠实记录者和有力表现者。唐大郎这些文字也理所当然地成为海派文化和江南文化历史记载中的宝贵遗产，值得我们珍视和研读。

张伟和祝淳翔两位是有心人，这些年来一直紧密合作，致力于唐大郎诗文的发掘和研究，这部12卷的《唐大郎文集》即是他们最新的整理结晶，堪称功德无量。今年恰逢唐大郎逝世40周年，文集的问世，也是对他的最好的纪念。作为读者，我要向他们深表感谢，同时也期待《唐大郎文集》的出版能给我们带来对这位可爱的报人、散文家和诗人的全新的认知，使更多的读者和研究者来阅读、认识和研究唐大郎，以更全面地探讨小报文字在都市文化研究里应有的位置和所起的作用。

2020年6月14日于海上梅川书舍

# 编选说明

本卷主要收纳唐大郎发表在《大报》《亦报》及《新民报晚刊》《新民晚报》上的文字。

其中《大报》《亦报》为两份革新小报，分别创刊于上海解放后的1949年7月7日和7月25日，到了1952年2月春节后，两报合并。1952年11月21日，《亦报》并入《新民报晚刊》。1958年4月，《新民报晚刊》改名为《新民晚报》。

本卷以体裁为序，先安排偏散文的专栏如《定依阁随笔》《高唐散记》《北京行旅》《西苑杂记》，《零篇散帙》殿后。次则为诗歌专栏，专门揭露西方资本主义的阴暗面的《嘘烂篇》，也将其余的零散诗篇以《零散诗篇》《打油诗》附在后面。

本卷书名《西苑杂记》，来自1951年3月至11月唐大郎在北京西苑就读华北革命大学后，回来写的一些杂记。这批杂记自成系列，作为一个整体，为唐大郎留下了建国初期思想改造的一段痕迹，而这段经历在其生命旅程中意义重大。又鉴于此行对其一生影响极大，故将他在赴京途中的见闻、在京的生活感悟、访友等诸多作品，不拘体裁，归于一处，取一个总的栏名曰《北京行旅》。

在本卷的最后，还收了两封书信，均为唐大郎死后所发表的。

# 目　录

## 定依阁随笔(1949.7—1949.8)


暴雨下 / 1
章士钊的文章 / 1
哀乐中年 / 2
皋兰路之萤 / 3
吊雪尘 / 3
经过"新仙林" / 4
我不笑她吝啬了 / 4
饥人 / 5
常识以外的事 / 5
短小文章 / 6


## 高唐散记(1949.7—1950.7)


抚养的兴趣 / 7
寻求侧面新闻 / 8
"女士"问题 / 8
有人认错了我 / 9
绮语 / 10
亡友的故事 / 10
讨厌的"某"字 / 11
夏天的手套 / 11
青灯有味似儿时 / 12
白相人 / 13
新秋 / 13
中缝小说 / 14
贤哉侯宝林 / 14
问袁雪芬项癣兼谈顽癣 / 15
自我欣赏 / 16
谢失言之罪 / 16
儿子进东吴大学以前 / 17
母亲的生日 / 18
藕 / 18
关于《春长在》/ 19
对窗灯影 / 20
今日的古城 / 20
几员球将 / 21
此际魂销禁不得 / 22
"老茄茄" / 22
秋已高 / 23
看戏抽烟 / 23
马路英雄 / 24
汾阳路夜步 / 25
"小报腔" / 25
关于滑稽 / 26
薄暮花光往往红 / 26
"范师长" / 27
寄桑弧 / 28
汽车少 / 28
买栗子 / 29
弄堂里的声音 / 29
吓着了胡琴 / 30
看《鸳鸯泪》/ 30
北平天气 / 31
一条裤子一根绳 / 32
说到"歌尘" / 32
过华业大楼忆李健吾

先生 / 33
十二圩 / 34
手笔及其他 / 34
悼吴绮缘先生 / 35
一泡诗 / 36
秋老矣 / 36
“天人”之死 / 37
看信作诗 / 38
晚桂 / 38
我与张飞同生日 / 39
染头发 / 39
报俞振飞夫妇北京 / 40
记濮老先生 / 41
天当转绿回黄日 / 41
“打手” / 42
催男士 / 42
拜客 / 43
一只牙齿 / 43
菊花须插满头归 / 44
敝报近来错得忙 / 44
坐电车 / 45
尚和玉 / 46
小山东失女记 / 46
施叔范诗 / 47
江南盖五 / 47
小黑尚在人间 / 48
与稚子同眠 / 48
高盛麟与我 / 49
别蓼花一首 / 49
清夜扪心 / 50
绒线套子 / 50
闻李少春重振声华 / 51
迎高百岁归来 / 52
恋旧的情怀 / 52
闻祖夔之丧 / 53
孩子的生活 / 53
终成老饕 / 54
都是聪明人 / 55
站不住啦,回来吧! / 55
想起罗宾汉 / 56
送齐甘 / 57
家居一咏 / 57
棉帽子 / 58
远怀小洛 / 58
为唐艺二十岁作 / 59
美丽的贺年片 / 59
我们四个人 / 60
谢梯维 / 61
寄齐甘北京 / 61
为不会讲话事呈之方兄及本报诸同人一首 / 62
奉山人居士 / 62
打油诗两首 / 63
小报与传单 / 63
看戏不成 / 64
两张速写 / 64
新招房客 / 65
身边杂句 / 66
日记 / 67
节电吟 / 67
新春报喜 / 68
百岁来谈 / 69
四大家诗词钞 / 69
遇韦伟 / 70
成见? / 70
文不如其人 / 71
梅边人物 / 71
身边二首 / 72
文言文 / 72
近视眼看女人 / 73
为周信芳荐旦角 / 73
香椿烧豆腐 / 74
闻说丁香可及眉 / 75
忘了年纪 / 75
《推背图》/ 76
老小报上的笔名 / 76
二女伶 / 77
闻俞夫人折骨奉问 / 78
母亲 / 78
山芋塞气管 / 79
离开卡尔登 / 79
饭店弄堂 / 80

大锅菜 / 80
青菜还是卷心菜 / 81
“置之死地”也罢 / 82
小声小气 / 82
瘦人儿 / 83
诗里的吃 / 83
投稿出身 / 84
罢腿者言 / 84
家主婆跑单帮 / 85
嗡鼻头腔 / 85
“赵四风流” / 86
兰花和尚 / 87
振飞的文章 / 87
二名家 / 88
又唱《别窑》/ 88
“亦”字 / 89
死亦“滑稽之雄”! / 90

## 北京行旅(1951.3—1952.8)

奇热 / 91
车中快板 / 91
北海看小囡 / 92
改衣又改烟 / 93
吃奶酪 / 93
访瑶翁 / 94
风沙寄语 / 95
逛小市 / 96
甚矣其累! / 96
黄瓜 / 97
看枪毙 / 98
温濮 / 98
烤肉宛 / 99
十来年老了谢芮芝 / 100
艺人三记 / 101
那儿刚坦完 / 101
访恨老 / 102
秦凤云不老! / 103
秦凤云一席谈 / 104
北京的花 / 105
谒十山翁 / 106
寄儿子二首 / 106
英雄事迹 / 107
海棠于 / 108
豆汁 / 108
丁香 / 109
西山 / 109
西苑道上口占 / 110
看史沫特莱的遗物 / 110
落杨花 / 111
咖啡与栗子粉 / 111
生活杂句 / 112
颐和园后山 / 112
玉泉山上水 / 113
忆江南 / 113
传来“和平解放西藏”的那一夜 / 114
白杨 / 114
臂上红 / 115
耐冬花 / 115
马樱花 / 117
“人大到啦” / 117
一把扇子 / 118
我们的女同志 / 119
陌上 / 120
牵牛 / 120
听曲艺 / 121
遇家宝 / 122
“德州瓜” / 122
关于发言 / 123
七月 / 124
薄暮花光往往红 / 124
满床书 / 125
桂花蒸 / 126
小字 / 126
最好的药石 / 127
儿书 / 128
稻草 / 128
后山 / 129
玩而不厌 / 129
早起一首 / 130

门孩／131
陶然亭／131
亵戏／132
北京暖／133
多病的征人／134
太偶然的事(上)／134
太偶然的事(下)／136
念吕恩／137
北京的画家们／138
硬席火车／139
黄大雷／141
卧湖人／142
西山秋色／143

**西苑杂记**(1952.1—1952.2)

序／144
新学生／145
十六个字／146
艰苦朴素／147
几桩故事／149
《谁是最可爱的人》底作者／150
宝石中的砂粒／151
从一封信谈起／153
孙定国先生／154
批评／156
歌与诗／158
班主任真好／159
中国人最大的面子／160
头二关／162
坦白的好,同志!／163
我的思想总结／165
老何／167
讲员／168
扫地及其它／169
土改去不成／171
不言人／172
读书和买书／174
“人民需要我到哪里”／176
别绪离情／177

**零篇散帙**(1950.6—1962.6)

“归齐”／179
苦茶趣语／179
秦楼不是慧师母／180
眼睛的做工／180
两种性格一样习惯／181
一带粉墙／181
马一沙／182
抄儿子的诗／183
《瘗鹤铭》与《灵飞经》／183
言大非夸／184
噱的谢幕／184
出字／185
坟上人／185
《街头杂写》／186
望孙翠娥再起／186
从宋掌轻想起／187
“越迷”／187
眼镜出毛病／188
卡尔登台上／189
一年来的两个孩子／189
虞山之行／190
小生会／191
白相人的语汇／192
开场白／192
老旦一只鼎／193
棋王／194
晨唱／194
《二进宫》／195
水晶糖／196

等看《连环套》/ 196
看过《连环套》/ 197
万瓦霜 / 198
“青字班”/ 198
尚和玉与刘喜奎 / 199
花丝袜 / 199
嗜酸 / 200
“膝前堂会”/ 201
炉边 / 201
想小名 / 202
叶楚伧做了官 / 202
闻散木归来 / 203
弹词与元明曲 / 203
记余苍 / 204
看春联 / 205
访梁京 / 205
藏书 / 206
“弹词腔”/ 206
听书杂感 / 207
趟马 / 208
童年乐事 / 208
是真烈妇 / 209
梦云痛事 / 209
韵白和苏白 / 210
贼边之痛 / 211
饮场和检场 / 211
大人种痘 / 212
越剧唱词 / 213
屠鸦之死 / 213
坐车与看书 / 214
通俗化 / 215
韭菜香 / 216
封好的诗 / 217
豆腐渣 / 217
熟车子 / 218
满架弹词 / 219
再说越词 / 219
虹桥路上的朋友 / 220
读了高盛麟的文章 / 221
略说全香曲 / 222
拍手和喝采 / 223
“落场势”/ 224
盖家小坐记 / 225
一枝香和三十八根电杆木 / 226
送徐玉兰荣行杂感 / 227
《秋明室杂诗》的作者 / 228
枣熟时 / 229
来写江南盖叫天 / 230
白石的小故事 / 230
鉴湖佳酿 / 231
应宝莲遗事 / 232
张伯驹小记 / 233
老死爱书心不厌 / 234
想起马缨花 / 235
月台上的晚香玉 / 236
烤鸭 / 237
台灯 / 238
闲扯梅花 / 239
《抱孙诗》和《乳姑图》/ 241
春郊 / 242
紫藤花 / 243
萧先生 / 244
望病记 / 246
替梅先生买霍山石斛 / 247
庐山随笔 / 248
三十年前的北京戏馆杂忆 / 251
听话匣子 / 253
鬼巷记 / 254
重读朝鲜通讯 / 256
木香棚 / 257
杨柳诗话 / 258
白菡萏香初过雨 / 258
高升桥畔 / 259
会乐里弄堂口的故事 / 261
栈条与大淘箩 / 262
枇杷诗话 / 264
王家磨刀手艺高 / 264
过年诗话 / 265

看《战长沙》时想起的／266
流水对／267
竞渡忆儿时／268
红花万串耀良辰／269
惜谷的故事／270
观画随记／271
两份《战宛城》／273
看五岁儿童画猫／274
杨小楼杂忆／275

## 嘘烂篇（1959.1—1964.12）

艾克丑象／277
在石棺材上过夜的人／277
在美国的一家“失业救济所”里／278
美国的阿飞舞团／278
日本的“血液银行”／278
赌跑人／279
垃圾堆觅食／279
英国的医院／280
毒雾漫西德／280
屋檐下过夜／281
赌法新翻／281
妇女摔角手／281
比蹲／282
汽车厂关门／282
倒立而行／282
赶面杖下的“杰作”／283
“萧条地区”／283
美国阿飞／284
华盛顿——犯罪城／284
下流电影泛滥美国／285
“电影皇帝”破产／286
狱中开赌／287
榨死人／287
咖啡下毒／288
音乐会与哭灵台／288
以婴儿为赌具／289
如此“友爱”／289
风行美国的《巫术百科全书》／290
魔法妖术用品公司／290
“汽车竖蜻蜓”／291
美国妇女的防身武器／291

## 零散诗篇（1949.7—1979.7）

名雌／293
代男士／293
夜归／294
新竹枝二首／294
途中／294
元宵口占／295
小女／295
祝述尧兄云珠姐嘉礼／295
奉问荣嫂谢家骅／295
“柜台长”／296
春来绝句／296
老夫／296
闻广明夫妇归自无锡梯维夫妇归自杭州有感赋此／297
二位芳翁／297
打弹子／298
儿时／298
答男士／299
六月十二夜作／299

看夜店寄素雯妹 / 299
短打 / 299
韫琴律句 / 300
寿之方四十 / 300
新凉绝句 / 301
“时世装” / 301
流涎与喷涎 / 301
报叔范杭州 / 302
送张文涓赴无锡 / 302
秋来蔬果 / 302
虞山归来寄桑弧一首 / 303
夜苏州 / 303
路上打油诗 / 304
高花 / 304
出门 / 305
二壮士 / 305
杜门杂句 / 306
二事 / 306
不乳 / 307
中宵杂句 / 307
换岁杂咏 / 307
短句 / 308
衣裳两首 / 309
“叔叔,搀搀我!” / 309
新窗帘(迎春词) / 310
灯下 / 310
掷花吟 / 311
桃柳劫 / 311
“五一”联欢晚会作云 / 312
三面旗 / 312
踏灯词:为人民广场大道开放作 / 312
绣花被面 / 313
袄和裙 / 313
中山公园看桂花 / 314
秋郊二首 / 315
为叫天翁歌呼 / 315
天平山红叶诗 / 315
大菜香 / 316
市楼记事 / 316
首都冬景 / 317
“九斤黄” / 317
迎春杂句 / 318
元宵 / 318
南郊游 / 319
游静安公园 / 319
热带鱼 / 319
北游小唱 / 319
望长江大桥欢唱 / 320
登庐山两首 / 321
过年小唱 / 321
刨冰 / 322
初宝 / 322
迷途儿 / 323
塑雪人 / 323
次子被批准赴京西山区锻炼,闻报喜极流泪 / 323
篝灯课母图 / 323
种牵牛 / 324
开学 / 324
写大字报 / 324
不让猫鼠共处 / 325
绿化词 / 325
四季花开一巷中 / 325
绿色长廊 / 326
花园草屋 / 327
临水词:复兴公园作 / 327
平民村、福新里杂诗 / 328
小黑板报 / 329
过同寿里,记所闻见 / 329
喜高盛麟登台上海 / 330
六一前夕 / 330
牵牛攀藤、晚香玉苞青记事 / 330
近事二题 / 331

端阳杂忆 / 331
护树 / 332
“甘居中游”吟 / 332
“七一”献宝，祝党生辰 / 332
木工 / 333
戳穿方识是脓包 / 333
题漫画 / 333
野兽的“自由消遣” / 334
叔叔，吃一杯茶 / 334
送大铁门荣行 / 334
近诗四首 / 335
看菊展 / 336
“竹火车” / 336
寒夜即景 / 337
将军去当兵，给战士理发 / 337
压岁钱 / 337
扎一只纸老虎灯 / 338
送泥 / 338
广播台 / 339
大明湖殖鱼 / 339
送肥忙 / 339
扫烈士墓 / 340
春游 / 340
赌场成乐园 / 340
北京路诗抄 / 341
闻得故乡油菜丰收 / 342
跌荡之声 / 342
看《墙头马上》作 / 343
消夏新词 / 343
夏蔬 / 343
消夏新词 / 344
丰收乐 / 344
外滩 / 345
中央商场 / 345
抛球场 / 346
闹市书城 / 346
城西公社杂诗 / 347
“康强之塔” / 348
打扮大庆里 / 348
夜登体育俱乐部楼上，望人民公园作 / 349
新绿地 / 349
节日清晨 / 349
马陆小诗 / 350
迎春杂句 / 350
木桶滚滚来 / 351
图书馆即景 / 351
里弄新竹枝 / 352
里弄新竹枝 / 352
筱爱琴赞歌 / 352
种出花儿朵朵金 / 353
儿童杂事诗 / 354
看《罗森堡夫妇》作 / 355
蔬菜田边 / 355
淮海路晨操 / 356
台风侵沪前夜作：里弄竹枝词 / 356
迎佳节 / 357
题牛车运稻图 / 357
近事三首 / 357
山芋二首 / 358
崇明速写 / 358
冬郊诗抄 / 359
寒夜即事 / 360
踏青词 / 360
即景 / 360
题书画扇页 / 361
农村竹枝词 / 361
唐云以笔二枝、砚一方见赠，作小诗奉谢 / 362
三十年前 / 362
棉田吟 / 363
看戏绝诗 / 364
麒剧杂咏 / 365
春来杂句 / 366
长风公园二首 / 367
龙华诗抄 / 367
花果词 / 369
溪口诗抄 / 369
高花 / 370
观高盛麟《挑滑车》放

歌／370
菖兰两首／371
瓜田忆／371
淀山湖诗抄／371
秋花二首／372
周信芳先生将演《一捧雪》喜成律句／372
看煞雁来红／373
答黄永玉／373
嘉定杂诗／374
春节竹枝词／375
郊行／375
端阳新竹枝／376
国庆节前夕记事诗／376
北桥杂诗／377
春节二日记事／378
深雪行三首／378
看京剧《社长的女儿》杂咏／379
看戏杂诗／380
看《芦荡火种》作／381
艳说两渔轮／381
海滨半日——松江漕泾公社杂咏／382
里弄新风赞诗／382
欢歌冬泳／383
奉城诗画／383
乡居·奉贤干校（一九七三）／384
看戏杂咏／384

**打油诗**（1956.8—1957.4）

一路听歌／386
四出戏／386
草纸断档／387
锻炼小组／388
写话／388
“快酒”吟／389

**书信两则**

唐大郎致吴承惠／390
大郎诗简／392

**一部连续几十年的私人观察史**（《唐大郎文集》代跋）／394

# 定依阁随笔(1949.7—1949.8)

## 暴　雨　下

六日的游行,我在南京路上,从下午一时看起,一直看到垂暮六时,真是如火如荼的盛况。中间来了几阵大雨,夹道的观众哗然四避,行列中的人,也有躲进路旁的,尤其女子,不能不躲开暴雨,因为她们的衣裳单薄,雨水浸透了,为观不雅。有一个中年妇人,走不大动了,两个年轻的女子,挟了她走,雨来了,她们跑上人行道的屋檐下去。我看见那个中年妇人在笑,她忘记了辛苦,她的情怀是愉快的。

军队过的时候,大雨打在他们的身上,他们屹然不动,在一街烟雨之下,他们制服的色泽更加鲜明,阵容更加雄壮。

我记得我们出门白相,在山环水抱的地方,遇到过几次暴雨,雨势虽凶,但我们一点没有畏怯的意思,反而因为雨景之好,增加了我们的呼啸。所以狂风暴雨之来,只能侵袭一个人的衣裳,而侵袭不到一个人兴奋的心情。

(《大报》1949 年 7 月 9 日,署名:刘郎)

## 章士钊的文章

前两天,《新民报》晚刊登出了邵力子、章士钊二人致李宗仁的一封信,那是出诸章先生的手笔。多少年来,我们看不到章先生的文章,有时只看见他作的一二首近诗,我们晓得章先生生平,不以能诗自负,而对他自己的文章,却颇不自菲薄。

那一封信写得很长,开门见山,不像以前他的文章欢喜委婉作势;因为隶事的真实,不必在属辞上打扮,而文章自然好看。在全文里他第一次提蒋介石,称为"蒋公",后来仅以"蒋"代之,他们没有一句为共产党捧场的话,但共产党被国民党造的谣言他们却替共产党证明了。

在信里也看得出两位老先生的愤慨,为了李宗仁的信念不坚,为了蒋介石的倒行逆施,最后更提到了阎锡山的祸国殃民。所奇怪的,他们二位都是当代的开明之士,都看得如此清爽,那群躲在小朝廷里的魔鬼,还在蝇营狗苟,难道真到他们死光了也不会有悔过之心的吗?

(《大报》1949 年 7 月 10 日,署名:刘郎)

## 哀乐中年

有一天遇见金素琴,她同我谈起桑弧,她说:桑弧成功得真快,当他在上海沦陷时期,潜赴内地的时候,桑弧还没有开始弄电影,到现在他已是一个电影艺术的成功者了。她看过桑弧导演或编剧的片子,她说:绝对不因为桑弧是艺人,而有一丝阿好,实在衷心钦服。那时她非常后悔,《哀乐中年》的上映,适值上海最混乱的时期,素琴因为僻处西区,怕找麻烦,竟致没有看到。

上海的电影观众,抱着与素琴同样遗憾的,不知有多多少少,我尤其替老友可惜几个月的呕心沥血,叫这时代浪费了。现在还好,到了清明世界,"文华"把《哀乐中年》在上次原来的几家戏院复映一次,读者诸君,你们假如对于艺术的看法,认为要有性灵,要有情感,又要有意义,而本身又是一种清新流畅的东西,那末你们千万不能不去看一看《哀乐中年》,它是只有上面的许多条件的。

《哀乐中年》在第一次开映时,我看过,我感动到现在,印象没有冲淡。我的掬诚推荐,决不因为桑弧是我的朋友,实在为了戏真不错;戏太错,而我胡乱吹牛,那是糟蹋朋友,我决不会做的,十多年来,我一直是爱护桑弧的人。

(《大报》1949 年 7 月 11 日,署名:刘郎)

## 皋兰路之萤

街树仍为郁郁青，林梢流照二三萤。愁怀亦有归耕计，说与娉婷不肯听！

这两日阴凉得几乎忘记过了小暑，有一天晚上，大雨将至，我们走在皋兰路上，此与香山路同为上海最著名的两条闹中取静的马路，夹道浓荫，而雨意掩映的都是珠箔红楼；在林罅间看见有几只流萤，当时如有"俄惊岁月"之感。

在上海，似我住惯的地方，夏天永远看不见流萤，那里的附近都没有林园之胜，入夜一弄堂的人声，夜深一点，还有一个健说的老广东在讲我们所听不懂的山海经，然而环境地位不比豆架瓜棚，毫无情致。

每次看见流萤，不禁向往乡村，在乡村里，我有许多儿时尘影，一二十年了，还滓在心头，但这些故事，一个长住市里的小姐，她是无从体会的。（十二日垂晚作）

（《大报》1949 年 7 月 15 日，署名：刘郎）

## 吊雪尘

天天有人来告诉我王雪尘兄的病状，而我从来没有去望他一次。十四日的上午，传来他的噩耗，他是十三日下午八时半故世的。

十数年来，雪尘一直是上海小型报的从业者，他办小型报，总好像另有一番手笔，所以他办的报往往是风行的。小型报在上海立于不败之地，而拥有广大的读者，雪尘应该居一份功劳。

近年我渐渐了解他的为人，虽然平时的形迹不怎么亲密，而感情却与日俱增。上月间听到他病倒以后（患的是心脏病），我适为了自己事务的繁忙，连看他一看的工夫都没有。等他死了才到灵前一吊，心里非常难过，尤其是一种故人凋落之悲。

（《大报》1949 年 7 月 16 日，署名：刘郎）

## 经过“新仙林”

那一天夜里，从亚尔培路回家，已经十点半了，经过“新仙林”门口，因为是晴天，夜花园里在跳舞，音乐震天价响，传到了路上，路人都簇拥到门口，往里张望。那一带人行道上，接连停着的三轮车，踏车的人，他们一边等待里面散出来的人做生意，一边因为闲着无事，便立到车子的坐垫上，两手攀援墙头，也去看里面的一场热闹。

听说近来的跳舞场，又有门庭如市之盛。我一向怀疑这传说，这一夜因为经过“新仙林”才证明了所传非妄。但我想不出是些什么人还在乐此不疲？从前我有一群跳舞场点头的朋友，现在难得碰着，他们都告诉我不白相了。那末现在兴高采烈的人当然换过一批人了。我正在寻思，在我车前掠过了几个人影，白旗袍的却是年轻舞女，白西装的都是少年舞客，飞机头，凡士林在他们的头发上滋润得快滴下来了，大概塞足在现在跳舞场里的，就是这一批人物了。

（《大报》1949年7月19日，署名：刘郎）

## 我不笑她吝啬了

老婆一向比我节约，近来她鉴于我的艰困，家里更加省吃俭用，为了我创办一桩事业，比以前忙得多，午饭夜饭，都没有回家吃的工夫。前天，我对她说：“明天能回家吃饭。”她说：“你如其一定会来，我炖一只鸡汤与你吃吃，你太憔悴，待你营养营养。”这一夜，我果然回去吃饭，进了门，她先对我道歉说：“小菜场上，鸡价钱，实在太贵，买不下手，所以只买了一只西红柿洋山芋汤，它们营养的功效，不一定输于鸡汁。”

其实我何尝要吃鸡汁，我没有反对，是想买了来让她多吃一点。可是为了她天性的俭约，竟忘记了讨好丈夫。在从前我也许会笑她吝啬，到了新时代里，正欣幸有这样的老婆，可以相处得下去的。

（《大报》1949年7月21日，署名：刘郎）

## 饥　　人

二十五日，刮大风，下大雨，上一日我在一家印刷所里过了一夜，第二天满街大水，本来不敢出门，无奈食的问题，无法解决，在中午十二时，冒着风雨，光了脚大家回去。走了几步，我实在不支，同程述尧兄雇着一辆三轮，从四川路入走北京路。路上积水深的地方，可以齐项，浅的地方可以没腰；大风吹来，几次要把我们的车子吹掉。拉车子的（水里不能踏只能拉）是一个瘦小的年轻人，到江西路口，他告诉我们：“没有吃过东西，肚子饥饿，路上又无卖面饭的地方。”他一路走，一路东张西望等食吃，我同述尧都怜悯他，但无法替他解决，我又归心如箭，只得安慰他说：“再挨一回吧，把我送到了家，我给你吃饭，我回去也要吃的。”他非常高兴，但还是忍不住，一面拉车，一面还东张西望。直到新闸路温州路口，有一家面店开着门的，我连忙指点他。他放下车，他吃了两碗光面，再来拉车，车也轻快了，我们坐在车上，也都去了心头的一分沉重，但回家之后，却又记得拉车人忍饿时候的神情，这是灾象，我哪里见得惯呢？

（《大报》1949 年 7 月 29 日，署名：刘郎）

## 常识以外的事

有人告诉我说：北平的旧书业，目下景象奇惨。举一个例，有人拿了一部百衲本的《二十四史》，到琉璃厂一家最著名的书铺里去求售，索价只要六百元，不料这家书铺，凑来凑去只有四百元，这人为了急用，四百元竟卖与它们了。

我不相信有这一回事，定是传言者的夸张，或者误记了四百元是银币或美金，假如说四百元是人民币，无论北方的生活程度比上海低，四百元够一天几个人饱的？一个人又够几天饱的？

近来听见超乎常识以外的事，委实太多了！其实说的人是不曾仔细算一算,否则立刻可以断定传说是无稽的,不会再当它有介事的转告人家。

(《大报》1949 年 7 月 30 日,署名:刘郎)

## 短 小 文 章

柳絮先生的文章,以短小精致见称于世。他每一段小品,至多也不会超过三百个字。有一次,他忽发雅兴,写了一篇洋洋四百字的文章,第二天那家报馆又去向柳絮先生要稿子,柳先生说:“昨天那一篇太长,今天我休息一天。”取稿子的人回到报馆,把柳先生的话转告与编辑人听,编辑人不禁笑出声来。因为他一面听,一面就活龙活现的,好像看见柳先生的一副娇慵之状。

由此看来,柳先生的文章,不是写不长,而是不肯写长,我倒以为“短小精致”既然成了柳派文章的定型和风格,自也不必写长,灵空柔婉的二三百字,实在足够了。我也欢喜看短小的文章,假如写得精,便有一种洁净之美,希望柳先生不要改变他向来的作风。

(《大报》1949 年 8 月 2 日,署名:刘郎)

# 高唐散记(1949.7—1950.7)

## 抚养的兴趣

我到现在只有儿子,没有女儿。那一年太太曾经养过一个女儿,养出来时瘦得皮扣在骨头上,太太不喜欢她,不肯为她哺乳,我忽然一念之仁,觉得要婴孩可怜,于是一日到夜出空了身体去服侍她,给她按时调奶粉,换尿布,一哭,就抱在手上,起初觉得辛苦,日子一多,反而变了兴趣。后来毕竟为了我没有抚育的经验,害她吃得消化不良,在第三十八天上,她得病死了,那时候我哭过,我痛哭过,还作了几首哀悼她的诗,最沉痛有下面几句:“阿爷垂手啖沉珠,娘亦伤心泣一隅。诳汝嫌予贫薄甚,不来重剥唐家厨!”十年了,到现在想起孩子,我想养到现在,长成了,读书了,再过几年,也好叫她去唱绍兴戏了。

昨天夜里睡不着,从死去的女儿想到现在我们这张报,它一出世,也是可怜,天天被风雨摧残,我们这张报,它没有死,也近于僵了,惟其是它生长得不痛快,反而引起我抚育它的兴趣。这两天我真忙,从早晨到夜,帮了同人,为它辛勤灌溉,并不灰心,也无怨尤。我是平生欢喜闲放的,这些日来的碌碌终朝,未尝不是奇迹。我们不是为了有着什么新的信仰,一定要与困难搏斗,我只是欢喜把一样柔弱的东西,扶植到它健壮。果然健壮了,我们的高兴将是格外的,万一它像我女儿一样,几十天的草草一生,那是我们力量的不够,或者方法不对,除了对它哭,痛哭之外,还有什么办法呢?

(《亦报》1949年7月30日,署名:高唐)

## 寻求侧面新闻

我们有一次编辑会议上,有人主张二三版多登各种社会的侧面新闻,这一个提议,我最最赞同。我以读者的立场说,看小型报欢喜看一些侧面新闻;但我又晓得此中甘苦,侧面新闻是如何的难写,因为写侧面新闻,往往不是直接采访,而是转辗传闻,当然不是谣言,但因为来源的几经周折,容易失了根据,报纸方面就为了失了根据,因此而找到许多麻烦。譬如登了一篇暴露性的侧面新闻,往往有人向报社交涉,理直气壮指出这篇记载失实的地方。报纸方面,因为无法反证,答允替他辩正,但交涉的人却又表示反对,理由是越辩越叫人看去"欲盖弥彰"。结果往往报社以后不要再提。这就是说:事实不是完全杜造,不过叙述容有错误而已。

现在我们一直顾虑到,登侧面新闻,难免失实,而登还是要登,不过出之以非常慎重。告诉读者一个故事:在报纸发刊前十天,我们打了二个电报到北平,二个电报到香港,告诉那边的朋友假如当地发生轰动事件,或旅港沪人有重大事故,请详细用电报或电话告诉我们。我们想到上海人一定欢喜晓得一些香港的事,万一再有类似王云五吃耳光事件发生,那边的朋友来告诉我们,我们登在报上,不是可以使读者一快的吗?

我们的寻求侧面新闻,是这样不怕费周折的。

(《亦报》1949 年 7 月 31 日,署名:高唐)

## "女士"问题

多谢稚青女士送给我一篇论剧的文章,还附来一封信,信上告诉我笔名一定要用"稚青女士"四字,而有如其不用文章也不必用的言外之意。她非常坦白,那末我也坦白回答稚青女士,这样的笔名我不想用,所以您的文章也只好割爱了。

至少二十五年以上,什么《礼拜六》、《红玫瑰》那些杂志,登起女人写的稿子来,笔名下往往加“女士”二字,有的还嗲到不用“女士”而用“女史”。到底已过二十多年了,这样的笔名,实在嫌它太“老法”了,我看得不舒服,读报的人,想起来看来也不会习惯的。

我不明白稚青女士为什么要有此一争?她是说这四个字已成为她的“注册商标”,以我看也不在要分性别,也不是什么注册商标,还是因为这四个字已经“给我叫顺了口”,变成了“绰号”一样,等于黄金荣先生在少年时候,人家一定要在“金荣”上面加“麻皮”二字,听的人方始不致缠到第二个金荣身上去,稚青女士,您说对吗?

我向来碰着稚青女士,总是称她魏先生的,现在为了她这封信,方知“魏先生”三字,在稚青女士非但不当我是对她尊敬,还疑心我在侮辱她,阿要罪过!

(《亦报》1949 年 8 月 1 日,署名:高唐)

## 有人认错了我

我因为神经衰弱,近年记忆力更锐减,最窘不过的,走在外面,有人来同我握手,聊上不少时间的天,而我到底也记不起他的姓名,过后还要穷思极想的找寻在什么地方见过这个人的影子,往往自己痛苦半天。

昨天我刚走出弄堂,有个人迎上前来,又同我握手,又同我寒暄,后来问我写字间在什么地方,我说又搬回卡尔登戏院去了。他说他已经离开“大光明”了,又说小吴到“南京”去做事体了。我越听越胡涂,只得对他说:我是记不起你,但你既然认识我,怎么你说的人我也一个都不认识呀!

他再看看我,掉头就走,一面说,我看错你了;我还朝着他背影说:冒冒失失的,差一点又要害我把你想上半天。

(《亦报》1949 年 8 月 2 日,署名:高唐)

## 绮　　语

萧贡诗云:“自倚广平肠似石,不妨绮语赋梅花。”后来舒铁云也有“未妨绮语难成佛,毕竟青春不负公”之句。妄言绮语,古人所戒;古人之所戒,在于作口恶,在于难成佛耳。以今人健全意识量之,当为无聊的,颓废的,总之为有毒的也。不肖一生,太多绮语,求之旧作诗文中,几于不胜搜辑,至今一年来始稍稍戢止。盖才气两弛,情怀久减,而时易世迁,为之尤勿称。惟今岁春间,秋雁自香港来书,谓将在港发刊《上海日报》,索予一文,时四郊多垒,市人之西征者,辄受阻。一日为立夏,缅想前尘,无端枨触,乃寄一诗与秋雁,刊《上海日报》者,其言曰:“凌野兵烽麦早黄,脂香无复染衣裳。怜渠不在侯门住,故使萧郎更断肠。”诗成读之,竟非绮语,直类哀鸣。虽然,又后此三月,并哀鸣亦不得肆矣!

(《亦报》1949 年 8 月 3 日,署名:高唐)

## 亡友的故事

吾道中人,已故的王雪尘兄,为人与为文是不大相称的,他的文章看起来有点须髯戟张,但他的为人真深得风人敦厚之遗。不同他相知的人,不会相信我这句话的。

雪尘的待朋友好,有几个穷朋友,连一家门都靠着他活下去的,但他在生前从来不表扬自己的风义。直到他死了,有个朋友来告诉我,还说:这样一个有赤诚的人,死一个少一个了!

雪尘的待朋友好,却也有几个待他好的朋友:沈炳龙、邵西平、胡澄清都是的。这还不算,他还有个红颜知己。昨天听一苹来说:西平接着杭州一位小姐的来信,她已经晓得雪尘死了,她非常伤感;她告诉西平,雪尘每次到杭州必去找她,常常在湖上荡船,这一回她得到了雪尘的凶耗,便一个人雇了一只船,凡是她同雪尘从前经过的地方,她都去兜了一兜，算是凭吊，也算是招魂的意思；她更要求西平告诉她雪尘埋骨的地方，等到明年三月，她要赶去为亡友献花。

许久听不见哀感顽艳的故事，一苹说完了，倒使我心目俱爽了好一会儿。

（《亦报》1949 年 8 月 5 日，署名：高唐）

## 讨厌的“某”字

我写稿子，非万不得已，不欢喜用“某”字来代表一个人，一个地方，或者一样东西的，因为我对于小报上的稿子，最注重真实性，力求真实，就不能用“某”字来代替。说起来也是笑话，我经常在文字里叙述一件事，需要提到一个熟人时，而所叙的事却是对这个熟人是无益的，往往写到这个人名时，笔顿住了，心里想“某”它一“某”罢，再一想还是不要“某”的好，登出来得罪了人再说。

在小报文章里多用“某”字，无论如何减少文章的劲道的。从前的陈灨一写《睇向斋笔记》，真欢喜用某，我一直疑心他，叙的事实都是杜撰的。同样林庚白的《孑楼随笔》，有什么人，写什么人，除非他把要说的人忘了姓名，才用一个某字来代替，同陈灨一比，林庚白要真实得多了。

写笔记尚且“某”不得，写小报稿子，如何能横某竖某？周令素先生替本报写《上海的发财人》，从来不用一个某字，谁也不能说它的记载是不真实的。

（《亦报》1949 年 8 月 6 日，署名：高唐）

## 夏天的手套

有人曾经说过，上海地方，夏天的女人，大多把袜子脱掉，而加上一双网眼的白色手套，理由实在讲不通。我有时发现相熟的女人中，也有这样打扮的，问问她们的原因，一位说：“夏天手上常常出汗，容易沾着脏东西,更怕沾污了自己的衣服,所以戴上一双手套,比较相宜。”还有一位说:“戴手套专门预备坐三轮车用的,现在三轮车的两边,大都没有把手的挡木,要上车,势必将手把到雨篷的铁梗上去,但铁梗不是油渍,便是发锈,有几次不戴手套,上车只好弯着身腰去搭在垫子上,太吃力,也太不便。戴了一双手套,搭在挡子上也好,搭在铁梗上也好,可以脏不着自己的手。”

由上面二位的说话看来,女人在夏天戴的手套,出发点在乎爱美,不在乎爱洁,但“爱洁天生”,男人似乎也有这种癖好的,却从来没有见过男人在夏天戴手套的,除了有些人在自己驾驶汽车或机器脚踏车招摇过市的时候。

(《亦报》1949 年 8 月 8 日,署名:高唐)

## 青灯有味似儿时

我是乡下孩子出身,赶上过点油盏火的时期,也过过十几年的火油灯生活。十五岁以前,母亲欢喜看弹词小说,她认不得几个字,常常叫我一句一句的唱出来,反覆地唱过《凤双飞》、《天雨花》、《再生缘》几部,都在火油灯下面,字太小,灯光不太亮,大概眼睛的近视,就在这时候造成的。

打二十岁起,我才完全与火油灯隔离,生平到过一次南北湖,住在尼姑庵里,点的是蜡烛,第二夜住在乡下人家,却点的是火油灯,我对它有一种亲切之感。说实话,二十年来的都市生涯,拉矢不一定欢喜抽水马桶,假使夜阑人静,真想把电灯熄了,换上一盏火油灯,因为它们都“吾家旧物”,曾经叫我习惯过,终我之世,也不会再讨厌它们了。

今夜我打算在灯下写三篇稿子,刚动笔,这房子的火表坏了,寻出一盏火油灯来,点着了再写,而眼底心头顿时涌出了许多儿时尘影。

陆放翁诗:“白发无情侵老境,青灯有味似儿时。”这一夜,我把它在嘴里咀嚼了好几遍。

(《亦报》1949 年 8 月 9 日,署名:高唐)

## 白 相 人

昨天,坐三轮车上,停在王家沙等绿灯,有一辆电车,也停在旁边,后面一节车子的门口,一位卖票员正同一位乘客在相骂;我回头去看,那个乘客我是认得的,当初的白相人,替跳舞场"抱"过"台脚",因为年纪轻,到东到西,都看见他把舞女带来带去。去年,有时看见他,已经不得志了,这天再看见他,站在电车上,简直落魄。

不知如何,他会同卖票员吵起来,吵得嘴唇皮都白了,卖票员嘴里又咕了一声,只见那个白相人把脚顿了一顿,说:"老朋友……"不等他讲下去,卖票员已经抢着说:"覅老朋友老朋友,啥人认得侬!现在还有啥个老朋友?"

这里我应该向读者解释的:上海一般人口中的"老朋友",往往是白相人的代名词,而白相人叫别人为老朋友,就是要向别人表现自己是白相人。

大概那个卖票员是晓得他历史的,止住他说老朋友就是不许他表现是白相人。这才明白,现在的白相人真的都在没落下去了。

(《亦报》1949 年 8 月 10 日,署名:高唐)

## 新 秋

写这篇稿子的今夜是立秋,记不得前几年了,我们许多人在一家夜花园里乘凉,就中也有惠明,那一夜也是立秋,我有一首记事的诗,记得末了两句是写惠明的:"独有江南刘十一,悄寻风露报新秋。"

今夜我回去时刚八点钟,明月当空,凉风袭袂,到了家,惠明带了孩子去打针,家里没有人,我洗完澡,到露台上去,站久了,吹来的风,简直有些寒意,回至屋内,还是写稿子,想想真是一年一个花样,于是想起"悄寻风露报新秋"时的一种"豪情胜概"来。今年没有等立秋,而早已有了秋象,不必到郊外或者夜花园去,就在自己家的露台上,也寻得着风风露露的。去年就不然，热的时期长，夜里常常在马路上赶凉，到了交秋，我们雇一辆轻车，叫它出没西郊，从人家的疏篱短槿间，去偷听秋声，一路上的虫鸣，矜为繁响，虽然不一定能招到些许凉风，毕竟可以宁人心意。

（《亦报》1949 年 8 月 11 日，署名：高唐）

## 中缝小说

《亦报》的“中缝小说”，之方太太看到第四期才发现的，周翼华兄则是看到第十期方始发现。中缝小说是上海自有小报以来的创举，《亦报》主张废除中缝广告而要刊登小说的是之方，我当时反对，因为我们两个人的性格，我比之方小气一点。我对他说，我们这张《亦报》，没有拿别人的一块钱作资本，所有的钱都是我同你这两个穷光蛋凑出来的，现在你要减少广告收入，而多支出一份稿费，这种两面损失的计划，还是你向己承认是“少爷”或者你当我是“小开”？但他意思非常坚决，他说，一张四开报，售价与大型报一样，再不让读者吃得饱一点，自己有点不好意思。如此看来，之方不仅比我气量大，他还有所谓“文化的良心”，我也只好听他的主张了。

许多读者写信到《亦报》来，盛称中缝小说看得过瘾，一天一千几百个字，自然过瘾了，因此还叫我们把外页的中继广告抽去，有的要我们把《三年有半》放长，有的要我们把《杨二癞子》或者《人类的垃圾》装进去。我把这些信交给之方看，之方对我说：“可以考虑。”

（《亦报》1949 年 8 月 12 日，署名：高唐）

## 贤哉侯宝林

参加北平文代会的一位代表回到上海来，他告诉我北方有个唱相声的侯宝林，也是文代会的代表，有一次他在观摩表演里登台表演，他有一段自己的说白，非常动听，大意说：“唱相声不比演说，既然要观众花了钱，来听我这玩意儿，一定要叫他们大笑一场回去方始满意；演说就不然，哪怕你说得时候长一点，甚至于听的人都打瞌睡了，也没有关系。不过我今天是例外，纵然说相声说得像演说一样，那末诸位代表不致于讨厌我，因为诸位代表都不是买票进来的。”侯宝林说完了末一句，全场的代表果然哄堂大笑，但大笑之后，每个人都有共同的感想：觉得侯宝林的话意味深长。

这是幽默，不是滑稽，上海的“滑稽”嘴里吐出来的是滑稽，更多的是硬滑稽，其实打开收音机听听，有几位开口的人不是浅薄得可怜的？

（《亦报》1949年8月13日，署名：高唐）

## 问袁雪芬项癣兼谈顽癣

寂历风华此一时，眼中剩得几“名雌”？其人进步终非易，我辈追踪或未迟。缠不能清腮下癣，吟还欲断嘴边诗。近年爱听先生曲，一恋山河绝好词（注）。

听说袁雪芬头颈里生了癣，一直不肯好，这是顽癣，原是不容易好的。

到现在还有印象，十八岁那年进银行做事，其时有位同事施治先生，他生着癣的，可是他爱好修饰，什么医药都施用过了，老不肯好，我心里常常代他痛苦。

之方兄也生癣，在颐项之间，逢春必发。前两年他用过“极刑”来治疗，把有癣的皮肤揭掉，连里面的新肉都看见了，也没有好，这两年我看他对于治疗感到灰心。顽癣毕竟顽的，治顽又哪能容易？

我床头人也生过癣，居然好了，好了将近七八年，今年又发，这两天她在请陈铭汀医生用电疗。她的癣生在额上，背上也有，治疗的日期尚短，如果有效，我将介绍给袁先生与之方兄，也去试试。

（注：属此文前，在马路上听收音机里开袁雪芬与尹桂芳合唱《山河恋》里“你既是个大将军，为何与我缠不清”。）

（《亦报》1949年8月18日，署名：高唐）

## 自我欣赏

志英兄每晚十点钟以后,在家里批阅几十篇文稿,十二时后,开始处理版面的式样,一夜总要消耗四五个钟头。一个月了,我问他觉得厌倦吗? 他说非但不厌倦,兴趣却是天天提高。志英、之方同我一样,都有一份自我欣赏的“雅量”。

活了四十二岁的我,没有像现在这样认真做过事的。在写字间里,每天坐十一个钟头,我是负责搜集稿子的人,往往在这上头得到了无比的愉快。譬如有许多从来不替小报写稿子的朋友,为了《亦报》出版,都经常以佳作相赠;又如王削颖先生从北平来,也愿意为《亦报》撰《东北人语》。二十五年前的《晶报》,与《上海画报》,它们会以王先生的文章倚为台柱。二十年来,王先生不再为上海的报纸涉笔了;如今是旧燕归来,王先生依然健康,文章还是写得那末生动,使《亦报》的内容,更加充实。

清苦一点,有什么关系,办一个事业,能够一直自我清苦下去,也是人生一乐。

(《亦报》1949 年 8 月 20 日,署名:高唐)

## 谢失言之罪

有一天,我写了一封信给勤孟兄,请他给我们的文章,地方不要写得太远,因为我的知识不够,没有判辨是非的能力,万一说的错了,而我也看不出,登出去岂非闹一场笑话,所以希望他写得近在身边一点的。

我写这封信,有一个原因,在旬日以前,为了留美学生擦皮鞋不擦皮鞋的事,勤孟与凤三二兄,各执一词,但后来有人指点我,凤三没有说错,我则同时发现勤孟兄常常有误忆之病。所以我又在信里告诉他,《亦报》的执笔人中,有几位是博通西洋史学而又熟习时世大势者。不料这两句话,使他大不高兴,回给我一封信,将我触了一个大大的霉头。

最厉害的几句大意是说:“如某某我原先并不佩服,经你一说,倒失敬了。”

我非常歉疚,也非常懊悔,写了这一封直言的信,使一个老朋友动怒;我更想不到勤孟兄同我犯一样的脾气,一向只觉得自己的好,永远不服帖别人。但勤孟有勤孟的聪明,他自能够写出天马行空般的文章来,我就不行,既不虚心,又不精进,越来越宿,宿得连“觉得自己的好”的信心,一天一天在动摇了。写到这里,还要谨以至诚,为勤孟兄谢失言之罪。

(《亦报》1949 年 8 月 22 日,署名:高唐)

## 儿子进东吴大学以前

前两天,我的大孩子去考华北三家大学的联合考试,大概没有什么希望录取。退一步,他下学期决定进“东吴”了,因为“东吴”他已经被录取了的。

我是希望孩子跑得远一点,最好能够考取“北大”、“清华”,他可以到北平去。考取了“南开”,可以到天津去。苏州的“东吴”,上海离开太近。不过我对“东吴”却无恶感,因为时常聚首的朋友中,有两位都是“东吴”出身,那是胡梯维先生同王耀堂先生。在孩子投考以后,我去征问过他们的意见,梯维似乎没有什么表示,耀堂则说:“阿啊,我勿晓得侬小囡要去考‘东吴’,我晓得得早,我倒要劝侬慢一慢,勿瞒侬说:我对格只学校,印象实在勿好,侬说伊造就过啥个人才,造就来造就去,造就出一个黄仁霖来。”这一套在王先生往往是酒后的牢骚,日寇投降后,他从内地回到上海,我就听他这样说过,现在去征问他了,还是这一套。

黄仁霖固然不成东西,王耀堂、胡梯维,总还是敦品砥行的君子人,把弟子培植到像他们一样也算不错的了。何况黄仁霖在政治上的“贼腔”,也要碰得着那个宝贝的委员长和那个宝贝的夫人,才能扮演得起来。

(《亦报》1949 年 8 月 23 日,署名:高唐)

## 母亲的生日

今天农历闰七月的第一日,我母亲今年六十九岁,六十九年前她也是闰七月生的,因为巧,我想为她庆寿。

去年我告诉过她:“妈,明年你的生日,我要替你做一做寿。”我计划是借一天丽都花园,叫车子塞满在麦特赫司脱路上,唱一台热闹的堂戏,扎一扎上海那群暴发户的台型。海派是讲究这样做的,但现在不可能了,人民政府在厉行节约,而且滥发帖子,在原则上就是恶劣行为。我母亲也明白,她老早叫我兄弟来说:“叫阿哥省一点吧,我哪会怪他?”

省一点,我是想省一点,而且想不止省一点点,但是我不能因此而废止纪念我母亲的生日,我于是想起柯灵的一桩故事来了:我一直记得在十多年前,是柯灵的母亲六十岁生日,当时柯灵的好朋友,都接着他一封信,叙述原由的一段文字,写得至情流露,他的要求叫朋友这一天参加一个简单的聚餐。我现在就想模仿他这样做,约几位平时最要好的朋友,吃一顿面,算是替我母亲添寿。

母亲养我已经四十二岁了,说起来我真该死,既没有做到养老娱亲,更没有做到定省承欢,一个又不像流氓也不像文人的儿子,她当然失望的;今后惟一安慰她的,只有看我的改变。不是我狂妄的说一句,环境的好好坏坏,在我的感应是特别敏疾的,因为我自有这一点聪明。

(《亦报》1949 年 8 月 24 日,署名:高唐)

## 藕

夏天的水果我顶喜欢吃藕,粗粗大大的,一口气可以吃两节到三节。其实藕这样东西,除了微有甘爽之美外,论风味不算最好,而我之依恋这样水果,却是有个原因的:在我二十岁那年夏天,住在乡下养病,母亲天天买藕给我吃,她说这东西无害于病体,因为要我吐出渣来,所以吃的量不比不吐渣为大。打这一年起,我对它有了感情,以后吃着藕,自会莫名其妙的矜为美味。

三十八岁那年,又是在夏天生病,生了一个月,吃了一个月的藕,一盆接一盆,放在病榻旁边。孩子看我吃,都没有争食之意,当是他们并不像我,觉得它别有至味。昨天下午,我觉得头昏,回去趟在床上,太太又切了一盆鲜藕上来,我忽然发现,藕的本身是一种朴素的果物,买来之后,洗去泥污,削去皮,切成片就好放在嘴里,不需经过冰箱,因为从来不看见人家从冰箱里拿出藕来的。像我这样的人家,藕该是荐盘的胜品。

(《亦报》1949 年 8 月 25 日,署名:高唐)

## 关于《春长在》

小报上的长篇小说,我一向是不看的,如今登在《亦报》上的,我却篇篇看了。在《亦报》出版之后,我们又征求了好几个小说,长篇中篇都有,也有创作,也有翻译,都放在我抽屉里,我们将陆续把它发表。

在写字间里有一点空间,我就把这些小说,次第翻开阅读,虽然它们都不是全篇,但窥豹一斑,优劣自然看得出来。这中间使我最爱赏的一篇,题名《春长在》的章回小说,故事是曲折的;然而它是写得那么入情入理,真所谓奇而不诡。至于文笔的流畅,穿插的风趣,是其余事。我于是特地把它抽出来,交给编辑的人,他们也一致欣赏,以为有值得提前登载的价值。好在三版我们本来只有一个长篇,如今将《人类的垃圾》搬了过来,还不致妨碍版面,把《春长在》刊登在二版里,与《三年有半》互为辉映。

《春长在》的作者毛白先生,不是一个新人,原是著作等身的稗史高手,这一篇尤其是他的精心之作。

(《亦报》1949 年 8 月 26 日,署名:高唐)

## 对窗灯影

那一天，白日热得不能消受，晚上我就拼着不睡，过了午夜忽然起了凉风，一吹就吹到了天亮，把上一日的疲困都消除尽了，但接下来还是疲困，因为一夜没有好睡，早上七点钟就起身的。

那凉风是从北面吹来，我就坐在北窗口，对过人家的一扇窗上，有远处照射过来霓虹灯的影子，酣红媚绿的时常在变换颜色。这霓虹灯是王家沙四明银行楼上一家绒线公司的广告。好几年了，这影子每夜在我眼睛里映现，今年还是第一次在深夜看见，大概忘记关熄，不然现在不必要这样浪费的。

我倒不是为了上海解放，才远去欢场的。真有一年以上了，没有问讯过上海舞场妓馆的消息，最近听说夜市面是消沉了。在往年热天，王家沙这只霓虹灯的下面，简直成夜走不完的痴男情女，走过的人是热烈的，而上面的灯，也从来没有表示过怠倦，它真像为了要配合这些过糜烂生活的人而装置上去的。

记得有一年的冬夜，我回去得早，看见王家沙射到对窗的灯影，发现这光的本身，有点诱惑，曾经在这时写过一首诗，最后的两句："老至春心禁不住，还分一缕荡欢场。"说起来你们不信，现在这一种"感慨"我没有了。

（《亦报》1949年8月28日，署名：高唐）

## 今日的古城

梅兰芳先生刚回到上海的那天，我就请他替本报写一篇北游的随笔。我想梅先生十四年不回北平，这一次重到他的第二故乡，丢开文代会的情形不谈，只就古城里看见的和听见的，写出来，而发为感想，以梅先生情怀的热烈，一定有好文章的。可是不巧得很，梅先生一到上海，身体就不大健康，我自然不好勉强，但他却觉得辜负了我的诚意，因此请思潜先生,代替他执笔,因为思潜先生是偕同梅剧团一淘北上的。

我们从前天起登的《梅剧团北行琐记》,就是思潜先生的手笔,作者以自己的立场,叙述梅先生旅程中的身边琐事,无不真切有趣;我们得到思潜的文章,如同得到梅先生的文章,一样珍贵。

关于北方情形的记述,我们可以说不愧充实了,从今天起,又添了一篇《古城新语》,是坚龙先生的北平特约通信,叙事的详确,运笔的轻灵,都是以往小报读不着的好文章,何况坚龙先生,原是文章高手。

是高秋天气了,读者诸君,有要到北平去看看的吗?请你们细细地读一读我们的《北行琐记》与《古城新语》。

(《亦报》1949 年 8 月 30 日,署名:高唐)

## 几员球将

二十年来,识遍了上海的九流三教,只有运动健将,与我无缘,简直没有一位相熟的。认识了几年的陆钟恩,那是因为黎明晖的关系,有时一淘吃饭,与陆也没有交情。上半年为了《铁报》上登了一篇严士鑫同他太太离婚的稿子,严先生来看过我一次,要我代他打听那位写稿子的是谁?就这么一面,与严先生也谈不到交情。

在昨天的上午,因为吴中一兄返沪甚久,我特地去看他,在那里有满座高朋,都是东华球队的队员,他替我介绍:贾幼良、张邦伦、孙锦顺、韩尼波,再下去我记不清啦。算起来总是我老了,十多年来造就的球员,我都认不出来;当我赶来赶去,看球的时候,什么周贤言、陈镇和、李义臣、梁官松的名字,也曾经津津乐道过的。

《亦报》之添辟体育版,张邦伦先生实在给予了我们发动的帮助,因为张先生同我兄弟是朋友,他叫我兄弟向我提供意见;我们立刻就请小秀兄来主持这一栏的辑务,果然精彩纷呈,而《亦报》的行销也赖以蒸蒸日上。所以我向张先生表示感谢他的关心,和贡献我们的意见。

(《亦报》1949 年 8 月 31 日,署名:高唐)

## 此际魂销禁不得

叔红留不住叔范，叔范还是想走，回到他的故乡，定下星期成行。就在前天晚上，聚了柯灵、散木、空我、之方诸兄，在叔红家里，作一个话别会。其中柯灵也要走，他是到北平去，算来他从北平回来，尚不满一个月咧。

解放以后，叔范便作计归农，但一留留了三个月。那是他舍不开上海的朋友，而上海的朋友，又何尝舍得开他？记得在沦陷时期，他离去上海，向朋友作过四首留别的诗，我永远忘不了他有几句如："虽然肺腑多恩分，无奈江城断稻粱。""未闻天意分南北，却有朋情过弟昆。"又如："此际魂销禁不得，分别都在梦中看。"可以看出他所依恋的是朋友。做他朋友的，却始终只有用感情来留他，而用不出力量来留他。所以三年两头，要造成有如今夜的黯然魂销之局。

听说最近的叔范，没有诗了，他怕的是不为时代所宜。其实不用这样顾虑的，在共产党统治之下，叔范的诗，我相信依旧是名山绝业，他用如沸的热情，千锤百炼的功力写出来的作品，任何时代扬弃不了它的。叔范正用不着妄自菲薄。

（《亦报》1949 年 9 月 2 日，署名：高唐）

## "老 茄 茄"

有一夜，我听敝同事白荷播听众服务，她在说：收到一位听众的信，信上批评她的播音有点"老茄茄"。白荷莫名其妙，因此在电台上问那位观众："你说我'老茄茄'是不是指我说的话老三老四？假使是这个意思，那末我以后说起来谦虚一点。"白荷又说："不过我这样讲话已经习惯了，要改恐怕非常困难。"

据我想，这位观众批评白荷的"老茄茄"，一种是属于语气方面的，另一种则是指她的声腔而言，因为白荷的发音是正确的，口齿是清楚的，但她的声腔却没有一种柔媚之致。说得通俗一些，就是不大嗲声嗲气。我相信，潘柳黛当初的播音，就因为声腔的侧媚，使若干男听众听得他们的骨头都减轻了分量。所以我又疑心那位写信给白荷的观众，谓其“老茄茄”者，不一定是指她的语气，因为我听了半天，并不觉得白荷的语气有什么“老茄茄”也。

（《亦报》1949 年 9 月 3 日，署名：高唐）

[编按：白荷，本名朱铭仙，曾是电影演员，演过《保卫我们的土地》（1932）、《桃李劫》（1935）及《武训传》等。新中国成立后在上海戏剧学院当台词老师。]

## 秋　已　高

看见老鹰先生文章里提起郁达夫的才调纵横，不由人想起他的《毁家诗纪》。在近代作家中，旧诗写得顶出色的是郁达夫，我同叔红最赏爱他一句“秋高樊素貌应肥”。照这两日的天气，念着郁达夫的诗，真有点不尽低回。

秋已高矣，早上夜里，不但凉爽，简直有些寒意，我睏的席子，还没有卸除，半夜梦回，总用一条薄被，把身体裹得紧紧的。昨天我露出一点不能再睏席子的意思，惠明却笑我特别怕热，也特别怕冷。

其实，老矣我羸，在前两年我已经表示过了。所谓：“互依霜树知予老，一对清秋审汝妍。”这是我在高秋天气里，写的两句旧诗。

（《亦报》1949 年 9 月 5 日，署名：高唐）

[编按：老鹰，本名应汉章，字义律，现名应悱村（1915—1993），1937 年毕业于上海持志大学法律系，曾组织泥土社并任社长。著有杂文集《石下草》，译有蒲伯长诗文论集《论批评》等。]

## 看 戏 抽 烟

那一夜到南京大戏院看义演平剧，一直从九时坐到十二时，解放以后，这是第一次看戏。“南京”的场子里，还有“请勿吐痰”、“请勿吸烟”的告白。勿要吐痰,是应该保守的公共卫生;请勿吸烟,这是从宣铁吾做警察局长时“颁布”的二十条“禁止”当中的一条。它们当时在劫收之余,挖空心思,想出这许多妨碍上海人自由的法子来。记得最好白相的一项,混堂里禁止扦脚,但几个句容司务,当时真“反动”得厉害,到底也当它放屁。惟有戏馆里却奉行唯谨,简直不许看客吸烟。记得有一次看《离离草》话剧,有个看客,为了一烟在手,叫几个警察干涉,他同警察吵起来,结果带到局里去。

我总以为看戏不必禁止吸烟的,因为它所造成的坏处实在太少。那一夜,“南京”的告白虽然还在,而满座都是吸烟的人;偏偏我没有带烟,等到熬不住,向座前的梅兰芳太太讨烟一枝,狂抽数口。

(《亦报》1949年9月6日,署名:高唐)

## 马路英雄

从前的马路英雄,到如今都走上末路了。既不能靠打相打来拆梢,又不能靠讲斤头来“捞血”;既没有人肯帮他们抽一场头,也不能发帖子打一记秋风。以往他们养生活命的方式,现在一一行不通了。无路可走,先是到处“着棋”,下去便要满街“钉靶”。

已经有几名“棋”“着”到我这里来了,他们告诉我,他们的“老头子”,到香港去了,写信来要他们也去,因为那里还有“生意经”可做。因此想凑一点盘缠,有的开口一万,有的开口数千,但一千少至几百也把他们打发去了。他们说香港还有“生意经”可做,那是骗我的,在香港拆梢,轮得着上海的马路英雄去吗?广东白相人,在那个岛上,真如汗牛充栋。我所以劝他们这种梦不必做,还是在上海以劳力来争取生活;都是年轻力壮的,什么事不好做,一定要做老本行?老本行既不可能再做了。应该转转其他活命的念头,从前的中产阶级,现在尚且在做负贩生涯,一向做惯马路英雄的,怎么能够再享受现成呢?(“着棋”:白相人的切口是向人告贷之意。)

(《亦报》1949年9月7日,署名:高唐)

## 汾阳路夜步

浓荫为柳亦为槐，月满林罅复满街。将唤何人同此夜，便当有酒倒如淮。眼前天地栖皇过，心上尘埃取次排。无奈清恩深受后，不能遂报要长怀。

勤孟写衡山路月色，其实郊野御风，自汾阳路至衡山路一段，已为胜地。汾阳路旧名毕勋路；衡山路之好，好在广坦；汾阳路则好在幽静，普式庚铜像植立处，不必置山壑间，亦若有路转峰回之美，今岁不常经此地。一夜，自林森中路迤逦南行，月明如昼，浸人乃多凉意，近勿恒为诗，既归，乃得律句，旷课既久，诗实不尽善耳。

（《亦报》1949 年 9 月 9 日，署名：高唐）

## “小报腔”

文哥说：现在小报上的文字，都显得没有以前的轻松。他举了些例子给我，我明白他的意思，所谓不够轻松者，现在的小报上，缺少了以往的那些“小报腔”了。

所谓“小报腔”，不是一个坏名词，并不是指小报上一定要有色情以及其它含有毒素的作品而言的。“小报腔”是小报文字上一种特有的风格，沿袭下来，而成为“小报腔”者也。

“小报腔”自有引人入胜的地方。有好的题材，好的文笔，而全篇中夹杂一点“小报腔”，读者把全文读竟之后，必然赞叹欢喜道：是真尽小报上好文章之能事矣。

文哥是写小报稿子的老手。二十年来，作风不变，偶然替《亦报》写一篇两篇，而“小报腔”往往层出不穷，可见他是注重“小报腔”的。看见目下的执笔诸君，写出来的东西，由凝重而变为枯涩，把“小报腔”削减殆尽，他觉得这现象不大好。我同意他的议论，以为既是小报，应该要点“小报腔”，好在“小报腔”本身，并不是要不得的东西也。

(《亦报》1949年9月10日,署名:高唐)

## 关于滑稽

唱滑稽,其初是独脚戏;后来滑稽成了专门名词,独脚戏的名称,遂归于湮没。其实王无能唱独脚戏的时候,已有下手,所以“独脚”二字,并不适用。不过改为“滑稽”,当然更加滑稽。近年来滑稽两个字都说惯了,堂会喊一班滑稽,开收音机听听滑稽看。昨天报纸上载滑稽界自肃的新闻,它们写起滑稽与滑稽界来,也像我今天这篇文字的并不把它用刮弧刮出来,可见一般人把滑稽两个字,都已承认它是游艺节目里的一种定名了。

我觉得唱滑稽的人,号称滑稽,而唱出来并不滑稽,想想才是滑稽。譬如筱快乐,也算滑稽界里的滑稽,请问读者诸君,你们听过筱快乐吗?他的唱机曾听得你们笑出来过?其实这些滑稽,滑稽得使人笑不出来的太多了,也不止筱快乐一个。不过筱快乐是可以代表不滑稽的滑稽,我可以保证他从开口到现在,就没有叫人听了他哈哈一笑过。

姚慕双也是滑稽,他有许多节目,倒是蛮滑稽的,《钉靶》曾经使我笑不可仰过。他同周柏春的毛病,在卖弄外国闲话,相等于我们执笔的人,卖弄外国知识,强不知为知之的乱写一泡,一样的贻笑大方。近来听见姚慕双有位公子才二三岁,已经在电台上唱歌,那个又并不滑稽,在我反而是一种难过,怕这样下去,有贼伐了这个孩子的天才的流弊,不知姚先生曾经顾虑及此否?

(《亦报》1949年9月11日,署名:高唐)

## 薄暮花光往往红

马路的花摊上,现在大都放着一簇一簇的樟榔花。这是野花,在秋日的郊外，乱草堆中，都长着这种花，小时一直有得看见，不敢摘它，因为它的名字像蟑螂，有些怕，也有些脏的感觉。凉秋的天气，我在乡村时候，也一直看见蓼花，高艳得像个娉婷少女，但上海的花摊上却没有卖的，因为它的枝干都长，而厥花似穗，不宜于瓶供。但我是特别爱赏这样的花。有一天的垂晚经过“克莱门”，一路都是蓼花，最是盛放的当口，因此想着了“清霜浦溆绵绵白，薄暮花光往往红”的前人诗境来，就在花前徘徊嗟赏，不忍离去。

从前人写蓼花的诗，还有元好问的：“檐溜滴残山院静，碧花红穗媚凉秋。”碧花是甚么，我想像不出，红穗也许不一定是蓼花，但既媚凉秋，大概不会离开蓼花过远。现在又当芦白蓼红了，不由得不想着秋日横塘，来不及摘蓼花，而摘了几枝芦花归去。

(《亦报》1949 年 9 月 12 日，署名：高唐)

## “范师长”

范绍增是四川一个退伍的军阀，上海人都称他为“范师长”。在对日战争以前，此人就到上海来，花天酒地，阔绰得吓坏过人；惨胜后，此人又到上海，第一桩惊天动地的事，捧王韵梅当选“上海小姐”。一时上海的“名雌”，都以得“范师长”青睐为荣；这一个跷脚“师长”，则天天到交际花家里请客，夜夜在跳舞场里摆架子。

总以为这个人有用不完的钱，可是就在解放前的几个月里，上海盛传范绍增穷了，穷到他上海所有的产业都卖光，连房子也卖了，他一家门搬到顾嘉棠家的厢房里住下。在快解放的时候，范绍增还没有跑，大家以为他逃不起难了。

昨天在报上看见：“川康渝民意代表大会”选出川康渝的豪门名单中，范绍增三个字赫然在内，方知范绍增在川康渝人民的心目中，他还是豪门，他当年搜刮的民脂民膏，到现在还没有吃光用光。

(《亦报》1949 年 9 月 13 日，署名：高唐)

## 寄 桑 弧

为问桑弧干什么，婚姻事业两蹉跎。凭君莫学它人样，着手之前“考虑”多。

近来与桑弧不天天碰头了，往往隔得很久，见一次面。因为他忙，我们都关念他的健康，昨天一位朋友打电话来问我：桑弧碰着伐？他在做些什么？婚阿曾结过？假如还未曾结婚，那末阿拉大小姐长得亭亭秀发了，烦你做个媒人，就攀给了他吧。

桑弧的婚姻，是他每一个朋友都代为关心的问题，看样子他要任它蹉跎下去了。至于他做些什么，那末他在以苦心支拄一个机构。在编导事业上他却没有作品，因为别人都在考虑，他也束手不动。我以为这是不足为训的，永远考虑，永远没有作品，这样僵迸下去，势必成了一个打不开的块，蚀害聪明，窒碍天机，莫此为甚。所以一个作家在现在，不应该观望，应该动手做的，放出良心来做，即使错了，从新来过有什么关系？许多人的不做，因为他们太把自己的事业，看成“千秋”“不朽”了。当然像桑弧这样的人不会是这样想法的，他还是为了别的事牵掣得他产生不出作品来的。

（《亦报》1949 年 9 月 15 日，署名：高唐）

## 汽 车 少

汽车少，汽车渺，牌子弗管新和老，式子无论“跑”与“轿”。跑车不载佳人俏，轿车不学山君啸。耳边减却喧阗闹，行人不用心胆吊。长此以往真太好，神经衰弱我能疗。阔人莫再深夸耀，搭我一样三轮叫。

近来我坐三轮车，在路上不再像从前的心惊肉跳，那是因为汽车减少的原故。这对我真有好处，因为我有严重的神经衰弱症。即使交通秩序，没有整顿得怎么好，但光是三轮车在乱闯乱挤，总出不了大乱子。

所有坐汽车的朋友,他们都把执照退掉了,现在跟我一样,出出进进坐三轮车了。再风凉点,我还想多走走路,三轮车的钱,也想省下来。

(《亦报》1949 年 9 月 16 日,署名:高唐)

## 买 栗 子

栗子明明是一种普通的土产,但到了上海,叫那些自称“栗子大王”的店家,装起了霓虹灯,把它的身价,哄抬得变了一样奢侈的食品。

从去年看到今年,“新长发”里有一个身穿细麻纱汗衫,戴了手表,头发梳得光可鉴人的老板,坐在栗子桶前,一面孔不高兴的替顾客包栗子。看了开栗子店的人这一身荣耀,也就可以明白栗子由土产而变为奢侈食品的道理了。

昨天我没有吃晚饭之前,走过“新长发”,以五百元买了一袋。我想路上吃掉几只,回去还好给孩子们吃几只,但到了家里只剩五六只,我回想在路上吃掉的至多不过十只,所以五百元一袋的栗子,总数不会超过二十只。我把袋底翻转来看看,见只有这几只时,孩子们望着我,我有点难为情,嘴里只咕了一声,他妈的真贵!

(《亦报》1949 年 9 月 17 日,署名:高唐)

## 弄堂里的声音

天刚一亮,弄堂里有两种声音,把我吵得醒来更早,一种是隔壁木匠作里的两个学生意,擎了铺板,在水门汀上击撞,撞出几只臭虫来,用脚去踏死。地地梯这么便宜,但他们却买不起,不由我寄以悲悯底同情,故而他们尽管不识相,我没有去劝阻过他们。还有一个是卖报的姑娘,才十三四岁,一条喉咙,刮辣松脆,《解放日报》、《新闻日报》、《大公报》,在曙色朦胧中喊起来。惠明给她叫醒了,往往恨之切齿,我则因她不把《亦报》一同喊出来,觉得不大满意之外,虽然喊得把我从梦里惊回,我也绝对原谅,为了至少她也是帮助推动我们新闻事业的一个。

记得就是去年这个时候,一到深夜,有一部吉普车,开进弄堂就靠在舍间的前门,天一亮又开了出去,那马达的声音真是聒耳欲聋,它来,把我吵醒,它去,把我吵醒。有一天清早,我想警告警告他;推开窗子,一看,那个自己开车的,穿了一套军装,军装裤把屁股裹得紧紧的,看来是个空军模样;一想,这哪里好碰?只得把窗子关了,让它早晚来吵。经过好几个月,此患始灭。既然这一种人我不敢碰,那末学生意掼臭虫,小姑娘喊卖报,在我就不好意思再干涉,不然我这人就更加起码了。

(《亦报》1949 年 9 月 20 日,署名:高唐)

## 吓着了胡琴

前天晚上,碰着两把好胡琴,那是王瑞芝先生同周振芳先生,我却由他们二位的怂恿,各吊了一段,这两天嗓子不好,派字调有点吃力。

大伙儿谈胡琴,就有人说了几段胡琴的笑话,最噱的是说:上海老银行家中,有位刘晦之先生,欢喜唱戏,但他唱的戏,因为妙在不知所唱,听的人没有不捧腹大笑的。有一天,孙佐臣先生替他操琴,孙老元那一只老枪面孔,一年到头没有笑容,听刘先生戏的人都笑了,而独有这位"琴圣"不笑;因为他不笑,听的人笑得更加透不过气来。等到刘先生唱完一段,听到人却去问孙先生道:"老元,你怎么不笑!"孙先生也不理会众人的问话,他只对着自己手上的那一张琴,轻轻地对它说:"今天吓着了你啦!"于是众人益为之绝倒。

这一夜,因为我的唱,大概也把王、周二先生的胡琴,均吓着了也。

(《亦报》1949 年 9 月 21 日,署名:高唐)

## 看《鸳鸯泪》

就是我调嗓子的那一夜,听俞振飞夫人说:"李玉茹的本领戏,《鸳鸯泪》是最好的一出，戏里的小生交关重头，假如连唱几天，真要把俔振飞累苦了的。”我于是乎去看《鸳鸯泪》。

这出戏里，振飞的小生，自始至终，果然吃重，身段的繁多，乃至表情的紧张，亏他杭下去的。冯素蕙替杜娘子嫁到奸相府上去的一场，是全剧许多高潮中的最高潮，振飞不停地在变换他的面部表情，而并不过火，都恰如分寸。我觉得自看振飞的戏以来，这是顶过瘾的一回。相信他的太太，替她家主公的哗拉哗拉实在没有一句牛皮也。

李玉茹前头是青衣，后头改做小生，自然不及她的本行出色，尤其背心挺不大直，这点就不如张淑娴，倒有点像我。我穿了箭衣褶子，或是扎靠，立到台上，总有些伛背，在我留下的上台照相，张张都可以证明。

讲完了戏，再记一桩前台的“德政”，好像没有揠茶的那些女茶堂了，老实说近年来的不大爱到戏馆里，就怕同她们呕气。这一夜我头顶上正好是一只电扇，吹得我跑出去喊救命，请求他们关掉，因为我本来在伤风，如果再吹一小时，回去真睏要倒了。

（《亦报》1949年9月22日，署名：高唐）

## 北平天气

人民政协会议在平开幕之前，《亦报》拟由之方兄赴平采访；廿一日那天，他开始打出境证、种牛痘，不料就在这一天政协揭幕礼，于是他就中止北上；好在《亦报》有王削颖先生在北平，王先生足够代之方之劳的。

之方此行本来约定与培林同往，培林说：北方的天气，就是目前这时候最好。如今去不成，他们的中心惘惘，是免不了的；但我可以安慰二兄，这一阵北平的天气并不好，天天要下一点雨，这是王耀堂先生告诉我的，王先生甫于二十日自北返沪。北平的秋天，的确最好，似王先生所说，实在是不正常的。

王先生又说，因为北方多雨，所以一路南来天津梨售价之廉，叫人不能置信，一千元人民币，就是一大筐。王先生因为怕行李过磅，没有带一点送我。他还说，北平因为食糖缺少，连蜜枣杏脯都没得买了。

（《亦报》1949 年 9 月 24 日，署名：高唐）

## 一条裤子一根绳

白相人逢到要同一个“犯”不起的人“犯一犯”时，他们就说：“跌倒了也没有关系，我本来是一条裤一根绳到上海来的。跌倒了顶多还是一条裤子一根绳。”

上海所有的白相人，自然多数是一条裤子一根绳到上海来的，他们从小流氓做起，慢慢地爬，爬到一个白相人，白相人而居然出道，而居然有积蓄，居然起居享受，相当适意。

可是白相人毕竟不容于现在，他们还不明白自己是渣滓，都在怨恨现在，我就告诉他们现在万万容不得白相人了。做白相人应该放出一向同人家“犯一犯”的勇气，预备沦落到他们原始时期的一条裤子一根绳，在这个时期中，力事振作，拣一条好的路走，将来不愁没有立身养命的余地。假如为了穷极无聊，念头还是转在“拆梢”、“讲斤头”、“抽脱一场头”的一方面，那是永远没有出息，也决不容许于现在，很快的就会叫它们滚开去的。

（《亦报》1949 年 9 月 26 日，署名：高唐）

## 说到“歌尘”

谢豹先生惠书，对于这一版里的文字，胪举了许多毛病，自然是感谢的；最后说到了前两天那篇《春明重见碧云霞》里的“历下”与“歌尘”两语，都有毛病，我则说都没有毛病，因为那篇稿子是零厂先生的材料，由我加以改做。历下是济南不是春明，我晓得，谢虹雯红在历下，现在唱到北平，这情形在一个跑码头的人极其普通，何必定在春明？至于歌尘，这两个字是我编出来的，谢先生认为奇突，还嫌它不典，其实这纵使是毛病,也是毛病之小者。我以为用歌尘二字来代替菊部梨园可,来代替管弦杂奏的情况亦无不可;二十年前,我还把它入过诗:“又是歌尘掀十丈”,这意思相等于“南园依旧盛歌喉”。

那篇《春明重见》的稿子末一句,“亦即二十年前跌宕歌尘之碧云霞矣”是我存心写得有点小报腔的小报句子。小报腔里的文字,用得稍为“奇突”,不是毛病;何况我活到现在也没读满过几本书,一定要以文字的“出处”来限住我,老朋友你这不是要我的命吗?

(《亦报》1949 年 9 月 29 日,署名:高唐)

## 过华业大楼忆李健吾先生

早看小玉弄牙签,又看先生笔似椽。法眼文章应记得,大楼华业故巍然。人都如报新还旧,报亦犹人进且前。今日我同公作比,公能讲话我能编。

在上海沦陷时期,看过一个《金小玉》的话剧,李先生于剧中演出,在一根牙签上做戏,而博得演技精湛之誉。后来惨胜了,李先生忽然置身“仕版”,又不久,从“仕版”上下来,有一时期,做过我们的同行,在一张小报上用“法眼”的笔名,写“旁敲侧击”的短文,传诵一时,有时更替戏剧版写写,则用李健吾的真名姓了。那时候,他住在上海最豪华的一所公寓里,就是陕西路上的华业大楼,李先生毕竟不算吃小报上写稿子饭的人,所以辟得起这样的精舍。

前两天,《剧影日报》招待过一次写作人,李先生到了,还讲了话,讲的都是关于小报;内容我不详细,料想他在依恋于“法眼”时代的“旁敲侧击”生涯吧?

昨天到华业大楼去看个朋友,下电梯时想着李先生,拟去望望他,但又一想,李先生打去年起已不住在这里了,他的房子,已顶给金山,现在则不谂恋栖何所?

(《亦报》1949 年 10 月 2 日,署名:高唐)

## 十　二　圩

勤孟写有一年回无锡再到宜兴,取道十二回港。啼红来书,指十二回港,是个大笑话,他说只有十二圩,没有十二回港的。其实十二圩在长江北面,十二回港据勤孟说,在常熟那边,盖另有地方也。

我到过几次扬州,十二圩这地方,仿佛记得就是镇江到扬州的轮渡停泊处。那里渺无市廛,只是一个荒僻的浅滩而已。十二年前的春暮,我到扬州,在轮渡系缆的时候,我在岸上已看见亡友陈康吾兄,立在人堆里接我,他那热情的笑貌,至今还在我记忆之中。我到扬州都是找他去一同玩儿的,他是我总角之交。我没有几个小时候的朋友,康吾死后,使我连乡情都淡薄了许多。

打那一年我不再同他相遇,抗战时他溯江逃难,终于困顿而死,等我得到他的死耗,已经几年后的事了。前年他的妻弟刘应虎到美国去,临走时来看我,托我代寻他的姊姊,我打听了许多人,也没有个下落!

提起十二圩,我就记得康吾,有一个过黄垆而腹痛的故典,我也真有此状。

(《亦报》1949 年 10 月 3 日,署名:高唐)

## 手笔及其他

我们在不拘哪一位作者的文字中,嵌一块插图(但长篇小说里,一律不用,因为大报是用的;一共只有两三张小报,在风格上能够避免相同,我们总想避免的),这种做法,在小报史上,尚无前例,现在尝试期中,正听取各方的批评。选择材料的工作,由志英兄做的,他本身就有美术修养,在二三两版稿子送他最后审定时,他就挑出两篇来,请雪丹先生作画。于是志英更添了许多辛苦。

在政府订定国旗制法的那一天,《亦报》登出的是黑底白星,在旁边加以“黑底代表红色，白则代表黄色”的说明，但第二天听别人批评我们这样是做错了，黑底应该套印红色。于是之方发了一个狠，在十月二日的报头两旁，索性以红黄两色套印了两面国旗，我们得到美灵登公司诸位工友的协助，总算底于成功。于是报纸上套印全色国旗，也成了史无先例。但就在二日那天，报纸上看见了许多黑底白星的国旗，方知我们第一次登的，原是没有弄错。我所谓之方的发狠，只是想表现他一点手笔。办出版物，他真是大手笔，我们的山河图书公司发行的《清明》，就是他经营的东西，到现在还有人念念不忘着它。而之方呢，还在伸长了头颈等祖光、小丁回来，将《清明》复刊，真是雄心不死，所差一点就是穷得像我一样。

（《亦报》1949 年 10 月 6 日，署名：高唐）

## 悼吴绮缘先生

小说家吴绮缘先生，突于五日上午谢世，下午林彬打电话来报告她公公的噩耗，闻之震悼。

因为《亦报》的《三年有幸》将近结束，计划中添用张恨水先生的《玉交枝》外，另外想请吴先生替我们也写一篇。向来我同吴先生未有深交，所以托一位朋友代求，他答应了。五六日前他走过我们报社，弯进来看我，给我三个题目：《新生的女儿》、《爱仇之间》、《西湖月》。我拣了《西湖月》。这一次我同吴先生谈得很久，他叫我中秋的后一日去拿稿子，万不料中秋的前一日，就得到他老人家的噩耗了。

林彬告诉我吴先生的死是为了拔一只牙齿，不禁使我怔忡。原来我也有一只牙齿想拔，摇摇欲坠者已经两个月了。我却迁延到现在，听得吴先生因此致命，有些害怕起来，但不拔也不是事，看来我要放出京戏词儿里“大丈夫生而何欢，死而何惧”的勇气去拔它一拔。

（《亦报》1949 年 10 月 7 日，署名：高唐）

## 一 泡 诗

◆ 序

撒尿有称一泡者,写其撒得多又长也。中秋之夜,不到十时,回得家去睡不着觉,起来作诗,一作不觉作得甚多,又作得甚长,故题曰《一泡诗》,其实吾诗之臭,亦等于尿耳。是为序。

◆ 贺沙莉于归

喜闻佳节接佳期,在下能无一帖遗。栗子果然皆顶壳,朱家角算啥希奇?

沙莉于中秋后二日与凌之浩结婚于金门,之方接着了帖子,我则没有,大概因为我同凌先生向来其讪不搭之故耳。前两年我发现话剧圈子里的男女演员,大多结为爱侣,所以我一向称话剧界为朱家角,盖上海歌谣,有"连夜赶到朱家角,一个栗子顶个壳"者也。

◆ 复卢依影

鲜鸡头肉嫩红菱,我有回音你是听。病起兰亭先扰我,苏州蟹老扰兰亭。

卢依影来信,系为孙兰亭传言:病已渐愈,血压低至一百四五十度。目下蟹尚不肥,再过些时,将约我去苏,扰他一顿云云。又前三日,徐叔文自苏州来,兰亭托其带鸡头肉与红菱各一包,是则我前几天一首问病诗里,敲出来的竹杠也。

(《亦报》1949 年 10 月 8 日,署名:高唐)

## 秋 老 矣

如果不在夜里十二点钟还在路上走,一定不会晓得眼前已经到了"秋老矣"的时候。昨晚我在朋友家里谈天,一谈谈到了夜半,坐了车子回家,月明如水,同时亦夜凉如水。一件单衣衫,已抵御不了夜来的凉意,在车上,我微吟着"归去送秋秋不语,但凭灯火散轻霜"这两句自己的诗,暗暗称赏自己的诗境真是不恶,因为这时眼睛里只看见一片轻霜,眷在襟袖上面。

秋老矣,北京的天气,已经无可想望,因为那里也许已起了朔风,在那里的南人,也应该兴“肃肃秋深,思乡之念,逐白云寒雁以南驰”之感。所以桑弧的北上,我们不十分眼热他,我只依恋于虞山的霜叶。说也可怜,我没有看过大观的红树,前年就在虞山的三峰道上,见过一回,已经叫我划梦搏魂,直到现在。去年想去,而没有去成功,今年又想去,看来不一定可能,因为就这一天的工夫,我已无法摆脱,何况也没有同行的人。涉笔至此,我正想像三峰的红树,或者还没有到灿烂的时期,但兴福寺那株老桂,该是盛放的当口了,在山门外,已然闻得着一派甜香,人经过那里,衣裳上,两鬓间,一定都染上了清芬,虽然我从来没有在花时去嗟赏过它。

(《亦报》1949 年 10 月 12 日,署名:高唐)

## “天人”之死

谢小天头一次跟谢乐天在上海唱书的时候,是“八一三”的上一年。我们着着实实捧过这个横云先生打话“小妮子”的。我还替她印过一张特刊,真是图文并茂。蝶衣兄说:他有送小天的集联:“是处繁弦歌小雅,难凭肉眼测天人。”但我还记得杜稳斋先生的集联是:“谢公最小偏怜女,天下何人不识君。”真叫天衣无缝了。而亡友王尘无先生,更有小诗数首,记其最末两句云:“者番开秃霜毫笔,来捧江南谢小天。”还记得特刊上印她的图照,每一张都由我题一首诗,有两句是:“且慢前行忘后顾,须知后顾有林泉。”我祝颂女人来,总巴望她们有好收场的,万不料这个“小妮子”的收场,竟是潦倒而死!

我忘记不了是“八一三”那年的春天,谢小天在我朋友家里吃饭。她坐在沙发上,忽然她的袜统掉了下来,她既不用吊袜带,更没有用宽紧带,绑她袜子的是两根花带,她发觉自己的寒酸,红着脸把花带绑绑好。其实她“行头”倒还吼啥,因为那时她没有经济权,谢乐天只把她粉饰了一个表面，然而以后她再也没有飞腾的日子，像后来范雪君那样底统体绮罗，在谢小天根本未尝有过。

打这一年起，我没有再看见过这个人，在报上看见她跑码头，嫁男人，养小团，抽大烟，来过上海，穷愁潦倒，乃至最近的病死客中为止，又是谁把她糟蹋了的呢？

(《亦报》1949 年 10 月 13 日，署名：高唐)

## 看信作诗

在报馆里空下来的时候，欢喜从读者寄给白荷的一大堆来信中，挑几封拆开看看，往往信封上写着“妆启”两字的，尤其要看。昨天看着一封，一面看，一面把这封信写成了一首打油诗：“白荷小姐妆前鉴，生意敝人摆小摊。数载内人蛮要好，近年外遇与通奸。叫它茶役休来往，为我丈夫保面颜。法子如何请指教，这般恩德重于山。”这首诗尽可能录用了原文原句，譬如“外遇与通奸”完全原文。

这是一位摆摊头小贩写的，告诉白荷，他太太同一个旅馆里的茶房发生苟且，要白荷想个法子如何叫茶房不再寻他太太，保全自己的面子。问题相当困难，难在写信的先生，还没有放弃他这位太太。

要在从前，这是尖刀相会的局面，现在这位丈夫却写信与白荷，他是要求合理的解决，这是明白社会风纪，确实在渐渐地踏上正路。

(《亦报》1949 年 10 月 14 日，署名：高唐)

## 晚　　桂

写桂花的诗，忘不了施叔范先生，去年在杭州写的一首，题目是《谒岳墓迟桂花流香甚烈》。诗云：“高墙晚桂发清芬，鼻观收来肺腑辛。为客俄惊秋已老，对公长叹国无人！谁偿东海悠悠愿，转想南都草草春。颃铁轩眉应作语，眼中竖子不如秦。”

这在去年的秋深时分，这首诗登在上海报纸上，施先生感事伤时，对蒋介石是着实“不敬”来的；又谁知一年之隔，这个竖子，所做“不如秦”的事实，真的不一而足。若不是人民军队把他扑杀得快，施先生看在眼中，有几个肚皮，都可以气破的了。

（《亦报》1949年10月15日，署名：高唐）

## 我与张飞同生日

先生考究果真无？巧合于心实在窝。别与张飞相似处，三分妩媚七分粗。

前天是阴历的八月二十三日，是我的生辰，忽然接着白衤之先生送来一段短稿，他在考究张飞的生日，据说是阴历八月二十三日。我一面看，一面想着了老友天厂，在十多年前，捧我的文字，他说：大郎的作品，像京戏里张飞的脸谱，七分粗暴，三分妩媚。假定天厂的看法没有错，那末我与张老三相同的地方，却不止在生日一端了。

附告白先生，您这篇文章我不登了，因为除了张飞生日不大有人熟悉外，后面几节，都有人说过的，而且在过去的小报上，亦不一见矣。

（《亦报》1949年10月16日，署名：高唐）

## 染　头　发

前几天去吊一同文之丧，碰着了许多老同文。因为平时不大遇见，这一天大家看看，都好似经秋草木，容色间挟着一些霜气。尤其是各人的头发，向来是玄鬓的，现在却大多作星星白了。

谈起白发，一方兄当众演说，香港有一种将白发染黑的药膏，非常灵验，他还记写了这种药膏的一外国名字。一方兄在吾道中，向来有翩翩自怜的一种习惯，所以他会留心这类药品。我没有这种习惯，有的只是健康欲，故而一年到头直在打听什么是比盖世维雄还要好的一种荷尔蒙针剂？

一个人头发白了，硬要将它染黑，其做作比之改造鼻头，改造眼皮，实在相差不远。记得前两年任矜苹先生染过头发,上头一层刚刚染黑,从皮肤里新钻出的一批,还是其色如银,因此越染越吓得坏人。更就我们同文所说:羌公的白发,年年在增加,然愈白愈觉得其人苍劲。又如老友荣广明,与我同庚,而两鬓已皤,但正如之方说的,广明的一头白发,更显得其仪表之华。

不过将白发染为黑发,总还是人做的事。还有许多女人,将黑头发染做黄头发,算作时髦看,那才真是畜生所为,其头该杀!

(《亦报》1949 年 10 月 17 日,署名:高唐)

[编按:羌公是陈灵犀的笔名。]

## 报俞振飞夫妇北京

小简开封字字欢,江南俞五到"长安"。他时经励科轮我,不送方为"王八弹"。

振飞夫妇抵京后,各人写了一封信给我。蔓耘夫人(俞太太)吃我豆腐,她信里说:"她们上车的时候,什么人什么人都去送行了,只有你(指我)当我们起码人……"阿啊俞太太,你这该原谅我的,我一生一世,从没有送过朋友上飞机上火车的嗜好的,而且也讨厌这一套俗礼;不瞒你说,这一次桑弧北上,他在电话里跟我辞行,我只说了一声顺风,也没有去送他。不过话要说回来,万一我将来弄不落,做了您老板的经励科,我要还是不送,我才是王八旦呢。此诗"王八弹"之"弹",即"旦"字,用了"旦"或者"蛋",这笋头就装不到十四寒上去了。

"守节"刘郎要算勤,博君一笑必然真。任它"首席"堂堂挂,座上从无着鄙人。

前一时,振飞在中国大戏院下来,叶盛兰接上去,"中国"的悬牌,称之为"首席小生",这事使俞氏夫妇,非常不痛快,俞太太尤其悻悻然有不能已于言者。自从他们北上,我在这里,到现在还没有看过"首席小生"的戏,这一点报告振飞夫妇,料想俞太太看了,定会笑出声来也。

(《亦报》1949 年 10 月 19 日,署名:高唐)

## 记濮老先生

乙之先生从北京写信来告诉我，近为华北当局通缉的吴泰勋，是朱九小姐的丈夫，朱九是朱启钤的最小女儿。朱家诸女以朱三最享雌名，朱四嫁小无头鬼吴敬庵，朱五嫁朱光沐，而朱九嫁与吴泰勋。这一篇“家谱”，在去年朱四朱九死于霸王机时，上海的报纸上，曾经登过的。乙之先生又提到当时有一首咏朱三的竹枝词，有两句：“一辆汽车灯市口，朱三小姐出风头。”在二十年前的北京城里，真是家弦户诵。作者是濮一乘先生，濮先生所制当年北京竹枝词，共有一百首，而以这二句最为传诵。这一百首竹枝词，我都读过，实在以这两句写得最好。

前两天同行云先生闲谈，谈起濮一乘，是行云先生的老友，今年七十多了。最近又从北京来到上海，住在庄严寺里，原来濮老先生是老上海，每次南来，总以庄严寺为寄身之所，行云先生说濮先生虽然年迈，精神却很健旺，因为中国的新生，濮老先生对行云说，他也需要学习咧。

(《亦报》1949 年 10 月 23 日，署名：高唐)

[编按：乙之、行云，分别是王益知、钱芥尘的笔名。]

## 天当转绿回黄日

凡是一个读者写信来，记得我从前写的诗，我看了总交关开心，不一定是什么知己之感，我以为这个人他能够欣赏我的诗，便决定他不是太俗的俗物。

譬如无锡的孙长虹先生，写给我一首诗，还提起他所欢喜的我的两句旧诗：“天当转绿回黄日，人是旋腰侧面时。”连我自己也忘了，哪一年写的，为谁写的？但“转绿回黄”、“旋腰侧面”，却是我爱好的境界，到现在我决不作违心之论，我依旧爱好这种境界。所以长虹先生的信里说，他还见过文落，文落跟他说：“近来高唐的诗笔，不再挥到女人头上，也是新生一道。”这是文落在夸我，其实我并不是这样，我有一分风流自赏的情怀,到现在并没有减,非常现成的例子,我接到了长虹先生的信,看到他提我的旧诗,我的骨头就轻起来了。告诉文落,文落不将为故人失望,但慢慢叫来,请你再看看我吧。

(《亦报》1949 年 10 月 24 日,署名:高唐)

## “打　手”

文落从无锡来,也同我见了一面,谈得很久,我求他替我们写些打油诗。正如齐甘先生说的,上海写打油诗除了男士、山人居士之外,还有谁呢? 要末文落。写不好旧诗的人,绝对写不好打油诗,那是不易之理。文落的旧诗就是很可以读读的,如:“便作醒人唯我汝,相依无碍在江湖。”不由得不佩服他。

文落说,在无锡看《亦报》,看见两位打油诗的好手都在表演,不禁技痒,也想写几首给我。有一天,他和了山人居士一首,没有作完而停笔了,因为一直有事,没有续下去,直到现在也没有续成。他还答应我回无锡之后,一定寄来。

到现在为止,我们还是想把《亦报》的文字,弄得风趣一点;然风趣而不落于轻薄,又是好不容易;在我个人,倒只有看看几位高明的“打手”,可以开颜一笑。

(《亦报》1949 年 10 月 25 日,署名:高唐)

## 催　男　士

休息已然有一枪,无端昨日病高唐。这边要打无人打,帮我还求足下忙。

男士先生说,他要休息一枪。有一天正好山人居士,送来大批新作,我在电话里告诉,你可以休息一枪,但为期亦不过三四天。后来我在山人居士的新稿中检查,所用题材,大多适合于第二版的,男士一休息,这边(指第三版)便没有打油诗了。昨日上午,我忽然生病,赶回家，冒被睡觉，颇想借病赖稿一天，而下午又起来了。没什么可写，还是来催催男士帮帮忙吧，不要再休息下去了。

（《亦报》1949年10月26日，署名：高唐）

## 拜　　客

拜客前来杜近芳，南人初次到南方。容颜真与兰芳近，本事宁输雪艳强（注）。其实此行该省省，谁能开口再嚷嚷？当年三怕今休怕：报馆闻人与票房。

天蟾舞台聘来新角，有杜近芳者，于抵沪后二日，由京剧作家随卢依影陪来亦报社"拜客"。我心想这一个老法的礼节，现在大可不必再行了，但杜老板既已来了，我又不能不招待，一直到杜老板走后，我方始如释重负。京角儿的拜客，在从前，简直是一件不可省的事，尤其上海地方，当时有三种人不能得罪，报馆里、大亨府上以及各票房，万一漏掉了一家，便要听上面三等人物的"嚷嚷调"；嚷两声还是好的，更有存心拆场子的，定了几排票子，等你上台，一齐抽签，你道这种恶作剧，厉害呢不厉害。这现象今后当然不会有了，故而角儿拜客一事，绝对可以取销；有能耐，自然能叫座，有交情，自然有人捧场，何必赶来赶去，尽去"拜"那些陌生人呢？

（注：杜为杜菊初之女，照此则当为雪艳老六之妹。雪艳老六即前辈坤旦杜丽云，丽云嫁蒋伯诚十余年，一向住在上海。）

（《亦报》1949年10月27日，署名：高唐）

## 一只牙齿

二月以前，我的上头一排右边最里向的一只大牙发生动摇，继之以痛，有两三日是甚痛；想把它拔掉，几次要去找邓法言医生，而行行又止，一直拖到现在。现在怎么样呢？不痛了，但是摇动得越加厉害。我有时把它往里扳进去，与第二只牙齿有了容纳一只手指的距离，但它还不掉下来,跟着我,不使我饮食说话,为了它受些微妨碍。因为没有妨碍,我亦索性不再去看医生,我在想总有一天,说说话,走走路,这只牙齿从我嘴里落下来了。

牙齿的早落,可能是遗传性,我父亲母亲都是早年落脱牙齿的。我父亲五十多岁时,牙齿已统统落完,面孔像个老太婆。我再过十年,可能也要满口脱掉,脱了不去重镶,倒可以减少若干麻烦。第一,我生平有一样浪费,一个月内至少换两次牙刷。刘惠明常常同我跳脚,她说:别人一只牙刷至少可用一月,甚至用两三个月,你怎么三日两头在看你把用过的牙刷扔掉呢?第二,没有了牙齿,省得我东打听西打听,有什么好吃的东西,一直在图口腹之欲。

(《亦报》1949 年 10 月 28 日,署名:高唐)

## 菊花须插满头归

前人写重阳的诗,我欢喜陈后山的:“九日清尊欺白发,十年为客负黄花。”更喜欢杜樊川的:“尘世难逢开口笑,菊花须插满头归。”我一生拜倒的是杜樊川,少时读《樊川集》,到这两句,往往拍案叫绝。唐代的诗人,只有他能够写得这样灵空绰约。

今年的重阳,真的到了可开笑口的日子,而大家都可以去登一登高,回来时,帽檐上都戴了菊花,妖氛已远,而且消灭在即,我们怎么不该乐一乐呢?

因此提出“菊花须插满头归”七个字来,又请雪丹写了一幅图,以点缀这个令节。

(《亦报》1949 年 10 月 30 日,署名:高唐)

## 敝报近来错得忙

因为本报每天要登两首至三首的打油诗,于是读者就以打油诗惠寄者甚多,这个好与不好,叫我来审定,决不外行;可是好的实在难得,可见这一行“小技”,正复大不易为。

其中有一位董宏先生,寄来两首,第一首没什么好,第二首却是蛮噱的,他是来指正我们近来报上的几点错误,其言云:“小诗寄与大郎唐,贵报近来错得忙。热到体温百四度,早该血压二千强。将军笑话人与畜?酒鬼螺旋包且双。不是吹毛缘爱惜,先生明鉴问安康。”

这位先生,把《亦报》读得如此详细,一种关爱之情,真使我们感奋。这诗的第一联,是指影剧版里把孙兰亭的血压,误写了体温的度数。而“将军”一句,是指旧燕先生的《东北人语》里记吴俊升的“他”写用了“它”字,这倒是作者用惯的缘故。以“它”字代替“他”字的,《亦报》尚有一位,那就是行云先生了。至于“酒鬼”一语,是说怡红先生的《外国字典》的“酒鬼”一段,在先后四日内,我们不当心把原文登了二次。像这样用一首打油诗来纠正我们这些讹误,你说阿是倒蛮噱格?

(《亦报》1949年10月31日,署名:高唐)

## 坐电车

前夜我们在梯维家里吃饭,散出来的时候,之方同羌公朝东走,我则与周信芳先生朝西走。才出门口,信芳问我什么时候了,我说十点钟敲过。他说还有电车没有了?我对他说:“算了吧,坐坐三轮车,干吗要搭电车?”天寒夜静,走了些路,看见一辆街车,他坐上去,我也搭了一段路。

信芳的崇尚俭约,倒是他的本性,决不因为时代的变迁,而故意矜情。近年他生活得更加严肃。他告诉我:三个月前,他要唱戏,还坐汽车,后来就不坐了,以后即使登台,也不想再坐。这位先生不但能够虚心学习,更有身体力行的勇气,我可能做到前者,后者则总在想慢慢来吧!所以始终没有想到过要坐电车。

(《亦报》1949年11月2日,署名:高唐)

## 尚 和 玉

尚和玉先生年七十七矣，愚不聆先生哥，几二十余年，少时观其演《铁笼山》，虽不知戏，亦未尝不爱其雄厚沉着也。今先生耄矣，犹登台，夭矫且不让少年，讵非人瑞？尊前闻信芳絮絮谈和玉近事，弥多情致。上月信芳与兰芳诣首都，和玉闻二人至，欣然往访，语门者曰：我尚和玉，来视南中二子者，我与二子俱优人，彼二子犹少年，而我则老矣。既相见，和玉语二人曰：哀朽犹不死，闻二子同来，欢喜不可限量，及我之生，必得见二子为乐，故来访，二人咸笑而噢之。信芳又言：北京文教当局，尝约京中老伶工与会，王瑶卿、尚和玉并出席，亦尝讲话，和玉侃侃谈，曰："愿政府重视京剧，尤望政府提倡武戏，以武戏须练功，练功者恒体硕而健饭，民益健则国益强矣。"闻者唯唯笑，笑老人之言似粗简，顾未尝非至理耳。

（《亦报》1949 年 11 月 3 日，署名：高唐）

## 小山东失女记

去岁，小山东吴温如来沪小住，愚数数遘之。维时吴挈其女偕至，女常在此登台，第非公演，要海上周郎，顾其曲艺，所谓唱打样戏耳。未几北返，不复闻其消息者，逾一年。上月，有读者刘，以书抵愚，谓与温如为老友，温如往遇刘，辄盛道高唐。愚故报刘书曰：烦刘君代语温如，高唐无恙，高唐亦甚念小山东焉。近顷桑弧南返，告愚曰：曩之首都，尝与温如共尊俎，温如之女，则背母飏矣，侦之不可得，小山东故懊丧万分，强为旷达，乃不形于色，及少欣，则又勿能掩其情怀之恶！愚闻之，慨然良久，小山东薄已恭人，其心甚善，今当迟暮，而复以忧患，天道固不可论也。

（《亦报》1949 年 11 月 4 日，署名：高唐）

## 施叔范诗

劳生息梦止浮萍，世换兵销酒亦醒。还得耕桑容老大，似难笔墨变新灵！黄尘合辙车声稳，赤膊斧松汗气馨。此去未嫌归计晚，农家欢苦要身经。

波纹皱砚抚尘颜，衣帽随年入敝残。常觉旅灯情味薄，每因良友别离难。归根有叶过中岁，去市求田仍一餐。后夜星河人影远，便扶豆架作层栏。

上为施叔范先生作留别海上友好诗，寄与桑弧，桑弧以示愚，读之真能烦郁都销也。近世诗人，于施叔范服膺尤至，散木先生所谓髯诗能自成其面目者，愚亦谓一任世变时迁，髯诗终得千古。《亦报》诞生，索叔范诗，叔范曰：久无所作。及其归，亦迟迟无一报，愚故惘惘弗已。当其倚装，桑弧设杯酒饯之，散木、空我皆在座，散木被酒，骤语愚曰：若多余力，仍为诗，后此诗道必衰微，留我三四子，亦足奇珍！愚曰：是当属望于叔范，胡论及我？无叔范聪明，亦无其慈爱，患吾诗终不可到耳！

（《亦报》1949年11月5日，署名：高唐）

## 江南盖五

每一次听见盖叫天先生登台的消息，心里总有一股说不出的兴奋，原因大概为了他是六十开外的人，看一次少一次了，这次看到了，下次还有得看否？我倒不是怕老先生的不长寿，因为老先生有点积蓄，不一定靠上台养活，随时随刻可以闭门颐养的。

这一次他又呆在杭州，兰亭因为身体不好，没有亲自去，叫他夫人去的。夫人告知来意，老先生跟了就跑，一到上海，先去望兰亭的病，对兰亭说："我跟您唱，咱们不谈包银，唱了再说。"兰亭听得感激涕零，特地打电话告诉我说："你是喜欢盖叫天的，人家都说盖叫天的脾气挺僵，现在看起来，最是笃于友道的人。"目下的兰亭，正在患难之中，盖老先生的一分深情，自然更使他感动。

(《亦报》1949 年 11 月 7 日，署名：高唐)

## 小黑尚在人间

二三十年间，女人唱大鼓者，以小黑姑娘享艳名最盛，而论收场，亦以小黑为最苦，数其摇落近十年矣。叔红自北归来，问之曰：在京都，在天津，亦尝闻小黑犹在人间否？则曰：犹在天津，亦犹登场度曲也。顾荒寒之度，与日加增，而声喑多病，弗能日日唱，与胡索周旋，月不过三四回。叔红不忍闻其曲，亦不忍睹其人，是以终未一见。

当黄楚九知足庐改辟北京书场之日，小黑与白云鹏偕来，愚于此始见之，神彩飞扬，姚冶乃不可一世。旋嫔薛氏子，亦沉湎于阿芙蓉，处境日蹙。薛客死古城，小黑遂穷苦无依，益以痼癖缠身，不能自拔。愚疑其且流转沟壑，不图其犹能持鼓儿搥也，讵非奇迹？然而惨已。

(《亦报》1949 年 11 月 10 日，署名：高唐)

## 与稚子同眠

也不知打什么时候起，养成了不喜欢两个人睏觉的习惯。这两天，家里走了个娘姨，惠明不免辛苦一点，晚上她睡得早；才过两岁的儿子却睡不着，于是等我回去常常抱了他一淘睡，在被头里，逗他笑乐，他也会咿咿呀呀唱许多有腔无字的解放歌之类给我听。我要他叫我一声，他一脱口就喊唐大郎，我佯怒着对他唔了一唔，他又立刻改转来叫爸爸，我仰天大笑。一天的疲乏，往往这时已经消失殆尽，不必等到悠然成梦。

可是这几天我毕竟睡眠不足了，孩子酣睡时的两只脚，往往搁在我屁股上，腰眼里，半夜，发现他的头，到了床边，难得还撒一泡尿，浸润了我的衬裤。早上，我还没有醒，他却醒了，两只脚一直在我身上乱撞，使我再也不能合眼，我不会光火。我喜欢的孩子，就在两岁到五岁之间，再大了，我一直要讨厌到他们不再挨老子的血的时候。

（《亦报》1949 年 11 月 11 日，署名：高唐）

## 高盛麟与我

我不是评剧家，不过我对于京剧演员，那是有衷心爱好的几个人的。譬如要我说老生好，只有一个麒麟童；你要我说武生好，只有一个盖叫天；你要我说青衣花旦好，那我只有在几个女人淘里拣，因为我不喜欢男人扮女人的。

有一天我问起翼华，听人说高盛麟的《史文恭》，比盖叫天演得更好，尤其是“水擒”一场的水发功夫，盖老五也赶不上他，有其事吗？翼华说，完全瞎说，这一类戏，高盛麟怎么好同盖叫天比？连《恶虎村》在内，盖叫天有的，盛麟都有，聪明是真聪明，但要望博“出蓝”之誉，那未免夸得他太过分了，盖叫天到底是千锤百炼过来的。我想翼华的话，不会错的。高盛麟的戏，好起来好得叫你不能相信，差也差得叫人直骂，疏懒是他的毛病，才气过剩而工力不足，也是一个原因。犹之乎唐某笔下的诗文，有时看看，真有摆得出去的东西，但蹩脚的也亏我拿出去见人，所以你若说高唐的诗上拟黄山谷，高唐的文近拟周作人，都是滑稽。

（《亦报》1949 年 11 月 13 日，署名：高唐）

## 别蓼花一首

互送江城寂寂秋，倘怜此会颇相悠。我从诗里三年老，汝占人间一院幽。见说饥肠劳可补，却缘绝色更难求。心中惘惘何言说，只向黎明一辟忧！

立冬前三日黎明作

那地方不是花圃，也不是自家的庭院，但种着几树红蓼，从初放而盛放，乃至近来的憔悴。一个秋天，我把它领略得够饱了。今秋多雨，雨中的蓼花，更加红绽，元遗山“碧山红穗媚凉秋”的境界，真不愧字字传神。

这两天它更是萎顿可怜了，我每次从它身旁经过，还当它盛放一样，终要望它几望；薄暮花光，已然消失，使人惘然的是到底还不曾到浦溆清霜的时候。

昨天忍不住又写了一首诗，自己看看，仍为“绮语”，不必肉麻当有趣说是“词人之结习未忘”；不过任性了几十年，心中郁积，蹩住了不放它一放，实有生不如死之苦。

（《亦报》1949年11月16日，署名：高唐）

## 清夜扪心

前两年，我是做过投机生意的，金钞股票里，赚也赚过，蚀也蚀过，老实说，我不靠这个，单靠这一枝笔，就写不出“穷极书生奢亦极，与人挥手斗黄金”的那些荒唐诗来。

解放以后，我虽然没有积极地求学习，求进步，但这一份心的确对着那个好的方向，丝毫不曾动摇。同之方办这一张《亦报》，战战兢兢，时虞有失，有时听到人家的批评，只会虚心接受，因为自己晓得自己的条件，太不够配合这个时代。

前两月，放拆息好的时候，我也能够张罗一点金钞，抛售了去放高利，放完高利还可以补回金钞，但我绝对不做。前两天市场波动，我也懂得浑在里边，一定大有可为，但王八蛋有意思去下一下手。好不容易想把自己的心放正了，再去弄歪它，算来算去是不值得的，何况钱又不是没有见过。

自己已经无补于国家了，再要寻出点花样来，清夜扪心，难道真有人不懂得惭愧的吗？

（《亦报》1949年11月18日，署名：高唐）

## 绒线套子

炯炯、削颖两先生都在文字里提过用绒线打的钢笔套，以为连套子缚在身上，不易有失落之虞。法子是呒啥，不过仔细想想，这神气实在土得有点“寿”了。

小时候家里大人吃的皮丝烟筒，下面那个银质的托子，到了冷天，往往要给它打上一个绒线套。西风怒吼之夜，母亲坐在床上吃烟，我钻在被头里看她，卷纸上的火，经过收吸特别冒得明炽，空气显得有暖和之感。

我的孩子，一早起来，就要拉矢，习惯把他放在痰盂上。这两天天气冷了，孩子一坐上痰盂，冷得他直跳起来。我说应该替他在痰盂口上装个绒线套子，刘氏笑我的派头忒大了。我说我见过许多人家，抽水马桶的木圈上，冷天都有绒绳套子的。老屁股尚且要保护，小屁股应该更加爱惜一点。

（《亦报》1949 年 11 月 19 日，署名：高唐）

[编按：炯炯、削颖，也钱芥尘、王益知的笔名。]

## 闻李少春重振声华

李少春来沪以后，同他见过一次；及其登台，《野猪林》一出戏，口碑载道，于是少春的声威重振，为其故人者，于心良慰。记得前年，他是弄得非常不得意而回去的，我不知写过多少文字，替这位允文允武的须生，致其惋惜之意。可喜他能够振拔，居然回复声华，希望他从此立定了，不能再颓废下去，一个人是经不起几趟倾覆的。

昨天同耀堂、梯维、桑弧诸兄谈梨园故事，我们细细派了一派，在现在的所谓老辈中，梅兰芳同周信芳都是可以成正果的。信芳也是得力于中年以后的意志坚强，一方面他本身是个求知不厌的人，这些都值得后起者的效法。那些鸦片烟吃得像蜜蜡金一样的几位角儿，我们自然无所希望。李少春如其懂得我的意思，发奋不已，再过三十年，也不会落漠的。

（《亦报》1949 年 11 月 20 日，署名：高唐）

## 迎高百岁归来

高百岁、陈鹤峰二先生,从汉口联袂归来,都有长足的进步。一回上海,晓得周信芳先生在海上登台,仍旧用着"麒麟童"三字,高与陈一致窃期期以为不可。

他们二位都是信芳先生的高足,论成就,都未尝博出蓝之誉,但是他们不背弃时代,则不甘落信芳之后。

我同百岁相交多年,诚实,俭朴,都是他的美德,他的思想一直前进的,做改良京剧,数他最起劲。兰心大戏院排的《同命鸳鸯》,他唱了七天,没有拿一文钱,虽然那个戏没有成功,但他的志,却早已可嘉的了。

现在他回来了,不肯贸然出演,他们要考虑到剧本问题,要干就想彻底的干,这种态度,真使老友为之钦服。这个人已然是一块好料了,再加以思想的健康,工作的努力,终为一方美玉。伯绥,我以快乐的心情,迎接您回来。

(《亦报》1949 年 11 月 21 日,署名:高唐)

## 恋旧的情怀

昨天谈起周信芳先生的两位高足对他们的先生还是"麒麟童"三字做演出时的名字,认为诧异。这倒不是二位这样想,有许多人都这么说:做过文代,做过人民政协的代表后,回来之后把麒麟童改为周信芳唱一次戏,从此一直用周信芳唱下去,真是再好没有的机会,而周先生竟没有利用!

关于别人的疑问,周先生当然听着过,他将如何解答,我没有指定。以我个人来想,周先生一定也考虑到这一层的,而他之终于不把"麒麟童"三字废弃者,多少是一种恋旧的情怀,叫他想废而舍不得废。

十几年前,周先生告诉我,他在童伶时期叫七龄童,后来改麒麟童的。这三个字已经用了五十年不到,却也有四十五年以上的历史,又因为这三个字,跟他的生命史上,一直辉煌过来的。他过几年就要六十岁了,能够再唱几时的戏,他也许舍不得再委弃他已经题了四五十年的名字,但他想到了革命,连一个别人认为不大相宜的名字;都没有革掉,在他心里,一定有一分惘之情,为别人所无法喻解的。

(《亦报》1949 年 11 月 22 日,署名:高唐)

## 闻祖夔之丧

前天早晨九点钟到报馆,刚坐定下来,就接着一位朋友的信,告诉我李祖夔先生于上一日夜间在寓所中受害身死,信里说:死的情形不大明白,因为我同祖夔是老友,所以特地为我报这个噩耗。

我同李氏兄弟论交,都十几年了,惟有祖夔对我常常有咻噢之雅。虽然平时的形迹并不太密,难得通一次电话,祖夔往往在电话里同我说上一大篇,表示他对我的关切。记得今年夏天,我写了一段母亲生日的稿子,他一早晨看见了报,就打电话给我了:“老太太的寿辰,我一定要来的,我同你有一个共有的幸福,那是你四十多岁,我快六十而都有老母在堂。”有时他看见我写了一首好诗,也打个电话来赞美一番,让我开心开心。

我认识祖夔的那年,他已经与政治无关,纯粹是一个商人,而且释躁平矜,在他的行事上,性格上,都不致于遭到横死的可能;然而所得是这样的终场,无怪相识者都要闻耗震惊矣!

(《亦报》1949 年 11 月 28 日,署名:高唐)

## 孩子的生活

大孩子在东吴大学读书,写过两次信来,总是说在那里生活得很好。青年人都在吃苦的时期,偏偏我的儿子在夸耀他的生活,我自然看得不大舒服。还有第二个孩子,这一学期,也寄宿在校里,星期日,总回来看看他母亲和弟弟。据他告诉内人,校里的小菜钱由学生共同支配,大家到期总缴与一个学生执管，这个管账人不善理财，在物价天天跳的时候，几乎无钱买菜，这两天就苦得要命，买五千元小菜，开八桌饭，一顿只吃些萝卜干而已。内人说这孩子近来瘦了，我听了为之发愁，营养太坏，难免影响他的发育。内人想等他下星期日回来的时候，替他烧几只小菜，让他带去，好在天冷，放得起，叫他慢慢地做下饭。

听见孩子生活得很好，心里并不舒服，又听见孩子生活得太糟，又要难过，为父的心情，就是这样的横也不是，竖也不是。

（《亦报》1949年12月1日，署名：高唐）

## 终成老饕

钱芥尘先生是吾道中的前辈，今年已经六十开外的人了，不但健笔凌云，无殊往日，他的思想也跟着时代前进。解放迄今，没有人来督促过我学习，只有他老人家每次写信来，总是鼓励我赶快举行学习小组。偏有我这个懒虫，一任他言之谆谆，始终也不曾整顿起精神来照办，我想钱先生在暗地里一定会骂我孺子真不足与谋的。

记得不久以前，我因为要同钱先生谈谈，写信去请他在新雅吃饭，钱先生回过我一封信，里面有“第徒馁铺，终成老饕”的两句话。我看了暗暗惭愧，他并不直接教训我在这个时代，干吗要这么浪费，而婉转其词的著此两句，使我只有佩服他的老当益壮，转变得似我比他年轻二十岁的人要正确得多。

自从接到钱先生的那封信之后，我曾经对自己检讨过，真的，解放以后，对于馁铺上的享受，实在没有什么减少；这里面虽然有一个不大成为理由的理由，因为我每年终要吃许多补药，打不少补针。今年有人告诉我说：药补不如食补。故而我就在饮食上寻求营养。可是有一次我回家吃饭，家里的菜不大好，我竟形诸词色，弄得太太光火，说：你又没有通知我要回来吃饭。但再想想，她何尝错，而我的错误，却实在太大了。

（《亦报》1949年12月4日，署名：高唐）

## 都是聪明人

言慧珠从上海到北方去,本来拟从天津赴港给香港永华公司主演一张影片的,但此番梅兰芳回来,言慧珠也跟着回来了。有人问她:“不听说你要上香港去拍戏吗,怎么又跟师父(指梅)回来了呢?”言慧珠眼睛里放出肫挚的神情来,回答问她的人道:“本来要上香港去的,只因梅先生此番回南,就要登台,你想他这么大岁数啦,还有几次台可登的?我做徒弟的应该随他回来,多观摩观摩他台上的演技,一面也好在后台服侍服侍先生。”听得问的人为之大大感动,退而语人,谓言慧珠不但尊重师门,其苦志勤修,尤可敬也。

因此叫我回想起余叔岩临终到瞑目后的两件事来,当时报纸上竟载余叔岩在病重时,他的徒弟孟小冬在床面前服侍先生,衣不解带者不知若干日,等到余叔岩辫子翘定之后,又有他的徒弟李少春,正在上海出演,闻先生之耗,星夜奔丧。当时一致批评说孟、李二人,尊重师门,其风义都不可及。

不知何故,我当时就别有见解,只为念头转到了“世故”两个字上去,所以对于孟小冬之侍病,李少春之奔丧,乃至这回言慧珠之跟了梅兰芳回来,除了佩服他们的绝顶聪明之外,再没有其他恭维的意思了。

(《亦报》1949 年 12 月 5 日,署名:高唐)

## 站不住啦,回来吧!

解放前从上海到香港去的人,目下正在一批一批的回来,听他们说,倒不是别的,再耽搁下去实在吃不消了:其中带几十根条子去的早已赤贫,带上百根条子去的势也岌岌,到现在还能勉强敷衍得下去的,那都有二百根条子或者十万块美钞以上的人。

在香港的广东人,据说老早骂上海人是瘪三了,因为上海人刚去时,大都装阔,曾经把香港的物价波动过一时。那里的广东人,对他们哪有好感?不到半年,眼看他们一个个在穷起来,如何不要口出恶声?

还有人统计过说:凡是从上海到香港去的,一家坐吃,固然不了,也有在那里做生意的。却也没有一个做得顺顺利利,可以靠盈余下来,过日子的,倒是赔了本滑脚逃走,时有所闻。原因香港市廛,盘踞的都是一批人精,陌陌生生想插足进去,根本没有你的分儿。想不到上海自有那末多混蛋,不打听打听,贸贸然逃难逃难,逃得他妈越逃越难。

(《亦报》1949年12月6日,署名:高唐)

## 想起罗宾汉

小报中的《罗宾汉》,在我是不能忘情的一张。我说的《罗宾汉》,倒不在王雪尘接办之后,好是好在朱瘦竹做编辑时期。没有色情,没有恶意讦人,浅显简单,老老实实报道消息;一篇文章,题目比文字还大,文字里常常夹着"恕秘"二字,署名常有"壶中长生"、"袖里乾坤"。这些这些,都十年不见了,现在想想,还是非常有趣。我现在来摹仿一段它们当年的文字:

**黄宗英担任保镖 唐大郎指点迷途**

昨天下午一时半,唐大郎坐了三轮车,经过善钟路转入葛罗希路,碰着黄宗英,骑了脚踏车,黄宗英跟在三轮车后面说,我做你保镖。

黄宗英要到兰心打腰鼓,忽然迷失去路,唐大郎叫她跟到蒲石路,向东一指叫她一直去,不要转弯就到了。

上面这一段写我自己的实事,假如把题目装大号方体字,文字排五号老宋,那形貌就出来了。后来小报上的影剧版,欢喜琐琐屑屑登载新闻报道(连现在本报第四版在内),其实还是当初《罗宾汉》的遗风。

(《亦报》1949年12月7日,署名:高唐)

## 送 齐 甘

《亦报》出版以后，我把齐甘先生是看作畏友的，我有错误，他立刻来信纠正，或者当面跟我指正。有时写了一篇还可爱的稿子，他也会向我赞扬一番，使我随时可以警觉怎样做是对的。更可爱的是他写来的稿子，常常在角上说明那篇稿子的好坏，非常好，或交关好，让我仔细体会，他这样做看看似乎平常，其实这里包含着非常肫厚的友谊。

半月前他特地来看我，说要出门去读书，不几天，果然走了。现在登他的稿子，是从外头寄来的，寄给他家里，由我们再到他家里去拿。他对我们这张报纸的勤恳，负责，使我不知如何感谢。但在我多少有点怅惘的，因为少了一个随时督促我的人。有一天我就写信给某甲先生，告诉他齐甘走了，我好像走了一个照应我的人，所以请他代替齐甘，好好坏坏都得对我说个明白，因为在同文中，某甲对《亦报》也是付以万斛热诚的一个。

一月前，我写了一篇《小山东失女记》，文言文，在原则上齐甘已经摇头了，而我的结束几句是"小山东薄己恭人，其心甚善，今当迟暮，而凌以忧患，天道固不可问也"。齐甘碰着我冲口就说："别的没有什么，末了一句要不得。"我只有赶紧认错。

（《亦报》1949 年 12 月 9 日，署名：高唐）

## 家 居 一 咏

娘催儿睡要关灯，爷鼾声高儿自听。唐勿听完还笑道，爹爹大病发神经。

夜里同唐勿睏勒一横头，我倦了，他还不倦，在我耳朵边唱"跟着你们走"。他母亲说：爸爸要睡，你也睡罢，我要关灯了。他不许母亲关灯，我只得装得鼾声，他听了一会，忽然大笑起来，对他母亲说：爹爹发神经病喏！我于是也吱吱的笑出声来，因此每夜总等他睡熟了我才睡得着的。

(《亦报》1949 年 12 月 12 日,署名:高唐)

## 棉帽子

我亲记得小时候戴过缎子瓜皮帽,红绒球,后来到小学里读书了,也戴瓜皮帽,不过不是红绒球,而是黑的结子;大人领我到上海,上马敦和弯一弯,就是替我办帽子去。有一年还买了一顶乌绒的,年纪小,面孔嫩,唇红齿白,眉清目秀,压一顶乌绒帽,真有“越衬肌肤雪欲消”之概,现在想想那时候的长相,其实不坏。后来在中国银行做行员,多北方同事,看见他们冬天戴的瓜皮帽,缎子的,里面装着棉絮,所以一块一块胖了起来,我也买来戴过;同时还着过北方的厚底棉鞋,像老头子;那时我正二十边上,没有胡过调,也没有结过婚,是佳子弟,虽然脑筋里已在动着女人啊女人。

再后来我一向戴呢帽,直到如今,没有改变过。前两年买过一只鸭舌头帽,出门用的。今年更加怕冷,如果戴帽子,呢帽有些不够。有一天,看见白荷着了灰布棉袄棉裤,戴棉帽子,轻便暖和,我想学她的样,彻头彻尾翻一次行头,因为我特别欢喜那一顶棉帽子。

(《亦报》1949 年 12 月 13 日,署名:高唐)

## 远怀小洛

半年来,我们与小洛的消息隔绝了,至昨天他才从香港寄来一信;他在一月前由台湾到了香港,马上写这一封,等我们收到,这封信已经在路上搁了一个月了。

他晓得我们在弄报,非常高兴,又晓得吟声、慕尔诸兄,在我们一起,远道故人,料想得到我们是一个亲切的结合,因此又替我们欣慰。小洛是这样怀念我们,我们平日,又何尝不时时刻刻在怀念着他。尤其我们发动弄报了,我常常慨叹地说,没有小洛来主持辑务,总是这张报纸的缺陷。我们一向都合作来的,惟有这一次单单把他漏在外面,他是在一年以前就在台湾经商,而且带着家眷去的,要不是当初尽室而东,我想他一定在半年前赶回来迎接上海的解放的。

谈起小报,不由我们不遥念小洛的,他非但编得精也写得好,正论歪论都有他一手,你要说可以与小洛并肩的是什么人?我就找不出,除非是已经死了十多年的尘无;但尘无好的是能新能旧,却没有小洛那一份泼剌的劲道。他是不在上海,在上海,不用说的,《亦报》总是他编;《亦报》比现在健全,更可以断言的。小洛在文学上的修养比我好,常识比我多,何况才调无伦,而我是什么东西!

(《亦报》1949 年 12 月 14 日,署名:高唐)

## 为唐艺二十岁作

艺儿今年二十岁了,他的生日,没有回家。前一日我写信到苏州去,告诉他家里为他备了面点,以为庆祝,又叫他在苏州,请两个同学到鸿兴馆去吃一碗面,算是自寿之意。寄了信,我又写下一首诗来。

> 自尔无知到长成,回思往事百心惊。虽然家业承殊勇,只是娘恩报不清。但愿吾儿能苦读,莫如而父拥虚名。少年更要勤劳动,所喜从今世路平。

(《亦报》1949 年 12 月 20 日,署名:高唐)

## 美丽的贺年片

一九四九年除夕,收着一张贺年片,是荣梅莘寄给我的,三色彩印,片中画一个打腰鼓的女人,那是荣太太,亦就是谢家骅了。

因为那只鼓放在腰眼上,所以那画面特别强调谢女士腰一部分的好看。美丽是真美丽,我带回去,我家的产妇,就把它剪下来压在夜壶箱的玻璃板下。

在荣先生的事业上，屡次利用太太来做宣传品，荣先生是真肯利用太太，荣太太也真肯受丈夫的利用，这一点不大有别的例子的。

他们这一对夫妇，一向在上海，欢喜趋时髦得最尖锐化的，但当去年解放大军渡江之际，他们居然没有“时髦”得跟着别人逃到香港台湾，我觉得这一点终究还呒啥。

（《亦报》1950 年 1 月 3 日，署名：高唐）

## 我们四个人

新年的头两天，都同桑弧、梯维、之方在一淘，少不得连番餔餟，这一种良朋聚首的机会近年来已不大多得，于是想起当初《黑饮记》的所谓“渐看明月生墙角，特为佳人照海陬”“适逢眼底无双艳，便寄生平第一欢”“发肤衰于离乱后，弟兄都在性灵中”的那些尘影来，在座的人，遂都有不尽低回之概。

我同桑弧、梯维、之方四个人，在性格上，出入没有太大的地方，所以我们的友情容易长久，有一时期为了各人忙各人的事，不大碰着，但碰着了总好像有说不完的话说着。因为我一向不务正业，所以与朋友没有事业上相共的人，也许这是能够保持友情永久的原因。譬如说：我去年想自制一部影片，真的摄成了，我一定想在本市最大的戏院上映，于是一定去找梯维，他是大光明与国泰两家的总负责人，但万一他有为难而方我的命了，我呢一定当他不卖交情，而心里就要不免有所芥蒂了。比较起来，同之方合作的机会多一点，他是干才，他领导我。但朋友是老了，交情是深了，我总想，有朝一日被我拆烂污，拆得事业垮了台，他也只好对我看看，总不致于办我去吃官司的，但友情还继续得下去么？

（《亦报》1950 年 1 月 5 日，署名：高唐）

［编按：《黑饮记》刊于 1944 年 7 月 11 日《海报》，署名文哥，即胡梯维。］

## 谢 梯 维

写就身边事一堆，自家看看意须灰。书来读者封封骂，头碰梯公日日催。人自心雄惟力拙，诗难气荡更肠回。只教收拾狂奴态，遂使尊眉豁不开。

在我们征求读者意见的许多来信中，对于我的文字，骂多于不骂。骂我的也分着两种，一种骂我不够进步，还是写些身边文字；一种则骂我写得不比从前那样的泼刺，风趣，总之我是两头脱节。惟一办法，只好少写一点。但我是天天同梯维一淘吃饭的，他不看见我的稿子，他就要催："怎么今天又没有了？"甚至说："再不写，我要不看《亦报》了。"其实梯维并不对我的文字有所特嗜，因为看二十年老友的写述，别有一番亲切之感而已。然我却难了。

(《亦报》1950 年 1 月 6 日，署名：高唐)

## 寄齐甘北京

昔梦春明淡若烟，多劳吹到眼门前。裹中絮履夫人托，肚内篆章居士镌。（注一）已爱寻声来市侧，最怜觅静坐茗边。（注二）自从邀得申公写，人谓高唐未白编。（注三）

注一：前二日，齐甘夫人托寄棉鞋一双，我把山人居士刻的图章放在鞋肚里，一同付邮。

注二：近来我欢喜两篇《亦文章》，一为《闹市寻声记》，一为《有茶可吃记》。

注三：有人说，《亦报》得申寿先生文章，终大郎之世，算他不曾白做编辑也。以告齐甘当为颔首。

(《亦报》1950 年 1 月 9 日，署名：高唐)

## 为不会讲话事呈之方兄及本报诸同人一首

开会定连口要开,“格毛事体柴来来?”(请用宁波口音读之)早从块肉登银幕,数唱西皮上舞台。几句流腔能入调,一声“诸位”便非材。凭君逼我终休逼,只当唐公死脱哉。

活到今年四十二岁,有一桩事体从来没有做过,那就是演说,现在是称讲话的。你说我口才不好吧,倒也不见得,寻寻开心,打打朋起来,我那一套涉语成趣的本领,在朋友中谁也比不过我。二十年前更欢喜学习上海一种市井登徒的口谈,到现在我还能够说得非常流利。再说其它开口方式,譬如演戏,也曾经同亡友英茵合演过一张影片,那就是桑弧编剧,朱石麟导演的《肉》。京戏更前后登台十数次,小生、老生、武生、娃娃生、小花面一脚踢。想来想去,就是不会演说,虽然没有试过,我却自已晓得,假定叫我一立起来,说了诸位先生诸位来宾,以下一定再没有其它词儿了。

前几天,之方又写张条子给我说:请你多多带领开会,对于内容检讨,更要多多讲话。我看了发极起来,便写出上面这一首诗,我认为要我讲话,就是要我的命,这首诗是代替喊救命的。

(《亦报》1950 年 1 月 11 日,署名:高唐)

## 奉山人居士

山人居士是当世印人的第一份,论书法亦有并代无俦之目,向来要请他刻印或作字,是非钱不与的;想不到齐甘的一篇文章,却博取了他一方篆刻,真是奇迹。但自此以后,就有许多人要我代他们向居士揩油,尤其《亦报》的同事林颂均先生(号龙儿),平日醉心居士的作品,他对我说,阿好请邓先生刻一块石头?我说,钞票呢?他说没有钞票,其意欲步齐甘之后,彰彰明甚。但我没有答应下来。其实我近来早上八点钟,倒是天天经过青岛路居士家门口的,因孩子上学,我便合坐一辆车子,把他送掉,我到报社;几次想叩门望望居士,又怕他在治艺时间,杜门谢客,因为他是有这个规矩的。

日送儿郎上学车,路经青岛过尊庐。寻公颇想闲谈坐,谢客又愁正刻书。

竹杠者回敲得爽,人情下次碍难铺。龙儿要我揩油去,竟说身边无钞票。

(《亦报》1950 年 1 月 16 日,署名:高唐)

## 打油诗两首

方才路过池浜桥,处处低洼已补高。往日赵犹今日赵,匪帮样样一团糟。

从家里到报馆,不走卡德路,便走池浜桥。这条池浜路,从前永远不修,落了雨,这里的水潭,往往积数日不干。今天早晨经过,忽然看见全路已经修得平坦如新。想想赵祖康还是赵祖康,他在匪帮政府时代,匪帮的税收,取之于民,用之于他们自己,赵先生纵为巧妇,亦不能为无米之炊,到现在他表现的一点手笔,总可以看得见了。

公债单单买一分,教儿莫恤阿爷贫。加三加四随儿做,小学规模荣毅仁。

儿子来信,说在校买了一分公债,我说太少了,告诉他老子虽穷,情愿为他撑腰,不妨加码,儿不见耐宜荣毅仁,认了过一次,添过一次,他一定再要添的,以大数喻小数,我们亦应该买了再买也。

(《亦报》1950 年 1 月 22 日,署名:高唐)

## 小报与传单

我发觉雪窗先生在触我霉头(前三日本栏《有话即长》篇),假如说小报编者不欢喜长文章也是一个没有扔掉的包袱的话,那末我由衷的说一句,这个旧包袱,在我暂时还扔不掉呢!再老实说,有时候,我发一个狠,把一篇一千多字段文章发了下去,第二天看看印出来密密网网的一块,总会懊悔,我为什么不把它分两天登呢?

小报不便登长文章的唯一原因,是在乎版面的安排,我们在内容上,渐次把它弄得干干净净,至于形貌上,则想慢一步再变。旧时小报之为人鄙视,是在内容的不纯正,却没有人訾议到它形式的不好看。既要暂时保留这个面目,那末长一点的稿子,确实不向宜用。《有话即长》的文章之好,我岂不懂?无奈与小报的编制有点冲突,只好割爱。我在想等《亦报》再发达一点,印两张三张,添几个副刊,长文章自然可以容纳了;单单这一张,那末还是让它像一张小报。变得不好,会变成一张传单。

(《亦报》1950年2月4日,署名:高唐)

[编按:雪窗,是陶亢德的又一笔名。]

## 看戏不成

匪机长是害人精,害得人民不太平。曾以久违童小姐,复因老念盖先生。买来厅座交关后,点着油灯不大明。我畏夜行竟错过,要向血债一淘清。

匪机袭沪之日,上海电力有若干地方,不能供应。是夜余适买中国大戏院座券十张,在B字第七排边上,盖"中国"贴童芷苓《纺棉花》与盖叫天和高盛麟的《艳阳楼》也。后来一打听,戏院点汽油灯上演,予以目力不济,而又惮夜行,遂未去,票子交孩子们去看,十张而废弃了六张。孩子们回来说:汽油灯下看戏,真没有劲。但盖、高二先生,则不以没有电灯而稍稍偷工焉。

(《亦报》1950年2月9日,署名:高唐)

## 两张速写

三月前,胡考先回来,小丁后回来,他们没有忘记我同之方,三日两头,要来望望我们。他们都是有成就的人。我倒也并不肯自馁落后,同他们谈谈笑笑,还是像从前一样,他们都说,倒真希望大郎早点搞通思想,但又不希望他搞通之后,却减少了他一分固有的豪情。

胡考在工作上,不常以画笔来歆动世人了,小丁则还在这方面苦修,将来的造就,当然无法估量的。他们都曾替我速写过人像,那是我生平最宝贵的两张。胡考写的,远在十多年前,在小丁家里,不到五分钟,用浓墨泼成功的,挺大一幅,放在眼前逼视,只几笔粗粗的墨杠而已,把它粘在墙上,远几步看,真是神情毕肖。这幅画,我至今保藏着没有弃去。小丁写的是在大前年,他在台下看我演戏,一面就替我白描,那就是后来配合了吴祖光的文章,在《大家》月刊上发表的一张黄天霸的戏装了。他强调我面孔之似西字形,没有用护领,头颈露在外面,头又是弯的,正在抖袖,他用柔和的线条,写出我身上的"羊毛",不要说别人看了会拍案叫绝,我自己也真赏爱它。前两天还翻出来同之方研究,我觉得我真嗲,但除小丁,谁有本事,再能够写得这样传神阿堵呢?

现在他们又上北京去,走了的前夜,我同之方送他们,临别,他们希望《亦报》渐渐地进步,大郎也跟着进步。

(《亦报》1950年2月13日,署名:高唐)

## 新招房客

一向临街住客堂,欢迎搬入统厢房。新来住户朱兼白(白荷原姓朱),惯作房东薛与唐。将补玉交枝折去,再攀无线电同行。诸君莫惜殷勤问,来信还投老地方。

白荷先生,在电台上做的节目叫《听众服务》,后来我们请她来给《亦报》编《读者服务》。据白荷先生的统计,听众的来信,与读者的来信,一样多得来不及答复。前一时我们把《读者服务》内容改变以后,关于读者给白荷先生的信,更加不能充分的作答,在读者与报馆都是一种遗憾。因此我们又想出一个办法,请白荷先生分一部分的来鸿去雁,到第三版来,每天选择问题比较有趣的或者有意义的,各刊一函,这样使投信读者诸君,多少可以满意一点。

这计划将等《玉交枝》终了之后实现。那一天我们计议已定,我对白荷先生说:“你一向在第一版里,仿佛住沿街石库门房子的下客堂间,现在要请你到我这里来,给你一所弄堂房子的统厢房住了。我们很欢迎你乔迁过来。”

(《亦报》1950 年 2 月 14 日,署名:高唐)

## 身边杂句

一阵腥香口角流,晓来偷吃鱼肝油。儿童岂有知医药?要变明朝大块头。

前天,我闻得唐勿的嘴里,有一股腥气,问他吃过什么东西,则说清早打开瓶子一连吃了六颗鱼肝油丸,再要吃时,给他母亲发现,把它抢了下来,不然那大半瓶都会装进他肚皮里的。他是说他要赶紧变个大块头,他母亲平常对他这样说过的。

头寸才平一欠伸,但余笑乐失酸辛。语君阿拉近来事,换尽欢愁一早晨。

有一位同文说,别头寸总是苦事,其实此公没有真正别过头存,他不知别的时候固然苦,但别到摆平的时候,那个舒服也无可形容,这心境我近来是深深体会的。有一天别到十一点半摆平,那中心的快乐,我真想把一两年来收束了的放心,趁这时候放它一放,虽然明天还是要吃苦的。

裘服翩翩织豹文,敦槃犹似旧时陈。刘郎腊后豪情敛,更与何人引早春。

今年是农历十二月十八立的春,这一首诗是立春的怀旧之作。

每值吾儿静睡时,床前凝视手双垂。讵儿也解爷辛苦,梦里无端锁小眉。

难得看见最小的女儿,几次她总在熟睡时;我伛着身体,垂着两手,总要对她看上多时,一天的烦郁,往往这时候消逝了。

(《亦报》1950 年 2 月 15 日,署名:高唐)

## 日　记

盛事身边散若烟，岁晡意气忽狂燃。翻开日记从头写，自惜英雄入暮年。

有二十年没有写日记了，一直可惜这一项工作的中途废止。在二十年以前，我写过十余年的日记，厚厚薄薄的几册，现在还保存在旧箱子里，也有好多年没有翻开来了，料想把蠹鱼都喂得饱饱的。这些书不知蛀蚀得成了什么形状。

在己丑年岁暮之际，我的意气忽然又振发起来，我就想重新写我的日记，聊以纪念生平。

说到意气，我又记得一则故事：从前有个朋友，本来不写日记，后来为了女人，他开始写日记了，一味嗟伤于“婵娟嫁作谁家妾，意气都成一聚尘”。日记的内容如何，就可想而知了。我现在却是仗着意气来重写日记，我在想真正成了尘的意气，有什么可写的，写出来亦徒自苦耳。

（《亦报》1950年2月20日，署名：高唐）

## 节　电　吟

日未西沉既晚餐，乍昏便向梦中安。摩挲朝起惺忪眼，风露东升最耐看。

家中实行节电后，早吃夜饭，早睡觉，早起身。电既可节，于健康亦有裨益。

莫将电热烫衣裳，炭炽夜壶亦妙方。便学老夫疏简惯，皱痕挂满葛衫长。

电熨斗万不可用，以后要改用裁缝用的夜壶熨斗。其实衣裳不烫，也并不难看，我从前穿夏布长衫，不喜欢烫平了穿，因其挺得像马口铁，反不雅观。

老来何事不关情，爱看明珠掌上生。我为我儿求小火，伴他半夜哭声清。

我们有新生孩子的人家，夜里不能没有火的，点一盏三烛光的，好替孩子换尿布或者哺乳。

怒满心头热满腔，匪帮血债总须偿。但教杀尽空中贼，府上能燃万烛光。

举国人民，在一致反轰炸热情之下，杀尽残匪，期不在远，那时候，你要点一千烛，一万烛都可以随便，现在得忍耐一下。

（《亦报》1950年2月21日，署名：高唐）

## 新春报喜

春节以后，我们第一桩快意之事，接到东郭生先生的一批儿童杂事诗稿。他是特地写出来给《亦报》刊布的，都一百来页，我一口气把它读完，心上的欢喜，真同得了异宝一般。这诗的出于名家之笔不必谈，它更具有历史和风俗上参考的价值，而描写儿童的性情神态都是以浅显之法，刻划甚深。作者之意，叫我每日刊载一首，每首辅以一画，我们都照他的意思办了。想来想去，画的人只有丰子恺先生，才能与东郭生先生的分量相称，因此之方马上去看子恺先生，他一口答应，并且说他现在就是欢喜画儿童的东西，答应得爽，画得亦快，已缴来一部分，明日起就可以与读者相见。如此盛事，在《亦报》是一喜，在《亦报》的读者，当然更是一喜。

张恨水先生的《玉交枝》，已经全书终了，接着我们得他的新稿是《贫贱夫妻》，于今天起在本栏刊布。故事是叙述北京面临解放之时，一个穷公务员的夫妻间所发生的不幸事件，写得辛哀蚀骨，都是血泪文章。在今日的新时代里，看国统期间某些人物的呻吟之痛，不由你不感觉到现在的苍生有幸了。

（《亦报》1950年2月22日，署名：高唐）

## 百岁来谈

高百岁先生昨天到我这里来,我们畅谈了一二小时,他对于新中国政治,毫无疑问的拥护。我们且不要说他搞通不搞通,但看他这么一个角儿,包银才拿一千个单位,跟着剧团打汉口到上海,盘费还是自己筹划,什么也不拿人家,就搭了中国大戏院,在新春上演了,这在一个唱旧戏的几曾有过这种精神,然而百岁还说就这一点,自己觉得所取过奢了。

百岁比我大几年,我同他相交也在十五载以上,我一直发现这个人永远有一分平旦之气,回荡心腔,因此他到了大时代里,非但不会落后,就此跟着朝前闯了。我又问了他事业的近况,他说《三打祝家庄》,夜夜卖满堂,下来是《逼上梁山》,也就是《野猪林》。不过中南京剧工作团的本子,同李少春他们演的,不同一点,在意识上,也许比《野猪林》更加正确。

(《亦报》1950 年 2 月 23 日,署名:高唐)

## 四大家诗词钞

龙儿借我看一本四大家诗词钞,四大家是指鲁迅、郁达夫、刘大白与郭沫若,这些人都不是以写旧诗为他们名山事业的,不过作为他们治文上的余事罢了。

我看了一遍,就诗论诗,还是欢喜郁达夫写的,因为他是最有才气的一个。假如说写旧诗的条件,必须"深得风人之旨",那末没有才气,就无法到这个境界的。譬如郁达夫的"毁家"诸作,如"楚泽尽多兰与芝,湖湘初度日如年"、"老病乐天腰渐减,高秋樊素貌应肥"这些句子,没有热情万斛,没有健笔凌云,都是凑不出来的。但郁达夫也有他贫薄的地方,如"伤心王谢堂前燕,低首新亭泣后杯"、"佳话颇传王逸少,豪情不减李香君",使人看了非常难过。这一种突出的好,突出的坏,就要归论到工力问题了。功夫不到吧，是不成为一家的，所以四大家的“家”，还是因为他们的成就，在别的上头，却不在诗词上面。

（《亦报》1950年2月25日，署名：高唐）

## 遇 韦 伟

迷眼风沙看不真，恍逢缪女旧丰神。信烦君子仁人带，为道高唐与洗尘。

二十六日下午二时后，我在十三层楼吃罢茶，回到报馆里，在旧慕尔鸣路，碰着一部三轮车，上面坐一个女人，一瞥之间，她好像是韦伟，那时因为风吹得太紧，我的眼睛叫帽檐压住了，无法看得真切，但那个女人，太像韦伟。

韦伟是老早到香港去的，却没有人跟我说过她已经回来，但也说不定，此人好动，在香港那个小地方，窒息了一些时候，回来看看清明气象。假如她真的翩然归来了，在我们老朋友，当是高兴的事，你们不论哪一位仁人君子，证明韦伟已经回到上海，就替我带个信给她，说高唐要找她谈谈别后光阴，我还预备着水酒一杯，红灯一盏，替老友洗尘呢。

（《亦报》1950年2月28日，署名：高唐）

## 成 见？

齐甘曾经从北京写信来说，《亦报》的稿子，不会使它间断的。自从他夫人北上之后，到这两日，《亦文章》已连断几期，什么缘故，也无从知晓；一天三班邮信，总是等不着他的稿子，非常心焦，昨天我忍不住写信去责问了。

在《亦报》的作品中，《亦文章》是我偏嗜的一篇！我对于作品的偏嗜，之方常常笑我是一种成见。是不是成见，我亦不知道，不过我往往因喜其人而深喜其文，则是事实。记得从前居士山人写信给我，他看见报上登一篇文章，对我说：“那是不可多得的好文章。”我回信说：“文章虽好,惟其人则太讨厌耳。”我不相信一个气质太坏而使人讨厌的人,会写得出好文章来的,就是把文章的门面,点缀得很美丽了,那是伪装,有什么好呢?

(《亦报》1950年3月3日,署名:高唐)

## 文不如其人

前几天写过一篇题目叫作《成见?》的稿子,说起人不如其文的文章,在我以为无足取的。后来叔红兄对我说他也有这一“成见”,所以绝对同意我那样说法。爰居主人生前,我非常爱好他的旧诗,但有一天听他一位下了堂的女人同我谈起他的为人,她说他天性吝啬,吝啬得甚至会剥削到佣人的头上;我听了非常诧愕,平常看看他写一手温柔敦厚的诗,怎么能相信这个人在性格上,竟会犯这大的毛病的?从此我对他有了成见,每逢再读他的诗文时,便生起一种惘惘之怀,至于不能自解。

写诗文不比演戏,戏演得好的人,往往与为人是脱节的,所谓台上与私底下满不是一回事也。我们有一位朋友,是演技精湛的老板,但他在私底下表现的,非但不太爽朗,常丑陋得使我看的人极不舒服,而我们只有徒呼“为亲者所痛”而已。然而,他却无妨于演戏也。

(《亦报》1950年3月8日,署名:高唐)

## 梅边人物

思潜先生为梅兰芳先生掌文牍,于是替《亦报》写稿子,标题就叫《梅边琐记》,写的都是十分琐碎的事;但我却欣赏他这一分琐碎,因为愈琐碎愈觉得作者身在“梅边”之有意思也。

“梅边”两个字,大概是现成的,愧我不够渊雅,不能查考它的出处。记得老《晶报》上,登过张丹斧一首诗,他是咏几位名流姓氏笔划的多少,其中有两句说:“芥翁药下还能省,公达梅边也带行。”在现在看来,这种作品是无聊的,然而当时未尝不惊张先生之挖得空心思也。

后面一句说的公达,也是梅边人物;当年的梅边人物,有文公达、赵叔雍、黄秋岳,好像还有一个叫做贺芗垞的。这里面,我只熟悉一位珍重阁主。

(《亦报》1950年3月12日,署名:高唐)

[编按:思潜,是许姬传的字;赵叔雍,名尊岳,斋名珍重阁。]

## 身边二首

高唐豪气真穷尽,懒写常常不怕羞。昨夜红闺同说笑,深情一记看孺牛。

前一时,《亦报》上的稿子,风靡了一篇《深情记》,家庭妇女,尤其爱读,闺人问我孺牛何人?我说管他何人,反正不是高唐。她说:当然不是你,你是只图少写,越少写,你就越宿,无复孺牛先生那一枝动人的笔矣。

思量要上杭州去,先共诗髯醉一杯。忙甚欲偷闲数日,孤山已谢几株梅?

拟赴杭州,先寄叔范。

(《亦报》1950年3月17日,署名:高唐)

## 文言文

写民初掌故的,我欢喜过两个人,一为林庚白,一则陈灨一也。他们写的都是文言,涉笔自然流畅。但他们的白话文都不能看,林庚白作白话诗(他是自称新诗的),一味意淫,了无足观。灨一亦以擅写语体文自炫,尝以所作示予,造语活像小孩子作文,我告诉他"我比你高明",气得他几乎骂我混蛋。

潘伯鹰诗文卓绝,但文章也只好个文言,写白话就大为减色。去年他在《铁报》上写《北平行》,假如写了文言,一定更可以看得痛快。相熟的朋友中,文白兼胜的,已故尘无是一个,活着的梯公也是一个,其他就数不上来了。

前两天黄裳对我说：小报上你其实可以写写文言，你的文言比白话漂亮。拥护我写文言最烈的，要算冯肇梁，他说打开报来，看见你写的白话，立刻不看，若是文言，非看几遍方能过瘾，他大概欢喜我从前用文言文替女人写传记。其实我才有自知之明，白话文固不是玩意儿，文言文又何尝是东西呢？

（《亦报》1950 年 4 月 3 日，署名：高唐）

## 近视眼看女人

我看见溥二奶奶时，在三年前的暮春天气，她已不是溥二奶奶了，是画家唐石霞先生。一同在朋友家里吃饭，唐先生的衣裳着得艳丽如花，面孔却并不艳丽如花，我想不出当年这位二奶奶如何以“艳誉”来歆动宣南的。

她似乎很文静，说话很轻，所以我没有听到她一口清脆悦耳的旗派京音；不过有一个印象，倒是不能磨灭的，有一位大近视眼的男人，四十五以上、五十不到的年纪，坐在唐先生的旁边，我明明看见他同唐先生还是初会，而这男人大概因为“溥二奶奶”四个字的余威犹炽，就同她絮絮交谈起来。可怜他的眼睛近视，坐得那末近，还没有看清楚唐先生的面孔，因此他越谈越看见他的嘴巴和眼睛，接近唐先生的面孔，真使唐先生怪难为情的。

我后来一打听，那个男人是当时《和平日报》的社长叫罗什么的，是国民党里的报棍，我看见他时，则是一个淫棍。

（《亦报》1950 年 4 月 7 日，署名：高唐）

## 为周信芳荐旦角

传说周信芳先生又要登台了，且不说京戏应该如何改良，我只想以老朋友的地位，请周先生不要再以《追韩信》、《路遥知马力》这一类戏露演了;麒派的戏,什么都好,就是这么两三出实在一无可取的,然而周先生似乎还舍不掉它们。

又传说周先生出演的旦角,将属王熙春;那是好的,当时移风社的盛事,将重见今日。但昨天我遇见熙春,问起她来,她说还没有决定。其实熙春不成,我倒认为还有一个人,可以与周先生合作的,那就是金素琴了。此人息隐已久,上海人想望她的,不在少数;她同周先生又从来没有同台过。她欢喜唱,嫁了人戏瘾不减,平常吊吊,据她的令亲告诉我,她越唱越好,目下耽在家里,除了哄孩子,简直没有事做,周先生为什么不去找找她呢?

(《亦报》1950 年 4 月 14 日,署名:高唐)

## 香椿烧豆腐

前天又在穆家吃饭,喝了一杯茵陈,菜又吃得很饱,不想再吃饭了;但最后端上一只香椿烧豆腐,烫痛嘴唇,我要了一浅碗饭,把调羹舀了几舀,淘在饭里,吃得甚为舒服。去年在穆家吃过这只菜,今年又吃了一次,但在这以前,却有一二十年未尝此味了。

穆先生说:香椿在菜市上价钱非常便宜,因为登盘的时间太短,所以没几天就会错过。我一家人除了我以外,不会赏爱这一种菜的,所以他们即使看见,也想不着买来煮给我吃。我则从小爱好香椿,好像它只配与豆腐同煎,吃它的香,吃它的烫。

在乡下时,见过香椿树,记得那枝干特别松脆;当它茁芽以后,可以不费气力,随手采撷下来。小孩子欢喜猱树而升,大人一定会警戒他们,不要猱香椿树的。腌过的香椿,也只在暴腌之时,用它过泡饭,有点香,也有点鲜碧之感;日子久了,其色变黑,望上去就不足以涎胃的了。

穆先生还教我,买新鲜香椿放在油里熬,和面同吃,也是风味绝伦。这两天还来得及,读者诸君,何不试一试呢。

(《亦报》1950 年 4 月 16 日,署名:高唐)

## 闻说丁香可及眉

故乡的家，有一树丁香，所以丁香这东西，我从小就认识它的；后来在银行里学生意，认得一位同事，他作一首怀人诗，那被怀的人住在北京，他的诗头两句说"棠荫坞下雨如丝，闻说丁香可及眉"，我才知道丁香是南北都有的。

有一年白相鼋头渚，也是中春时节，在山上我一个人乱跑，忽然在岩石的缝缝里，挺出一株丁香树，虽然幽幽独独的，却也花开正盛。那一次我作了很多的鼋头渚杂诗，关于丁香的有这么四句："侵寒花色拟肤黄，有客攀登已断肠。我看丁香犹问病，伊人孤寂似丁香。"谁说我不写诗则已，写则为来为去为了女人？

格莱文花园里自有许多可爱的花树，秋天的红蓼，已够别致；这几天却又盛放丁香，而且有好几丛；为了栽培的得法，它比我向来看见的都长得茁壮。那一日春来乍暖，我又写了一首纪事的诗："不饮能生脸上霞，忽因春暖客思家。开帘有女成闲坐，数遍丁香一院花。"

（《亦报》1950 年 4 月 20 日，署名：高唐）

## 忘 了 年 纪

行云先生写起人物志来，每一篇里总要提到这个人名字之外的号叫什么，今年几岁，接着再是一段履历。我每次读到，总要佩服他的博闻强记；但又要奇怪的，一个向来冷门的人，他的年纪，行云先生怎么也会记得起来？幸亏他没有把人家的时辰八字记牢，不然我要疑心我们这位老前辈从前吃过算命饭的。

我这个人，混账的地方，太多太多了。有一天，忽然记不起我自己今年几岁了，越想越模糊，一时心里烦躁，想打个电话回去问出老婆今年几岁，再加十岁，就是我的年纪；但又怕她当我打朋，回答我的话不会客气；又想抽出身份证来看，但身份证是不准确的，因为国民党时代的保甲长，硬要我少活几年，根本把我的年纪弄乱了。这样足足苦闷了下半天，说出来您不会相信吧。

（《亦报》1950年4月24日，署名：高唐）

## 《推背图》

我前两天提起过的陈灨一，正不知这位先生萍踪何许。昨天有人告诉我，他现在台湾，曾经闹了一桩笑话。原来灨一得有一本《推背图》，据他自己说这本书出自清宫所藏，因此他加以详赡的注解，自费印刷，交台湾商务印书馆寄售。其时包天笑尚在台湾，便告诉陈灨一，这种东西，应该托报摊分销。陈灨一却没有肯听他的话，结果竟然无人问津。陈灨一焦急之余，又托银行方面，向台湾的客家推销；到得台湾人手里，看来看去，他们看不懂什么叫做《推背图》，忽然有的人恍然大悟起来说："是不是洗澡时候擦背用的一种技术讲义？"这话给陈灨一听见了，弄得哭笑不得。

陈灨一同林庚白是老朋友，他们有几点相似的地方，一样会写很好的文言文，一样以会写字来自矜名贵，一样欢喜排八字，替人看相算命。但林庚白有一分横逸的诗才，陈灨一却没有，连一句都作不来的。

（《亦报》1950年5月5日，署名：高唐）

## 老小报上的笔名

解放以前上海的小报，我现在称它为老小报，到如今我们这张《亦报》上，已经不大看得见老小报上看惯的笔名了，仅有的只有小逸、柳絮同我；但我也不大写，倒不是懒，实在因为没有什么可写的。前天编二三版的阿胡对我说：你不要管写得出写不出，写了见得闹猛一点。我忽然想着，也应该陪陪小逸、柳絮，且不论老小报怎么样，我们三个人，总是这上面的"角儿"，也应该陪陪他们两位，让他们的落寞情怀里，生一阵温暖之感的。

其实行云倒真是老小报上的老作者，他在《晶报》和《上海画报》的时候，一直用行云与炯炯两个笔名的；不过后来的小报上，他不大写了，难得写写，也不用这两种名字，而改署西阶，倒是在解放后的小报上，写得非常起劲，连大家都晓得的行云即是钱芥老的笔名，都暴露出来了。

还有文哥，也是在老小报写过稿子的，不过甚少甚少；十多年来，凡是我编的小报上，他才肯写，惟有现在的《亦报》，他写得最少，一定要我逼他几次，他才写一次。我常常说：论小报文章，文哥总是极品，二十年前我这样说，二十年后还是这样说。几时真想请他来几段当初他写惯的文言文看看，那一股清微淡远的味道，不由你不叫好的。

（《亦报》1950 年 5 月 12 日，署名：高唐）

［编按：阿胡，即胡澄清。］

## 二 女 伶

在《梅边琐记》里写过华慧麟，有一天，同思潜闲谈，问起她来，我说：你碰着她，她到底沦落到如何地步了？他说：你且别管她沦落到如何地步，反正你要看见她这个人，你就不会再认识她是华慧麟，她完全换了一个人样。如此说来，那末华慧麟比小黑姑娘更不如，小黑后来也算得潦倒可怜了，但到现在还能够扯开嗓子唱几声，五六年前，培林到北京去访问过她一次，她已经处在穷愁中，但她躺在烟铺上，培林偶然望她几眼，还说似乎“余态犹妍”的样子。

思潜又告诉我去年梅先生在北京的时候，新艳秋去看过他五六回。我说：这个人怎么样了？思潜说她也可怜，不过同华慧麟两样，她只是遭遇不好。为了丈夫的官事株连，这两年来，使她更加意气销沉，可是并不堕落；她要生活，同梅先生商量了好几次出处问题，她的气息还是那样好，她的面貌还是那么秀，只是忧患余生，憔悴了一点罢了。我问他，还有那一派清清之气，浮泛在她的眉宇间否？思潜说：还是那样。我说：真尤物也，只怪思潜不写入《梅边琐记》，岂非糟蹋了大好材料么？

（《亦报》1950 年 5 月 13 日，署名：高唐）

## 闻俞夫人折骨奉问

茶铛药碗久徘徊，信自吴嫣带得来。一跌颇惊尊股折，三催正盼“令郎”回。如何中国奇双会，竟缺江南第一才？阿嫂病中心好放，鄙人看戏不寻梅。

那一天吴嫣先生打电话给我，说俞振飞太太前几天摔了一跤，摔坏了腰眼以下的一根骨头，医生叫她静卧四十天，方能痊愈，现在正等振飞从香港回来。这一次梅剧团在“中国”演出，也曾驰电香港，聘请振飞参加；但剧团等不及他返沪，而先贴《贩马记》了，未免性急了一点，我是要待振飞回来了再去看的。

上面诗里的“令郎”二字，系指振飞而言，是“你的丈夫”的尊称，不作普通儿子的解释；因为从前振飞唱戏，他太太一定送他上馆子，戏完了，又去接他回去，我曾经调笑她这种送学堂接学堂的精神，真像慈母一样。所以今天的“令郎”二字，应该加以说明，不然，她要误会我真在钉牢她吃豆腐也。

（《亦报》1950 年 5 月 21 日，署名：高唐）

## 母　　亲

我有十多年不同母亲住在一淘了，这几年来，她与我兄弟同住，兄弟的儿女多，成天的吵啊闹啊，吵闹得母亲能够长寿，这是很可喜的事。最近兄弟搬了场，把母亲留在老房子里，雇了一位女佣，老太太顿时清静下来，她告诉我，倒是人少一点的舒服。

这个月起，我不再同文哥、之方他们吃中饭了，但回家太远，我就想着虽母亲那么近，就天天到人安里吃饭。她欢迎极了，每天总要烧二三只好菜款待我，大明虾，瘦的肉，朝我饭碗里塞，真同我小时候在上海学生意，母亲怕我银行里吃得不好，要我回到乡下吃得好点的时候一样。

其实我何尝要吃这样的好菜，母亲又哪里了解，多少年来，她儿子的口腹之欲,真正有过高度的享受。老实说,吃好的早已吃疲了的,到现在我倒真能专甘藜藿,一碗黄豆芽,一碗豆瓣酥,下两碗饭,比什么都吃得痛快。但我没有把这意思告诉母亲,怕她要误会我嫌她不够节约,使她难过。这一回该算我有点“练达人情”了吧。

(《亦报》1950 年 5 月 28 日,署名:高唐)

## 山芋塞气管

徐淦(即写《亦文章》的齐甘)新近不是死过一个儿子吗?他写了一篇《是做父亲的不好》的文章,文章里用了许多个“啊”字,啊啊啊的哭得非常难过。那孩子是在二个钟头里暴死的,什么原因,他文章里来不及说明,因为他在等医生把孩子解剖后的报告。

昨天孺牛来看我,大概是十山先生写信给他的,说起徐家孩子的死,已经由解剖医生说明了:原来那一天孩子吃了两片山芋,不知怎么一来,山芋梗到气管里去,气管给塞没了,顿时立刻,把孩子噎死的;因此下药打针,都救不活他,直到解剖以后,才发现山芋垛住了气管!

在南方,四月里是没有山芋的,徐淦孩子吃的,看来是洋山芋,但吃山芋的事情太平常了,而徐淦的孩子,竟因此而死,这样的危险,假如是普通的,做大人的实在太无法当心了。

(《亦报》1950 年 6 月 7 日,署名:高唐)

## 离开卡尔登

《亦报》的社址,本来用的卡尔登戏院底余屋,昨天起我们搬出来了。自从抗战那年到现在,我们的办事处,这已经是第三次从卡尔登搬出来,每次离开,我总有一种依恋之情。在从前,上海要个写字间,哪有不花顶费的事?但卡尔登真好,它们从来不要,我要用,它们让我进去,我不用了,它们让我出来。这样深厚的友谊,真是值得感念的,若使不为报馆里的人挤不下,我是舍不得离开的。之方也实在有点惘然之感。

十几年了,连我弄堂里的左邻右舍,他们都当我吃戏馆饭的,那末好的地段,那末好的房子,阳台上一立,看见跑马厅的碧草如茵,抬头望望,看得见仰之弥高的国际饭店屋顶。卡尔登的老同事,钮小姐待我像姊妹淘一样,才宝哥真同弟兄似的。离开的前三天,我几次上楼向翼华兄告别,都没有碰着,到后一天,他已经上北京去了,应该要的礼数,都无法周到,真是难为情的。

(《亦报》1950 年 6 月 10 日,署名:高唐)

## 饭 店 弄 堂

关于饭店弄堂,《亦报》的《上海老话》里,已经说过了;现在《亦报》新搬的地方,就是饭店弄堂的后身。当这个慈淑大楼,还没有盖起来时,我吃过许多次饭店弄堂,距今不过三十年。一直记得当我在上海做事体了,每次到饭店弄堂吃夜饭,一定会碰得着那个算命的吴鉴光,他的儿女和老婆,总是陪了这个瞎子同来;吃完了饭瞎子自己付账,五元十元的钞票,放到他眼睛的边边上看,从来不会弄错,我才知道,吴鉴光之所以为上海滑头之一也。

饭店弄堂的名字虽然废除了,但这个地方,依旧是饭店纷聚之地。《亦报》的新址(慈淑大楼底层总弄),前面是老正兴,后面是老正兴,右边是老正兴,就是左边没有老正兴,总算网开一面。搬来第一天的夜饭,第二天的中饭,我都在老正兴吃的,上的是右首的一家,就是从前火烧过的,因为这些年来,我自以为这一家是真正的老正兴。其实哪一家是真正老正兴,谁也指不出来,不信,你找三个人去问,他们会指出三个不同的老正兴的。

(《亦报》1950 年 6 月 11 日,署名:高唐)

## 大 锅 菜

开荤昨日肉生香,吃素今朝适胃肠。我自能甘淡生活,一餐米饭两盂装。

报社搬场以后，为了开支激增，丙章兄他们发起反浪费和加重劳动的两种运动，关于膳食，决定烧大锅菜，一日开荤，一日吃素。第一天实行，一顿烧了两锅茭笋白菜和肉同煮，我照平日一样，每顿都能下饭两碗。

> 汏筷（硬读平声）汏碗汏调羹，想起新婚一段情。那日娘姨乡中去，风炉也自鄙人生。

吃完饭，定规各人自己洗自己的碗筷，我因此记起新婚之时，有一次家里的佣人回乡下去了，我一早起来，为老婆分劳，曾经生过好几天风炉，所以汏汏碗筷，真是太稀松了。

（《亦报》1950年6月13日，署名：高唐）

## 青菜还是卷心菜

第五章之十四的《十八春》里，有一段"曼桢忽然很秘密地低声问道：喂你是青菜还是卷心菜？然后她走了，急急地走去揿铃。"读者看了"青菜还是卷心菜"，不懂是什么意思，写信来问，我把信送与梁京，梁京有下面的一封回信：

> 读者来信问起的那一段对白，世钧说他自己像一棵菜，曼桢就问他是什么菜，是青菜还是卷心菜。不过是一句戏言，没有什么意义。他说过那句话之后，隔了好久，她忽然又提出来说，这是表示他随便说什么她都很注意，所以隔了这许多时候还在那里咀嚼着。
>
> 我不知道应当用什么方式答复，能不能请您随便写两句，作为编者或梁京的口气都行。

我把最早来信的几位读者，都将梁京的话抄给他们看的，后来来信更多，我只好偷个懒，抄在这里，以当公覆了。

（《亦报》1950年6月19日，署名：高唐）

## “置之死地”也罢

《太平春》上映之后，我还没有看过，桑弧对我说：《太平春》里有一个镜头，是根据我的事而写进去的。那就是开会的时候，叫做裁缝的石挥上台讲话，石挥赖着不肯上去。我想桑弧一定还关照石挥，要想像大郎赖着不肯讲话的一副窘态而表演之，石挥自然也不会饶我了。

自从我那一向在广众之前僵并着不肯讲话之后，到现在有许多通知我去开会的地方，我都逃避不去。现在我们有学习小组了，已经上过二课，组长说学习一定要讲话，他叫我随便谈谈吧，我还是谈不出。我对组长说：组长呀，你阿好让我慢慢叫来？两次都被我慢慢叫过去了，但明天的学习，组长一定要我讲话了。夏衍先生曾经对我说过，讲话这件事，一定要“置之死地而后生”的，看来我们的组长是只辣手，明天他非得逼我先置之死地不可的了！

（《亦报》1950年6月25日，署名：高唐）

## 小声小气

毛子佩兄从北京写信来说：在京看《亦报》上我写的《老坤伶》，他于是去听了一次新艳秋，据他的印象是新艳秋的扮相很瘦，声音很柔弱。我回信对他说：新艳秋的扮相，本来是瘦的，声音本来是柔弱的；但是好啊，再要找这么一分清如水明如镜的台上神情，就不容易啦，我叫子佩代我多看几眼。

新艳秋的唱，固然细若游丝，但她说起话来，却更加柔弱，听得人非常吃力。记得有次同她吃饭，我随便问问她，她都回答我，却没有几句使我听清楚的。相识中自有小声小气说话的人，梁京先生便是一个，她同新艳秋一样地怕开口有风，冲大了要吹痛什么似的。

（《亦报》1950年6月29日，署名：高唐）

## 瘦 人 儿

河南坠子唱得最好的乔清秀,我没有见过,到如今还是抱憾的事。有一年,此地的大中华书场请来一班河南坠子,一个女的叫刘凤霞,我还记得她有个号叫至鸾。这个人又瘦又白,在台下望她在台上,可以看见她太阳穴上的青筋。但她唱的腔韵很好,我总在想她之所以不及乔清秀的成功,或者是衷气不大充沛。

她们这一局散了之后,从上海到南京去唱,那一次,我适巧也到南京,在夜车上看见这位瘦人儿,她毕竟没有什么神气,车行了没有多少时候,已然伏在车椅上睡着了。记得我回沪之后,写过几首宁游杂诗,有"轮轨欲飞天欲曙,隔厢灯火照清眠"的两句,就是纪念这一位艺人的。

本月二十九日下午,我到姚家去道喜,有一个女宾带了两个孩子,也来吃喜酒;主人片羽兄对我说,她就是十五年前在上海唱过河南坠子刘什么霞的,他已记不全名字了。我看了看依稀相识,因为十五年后,她白白的脸,瘦瘦的身体像从前一样。

(《亦报》1950 年 7 月 1 日,署名:高唐)

## 诗 里 的 吃

打从"日啖荔枝三百颗,不辞长作岭南人"这两句名诗之后,就有许多后世人摹仿其意,把吃与地方连在一起的。譬如前几天十山先生举的"五月杨梅三月笋,如何人不住山阴"也是一例;还有记不得是哪一位名流的夫人,她写过:"不为洋澄湖蟹好,此生端不住苏州。"还有近人沈瘦狂,是松江人,能诗,曾经写给我一首七绝,似有"秋风十里松江路,不为鲈鱼不肯归"。此外一定还有很多,不过我记不得或者没有发现。假如读者高兴的话,请你们把记得的都写出来,荟集在一起,看看自古以来,到底有多少"独想触祭"的诗人,岂非是蛮好白相格。

(《亦报》1950 年 7 月 4 日,署名:高唐)

[编按:名流夫人,指章太炎夫人汤国梨。]

## 投稿出身

我在小报上投稿的时候,还不满二十岁,后来一直替冯梦云办的《大晶报》写,写了几年,也没有拿到过稿费;但冯梦云是捧我的,我写的文字、打油诗,乃至屁都不如的小说,他都会替我登上去,常常写信来叫我不要写作中断,连续的写,就可以成名。

那时我一早起身,就到外滩去买所有的小报,一面看一面走,走到宁波路如意里口的牛肉面摊头上吃面,一面吃一面还是看小报,这样过了几年,忽然成了一个小报专门职业的人了。

因为我是投稿出身,所以当我每次做一张小报编辑的时候,总是特别注意投来的稿子。《亦报》特约写作的人算得多了,但我还是尽可能录用外稿;二三版的编者,他与我意见相同,很希望《亦报》的读者都成为《亦报》的作者,读者诸君,你们何不来试试看呢?

(《亦报》1950 年 7 月 5 日,署名:高唐)

## 罢腿者言

这几天在《亦报》同人展开的批评与自我批评大会上,有一位同事,因为难得跳舞而受到了批评。批评他的人说:在这报馆里,有两人是逛跳舞场的前辈,现在都"罢腿"了,这位同事又何必赶上去作"后起之秀"呢?

所说两位前辈,其一当然指我,我的绝迹舞场,将近两年之久,实在对这个地方看腻了,有一个长时期没有去就此不想再去。我记得很清楚,在我跳舞场里写下来最后的一首诗,是前年热天夜花园的记事之作,那原句是:"斤余林树几全生?来拾篱根已坠情。细雨不能清宿抱，繁灯曾此照倾城。亦因天上犹盐米，谁遣人间识姓名。觅醉刘郎徒觅死，负它关爱十年盟。”一种无可奈何的情状，虽然还在贪恋白相，其实已是强弩之末了。

近来敲过十点钟回家，总要经过邻近我寓所的几家舞场，夜花园已然开放，依旧是歌舞凌霄，门口的三轮车，一样停得密密层层，霓虹灯一样发着灿烂的光芒；但我却从来没有转过进去弯一弯的念头，因此想着我写过的“老至春心禁不住，还分一缕荡欢场”的那些诗，当时实在是任性得过分了一点。

（《亦报》1950 年 7 月 7 日，署名：高唐）

## 家主婆跑单帮

昨天，惠明取出一把檀香小扇，上面是我写的两首诗。有一年她到北京去，成行的后一日，我写了几首律诗送她，扇上写的即其中的二首，今把第一首抄下：“灯光幻作朔云看，料有霜风起袖端。经夕夫妻成阻隔，十年士子限荒寒。渐从殊地亲风俗，曾以何颜悦税官？细算行程明日到，归来所盼更平安。”

其时叫包天笑看见了，曾经在报上把我挖苦过一场，他说我让家主婆去跑单帮，自己在上海寻欢作乐；其实那时候我倒没有寻欢作乐，一直与“孤鹰”同人在一起，不过做些无聊之事那是事实。包天笑是从“曾以何颜悦税官”的七个字，来一个望文生义，他老人家不出门，哪里知道敌伪时期火车站上红帽子、黑帽子的气焰熏天，以及检查行李者的诈索无休，即使不跑单帮，也不怕你不献上一些，才肯放你上下火车，所以我这七个字的原意，还在耽虑女人行旅上的艰困而已。

（《亦报》1950 年 7 月 11 日，署名：高唐）

## 嗡 鼻 头 腔

大概有二十年了吧，上海出了许多越剧名家。近年来我也算是爱好越剧的一人，但说起来也真可笑，这些名家在台上的演戏，经我观赏过的，实在没有几个。譬如已经作古的马樟花、筱丹桂，以及在世的尹桂芳、徐玉兰，我都不曾见过，倒是平常当心听听越剧唱片；所以只要转盘一动，立刻能够辨出那是什么人的唱腔。

于是被我发现了一个奇迹，尹桂芳的好，竟好在她的嗡鼻头腔，她有一张最流行的唱片，我听来听去，觉得尹桂芳在灌音时候，一定患着严重的感冒。照例她的唱，不会好听的了，可是不然，除了我一面听，一面在耽忧她鼻涕掉下来之外，听她唱到那一段："我和你说话你不回答，我和你说的全是肺腑言……"以及最后的"我是一见就钟情你，你我正好相爱怜"的两句，那种腔韵，一个字一个字里，都含着"跌宕生姿"之美。

有人论究腔韵，说是沙嗓子有一种磁音，能够引人入胜。例如京戏的周信芳，蹦蹦戏的白玉霜，弹词的沈俭安，舞台上的唐若青。听了尹桂芳的唱，又发觉嗡了鼻头唱，也是动人的声腔，然而除尹之外，还没有第二人可以举例。

（《亦报》1950年7月12日，署名：高唐）

## "赵四风流"

《张学良外纪》，刊载至今，将成尾声了，读者都很爱好这篇著述，不过也有很多人说：旧燕把张学良写得太好了，张学良其实没有这么好。原因正为了"作者旧曾参张氏戎幕"，以一个曾参"张幕"的人，写张氏生平，难怪其"念张殷深"之情见乎词了。

从前我有一个亲戚，在东北时候，见过张学良阅军，说张氏一面在阅兵，一面有个医生跟在他屁股后替他砸吗啡针，这种形容尽致的场面，《张学良外纪》没有写入，多少是可惜的。在我尤其觉得张学良的欢喜女人，旧燕先生也写得太少，那个"赵四风流朱五狂"的赵四小姐，同张学良事迹的关系实在太深了，然而旧燕先生对她，也着墨不多，他不是不能写，是不忍写。本报曾经托过许多人，搜集一点赵四的材料，然而所得无几。最近行云先生才设法得来一张赵四的照片，看了图中人的确雾鬓风鬟俨然绝世。同时还摭拾一些赵四家世方面的材料，配合一起，将于后日刊布，以作《张学良外纪》的临去秋波也。

（《亦报》1950 年 7 月 14 日，署名：高唐）

## 兰花和尚

若瓢和尚在香港的情形，在《香港新闻》里，登得很详细了。我的和尚朋友，轧得最脱熟的只有两位，就是若瓢与雪悟；而同若瓢尤加乱皮，什么开心话，都会讲得出的。

记得我最早认得若瓢，在一个旅馆里，我推门进去，他是光着膊子在捧了一只熏鸡大嚼，那神气非常粗豪。其时他好像不会画什么兰花，后来忽然耽于“风雅”，作起诗，画起花来了，人也变得文静许多。抗战时期，他一直在上海开开画展，他画过一幅朱兰，叔范替他题了几首绝诗，其中有二句是：“胜向马前口头活，逢人不讳卖兰花。”爱惜情深，叔范是永远那样温柔敦厚的。

直到上海解放后，听人说若瓢到香港去了，每一个告诉我这消息的人，总是摇头，如最近《香港新闻》传来他“停生意”的狼狈之状，那是意料中事。为什么不回来呢？不来看看雪悟兄那种积极的样。

（《亦报》1950 年 7 月 16 日，署名：高唐）

## 振飞的文章

振飞兄的《客居杂记》，前后台一致叫好，这一红红得简直像他做赵宠一样。我同他相交十几年，平时只晓得他字写得很好，却没有见过他的文章。去年他往北京去，曾经写过几封信给我，虽是寻常小简，却也文采蜚然，我想着当初替我介绍振飞做朋友的人对我说：振飞是吴下世家，词人之子。等我看见了他的信，觉得倒也有些道理了。

这次他从香港回来，我打电话给他，我说：“小苏州你搭伲写点稿子嘘。”他先则推辞,经不起我一再催请,毕竟答应了。他来一次稿子,我先把他看完,觉得振飞兄到底老上海,在他笔下形容的那个王准臣,那种上海人打话“勿二勿三”的性格,真的跃然纸上。因为我也认得这一个王准臣的,所以看了振飞的文章,更加觉得挂味了。

(《亦报》1950 年 7 月 18 日,署名:高唐)

## 二 名 家

遇着二位弹词名家。一位是徐云志,我同他攀谈,说起老话,我说:“二十几年前,我在汇泉楼听徐先生的书,那时徐先生带一身重孝,那时候徐先生一只‘伶俐聪明寇宫人’的开篇,还没有问世,所以那时候还无所谓徐腔,那时候周玉泉还刚刚出道,那时候蒋如庭正在风头上。”徐云志说:“你记得一点也不错。那一年我二十六岁,正是先母谢世。”

另有一位是黄异庵,我从来没有见过,但他是我爹爹的朋友,在先父的诗稿里,发现过他的名字。我们差不多年纪,我碰着他时,想叫他爷叔,但又一想,他是邓散木的高足,邓先生是我老友,两面扯一扯,还是叫他一声异庵兄吧。我父亲死去,他没有知道,他说:“他到过我故乡的家里,他还记得看见过我一张爱克司光的照片,挂在我故居的卧室里。”他记性真好,他朴实得很,据马景源说:“异庵在硖石时候,一直轧和尚头的。”

(《亦报》1950 年 7 月 19 日,署名:高唐)

## 又唱《别窑》

梯公曾经作过一副长联,送与周信芳的,我只记得那上下联的后面两句是:“徒教竖子成名,百口僭称萧相国。”“且喜王孙无恙,万人争看薛将军。”这是指信芳的两出红戏,前者《追韩信》,后者《别窑》也。在二十年前,上海的马路上,真可以听得见曳了一辆空黄包车的工友,一面拖发拖发的走,一面却在嘴里哼出“是三生有幸”,或者“叫声三姐快开门”的麒腔来的。

我是麒迷,然而对信芳这两出戏,都不大有好感。比较欢喜一点的还是《别窑》,也不知以何因缘,当年弄白相唱戏,竟学会了这出《别窑》,曾经扎了靠,起了大坝的在台上演出过许多次数。直至去年,我们公祝胡桂庚所制的奇异锭创业纪念,播了一天的音,戏码当中,我又同张淑娴、孙兰亭唱了一次《别窑》。这回则是由发行奇异锭一心油的永星公司联合了本市伶票二界名人,公祝《亦报》周年纪念,在亚美麟记电台播音,排码子的人,又排我与王熙春唱《别窑》,真是熟汤气了。但想想梅兰芳唱弗罢唱弗歇的《别姬》,也没听人说讨厌过,只恨我到底不是梅兰芳哪。

(《亦报》1950 年 7 月 24 日,署名:高唐)

## “亦” 字

《亦报》创刊一年了,读者诸君若说这张报搞得还有一点成绩,那末决不是我的能力;说起来真够惭愧,编辑部同志的任何一个人,他们对于这张报的著力,全比我多的多。所以今日之下,我要哗啦哗啦吹这张《亦报》,只是暴我一人之丑而已。

还是来谈谈《亦报》的报名是我题的吧。那一天,我同之方靠在沙发上,转报名的念头,想了许多,都不大满意,忽然冯亦代兄来看我们。等他走了,我对之方说:就把“亦代”的“亦”字做报眉好不好呢?他觉得并不过分严肃,也并不过分轻浮,有点同意了。正在这时候桑弧跑来,之方问他叫《亦报》好不好?他说这个字倒蛮清秀的,于是决定下来,去请散木写字。

在《亦报》进行登记的时期,遇见夏衍先生,告诉他我们决定的报眉,他就说:他当年在重庆曾经将他住的几间屋子称作“亦庐”。

但是后来的反应却不好了。当白荷兄在电台上为《亦报》读者服务的时候,她向听众讲述“亦”字起来,总是觉得非常吃力。譬如她要说“亦庄亦谐”或者“亦步亦趋”的“亦”，都不大通俗，惟一的办法，只有用一点一划当中两直两面再加两点的方法来向听众解说，因为这样费劲，我们收到的宣传效果，不免要推班一点。提起这桩事来，我这题名人，常常被同社诸君，骂煞快的！

（《亦报》1950年7月25日，署名：高唐）

[编按：夏衍在重庆住过的屋子称“依庐”，非“亦庐”。]

## 死亦“滑稽之雄”！

孙兰亭病危的消息，在一个月前，本报已经报道过，但那一次他没有死；病重的一夜，我向其俊打听，其俊说他已不省人事，我就没有去望他，因为望他他已不认得我，徒然增加我的难过！

他就要死不死了一个多月，都是强心针在拉住他的命，他是很痛苦的。这一次我在电台上唱戏，时刻在想念兰亭。去年我同淑娴唱《别窑》，是他的中军，他还逗着我，念了上句“将勒军勒不勒下勒马”，幸亏我机警，也照了他的方式，念完了下面一句。但那时候他已经意气消沉，从此开始消瘦，一直瘦到他死，一个很胖的胖子，只剩得一张皮和一把骨头了。

像这样一个滑稽之雄，而死于穷愁，真是想不到的事。他同我的性格，许多地方都有些相像，我们的交谊，倒不在酒肉争逐之列；我们一淘唱过京戏，他的金玉奴，我的莫稽；也唱过文明戏，他的书僮，我做公子。他真滑稽，大庭广座之前，有孙兰亭在，保险每个人笑口常开。有一年，李少春在台上唱戏，李的干爸爸顾竹轩，在前台看戏，看得起劲，喝采了：“好儿子”！兰亭却跟在后面也喝了一声采：“好孙子！”你道这是恶谑吗？但他施谑的对象是顾竹轩啊。

写兰亭，几百个字是概刮不尽的，他生平对社会事业，着力很多，不料上海解放，他就病废了，使他无法为人民服务，这个多少有点可惜的。

（《亦报》1950年7月27日，署名：高唐）

# 北京行旅(1951.3—1952.8)

## 奇　　热

三月十日那天,坐在津浦路的火车上,中午时分,只觉得天气闷热,开了窗,还是不凉快,我把衣服一直脱到一件棉毛衫和一件衬衫。到下午三时光景,车子靠在徐州,下车去站在月台上凉爽凉爽,则是烈日当空,并不凉爽。才知道这天的气候真是热了,算算农历日子,不过是二月初三,照例还是重裘未去的时期,而有这样的热,未免奇了。车子一路走,看看田里站着的孩子们,没有一个不是光赤了身体的,这情形有如盛夏所见。直到天黑下来,气候也渐渐转冷。九时半到济南,冷得一车子人都发抖。车上连忙把放暖气的炉子,重新升起火来。

济南上来一个旅客,同他谈起这一天的热得出奇,冷得又快。他说:济南刮大风,冷了一天,并不曾热过。才知道这天的热,只热在兖州以南,不知南京上海如何?第二天天亮,到天津,河里还结着冰,几处田里,尚有宿雪未融,可见济南以北,也没有不正常的热过。(自北京寄)

(《亦报》1951 年 3 月 17 日,署名:高唐)

[编按:从这篇起,唐大郎开始其北京西郊华北革命大学的历时近九个月的学习生活。]

## 车 中 快 板

“快板”这东西,我只在报纸上看见有人编写的文字,却没有听过这调子。这回坐火车,车子里一位女服务员,在“麦格风”里时常唱快板给旅客听，内容是抗美援朝保家卫国。

火车里还有几位列车员，都很年青，我又觉得他们很勤劳，一小时内，起码有一次，归他们扫除车厢里的垃圾。忽然车子在半路上，两个列车员，都站到旅客的座椅上来，手里各拿了两块檀板，开头好像说的相声，清脆的国语，兼有表情；后来也唱快板了，一段一段的唱之不已，打抗美援朝唱起到反对美国武装日本。那声腔在轻快中显得激昂。一车的人都鼓掌了，叫再来一个，他们就再来一个。

又有一次，一位铁路警察，也向旅客讲话，内容是宣传镇压反革命分子的；恰巧我在车子里配了从第一期到第十期的时事手册，这位警员讲到后来，也掏出一本第十期的时事手册，把人民政府公布施行的二十一条惩治反革命条例，一口气念完，我也一路听，一路看，把条例又温了一遍。一个旅客听完了警员同志的讲话，激动得站起来大叫口号。在这个时代里，到处都流露着人民的爱国热情。（自北京寄）

（《亦报》1951年3月18日，署名：高唐）

## 北海看小囡

我是忽然到北京来的，来来怕就要走，所以不管车子里两夜一天没有合眼，下了车，还是兴奋地不想休息，满处去乱跑；从上午到天黑，走了许多路，去的地方，都是二十六年前常经之地。二十六年来，没来过北京，所以要紧的寻一寻那些儿时尘影。

第二天上午，一个人想把身体去泡在中山公园，到西长安街，碰着了李林森，他叫我不要往公园，到北海去等他。北海的冰，正在溶解，但望上去还是一片白的，跑冰场却早已收歇了。进门不远，就是一条白石长桥，这是到此一游的人，最爱拍照的地方，因为背景是一只白塔，拍的照，好像那白塔都顶在他们的头上。走到漪澜堂的一带长廊下面，有几十个小孩子，一样打扮，赭色呢的大衣，连帽子，帽子上有两只兔子似的耳朵，都是四五岁，一样齐，大概是托儿所里出来的。三个二十来岁的女孩子，带着他们，他们浴在太阳下，慢慢地走，一面带他们的人，正问长问短的同他们说着话，他们都愉快、活泼。看得我很出神，想想以后中国的孩子，都是幸福的。我又想着我家里一群两三岁的女儿，到这些孩子一般长短时，一定过得着更好的生活，因为再隔二三年，新中国的辉煌气象，正是发展在方兴未艾的阶段上。

在北海，草草走了一遍，就到林森兄家里；他住在北海旁边，简直就在景山山下。（自北京寄）

（《亦报》1951 年 3 月 19 日，署名：高唐）

## 改衣又改烟

解放后，小君先生到上海，对我说：袍子这样东西，不久就要没落的。他的话我记得，却没有听着去做。这一次我到北京，下了车，立刻发觉我这穿长衣裳的披发披发，实在不等腔了；同刘有声在清华园洗完了澡，就往西单市场买了一套棉的和一套单的人民装，当场有声相帮我更衣，完了，他说：你穿了四十四年长衫，今天改装，阿要拍张照留个纪念？

到北京的当天，我又把香烟都改了，买了一包“恒大牌”，这香烟在北方很流行，我在火车上就听人说起，很欢喜这牌子的名字，活像上海一家典当或者烟纸店的招牌。小君同齐甘，就习惯抽这个烟的；我抽抽，实在呒啥，比我在上海吃一包抵这个三包的香烟，没有差别，既然便宜得多，我为什么不改？（自北京寄）

（《亦报》1951 年 3 月 20 日，署名：高唐）

［编按：“小君”疑即胡考的笔名。］

## 吃　奶　酪

北京在办公时间内，不方便找熟人，只有一个人去乱闯。十三日那天，阴冷的很，上午到中山公园去，走走又不高兴走了，还是去找吃的，想起了当年爱吃的奶酪，就赶到门框胡同，路上，忽然飘下雪来。

吃奶酪的铺子，还是那么小，好像里面的陈设，比以前反而简单，堂里只有二个人，一个是掌柜的，一个就是我。我跑进门就说："吃碗奶酪吧，奶卷儿有没有？"掌柜说："奶卷儿没有，因为奶没有敷余的，所以好久不做啦。您来一点酪干。"说着他就给了我一匣酪干。我喝了一口酪："啊嗄，好是真好，可惜凉一点！"掌柜说："是啊，您来得不巧，天下着雪，要不要来碗热的牛茶，甜的，也是奶做的，还有牛骨髓搁在里面。"我说："那营养得很。"掌柜说："对啦，您常吃您就会健康。"

我又问掌柜的："您这铺子真老啦。"掌柜说："三代啦，您以前常来吧。"我说："我离开北京二十六年，想起了奶酪，就想起你这铺子。"掌柜说："我们这儿常有三十年前的老学生，燕京的、清华的、北大的，他们回到北京，总是找到我们这儿来说，他们都忘不了我们，真是老主顾。"

奶酪凉是凉，我却连喝两碗，给了钱，对掌柜说："明儿见，明儿我还得来。"（自北京寄）

（《亦报》1951年3月21日，署名：高唐）

## 访瑶翁

在上海时，听说王瑶卿已经七十开外了，想像中，以为他老态颓唐，但见了他人，却不是那么回事。

三月十七日王玉蓉带我去看看王老先生，他住在前门外马神庙，走进那个院子，再看看老先生卧房里的陈设的幽旧，就可以知道，这个老艺人在这房子里一定耽过几十年的时期了。我是生客，同王先生初次见面，但也绝不用浮俗的一套，譬如有些人，欢喜客气，遇着初见面的人，拼命寒暄，您您您的您之不已。王先生只是他说他的，他真健谈，又是说得妙语如珠。比方小王玉蓉看一张小报，看到一篇稿子上有"王瑶卿的入室弟子"一句，小王玉蓉就问王先生："爷爷，什么叫入室弟子，入室两字怎么讲。"王先生回答得真快："入室，你不知登堂入室么？"说着指指旁边罗玉苹说："她不就是入室弟子吗？"（按，罗为王氏门徒，平时兼为瑶翁侍奉饮食）小王玉蓉又问道："爷爷那末我是您的什么弟子?”王先生大笑说:“你是我的‘拉矢’,你妈是我的入室,谁叫你做我第三代的。”

王先生抽着皮丝烟,据他说,他那个小烟袋,除了睡觉,从不离手。桌子上放着一只缸,缸里有一个绿毛龟,近来王先生作画,就喜欢画龟,曾经画了一张送给玉蓉。这张画上有三个龟,放在高处,眼望着两个小龟,一个小龟的头钻在花堆里面,另一小龟则爬在这一小龟的后头。老先生的注解是:大龟写的王玉蓉,看着她两个女儿,小王玉蓉正在埋首钻研,小王玉蓉的妹妹,也在跟踪上前。王玉蓉看了这张画,高兴的很,她说我师父总是这么风趣。

看见王先生身体的健康,和精神的旺盛,可以知道一半是他天性的旷达,另一半是人民政府对于几位硕果仅存的老伶工,照顾得相当周到,使他们的心境是永远舒展的。(自北京寄)

(《亦报》1951年3月22日,署名:高唐)

## 风沙寄语

编辑部写信到北京来,要我为《亦报》写通信,指定用《风沙寄语》为篇名,这四个字好。多年前,叔红兄住在北方,我替上海一张小报拉稿,拉到他,他就写《风沙寄语》,写得好,文章大受读者欢迎。现在我抄袭他这个现成的名称,原是可以的,可惜的是我写不到他那样好,不免糟蹋了《风沙寄语》。

到此整整十天了,倒是风和日丽的日子多,只有一天是阴冷而飘过点雪,有两天却真是刮着大风。春天,本来是北方的风季,这两天的风不算大,不过我恰巧这两天内在路上的时间特别多,因此把我两张面皮,刮得痛来邪气。路上男女都戴了口套,不戴口套的女人,把一块纱把头部蒙上。第一天我觉得耳朵里藏了不少沙土,其不安就好像身上背了一个沙袋,晚间约刘有声往澡堂子里一钻,理发带洗澡,身上是干净了,却加重了脸上的受罪。原来澡堂子理发,他们给你刮了胡子之后,没有润肤的东西涂抹上去,脸上给风刮过,本来是痛的,再是刀一刮,更加痛了,这一回痛得我直叫。

刘有声是在这里过的冬天,他以为北京下大雪都不可怕,就是刮大风,这个宁波人说:他的头辣辣会得胀起来的!

《风沙寄语》写不写无所谓,这一篇稿子,倒是真正的《风沙寄语》。(自北京寄)

(《亦报》1951 年 3 月 24 日,署名:高唐)

## 逛 小 市

东单小市,是在一块空地上,建起不知确数的棚户,这里面中国古董和外国古董,以及磁器摊头,真有许多人为之留连忘返的。之方比我迟十一天到的北京,第二天上午我就带他上小市去,他看看看看,也就走不开了。

在一个摊头上,我们买些便宜磁器,发现一张碎纸,上面写着几行栗子大的字,墨色犹新,我对之方说,这字写得很好。那摊主人打岔说:"敢情不错,赵字嘛!"我就问:"谁写的?"摊主人告诉我是溥心畬给他写的。他还指指他对过那个空摊说:"他(指溥心畬)下午就来摆摊了,上午他没有空,还在教几个学生作画。"我又问摊主人:既然给你写了,你为什么把它扯碎了? 他说:那是无意的,其实扯了也不要紧,等溥来,我再给他一张白纸,他仍旧会替我写的,我们感情都很好。

北京的一些所谓旧王孙者,大都在以劳力自存,这是好现象。关于溥心畬在小市摆摊,不知有人说过没有,假如有过,那末这篇作为报道的小文,不免要多余的了。

(《亦报》1951 年 3 月 29 日,署名:高唐)

[编按:溥儒新中国成立前即去往台湾。摆摊人不是他。]

## 甚 矣 其 累!

北京地方戏的风靡,评剧是相等于上海的越剧。这两天新凤霞在中和演《小女婿》,小白玉霜同喜彩莲在三庆一样演《小女婿》,两院都卖满堂。小与喜,是上海人熟悉的名字,新凤霞则从天桥唱到大院子里来的,她越唱越红,越唱越累,据她告诉人:足足两年,不曾有过一天的休息,最近方始好一些,总算日场常常停演。

讲到唱得累,像新凤霞是积累下来的累,还有一位是发之于一朝的,那简直旷古奇闻。是最近的事,二十四日那天夜场,大众剧场有个挑大梁的角儿叫姜铁麟,他一个人贴的戏码,共有四出:《大三岔口》,他唱任棠惠;《大金钱豹》,他唱金钱豹;《大铁笼山》,他唱姜维;最后是《新铁公鸡》,他来张嘉祥。不要看戏,单看这份戏单,已经叫我惊心动魄。

事后,我打听了一打听,姜铁麟为什么要唱这样累工的戏。就有人告诉我说:这个少年呕上了气,那天他就自己开这个码子。戏院当局倒是劝了他的,说他年纪方轻,不必把精力这样消耗,但姜铁麟哪里肯听,结果还是把码子贴出去了。

(《亦报》1951 年 3 月 30 日,署名:高唐)

## 黄　瓜

今年农历的新年头上,有个朋友到北京来玩过,回上海之后对我说:北京吃的真好,这时已有黄瓜了。又是一个月,我到北京,不仅黄瓜还有,连香椿毛豆都已登盘,这些在江南此刻,都不是入令春蔬,北京则是用烘植法使它成长,所以售价是特别贵的。有一回我约个朋友吃炸酱面,“面码”里有这三样东西,这代价几乎抵了全聚德的一只烤鸭。

今天读着一本叫《北京文艺》的杂志,里面有一篇文章,专门谈旧京流行的许多竹枝词,给我翻着一首是咏黄瓜的:“黄瓜初见比人参,小小如簪值数金。微物不能增寿命,万钱一食是何心?”看得我自己惭愧起来,只是我那回吃这些东西,实在不晓得都是值万钱的微物,否则我是不应该这样奢侈的。

有一次,走过前门外一家卖蔬果的铺子,我曾经打听过黄瓜的市

价，它们是论条卖的：小小如簪者，一条大约三四千元，大些，就要万儿八千了。（自北京寄）

（《亦报》1951 年 4 月 1 日，署名：高唐）

## 看 枪 毙

逛天坛的那天下午，正是北京处决一批反革命的首恶分子，天桥一带，路人为塞，我们的车子，几乎不能前进。这一批都是匪徒、恶霸，或者是道会门的头子，北京人民，吃过他们许多苦头，所以早一天在中山公园公审，已经把看的人挤满了一个园子，这一天听说政府接受人民的要求，将首恶者处以极刑，更其要倾巷来观了。

最妙的，拉我车子的那位工友，他性急得厉害，恨不得一步把我送到天坛，我问他是不是要看枪毙？他说："是啊，这班该杀的家伙，眼瞧着他们死，不也是痛快的事吗？"我说："早着哪，囚车还没有来，你忙什么？"他说："嗳，我把你拉到了回去看正好。"我又问他看过枪毙没有？他说："没有，前几天也是枪毙匪特，装犯人的车子在路上过，我才瞧见他们几个背影，等我赶到刑场，他们早就死了，真不巧！"听了这位拉车工友的话，可以知道这些匪徒当初的横行无忌，怨毒之于人，是这样的至深且厉！

（《亦报》1951 年 4 月 2 日，署名：高唐）

## 温 濮

猩猩温濮灿于霞，最爱轻酸溅齿牙。昨日江南遥寄语：江南有客忆山查。

万静从上海写信给我，叫我回去的时候，到东安市场买一些温濮给他，他怕我这个上海人不懂得温濮是什么，因此加了说明：温濮就是山楂果。其实我这个常识，新近已经得到了。有一天，同五六个朋友在饭馆子吃饭，吴祖光要一个温濮拌白菜，来了一大盆，下面是白菜，上头是温濮，大红大白的真像盖三省先生抹的那只赛西施的脸谱。

万静是南方人，当时久客北都，所以他懂得这东西要到东安市场去买。我每次上市场，经过卖山查的摊头，总要流连一回，看它们把那些苹果、沙果、山查、山药，或是做了脯，或是冰糖的，都堆得挺高，挺整齐，而把这些果子的颜色，调得特别鲜艳。有的摊头，还有伙计一只手把两块铜片，砸得满市场都听见。说起来您不要见笑，我这个馋痨，常常叫这个声音带引过去，买一串冰糖山药，一路上吃回家的。（自北京寄）

（《亦报》1951 年 4 月 4 日，署名：高唐）

## 烤 肉 宛

北京著名吃烤肉的地方有两处，一处叫烤肉宛，一处叫烤肉季。有一天在路上碰着李少春，互报住址之后，过了数日，他来找我，他说要同我吃吃玩玩，我们商量了一个要吃得别致一点的地方，于是到了烤肉宛。

不记得那一年，好像我在上海也吃过烤肉，但不是这个样子的。这里是一大盆柴火，上面一块厚铁，有六七个人，可以围在这里同吃。小半碗冷水，把切好的片肉放在碗里，再加大葱和香菜，加酱油加糖，一起搅匀了，就各据一方的在铁板上面烤，吃嫩的少烤一会，吃老的多烤一会。方法很简单，就是站着吃有点吃力，有人搬一只长凳，把一条腿搁在上面，边饮边吃，瞧这神气，便有点粗豪之美。

这两天吃烤肉，已不是时候，据说要冰胶雪冻的天气，到这里吃出一身汗来，也是人生乐事。现在已是春暖时期，被那柴火烤得受不住，我们从大衣脱起，一直脱到贴肉的棉毛衫为止。以致我这个外行的吃客，棉毛衫上都沾了烤肉的渍子回去。翁偶虹告诉我，北京真有人嗜好吃烤肉的，所以夏天它们也有生意，连伙计带吃客一堂都是大赤膊的，也蛮有趣。我说："那这里不是烤肉宛，真是'混堂宛'了。"

（《亦报》1951 年 4 月 9 日，署名：高唐）

## 十来年老了谢芮芝

这一次我到北方来，有一桩事体很不凑巧，就是在南方时心心念念想来听一听的侯宝林，在我来后的两三天，他随着慰问团往朝鲜去了。高元钧也是同去的一个。

那一夜在前门外吃饭，吃完了到一家杂耍场去，因为这里有个谢芮芝。这家杂耍场原来在举行相声大会，许多相声档子中，只有一档是梅花大鼓，一档就是谢老的单弦了。相声中有两档是两个不满十五岁的孩子做的上手，他们都很老练，可惜我对于"神童"的表演，总不感兴趣，总觉得把一个孩子硬装得老茄茄的放在台上哗啦哗啦，实在是戕伐天才之甚！

倒是有两个很可一听的人才，一个叫常连安，老资格了，他学了半天老一辈女鼓书家的各样声腔，什么董桂枝、乔清秀她们都学到了，这个要叫屠鸦先生听见，一定会眉飞色舞；另一个叫王世臣，三十来岁，说是天津来的，很好，他不像别人扮起了面孔说相声，他上了台一直同那个下手在撒痴地打朋，而打朋得妙语环生，听得非常过瘾。

谢芮芝他老得很快，脸上的皮，松而且皱，眼眶下两个袋，垂得挺大，他真实年岁我不知道，但望之若七十许人。但在他"打扮"上你会认得谢芮芝的，他那又长又窄的袖子，还是那么样。一双手摆动的姿势，也是那么样。头发不大白，光光整整地梳在脑后，也是那么样，就是气力差了。他在台上说出了伤感的话，好像对观众说听他一次要少一次了。这就叫我想起了往事：记得他最后一次到上海，是同刘宝全去的；他很红，观众捧他，他在台上唱，刘宝全在幕后窥张；这老头儿有点焦急，怕谢芮芝的声势，会砸到鼓王头上。那时候的刘宝全，龙钟之状，相等于今日的谢老，算算也不过十来年事。

（《亦报》1951 年 4 月 11 日，署名：高唐）

## 艺人三记

在小市上遇见丹尼，陪她买了一点东西，我说：刚在外面报上看见散木写您参加土改去的。她说：是啊，邓先生有文章了么？邓先生真有趣，这么高年，走起路来，健步如飞的。我说：他不老，才五十多一点，老是老在一头的头发上，和他的名字上，二十年前，他已经粪翁粪翁的翁起来了。

蔡楚生不大出来，偶然出外，就往地摊上买字画，他又欢喜买假字假画，他的想法，只要那东西自己欢喜，管它假的，有时假的比真的还好。新近他买进了齐白石的四张画，才一万元，经过许多人鉴定，说这画实在不假。因此有人说：蔡老（现在朋友都这样叫它）也许会不高兴，他买的东西不幸竟是真的。

戏曲研究院成立那天，大众剧场有个晚会，大轴是《龙凤呈祥》，正上梅兰芳，台上突然挂出一块大水牌，写着几行白字，是招领遗失在院子里的一顶帽子；观众看了水牌，就忘了梅兰芳。其时吴祖光在楼上，对隔座郁风的妹妹说：这一点小事，干吗要在这时候拎来晓谕观众呢？过了半小时，吴祖光越想越不对，东找西找，找了半日，原来那顶帽子，正是他掉在院子里的。

上面三小段，都是四月五日一天里耳闻目见的事，末节还是祖光亲口所述，他说的比我写的有趣得多。曾经听有位同志说过：什么屁事，放在祖光嘴里一说，就显得“神哪”！

（《亦报》1951年4月13日，署名：高唐）

## 那儿刚坦完

不久前，东单小市上声明言无二价了；若是真正言无二价，像我这样阴魂不散，时常想着去兜兜的顾客，到是一桩好事；无奈这一个摊头上嘴说得挺硬，到另外一个摊头上，它就可以商量商量了。据说他们同业监视得很严，纵使要商量商量，也得秘密进行，不当心叫别人发现，就要让他向群众坦白。

石挥这次到北京来，头一天就往小市去了。第二天他来找我，谈起小市，他说他想买一样东西，看标价四万五，他问四万行不行？那摊主人说："不行您哪，同志，我这儿不打价，你瞧（说至此，手指着老远一个摊头）：那儿刚坦完，我这儿还能跟你要谎吗？"石挥演说这一段儿的时候，用的是相声口气，听听很足以使人绝倒。北方人自有许多妙语，譬如"那儿刚坦完"这一句，精简得多少有趣，可惜像我这个说不大来北京话的南方人，他们应付起来，就不来这一套了。

"要谎"，大概是生意人的行话，是不讨虚价的意思。曾经看见小市上一个摊头，用一条纸片，写五个墨笔字，叫作"长摊不要谎"，我把这长摊二字费解了半天，后来想想，要末说它是长摆的摊头，但到现在我还不知道这解释是不是正确的。（自北京寄）

（《亦报》1951 年 4 月 14 日，署名：高唐）

## 访　恨　老

那一天是星期日，我同黄苗子、吴祖光、曹仲英到中央医院去望罢了郁风的病，他们又要我一道去望望恨老。恨老者，《亦报》刚刊完了的《人迹板桥霜》的作者张恨水先生也。

恨老一家住一个院子，因为那房屋很幽旧，特别富有北京住家的情调；屋里摆的，墙上挂的，也都是些粗粗草草的东西；从这上头可以看出屋主人近年来伤于衰病，没有心思再润饰他底居处了。我们见到恨老的时候，他刚刚午饭完毕，从后面的院子里进来，走路很轻快，面庞比较十多年前看见时瘦了一些，头发也有点斑白。

他们三个人东一言西一语的同他攀谈，我则作了如下的问答：

我说："张先生的病完全好了没有？"他告诉我："好是好啦，就是右边这一条腿，还有些蹩扭。"我看了看他那只腿，又说："怎么有点浮肿？"他说："不是的，我这只脚上穿了四只袜子。"我说："你干吗穿那末多，是不是怕冷？”他说：“怕冷啊！”说着又把裤脚管捋起来给我看，他说：“我还穿着这个啦。”原来垫在四只袜子里面的是一条挺厚的卫生裤。我说：“那你还写不写啦？”他说：“不行啰。”三个字他说得沉着而宏亮。我说：“慧剑（上海《新民报》）那里你不天天写？”他说：“也不天天写，一个星期大概给他寄一回吧。”

因为我们自己想着要吃饭，在恨老家里耽了二十分钟，便辞退出来，他还把我们送到门口。

（《亦报》1951年4月15日，署名：高唐）

## 秦凤云不老！

有两位唱梆子戏的艺人，近来又在北京轮流上演，其一为李桂云，其二为秦凤云。秦凤云还在唱，真使我惊奇，因为我少年时候，在庆乐戏院看奎德社，就是她的头牌，时装戏，日夜都唱。那时碧云霞今年五十一岁，秦凤云不会比她小，小也小个一两岁最多了，只要想，李桂云今年都四十五了。

有一天，我把这一段当年尘影，讲给老舍先生听，他给我印证，说我没有记错。这一夜秦凤云在长安贴《拜寿》、《算粮》、《大登殿》的一段王宝钏，我们都去看了。说出来也许叫人不信，将近三十年不看见的秦凤云，她就没有走样，唱，固然一个字一个字送到你耳朵里，叫你听得恬适，便看扮相，好像她是白过了三十年，依旧是一副清华之气，流照台前，谁也不知道她已然是垂垂一媪了。

梆子的王宝钏，不同于皮黄者很多，它繁重在《拜寿》那一场，秦凤云的说白很好听，我以为她说的陕西话，但伯勋兄说那是保定话。我不曾听过李桂云，据说她与秦凤云的不同，就在这上头，因为李桂云的说白，都改了皮黄习用的韵白了，秦凤云却还保守着“老法”。

我总觉得唱梆子是吃力的事，怕没有好嗓子，就不能搞这一行的。但据老舍先生说：他也听人说过，唱梆子的只要会利用假嗓子，实在并不费劲。到底怎样，他也不清楚了。我又说：我时常看见皮黄戏的演员唱《翠屏山》,到《杀山》那场,例用梆子,但他们张口是张口了,声音都扣不到丝弦上去。老舍先生说:那是他们不敢拔高,拔的不得法,很容易唱瞥了他们的嗓子。(自北京寄)

(《亦报》1951 年 4 月 17 日,署名:高唐)

## 秦凤云一席谈

秦凤云从天津回北京,唱了两天戏,我看了两天戏,都满意极了。唱《三娘教子》的后一天,由大众剧院经理盛强先生的介绍,同她见了一面,她穿一身人民服,布鞋,戴着眼镜,小小身材,倒是不如结束登场时那样挺拔。

我说:“小时候爱看秦先生同碧云霞二位的戏,后来离开北京,住在南方,时常想念北京,想念北京的人和北京的戏,秦先生也是我想念中的一个;这一回真高兴,到了北京,见到了碧云霞,也见到了你,尤其看着了你的戏。”她说:“那真是巧啦,我也二十一年没有唱咧,到去年才重新登的台。”接着她又说她的历史:“大概在你听我戏后来的四五年吧,我就结了婚,嫁的很不好,丈夫把我虐待,虐待得我眼睛几乎瞎掉,这罪一直受了七年,同丈夫离婚,现在大孩子已经二十一,二孩子也十八了,都在我这一边。离婚以后我就病,不病,也是有气无力的没有好过,直到北京解放,眼前是一片清明,我就想再唱唱戏吧。前年吊了吊嗓子,没有啦,它就不出字儿!只得养养身体再吊,后来居然扣上了弦,可是四十多岁的人,怎么也不如从前。”我说:“连看你两天,不都挺好吗?”她说:“不行,昨天那个《教子》,其实是三出戏,一次唱完,觉得挺不合式的,您不看我后来气就差了。”我说:“是的,后来是差一点,可是您说白的挂味,身上又好看,真是典型,找不出第二份来!”她笑了笑说:“您捧我,桂云儿(指李桂云)她比我红。”我说:“不是捧你,李先生没有你纯。”

后来又谈到梆子戏的改进问题,她说的非常坦率:“我是愿意往好里走的,可是自己没有什么学问,对于老戏,无法动手去改,只希望别人来帮助我们，不太好的应该改，太不好的我就不唱。譬如《三娘教子》，经过盛强同志的指点，已经改得很多，您该看得出来吧？不再强调《双官诰》那一场了，而打发张刘二氏，下乡生产，都把封建气味，冲淡不少。”我问她：“您还想排新戏不想？”她说：“想，排的新戏，可都要讲有意义的了。”听完她这一番话，我很兴奋的向她告别，说：“二十多年没见你，你不过加了二十多岁，但是你的艺术没有老，你的意气也没有老，我祝你健康，祝你进步。”她说：“谢谢你，你不多耽几天吗？没有事上我家里来谈谈，不开会，我总在家里，我有母亲，有孩子，她们都要我照顾，其实管一个家，已经忙不过来，还要唱戏，真有点儿起哄。”

（《亦报》1951 年 4 月 20 日，署名：高唐）

## 北京的花

看过《解放了的中国》那张影片的人，总记得有不少镜头，专门介绍北京各色各样正在盛放的花枝，使中国的锦绣山河愈加瑰丽。这几天的我，就时常沉浸在这种红酣绿媚的境界里。踏进中山公园，那些小小的树上，都是怒发的花，我没有张爱玲的本事，可以把颜色写成活的，也唤不出它们底名字，前人诗所谓“琪花瑶草不知名”，经过花前，只有念这七个字来用以自嘲。假使走进公园的暖房，就可看见许多怪花，一个盆栽上，长出来的东西，非枝非叶，但那上面也会开花，一种叫令箭莲花，一种叫虎刺梅的最最好看。离“公理战胜碑”不远地方，仅有的一棵紫玉兰，干不高，枝不大，但是密密生花，我从它萏菡看到烂放，每次去总是围了一堆人在徘徊欣赏，不忍离去。

这一次来，没有看着万寿山的玉兰，和管家岭的十里杏花，真有点辜负芳时，倒是好几次都有人邀我去，我懒得动，将它们都错过了。但是我在等，等芍药，等牡丹。崇效寺的牡丹，曾经在吕碧城的诗笔下，写成为人间绝色，快了，我要看着了它回去。

前两天媿静先生写信来说：“北京有高庙，在积水潭，可看海棠，丰泽园内颐年堂，亦有海棠二株，高可及丈，比梧桐树大。弟昔有‘未若颐年堂外影，繁红百叠倚高梧’之诗，即咏此也。似不妨走访之，北方之海棠，南方无有也。”可知从目下始，一直到秋凉，都是北京的芳时，哪里看得尽许多的花呢?

天衣是来得不巧，耽了十天就走的，他连杨柳都不曾看它冒青；这几天，到处都披拂得很好看了。我的《北游杂诗》有说到杨柳的，“我来一月柳成阴”，这是纪实。昨天又寄天衣的一首诗里，有“可惜先生归去早，垂杨今始覆红墙”，也是记实。

(《亦报》1951 年 4 月 23 日，署名：高唐)

## 谒十山翁

来到此地一星期光景，我去拜望过十山先生，是齐甘陪我去的，大约坐了半个钟头，我们就告辞出来了。走出那条胡同，齐甘将我埋怨起来，说：你这个人我倒第一次晓得你这样老实。我问他什么意思？他说：你怎么见了十山先生，连一句客气的话也没有，你应该谢谢他，《亦报》出到现在，承他帮忙到现在。这一点礼数，你还用做人家吗？我想了想，我真是没有向老先生道谢过一句话，的确不大好。我向来不擅辞令，是一个原因，还有一个原因，我常常以不多说话来对某一个人表示由衷的感谢的。

十山先生很健康，看不出七十来岁的人，我同他握手，我这小伙子的手是冷冰冰的，他的手是暖的，就可以知道老先生的精神了。齐甘邀他出去吃饭，他谢绝了。据说老先生简直不出门，难得上街，那是特地去选购毛笔，一年中至多一二回罢了。(自北京寄)

(《亦报》1951 年 4 月 24 日，署名：高唐)

## 寄儿子二首

群儿团坐一灯青，唐勿唐都嘴弗停。五首新歌爷也学，归来唱与你们听。

唐勿还没上学，他已经会唱歌，唐都想来也咿咿哑哑地学唱了；“五一”的五首歌，我也在学唱，想来孩子们都会唱了。

笑话真多算阿爷，甘蔗吃坏一根牙。不知馋嘴诸儿女，可把三餐慢慢加？

弄堂口小店里掌柜的在吃甘蔗，我问他：你这儿也有甘蔗卖？他说：全大陆解放，运输方便，北京什么都得来。我说：这甘蔗甜不甜？他说：真甜，您尝尝。我就买了一根，连吃三天，把我的一个牙吃坏了，连肿带痛的闹了好几天。因此想着孩子们就不喜欢吃饭，喜欢吃点零碎，也是常常害病的。（自北京寄）

（《亦报》1951 年 4 月 27 日，署名：高唐）

## 英雄事迹

住在苏州的一个孩子，写信来提起他的经常用度中有一笔是订阅杂志和报纸的支出。我回信告诉他《人民日报》必须精读。近来我到是养成一个好的习惯，就是每天把《人民日报》看得很仔细，尤其是社论和朝鲜通讯，常常一读再读。每一篇朝鲜通讯，都叫你看不完咱们中国志愿军的英雄事迹！

《亦报》的读者先生，你们总该读过上海报上有一篇转载《人民日报》的朝鲜通讯吧？它的题目叫《谁是最可爱的人?》，我是读过至少在五遍以上的；曾经写信推荐给许多朋友读，也曾经对我孩子说：“你如其还没读过，你一定要读一读，报没有了，写信来我会替你补。”记得我每一次读完这篇文章，我心上的血立刻腾沸起来，等平静下去，我又在出神地想，想起作者的话，真是，除了中国志愿军，世界上还有谁是品质高绝的人呢？我出神至此，往往继之以一阵羞惭；但也感觉到一种鼓舞和振奋，这样伟大的榜样，是可供我们永远学习的。

（《亦报》1951 年 4 月 28 日，署名：高唐）

## 海 棠 于

上回到张恨水家看见挂了一幅于非闇的画,同去的人,对它非常激赏。他们告诉我,非闇的画名,在北京是与齐白石相埒的。我不懂得画,只觉于先生画得很是工致,写得一手瘦金体的字,看得叫人也很舒服。

又有人告诉我于先生的积极,他老了,但他拥护国家的政策,有一点可以看得出来,他客厅上原来挂的一副刘石庵的对子,套了一个红木框,现在他把刘字取了出来,换上他自己写的一副,那联文是:“拥护缔结和平公约,加强抗美援朝运动。”

这两天,一个朋友请非闇画了一张和平鸽,两只,两只的头颈,用不同的颜色,那画之好,连我外行也欣赏了;我只觉得那两只鸽子,飞翔在画面上,不像是彩笔涂的,也不是针绣,简直像用一种纤绒堆上去的那样美丽。《新观察》的编辑人,已经预备把它印为封面,只怕经过一番印刷,那张画的神髓是会减少得很多的!还有一个朋友,请他画了一幅海棠,据说于先生的画,最好的要数海棠。我上次提过颐年堂外的两株海棠,是全中国最大的两株,于先生想把它都临摹下来,一来替名卉传神,二来也好叫他老人家画了一世海棠,这一幅可以作为纪念生平之作。

题目用《海棠于》,那是仿北京馅饼周、钢刀王以及豆汁徐之例,以志非闇先生是画海棠的专家,也还没什么不合适吧?

(《亦报》1951 年 4 月 29 日,署名:高唐)

## 豆 汁

前天在豆汁徐喝过一碗豆汁,听人说这东西是越喝越想喝的。可是真便宜,喝一碗,加一个烧饼一个麻花,才一千多一点。

跑进这家铺子,就是一阵酸味儿,我问掌柜:豆汁是什么豆煮的?他告诉我是绿豆。我说:怎么会酸的?他说发酵末。跟着豆汁上来的,有一碟是切得挺细挺细的辣菜，另一碟则是紫色的大头菜，也切得挺细挺细。

这东西在北京很有名，可是我两次来，到最近才喝了一碗。记得从前的胡同里，时常有挑了担子卖的；担子停下，有几张小凳，放在旁边，胡同里的孩子就坐下来了，一碗豆汁，分派他们每人一条大头菜，我常常在旁边看得怪有滋味的；卖豆汁的人，总叫我喝一碗吧，我老是摇摇头。

这回来，这种担子看不见了，听人说卖还是卖的，不过不挑担子，改为车子，但我也没有看见过。（自北京寄）

（《亦报》1951 年 4 月 30 日，署名：高唐）

## 丁　香

我是一直把迎春花当作丁香的，其实丁香以紫、白两色为最多，像迎春花那样黄的，却不大得见。最初丁香给我的印象，没有高枝树，总是小棵儿的，记得媿静先生有一句“闻说丁香可及眉”的诗，想像中这种树也不过高可及眉而已。于是我当迎春是丁香了。数年前，在鼋头渚看见迎春，曾记过一首诗：“侵寒花色拟肤黄，有客攀登已断肠。我看丁香犹问病，伊谁清寂似丁香？”现在明白我是错了。

这几天的北京，真是满墙满院的丁香，纤纤的绿叶，纤纤的花朵，开得好看极了。紫的，它不比紫藤开甚时那样的一团烂艳；白的也不比梨花开甚时的翻云滚雪。它们都长得很细丽，自有一种沾惹不得的风姿。也用不着你经过树下，只在墙外走走，里面的花，就会带给你一阵轻香，住在北京的人，单单这一点，已经很够受用的了。（自北京寄）

（《亦报》1951 年 5 月 6 日，署名：高唐）

## 西　山

马希仁先生从天津写信来问我逛过西山没有？西山倒是看见过

了，登却未曾登过。有一次游颐和园，连万寿山也懒得上去，不知怎的，到了北京，珍惜腰脚起来。这两天从北京城里，搬到北京的西郊来住，门外就遥对着西山。据马先生说：龚定厂有一句“此山不语看中原”的诗，此山就是指的西山。今天我起身得特别早，是晴朗的春晨，到门外走了一会，回来的时候，记下了下面的一首诗：

天明我共西山醒，相对门前气自宽。千百年来无一语，中原今日始堪看。

（《亦报》1951年5月7日，署名：高唐）

## 西苑道上口占

自将意气减豪粗，行事还宜戒简疏。谁信先生谁不信（成句），快投顽铁入熔炉！

浑身负痛不堪扪，向日欢娱尽泪痕。我是来从地狱里，而今始沐国家恩。

一九五一、四、廿六在西山作。

（《亦报》1951年5月8日，署名：高唐）

## 看史沫特莱的遗物

五月六日，是史沫特莱女士逝世周年的日子，这天北京举行了一个追悼会，还陈列了她一部分的遗物。

我去的很早，很详细地把她的遗物浏览了一遍。这些遗物，包括骨灰在内，都是遵照她的遗嘱运到中国来的。除了她日常工作的用具之外，最多的是与朱德总司令的往来函件。这几年来，她一直在著述《朱德传》，可惜的是原稿已然不知下落，所以陈列的只是些别人供给她的参考资料。其中有一封她给朱总司令的信，看出她在美国如何遭受到反动统治者的迫害，她说明了麦克阿瑟在阻碍她《朱德传》的进行著述，连她要求出国护照，也受到留难甚至峻拒！但她是说的，尽管处境这样恶劣,她还是把所有的力量,来宣传新中国的斗争史迹。

(《亦报》1951年5月11日,署名:高唐)

## 落 杨 花

老柳千株或万株,飞绵日日过庭除。安能捉得三斤重,寄与张生实絮襦。

住的地方是离开北京三五十里的乡郊,房子建筑在柳林之下,大可合抱的柳树,数不清有几多株的。这两天是落杨花的时候,一天到晚,那种翻云滚雪的奇景,说不出有多么好看。我一直记得王尘无在世之日,他写过这种飞绵的景致,我是没有本事把它形得更好的。

这一首是寄给柳絮兄看的,不然,结末一句,就没有解释了。

(《亦报》1951年5月14日,署名:高唐)

## 咖啡与栗子粉

在上海时不大喜欢喝咖啡,到了北京当疲倦的时候,常常想喝它一杯。上星期日进城,一早到苗子家去,他煮了两杯咖啡给我吃,不是顶好的,却有聊快朵颐之感。

小君说他家里的咖啡,全北京第一。喝过信然。小君夸耀的标准是,在北京没有喝过比他家更好的咖啡,大概他家咖啡的品质好是一个原因,煮的得法也是一个原因。

北京不像上海,卖咖啡的地方是很少很少的。东安市场有两家,那咖啡是不能喝的,我同祖光都去过;祖光欢喜一家叫荣华斋的,却不是欢喜它的咖啡,欢喜它的栗子粉。这种栗子粉是把栗子磨成的粉,上面浇上一层奶油,荣华斋算是出名的一家。还有一家有名的,在西单商场附近,这里也卖咖啡和西点,它的名字叫公义号。在上海,这个荣华斋,一定是爿裱画店,公义号活像一爿地货行。但到了北京,它们都是咖啡

馆，北京，就往往土的这样出奇。（自北京寄）

（《亦报》1951年5月20日，署名：高唐）

## 生活杂句

秧歌舞出柳林中，要趁东方日未红。作势冲云如野鹤，有时俯地似游龙。能循锣鼓腰何健，偶浥风尘体更融。真信林公诗境美，心犹奔马气犹童。

太阳还没出来的时候，我们的秧歌队，已经在锣鼓声中舞动起来了。一二百个人，也有时二三百个人，都在微笑地前进，每个人都挂着一身朝气。一日间也就是这个时候是我们锻炼身体的机会，当然锻炼身体的方法，不止秧歌一种，有篮球也有排球。很有人劝我打打篮球，我正在考虑，考虑的是我身上太瘦，脱去了上衣打，想想是个"排骨球员"，到底不大等样。末一句是故诗人林庚白的成句。

一路挑砖过远村，西山残照已黄昏。要从自力谙劳力，始见眉痕杂汗痕。连日渐忘肩上痛，当时但觉趾间温。者番祛尽书生气，不用耰锄觅菜根。

吃过夜饭，我们有一小时的劳动时间，或是挑了一担子的砖石，从各地集置到一地，为建屋之用；或者手持锄头，挖土爬砖。这两项工作，我都做的，但那种动作，我是没有练训过的，是像唱戏一样的羊毛，所以常常叫工人们看了好笑。（自北京寄）

（《亦报》1951年5月21日，署名：高唐）

## 颐和园后山

颐和园这一地方，我是不大欢喜的，有人劝我到万寿山的后山去走走，一定满意。这个星期日，苗子与祖光出城来看我，我们就同逛后山去了。后山果然好，而且非常之好，你若到颐和园，假如错过后山，那是十分可惜的。

陆放翁诗“山深四月始闻莺”，颐和园的后山颇有这种境界。那里有万树葱茏，也有远溪深壑；北京就是久旱，如果添上了烟雨苍茫，那便是龙井道上的紫霞洞。在北方要寻一些江南景色，除了后山，别处怕不容易再有发现。

我们从石舫那里起步，一路上攀崖涉水，直到谐趣园，在一所水榭旁边，停了下来；祖光把送我的新茶叶解开，沏了一壶热茶，都喝上一杯。水榭的对过，是一泓涧水，不断地琤琮作响，我同祖光脱去鞋袜，坐在土崖上面，各人把两条腿放在涧水湍急的地方。这又是我们历年在九溪十八涧玩惯那一套了。初夏的江南，我一直想念着它，但江南之所得享受者，在北京也往往寻得着的。告诉上海的朋友吧，一面我在精修自己，一面也在自求调剂，故远人乃无羁旅之苦。（自北京寄）

（《亦报》1951年5月25日，署名：高唐）

## 玉泉山上水

玉泉山上水清清，朝汲池边暮贮瓶。皮骨自凉心自热，发须常劲眼常明。

早晨，天刚刚透一点白，我起身了。屋外有一池活水，那是玉泉山的泉水，莹澈见底。常常蹲在地上，刷牙洗面，临走还贮满了一瓶，作夜来洗脚之用。起初洗面还没什么，洗脚，真有寒深入骨之苦，经过几天，也就习惯了。有一天，偶然用热水洗面，反而觉得浪费了燃料。（自北京寄）

（《亦报》1951年5月26日，署名：高唐）

## 忆 江 南

豆儿香糯笋儿甘，四月鱼虾孕子酣。老母清安诸女乐，独因贪吃忆江南。

朋友，你知道我想江南不想？我是想的，有时候想一些人，但想吃的时候更多,四月快过完了,蚕豆、竹笋都没有吃过。一月前北京有家南方饭店,说有上海的竹笋到来,赶去吃时,则上一天都卖光了,他们给我最不欢喜的玉兰片吃,把我气了一夜。蚕豆尤其是我嗜之若命的东西,北京也吃不着。又想想子虾入市了,咸水的、王瓜炒炒的,都是绝伦的风味,叫我怎么想得下去啊?(自北京寄)

(《亦报》1951年5月30日,署名:高唐)

## 传来"和平解放西藏"的那一夜

上月二十七日的晚上,衣裳也脱了,身体钻在被头里了,灯也熄了,忽然地门外人声鼎沸,有一个人走近我的门前,口中直嚷着:"起来啊,庆祝西藏和平解放!"我拉亮了灯,推开被头,穿好衣服,趿上鞋子,拔脚就走,出得门来,一路上都是人,由几百聚到一二千众,锣鼓声、欢呼声、歌声、掌声,喧腾不绝。再一会,只见有的在拥抱,有的在狂舞,有的手连手拉成个大圈子,旋转不已。也有的扭着秧歌,更有的叠着罗汉。不知哪一位邻居,掮出了一张镶着框子的毛主席的照相,他叫五个人把他全身直举起来,由他将照相捧在手里,到处游行,于是夹道欢呼的,是一片"毛主席万岁"之声。此情此景,真可说是其热如火。所欠者,这里是僻远山村,一时买不到鞭炮,不然,会不放它成千成万个的?

直到听见一声号令:"同志们,静一静听中央人民电台的广播!"立刻鸦雀无声。树林里的收音机,却接着在报告《和平解放西藏问题取得协议》的新闻了。听完报告,又是一阵掌声,大伙儿方始回去,脸上都挂着一抹笑痕,脱了衣服,熄了灯,再钻进被头里去。(自北京寄)

(《亦报》1951年6月2日,署名:高唐)

## 白　杨

上海思南路上的林荫,我是很欢喜的,在北京,则我很爱西苑道上了。由西直门一过了万牲园(现在叫西郊公园),这一条路,到海甸为止,有两节林荫,一半是白杨,一半则是垂柳。我愈加爱的是白杨夹道。

这种树究竟是不是白杨?说不准,也没有问过别人,在白香山的诗里有“见说白杨堪作柱”的白杨,想来就是这一种树了。记得苏州到常熟的路上,也有一带白杨,但远不如西苑道上的壮盛。这种树有一个特别的地方,在它身上,找不出一根杈枒作势的树枝,它那神气,正似怒发种种连枝带叶,都是刺空直拔的。因此两旁的树,不像垂柳,也不似思南道上的洋梧桐,可以交盖起来;走在这条路上,翘首望去,就在郁郁苍苍中,分出一径天河,自成奇景。

上星期六,在日落西山的时候进城去,坐三轮车经过这里,欣赏多时,第二日回来坐公共汽车,就看不见了,则又怅惘多时。

(《亦报》1951年6月5日,署名:高唐)

## 臂　上　红

臂上新飘一抹绸,无灾无病渡清秋。近来温尽童时梦,便逐轻尘到处游。

前两天打了一针预防霍乱、伤寒与副伤寒的混合剂,第二天臂上有些红肿,怕有人碰着它,就剪了一条红绸,系在那个地方,作为打过针的标识。这情形很像小时候种了痘花一样,自己往往朝那红绸看看,觉得一抹妍红,非常有趣。听说上海也早发动预防时疫的卫生运动了,政府关爱人民的健康,北京这一回将做到全市注射,上海想来也是一样。

(《亦报》1951年6月6日,署名:高唐)

## 耐　冬　花

在这里,我们每天聚在一道的有十九个人,最年青的一位姓顾,才二十五岁,他比我先到半个月,同我一样是江苏人。他是圣约翰大学毕业,到美国去留学,在加利福尼亚大学攻政治经济,一毕业就回国,一回国就到此地,他是向往着祖国的新生。

当赴朝慰问团的代表来给我们作了一次报告以后，我们这里，掀起了捐献热潮，他更向领导上报告，要求志愿参军。不到一个月，他的要求被批准了，全体千把个人，这样的殊荣，只落在四五个的身上，这一二天内，他受尽了别人的欢呼称羡，老是让几个人把他抬在肩上，在锣鼓喧天中，到处游行。我抬不动他，只跟在后面，在鼓掌欢呼之后，常常自己问自己："我也有这一天吗？"

一道的一位女同志，代表我们十八个人，在欢送会上向他致词，那是一首热情的诗：

十九个星星中，
最璀璨的一颗；
耐冬花中，
最鲜明的一朵；
行将
照向朝鲜的高空，
开向正义的战场。
集中千万人民的骁勇斗志，
实现千万人民的和平愿望！
更劳你
把十八颗心儿，
带向前方，
祝福所有卫国战士：
永远愉快、安康！

她也是留美学生，是文艺工作者，是美术家。把这诗替他写在日记本上，又在纸底画了一枝泼墨的梅花，那是耐冬花。

我们还在后山同他野餐过一次。他是星期日一早走的，星六夜里，我们话别到深宵；他为我提意见，也要我为他提意见，我没有意见，只有个人的惜别之情，因为他走了，就少了一个帮助我进步的人。

（《亦报》1951年6月28日，署名：高唐）

## 马 樱 花

这一时,北京的花市,大概最是阑珊的当口,我是天天上颐和园去的。看得见的没有几样花,进了大门后的松荫下面,有许多盆栽的石榴,都在开花,榴火原是红的,是有几株开的近乎蜜色的花,竟是前所未见。

谐趣园池塘里的荷花,在五六天前,菡萏还不算顶多,可是这么大的一个池塘,却有一朵红花,孤零零地向阳怒放。那天我们经过这里,正是为我们一个赴朝参军的少年朋友送行,就请他靠近花边,摄了一张特写的相片,仿佛把那朵花悬向壮士的襟边一样。

但是有一样花却在万寿山的山前山后,那些高高的树上,都开满了的,据说它叫马樱花。这种花我一向以为是不登"堂厅"的,小时候坐了船从城里到乡下的外婆家或者姑母家去,也是这个天气,在临水的地方,总看见这样的花,红里间白的花瓣,茸茸地似须似刺,一朵一朵落在水面上,我常常不敢从水里去捞起来,怕花里面还藏着些要螫人的小虫。我把这些印象告诉同游颐和园的人,他说这个的确是村郊野水边的产物,《聊斋》上就有写它的两句诗:"黄土筑墙茅盖屋,门前一树马樱花。"

(《亦报》1951年7月3日,署名:高唐)

## "人大到啦"

公共汽车出了西直门,将近海甸的地方,有个站叫"人大",那就是兴建中的人民大学的新址。听人说,新屋共有一万多间,其广大可想而知。将来北京的西苑,是最高学府的集中地。在目下,颐和园旁也就有马列学院,过来点,有华北局党校,有文化学校,有华北人民革命大学,里面还分着政治研究院的二个部门,还有外国语学校;再过来点,有清华大学、燕京大学;将来的北京大学与辅仁大学它们,都要往那里搬的。

"人大"则为一般人更重视的一个学校,读者诸君,你看了我的报道,你一定会念着,希望将来你的子弟,最好能够考进"人大"。我就常是这样想的。当我坐在公共汽车上,猛听得卖票同志高叫一声"人大到啦"时,我总回头去看看那座工程正在进展中的连云绀宇,就立刻有一个欲望:过几年后,重临此地之时,是送我的儿女们上学来了。

我们不要以为考进"人大"是不容易的,只要现在预备来时的深造;也不要以为"人大"的学额有限,认为没有希望;说不定今年造一万间,过两年造十万间,甚至造一百万间的大校舍也会来的。只要认清了新中国的远景,而新中国的培育青年,比什么都重视,将不计一切地会致以努力的。

(《亦报》1951 年 7 月 8 日,署名:高唐)

## 一 把 扇 子

初来北京时的一个多月,看过一次新凤霞的戏,搬到西郊来后,不大可能有看戏的机会了,可是在这半个月内,却两次都看见了她。第二次是在她家里。

是同吴祖光一道去看她的。她在写稿子,封好稿子,托人送到报社去,说明把稿费捐献了吧。我马上拉生意经了:"你替我们《亦报》写点稿子,一定能够号召读者的。"她笑起来说:"我哪里能写,人家逼着我,乱七八糟涂几笔而已。"我说:"那末我就来逼你来了,你不天天写日记吗?就把日记给我。"她说:"日记是写的,可是我的日记,谁都不让看,因为都是真话。"我说:"真话才好么。"

我们随便谈,谈到戏,谈到练工,她晓得我唱武生,唱黄天霸,所以也同我谈到开打。她却不明白我这个武生的"一条腿",直挺起来,往往伸不到一尺高的!

这一天很热,她送我一把扇子,虽是黑色的折扇,她说:"你藏着它,不值钱的东西,但是很有意义的东西,因为这是我在工作上得的模范奖品中的一种,你拿去,希望你也成为工作模范、学习模范。"

她很爽朗，很健康，而演技又那样精湛，观众拥护她、政府关心她。观众拥护她，她天天唱，天天满座；政府关心她，关心她的工作情形，更关心她的思想情况。

听说上海报纸上，新凤霞的事记得很多，我顺便报这一段消息，关于她的婚事，她不久就要同吴祖光订婚了，年底结婚。

(《亦报》1951年7月13日，署名：高唐)

## 我们的女同志

一个去年从香港回来的电影女演员，也在我们这里，她是我唯一的老朋友了。但因为人多地广，我们不一定天天能够碰头。上个月起，因为我们日常去泡在昆明湖里，所以见面的机会才多了一些。

有一天，我在沙堆上晾身体，她也从水里起来同我一道坐在岸上。她忽然说："大郎，你阿有皮鞋，我替你擦；你阿有破了的袜子、破了的衣裳，我替你补；或者你的被头要缝，我来替你缝。"我惊讶地问道："你这是什么意思？我现在穿的布鞋，用不着擦，即使是皮鞋，也用不着你替我擦，我自己会擦。袜子、衣服、被头都会拿到城内去叫人补，为什么要你代劳？"她说："不是啊，我替你服务，是要你钱的啊，你叫别人补，不也要花钱的吗？我们许多女同志最近组织起来，拣男同志不会做的事，由我们劳动，得来的钱，完全捐献。"

我这才明白，她是来"拉主顾"的，然而我感动了。在这次捐献运动中，我们的女同志，真是尽了极大的热诚，不知有多少人，把她家里的首饰箱子倒空了的。这些女同志，扔掉了唇膏、指甲油、丝袜、皮鞋，又剪短了头发，投身到这里来，经过几个月的陶铸，什么挑砖头、挖土、扛粪、种田这些劳动，谁也不肯落在男同志的后面；而逢到爱国热潮的掀起，她们有的志愿参军，有的报名输血，对于捐献，更是踊跃热烈，她们爱祖国、爱人民；她们只知道修养自己，将来做一个人民干部。其它，再也不是她们所计较的了。

(《亦报》1951年7月18日，署名：高唐)

[编按:这位香港回来的女演员是吕恩。]

## 陌　上

价廉无比西红柿,当饭充肠玉米黄。陌上归来歌缓缓,莲花稻叶互争香。

中午从昆明湖里泡了起来,回去的时候,总要走过一条长长的田岸,两旁是稻田,有个地方,在稻田的中间,辟着一块莲塘,有盛放的莲花,也有许多菡萏,真像白蕉说的"刺空大笔"一样。田岸上的摊贩,尽放些西红柿同老玉米,西红柿真便宜(五百元四只),我每天生吃两只,加一些糖,比美国货的罐头水果,要好吃得多。

这里的老玉米,带了最里面的一层箨煮的,我每天也要吃一二只,代替午饭;从摊贩的锅子里取出来,烫得很,就拎在箨上,一路走一路吃,又一路的唱回去。现在我不唱《四进士》的摇板,也不唱《追韩信》的流水,而常常学唱《国际歌》,尤其喜欢唱雄健而又轻快的"美帝国主义要武装日本,我们坚决不答应"的那支歌了。

(《亦报》1951 年 7 月 24 日,署名:高唐)

## 牵　牛

小时候在夏天也起身的早,绕宅的篱落上面,都怒放着牵牛;只有一种浅蓝色的,虽然是野草闲花,倒也有芳洁之感。在都市里耽了那么多年,与这些花常是遥违得很。今年在这个地方,到处可以看见小时候看惯的花,凤仙、千年红、佩兰、蜀葵,尤其是牵牛,都是同志们亲手载的;因为开着我从来没见过的颜色,所以使我愈加爱好它们。它们有的是深紫色的,也有黄的、红的、白的。那深紫色的一种最好,挺伸叶外,竞放艳光,画家是调不出那种颜色来的。

太阳还没升起,我经常冒着晓风,赶去望望它们,一路上经过丛树,跨过乱草。总觉得这一带的满眼莱芜,也是我将来回忆的材料,因为根本上我对这块地方已起了强烈的情感。

(《亦报》1951 年 7 月 28 日,署名:高唐)

## 听 曲 艺

久仰天津的市面繁荣,到此看看,果然名不虚传。白天马路上的熙熙攘攘,到晚来的笙歌沸耳,煞是闹猛。一个朋友统计给我听,天津大大小小各剧种的场子,只有一百四十四家,单是歌女清唱的地方,占了三十几家。

我先后到过两个杂曲的场子,一次是在中国大戏院的屋顶上,白云鹏、筱彩舞他们都在登台。白云鹏七十多岁了,走上台来,有点像是老生的台步,嗓子还是不坏;可是他的老毛病没去掉,还是絮絮叨叨把他唱词的内容,叙述一遍,没耐性的人,都纷纷抽签了,我替他焦急,他却毫不在意。

第二次到南市一家小场子里,目的是在去听花五宝的梅花大鼓。看着了花五宝,不觉得她又什么特点,所感到新鲜的是听着了《天津时调》。据说这玩意儿又叫《敲三调》,唱的人名叫赵小福,是一位五十多六十不到的老妇人,头发都花白了,一件拷绸旗袍。一个瞎子替她操弦,弦子拉出不习惯听见的声腔,唱的人也就扯开嗓门直嚷,既不成调,也不成字。我曾经很小心地想听她的唱词是什么,可是到她终场,还是没有听懂一句。奇怪的是场子里本来“禁止叫邪好”,偏是这个天津时调,听客都禁不住叫起好来,而每一次彩声,都报在赵小福唱得面红耳赤,力竭声嘶之后。我尤其不解其故,大概它的好,就好在歌者的力竭声嘶与面红耳赤上吧?

一个住在天津的朋友,说他也听不来这种时调的,而且他一直怀疑这种时调,不能出天津一步,除了天津人,别地方的人也都听不懂这种时调。

(《亦报》1951 年 8 月 9 日,署名:高唐)

## 遇 家 宝

曹禺在北京，可是我到北京来了半年，没有遇见过他。这一回由京而津，由津而沪，更由沪返京，在津浦路上的一个上午，我正在餐车里用晨点，车子靠在蚌埠，忽然看见车站上有几个人送曹禺登车，他们正在月台上话别；我连忙扔了面包，赶下车去，狂呼家宝。

家宝也是出乎意料的会在旅途遇见我，上车后，我们就一直坐在一起，差不多自晨至暮，自暮至晨，说不尽道不完的一路谈到了北京。

上海的读者和朋友们，一定很多想念曹禺的，因为他离开上海，已过四个年头了，我约略告诉你们他的一些近事：他同郑秀离婚，我们在北京的报纸上看见过了，他说这桩事了结后，他就来蚌埠，参观治淮工程，同时也参加一些治淮工作而来的，住在离开蚌埠若干里的一个农民家里。在这个村子上的农民，无论老小，日日夜夜在虔颂毛主席的健康，因为没有毛主席，他们在水灾以后，不会得到贷粮、贷种、贷煤、贷盐，乃至得到赈衣裤、赈鞋袜的这许多恩惠，村子上倒是至少要死掉一大半人的。

这两年来，曹禺没有写过戏剧，但是他要写，急乎要写，也许就要有作品出来。他这回到北京，住一个月再去蚌埠。他比从前丰满了，高亮的嗓子，诙谐而又热情，依然那样。

他要我把他离开上海四年以来的事，详细的说与他听，因为他实在关心他那群老友，只要是他想得起来的人，都问过我了。

（《亦报》1951 年 8 月 25 日，署名：高唐）

## “德 州 瓜”

从天津到上海，不是坐北京去的夜车，而是坐天津开出的早车，经过德县时只下午二、三时，正是细雨濛濛，我下车去买了一个大西瓜上车，因为德州西瓜，不但为京中人士所艳称，也是名闻全国的特产。

一个瓜十几斤重，才四千元，但据车上有人说：若使到德县城内去买，二十斤以外的瓜，买四个也要不了一万元的。那个瓜把它背到家里，第二天切开了吃，熟得几乎坏了，大概因为渡江时正值中午，在车厢里把它热坏了的。

回北京的时候，又经过德县，是一个月光如水的夜里，同曹禺两个人下车去看看，有个瓜贩切了块在月台上卖瓜，一径流香，收来鼻观，可以断定那是个甘美的瓜。我想吃两片，曹禺不许我吃，因为夜深了，吃下去怕坏了肚子；我只得又买了一个没有破过的瓜，但也被曹禺所嘲讽，他说你怎么那样的贪瓜呢？

瓜拿到车上，发现那个瓜又是熟过了的，到了北京同张敏六分而食之，果然不好，我想那是卖瓜人故意在夜里欺弄买瓜人的，因为夜里买的人无从挑选，而匆忙中也是来不及挑选。

（《亦报》1951 年 8 月 30 日，署名：高唐）

## 关于发言

七月底从北京到天津时，曾经与佐临在那里白相了一日。

佐临对我说："今年我们这一群朋友中，发生了两个'奇迹'，一是你居然要求改造，二是我在会场上开了口了。"

原来佐临在开会时，也是不习惯发言的人，这在从前，我又何尝不如此呢？记得去年开过一次推销公债委员会，主席提名要我讲话，我死赖着不上台去，那时情形的狼狈，到现在想想还是很可笑的。直到来西苑以后，在同志们的督促之下，我也学习了发言，因为在改造中不肯开口，就无从暴露你自己的思想意识，也就等于拒绝改造。

其实我说我学习了发言，并不等于说我很会发言了，我的发言还是发得不好，欢喜长话短说，却并不能够说得扼要；我总疑心这一项技术，多少要有点天才，再训练也不会训练得有天才的人说得那么好的。几个月来最使我惊服的一位天才讲话者是杨再同志，他给我们报告《批判武训传》，口若悬河地一讲讲了三四小时，不看稿纸，不吃螺蛳，更没有一句重复的话，你说他不是天才的讲话者，能说得这么好吗？

前几天回上海去，《亦报》开了两次全体大会、五次编辑会议，我都参加了，也都零零碎碎的说了一些。《亦报》的同志们承认至少这一点就是我的进步，因为当我没有北上之前，《亦报》的会议，我也每次参加，但总是闷声弗响的；而这回在《亦报》同志们的“学习大会”中，我强调着请若干不习惯发言的同志，务必要争取发言，管他对不对，肯说总是好的，正因为大胆发言，自由思想，都是学习的顶好的态度。

（《亦报》1951 年 8 月 31 日，署名：高唐）

## 七　月

贪取新凉自减眠，秋晨何处不清妍？我来七月西山下，已似江南九月天。

北京的秋天是好的，其实不用到中秋或者深秋，就在初秋的天气，望上去已经有点像张爱玲说的“清如水明如镜”底感觉了。这次从上海回来，刚过农历的七月半，北京的早夜，凉意已动，没有一件绒绳衣，有点抵挡不住了。

每天早晨不到五点钟就起身，天没有大亮，早操完毕，方见红日东升，总是跑出去远望西山，一派青青紫紫的彩色，其壮丽真似一张最好的国画。

（《亦报》1951 年 9 月 4 日，署名：万静）

## 薄暮花光往往红

蓼花是一种野生的草本，闲花耳，欣赏它的人不会多的。不知如何我从小时候起，就很爱好这一种花，秋天，在田野闲玩厌了，常常把摘下的蓼花和蟋蟀草、狗尾巴草塞满了一袋袋回去。

在上海时，万静斋前，却种了许多蓼花，比之临水依崖的，长得还要高大；雨后，红花绿叶，更是多姿。元好问咏蓼花诗：“檐溜滴残山院静，碧花红穗媚凉秋。”那里虽然居非山院，下一句的情景，还是有的。

在这里，近来是蓼花盛放的时候，我因为欢喜它，每天要去看看。当日薄崦嵫的时候，在一条长长的塍子上，向西走，右边是稻田，左边则是一带野塘。野塘的两旁，开着绵亘不绝的蓼花，妍红爽白，与望里西山，互争秋色。从知用“薄暮花光往往红”七个字来写蓼花，真是传神之笔。

中秋夜，很想念上海，想念上海的人和物，也想到了万静斋前的蓼花，曾经记下下面一首小诗：“漫将花貌偎云荼，快检南来万静书。汲引轻凉帘卷处，其花辛□绘人无？”（自北京寄）

（《亦报》1951年9月23日，署名：思郁）

## 满　床　书

当初不学莫嗟吁，今日能填腹内虚。欲慰故人无好语，秋来载得满床书。

在上海时读的书，大半是前人的诗集，临来北京以前，还温了一遍陈履常的《后山集》。半年来，却读了不少新书，目下还在陆续添购，当常堆满了一床，昨天又买了一本《斯大林传略》，一本《列宁斯大林论中国》。记得八月初我到上海去时，曾经听二三个老友，都对我这样说：“到现在为止，中国共产党我是心悦诚服了，但想不通中国为什么一定要同苏联要好？”我当时把我知道的说了一点，但是浮浅的，没有能说得透澈。现在我应该写信给我这几个老友，叫他们多读几遍《列宁斯大林论中国》这本书，列宁与斯大林，言挚意深地热爱着我们中国，热爱着中国的人民。朋友，你现在不了解苏联，不要紧，在你思想上对苏联还存在着若干问题，也不要紧，但终希望您把这些问题，快些求得解决，解决了这些问题，你日后会明白苏联之所以可爱，愈明白苏联的可爱，你就愈会明白帝国主义侵略者之所以可仇！

（《亦报》1951年9月26日，署名：高唐）

## 桂 花 蒸

自披絮袄看晨星，脱到单衫日过庭。忽着炎威秋去半，北来也遇桂花蒸。

每天起身，天还没有亮，在晓星残月之下，总披上一件棉衣。到了十时以后，天忽然热了，只好脱到一件衬衣为止。这时候，南方应该"桂花蒸"了，大概北方也有"桂花蒸"吧？可是问之常住在北京的人，都不懂这个名词。北京的桂花是开了，有人从城里来，说中山公园的盆栽桂树，已经着花。又据说这里是没有高大的桂树，于是想着杭州，想着满觉陇，想着叔范的"高墙晚桂，流香甚烈"一句，不禁神驰湖上。

（《亦报》1951 年 9 月 27 日，署名：高唐）

## 小 字

临晚歌声噪一堂，早晨列队上操场。卅年过去何曾老，真爱人家唤小唐。

半个月来，早晚有两项功课，一起身就操演；有时一二百人，有时千把个人大会操，立正、稍息、开步走、一二、一二三四。晚饭后则练习唱歌，唱的是："争取人民民主，争取持久和平，全世界人民心一条！"或者是："英雄的人民，站起来了！我们团结友爱坚强如钢。"教我们唱歌和操演的都是我们一道的同志，但我把他们看作小时候的体操先生和唱歌先生一样的亲爱。到这里来后，总觉得自己年轻的多了，真欢迎人家都叫我"小唐"，这个"小"字，记得上海在帝国主义和反动派统治时期，是叫那些拆白少年们专用的，什么小沈、小潘、小陈之流，我们很嫌恶这些名字，近年来，这个"小"字的质是变了，变得莹洁而响亮。

（《亦报》1951 年 9 月 28 日，署名：高唐）

# 最好的药石

上海的朋友看了我用思郁的名字,写的那篇《薄暮花光往往红》的稿子,跟我提意见。我写回信给他,作了自我检讨,并且,向他感谢跟我提了很宝贵的意见。

我应该痛切检讨自己的,半年以来,在这里日日夜夜受的教育,就是叫我们来否定旧的,吸收新的;在理论上我完全接受了,而在情感上就时常要露出自己的狐狸尾巴来。这真是很坏很坏的现象。如果在我离开这里以前,连这一点都改造不好,我如何交代得过:上海的朋友们,这里许许多多帮助我进步的同志们,日日夜夜教育我的领导上,还有那广大的人民!

在旧社会里专门写些"美人香草"之思的稿子,自以为旧才子的"风流自赏",到现在看了,那虽是轻描淡写的几笔,也是丑恶的,一个置身于革命阵营里的人,连这一眼眼的命都舍不得革,而老端着一分"恋旧"的情怀,我到底干么来的?那篇稿子,我也给这里的一位张弢同志看过,他说:写一些花花草草来渲染中国的灿烂山河是可以的,后面的一段就多余了。也是这样一个意见。

上海的朋友们,请你们都用全力来帮助我的进步,在我的行为上、写作上,尽量的为我批评,半年来没有什么好的修养,就是能够虚心接受别人的批评。朋友们应该了解我的,在旧社会里,我原不是一个刚愎自用之徒,虽然在那时候听惯了别人的恭维,现在晓得当时听到的恭维,都是毒害我的东西,惟有现在别人对我正确的批评,才是最好的药石。最近听了领导上几个关于"忠诚老实"动员的报告,我时时刻刻从这方面在端正自己的态度;从此以后,只要是我犯了过失,任何人给我批评,我一定低首认错。只有向人民服罪,才是诚心要求进步的表现。

(《亦报》1951 年 10 月 6 日,署名:高唐)

## 儿　书

戎装一着太堂堂，似我真生脸上光。阿父今年敛束惯，儿书寄到又颠狂。

参干的孩子从西南写信给我，还寄来一张新拍的照片，着了军服的，挺神气的模样。信上说他很快乐，国企那天，他吃了一斤肉；在晚会上，他还唱了戏，本来想唱《盗御马》，因为嗓子不好，唱了出老生戏。我回信告诉他，我也唱过戏了，在中秋的后一夜，也唱了出老生戏。又叫他不要把上海的家、祖母和爸爸妈妈常放在心上，要热爱国家，热爱军队，热爱一道的同志。

（《亦报》1951 年 10 月 21 日，署名：高唐）

## 稻　草

犹时看汝绿成茵，老觉其材更可亲。曾与荷花为密侣，旋邀蓼穗结芳邻。秋来垄上舒双眼，寒甚床头暖一身。记得童年催饭熟，自蹲灶下乱添薪。

以前的通信中，几次说到我们这里门外的禾田，在夏初，看它是秧苗，夏末它长成了，在南风中与高莲竞爽。到了一、二月前，则满垄金黄，又与隔岸蓼花，互为掩映。上月中，它登场了，收稻时候，曾经问过农民：今年的稻子能收几成？他们都说十成。

这几日，天突然转冷，昨天还下了些雪；吃过中饭，到附近的农家买了三捆稻草回来，铺在床上，把褥子垫得厚了一些。这种稻草，在我小时候，是家中燃料，在上海就不大有得看见；北京人家，也不拿它来当火把烧的，就是用来打为草垫，编结很是整齐；我则就平铺在床上，倒也取得很多的温暖，半夜翻一个身时，只听见淅淅索索的一阵响，真像躺在乱草堆中一样。

（《亦报》1951 年 11 月 11 日，署名：高唐）

## 后　山

后山原有映山霞，已逐西风委土沙。遂使匆匆作过客，不曾细细看芦花。高松一路穷诸态，寸晷今朝暂得赊。谁信故人心事改，但深爱国欲忘家！

前一时抄写文件，抄得手指都僵，连膀子也很觉疲乏。十五日那天，抄写完了，心上一轻松，想着几个月没有上万寿山，那里的枫叶，也许尚未凋落；于是一个人赶去，却是来迟几天，枫树上已没有叶子了。只得从后山绕到前山，在石舫那边，看对湖有几亩芦花，如绵若雪。湖风吹来甚冷，懒得久留，只得回去。回去时路上想，今年在我离开西郊前，万寿山可能不再来了。

（《亦报》1951 年 11 月 25 日，署名：高唐）

## 玩而不厌

北京有一种年画，一个小囡，胖胖的圆圆的脸，大红大白的像只苹果，身上的披挂，很像京戏里二郎神那种打扮，但是帽子边上有飞机，脚上踩着汽车，手上拿琵琶，还有胡琴，还有昆虫，莫名其妙的东西，陪衬的很多。因为彩色的好看，觉得那个画很有意思，卖画的称这种年画，叫作“玩而不厌”。

这名词题得真好，你说那个画上的小囡，玩而不厌那些东西吧，也可以；你说买画的人对这种年画玩而不厌吧，也可以。

发现这种年画的朋友是张正宇，买了许多回来送人，我同吴祖光都得到一套（二张）；郁风拿去特地把它精裱了送给我们，祖光新婚之后，用镜框装起，放在书斋里。我的一份，苗子还替我题了许多字，都是很风趣的句子。

佐临到北京来出席政协第三次会议的时候，看见这种画也十分欣赏；但正宇已经没有存货，到处去觅，没有买着，也许到新年的时候，会有新货应市的。

(《亦报》1951年11月26日,署名:高唐)

## 早起一首

> 先生早起甚仓皇,不看高星看大霜。人自立新兼祛旧,柳从转绿又回黄。应怜久腐鱼偏活,亦念还清水有乡。修得一心专为国,踟蹰安用适何方!

我就要离开这里了,而又非常留恋这里。在半个月前,早起后一个人满处去跑,其时落月衔山,晓星在照,尤加好看的是万瓦皆霜。而无数株的大柳树,叶子都是黄的,这些柳树,我特别对它们多情,来时尚未抽条,不久使我看到生平没有看过的落花奇景。到了盛暑,我们在树荫下听听讲课,开开漫谈会,或者独个儿搬一张小凳,身体靠着树身,看几个钟头的书;骄阳在流转,我的凳子也会搬地方,反正树身太大,树荫太浓,可以挡得住阳光的。秋凉时,它的叶子一天天在发黄,直至前几天来了几个寒流,一夜狂风,吹得枝头尽秃。

再过一个月,我走了,想想改造这些日子,没有什么成绩,真是很惭愧的;但惭愧自惭愧,却毕竟从共产党手里,将我一个僵了的人,救活起来,而使我在生活过程中,开始了新的阶段。

记得在暑假以前,我们开过一次生活检讨会,我曾经暴露我来北京以前的思想情况,我说:"我一直把我当作一条鱼,我这条鱼,只有上海的水才能养得活我,离开了上海,我会减少生命力,甚至会死去的。"同学们根据我这段话,跟着说:"上海的水天天在变,从混浊的水,变成清澈的水,那末你这一条鱼也要跟了变,变好了,中国的水,到处都能把你养得好好的;你若不变,或者变的不好,那末上海的水,也不能养活你,还是从前的那一条鱼!"我是永远记得这些话的。

(《亦报》1951年12月2日,署名:高唐)

## 门　孩

吴祖光从东北返京，看见我写的那一篇《玩而不厌》，替我补充了许多话，他说："这一类的年画，在北京有一个总的名称，叫作'门孩'。因为画的都是小孩，不是小孩的就称它为'门神'了。'玩而不厌'只是'门孩'中的一种。而所有中国驰名的窗花，也是杨柳青的作品。"

祖光上月在天津的时候，他特地去跑了许多家出售年画的铺子，没有一家还有"玩而不厌"的存货；他非常失望，幸而还买到许多非常细致的窗花。

祖光为职务上的需要，曾经想到杨柳青去访问一次年画和窗花的工作者，就在天津了解情况。据人说：杨柳青一批老板的年画，已成"绝响"，在日寇沦陷华北期间，兽兵们把这地方所有的年画板子，都掠夺了去，铺为地板，作为房屋的装饰，临走时则付之一炬，野兽们杀掠奸淫之外，连我们很宝贵的劳动人民的艺术品，都要毁灭了才肯走的。

（《亦报》1951 年 12 月 6 日，署名：高唐）

## 陶　然　亭

北京宣武门的南城根，有个地方叫作陶然亭。前人的笔记上，常常有得记载，说它是个"诗酒风流"的胜地，因此名气很响。我到了北京，打听陶然亭究竟是怎样一个所在，大家都说那里不过是荒田野渚，实在没有流连的价值；当清末之时，那般自名为狂士的翰墨之流，进不了紫禁城，拍不着皇帝的马屁，寻着了这一个南城僻地，一壶一盏的在那里拈断吟髯而已。

但有一天上午我们三个人在前门外，想到天桥，天桥辰光太早，有人创议到陶然亭，我说没有什么好玩，去了一定失望，但一个坚持要去看一看，我只得跟了他们走。一到那里，果然没有什么好看的，南面是城郭，两面都是平畴，一只石台上，有所房屋，大约即是陶然亭所在。上去望望,那所房屋,其实是只寺院,有佛堂,没有和尚,却有住家在上面,收拾得不大整洁,匆匆下来,好像那只陶然亭的亭子也没看见。石台之下,荒冢累累,靠近路边,对的着两个名人之墓,一个是醉郭,一个是赛金花。赛的墓碑文是汉奸潘毓桂给她做的,《亦报》《赛金花故事编年》的作者,曾经大骂过这一篇臭文章的。醉郭好像是柳敬亭一流的人物,也在帝国主义联军攻打北京时出现的,坟上也有碑,碑上也有字,我没有读下去,所以对醉郭的事迹,毫无认识。

游罢陶然亭,想起苏州寒山寺,寒山寺是叫张继的一首诗捧出了名,但你若到那里,除了荒烟乱草,什么都没有。记得白相寒山寺,也有当地的响导人,响导人第一句对游客说的是:"寒山寺一片荒凉,实在呒啥好白相。"我想陶然亭、寒山寺这两个地方,白相白相,白相得要自己哑然失笑的。

(《亦报》1951年12月24日,署名:高唐)

## 裘　戏

这一时谭富英同裘盛戎,在北京又经常演出,我看了他们一次戏。那次戏谭富英演《打渔杀家》,有一个特别的地方,一向看《打渔杀家》,杀了家完事了,这一次却添出两场:一场吕志秋听说丁员外被杀,派他爪牙追捕萧恩;又一场萧恩被捉,桂英怀着庆顶珠逃亡。我晓得这一回事,但在戏里还是第一次看到。

裘盛戎演的戏叫《姚期》,一年不见,他大概胖了,不然他的脸怎么会勾得那么大?曾经听人说过:裘盛戎的戏,撷取诸家之长,有他父亲裘桂仙的,有麒麟童的,也有金少山的。有裘桂仙的,我看不出来,大概《姚期》的几句引子,厚实得那末好听,就是他的家学了。我觉得麒麟童的绝活,裘盛戎学得很多,麒麟童最宝贵的一分音节苍凉,裘盛戎也有的。尤其是做,那些美好的身段,也都是麒麟童一生最引人入胜的台风。我们经常耽心着,麒派总会有失传的一天,因为号称学麒派的甚至真正从麒麟童学过戏的门生,他们都没有学得麒麟童的长处,所学得的都是麒麟童不大可取的一面。只有裘盛戎吸取了麒麟童表演上的神髓,更运用自己的聪明,发挥在舞台上,看的人目眩神移。可惜《姚期》这戏,编制不大完善,看到完戏,好像有草草终场的感觉。

去年这时,我赞叹过裘盛戎演的《盗马》,现在这个戏不唱了。我倒有这样一个意见:《盗马》尽管唱,唱到趟马回山为止,只要不接《连环套》,戏就没有什么毛病,讲好戏也不过是《盗马》几场,这几场裘盛戎还是可以演的。像我这样的观众,是舍不得裘盛戎不演《盗马》的。

(《亦报》1951 年 12 月 25 日,署名:高唐)

## 北 京 暖

已经是一个月以前了,北京冷过二三天,以后直到现在,天气总是晴暖如春。听说上海也不冷,更奇怪的吴祖光写信到北京来说:长春的天气也不太凉。因此有人说:好像气候的规律,有了一定的变化似的。

其实说北京冷过二三天,也没有到酷寒的程度,水是冻的,却没有兜底冻,因此北海和什刹海里,还没有人敢下去溜冰;人民游泳场改了人民滑冰场,也从未开始发售门票,只有我们这里的稻田,都冻成了一片冰田,那几天常有人自晨至暮,在过着滑冰之瘾。但不久这些薄薄的冰田,也叫太阳给溶解了,于是冰鞋都收拾起来,东安市场附近的冰鞋摊上,一直冷冷清清,连停了脚去欣赏的人也不见一个。因此年常经营滑冰场的人在发愁,快冬至了,一个钱的生意都没有做过,这个正像有一年上海的夏天,不是下雨,就是阴凉,开游泳池的老板叫苦的情形一样。

那末北京气候的暖和,究竟是怎么一种情况呢?我说若是单单穿一身棉袄裤,即使早夜,已经很够了。在太阳下的路上走,便觉得太热,照理这样的天气,屋子里实在用不着拢火,但到处都拢火了,火拢得太旺,感觉上真正不舒服。我想不要拢火,可以节省煤块,从一般的说法,不管天暖天冷,到了这个时令,自有“地气”上升,若不拢火把它赶掉,人中了这种寒气,会损坏身体的。这种说法当然是没有科学根据的,还是节省煤块要紧。

(《亦报》1951年12月27日,署名:高唐)

## 多病的征人

离开北京的时候,城里许多朋友,都没去告别,因为我进了城就忙,忙着送别的同学登程,因此常常在车站上,送了一批又一批。这里面使我很感动的是一位女同学,她原来在北京一家中学教英文的,但在学习时期,她常常生病,睏了好几次学校里的医院。有一次她突然病了,我们到医院去拿了一只抬床,与四个同学将她放在抬床上,从楼上的宿舍里,一直抬到医院,走了很长的一段路。她病好之后,很感激我,我说:因为你是瘦小,你若又高又胖,叫我扛我也扛不动的。

她是被调派到兰州去教书的,因为她丈夫在那边,所以学校里照顾她让她们夫妻去团聚。她有个孩子,在北京原有份家,这一回要尽室而西,她归集了一下行李。我替她想想,北京到西安到兰州,走的公路,一个女人,一个小孩,十几件行李,怎么办呢?倒是她并不这样想。

动身的那天,我们好几个人帮她去打铺盖,背箱子的背箱子,提皮包的提皮包,一道上车站去的。她还是瘦,而且有病容,但很快乐,跳跳蹦蹦的一点也不顾虑到旅途的艰难,看得出她是如何感谢政府对她的照顾。

我们送她上车,直等车子开了,方始回去。从这时候起,我常常会想着这个同学,她同孩子到了没有?路上好不好?因为她太容易病了,我实在不放心她。

(《亦报》1952年2月16日,署名:高唐)

## 太偶然的事(上)

《西苑杂记》写了二十多天,有一桩事没有写,为什么不写?因为与思想改造没有啥关系。现在把它单独记出来,读者诸君不妨像读一篇传奇一样的去读它，这桩事的始末，实在太偶然了。

我进“革大”政治研究院，是在第三班第八组，初去的时候，组上有三、四个南方人，他们一向都在上海，这里单表一个叫黄有恒的同学。此人两鬓已斑，问年却不过五十左右，他在二十来岁的时候，已到莫斯科去留学，而且已经是中国共产党员。在莫斯科耽了几年，黄有恒回国来了，在国内进行革命工作，不知怎样一个疏忽，叫反动派捉了起来，解到南京，在监牢里关了一个时期，为了革命的意志不坚，竟向反动派屈服，虽然没有连累别人，毕竟立了“悔过”书，才被反动派释放出来。

离开牢狱以后，黄有恒表现的是万念俱灰，既然背叛了革命，革命的大道，自然不容许他再踏得上去；他只得回到上海，在“租界”工部局的卫生科里当个职员，从“租界”到敌伪时期，又从敌伪时期到胜利后国民党反动派窃据的三年中，黄有恒一直在这个地方过着“写字间”生活。

一九四九年上海解放以后，才离开了进入复旦大学当俄文教授。一九五一年二月，复旦派送七个教授进“华北革大”学习，黄有恒是其中的一个。在学习期间，他表现是积极的。他的俄文好，英文也好，但中文不怎么样好，所以学习文件，买得着外文本的他总要买外文本来读。每次他逢到生活检讨，或者轮着他报告思想小结，他表现的总是痛苦、惭愧，因为他是叛过党的，是革命罪人，同学们对他批评起来，也往往着重在他的没有革命气节，要他深深反省。

学校放暑假的时候，他也回到上海来的，因为他放着一份家在上海，家里只有一个老婆，行年半百的人，膝下犹虚。暑假期满，从上海到北京，我在火车上碰着他，回到校里，我还同他分别作了上海情形的报告。

暑假后开始的一个单元，是《中国革命问题》，我同黄有恒又是一个互助小组，从他的发言中，听到了不少革命初期的史实。当《中国问题》学习到中间一个阶段的时候，那一天是上午，我们在组上讨论，中途我跑出门去小便，看见门外立着两个人在说话，一个是班主任，一个就是黄有恒。当我回来的时候，班主任还站在那里，黄有恒的身体蹲在地上,头伏在墙上,一听有点呜咽的声音。我当时好生纳罕,但既然班主任在旁边,我心想其中定有缘故,不问也罢,因此回到组上,再看动静。不多会儿黄有恒也走了进来,眼睛红红的,证明他方才是哭过了的。我看他镇定了一下,依旧参加讨论。

(《亦报》1952 年 2 月 22 日,署名:高唐)

## 太偶然的事(下)

中午,散课了,大伙儿往灶上跑,黄有恒特地把我叫住,同他一道走,在路上他第一句说:“我要离开‘革大’。”我问他:“到哪里去?”他说:“到人民大学。”我又问:“去教书吗?”他说:“做什么事还不晓得,反正他们来要我去了,而且叫我不要等到毕业。”我说:“岂非喜事,那你刚才为什么要哭得那么怪可怜呢?”他说:“我是革命的叛徒,照理应该不齿于人类的了,如今党对我这样宽大,非但不加谴责,还争取我学习,学习不算,还争取我工作,叫我去靠拢组织。我想着了过去的罪恶,对自己只有内疚,对党对人民只有感激,因此不觉悲从中来。”当时我记得这样劝他的:“你也不必常常把‘革命罪人’放在嘴上,只要肚子里有数,将来在工作上表现得特别好,为人民服务特别有成绩,过去的罪恶,不是没有方法赎取的!”

过了一星期,组上举行了一个话别会,并且到小街上吃吃喝喝的算是替黄有恒送行。第二天他果然走了。过了没几天,我们学校里请人民大学一位苏联教授来讲政治经济学,黄有恒也同了来预备做翻译的,但那天翻译的是另外一个人,他只是坐在讲台上听讲。

过了一个月,是星期六的晚上,黄有恒去找我们组上一个周末回到城里住的同学,聊天的时候,这同学问黄有恒工作很忙吧,黄有恒说他忙在其次,倒是工作很费劲,他们学校里新近又来了几个苏联的专家,现在派他替一个指导体育的专家担任翻译,他根本没有体育的知识,所以要一面看书,一面才能工作。

又过了些时,“革大”的同学之间,传说着黄有恒在那边学校里遇到的一桩巧事:有一天组织上请黄有恒去谈话,问他:“三十年以前,你是在苏联,你在苏联的几年中,有过一个爱人,是不是?”黄有恒接口承认说:“是有的。”而且把爱人的名字都说了出来。组织上又问他了:“你们还生过一个孩子?”黄有恒又承认说:“是有的。”又问他:“那末你的爱人和孩子现在都在什么地方呢?”黄有恒说:“那就不知道了,我回国以后,就同他们离开,我又叛了党,更没有面目再去看见她们。”

他们说话的时候,那个指导体育的苏联专家正站在旁边,组织上就同他们介绍:“这是你的父亲。”“这就是你的孩子。”

但是孩子的母亲没有下落了,她同黄有恒分开以后,把孩子寄在托儿所里,替孩子留下了一份历史,历史上就说明他父亲的名字。这位专家到中国来,先在东北的铁路上工作,寻访过他的父亲,寻不到,到北京来寻,没费什么气力,而自然地他们碰着了。

这是要多少的偶然机会,来凑合成这一桩“太偶然的事”。这故事写在小说里,看小说的人一定会说“没有那么巧事”,但就有这么巧嘛。我很懊悔,没在离校之后去找黄同学谈一谈,写起这篇稿子来,一定更加真切,现在写的,不过是传说中听来的话。

我要请读者诸君,在这个故事里必须注意一点,就是国家制度问题,正因为苏联是社会主义的社会,才能把人家寄养的孩子,培植成为学术专家,技术专家。资本主义社会就不懂得为什么要培养孩子,它们即使有托儿所之类的设备,看见你是穷孩子,就把他们糟蹋死了;万一糟蹋不死,将来造就他们的也不过是一批奴才,根本不会让他们晓得生身者是什么人的。所以上面的一段事,也只有在世界和平民主阵营里,才会有得发生,这是一定的。

(《亦报》1952年2月23日,署名:高唐)

## 念　吕　恩

在北京学校里时,千把个同学当中,唯一的老友只有吕恩。

吕恩是一开学就进去的，我因为后到，所以在学校里第一次碰着她，叫她学姊。在从前我们很喜欢她的性格，因为她有些豪气。在革命教育的时期内，她所表现的很是积极；她力气也大，劳动起来，比谁都勇，一个人挑两筐砖头，健步如飞；常常看见有些男同学挑粪挑不动，她总是抢在自己肩上挑了就走。

她虽然同吴祖光离了婚，但友情还是很深厚的。祖光同新凤霞结婚以前，吕恩写了一封向他们道贺的信，同时说到自己，说她多少年以来，一直像一个学步的孩子，一个不小心，就会绊跌在地下，终亏祖光当心得好，跌了把她扶起来，不曾出什么大的岔子。现在会走了，而且认识了应该走的方向，所以叫祖光放心，她自己会向正确前途迈进。祖光很感动地给我看这一封信，他说："吕恩的改造是不算差的。"

思想总结时，她特地来找我，要我帮她分析批判，她说："做了一个提纲，小组上要我重做，叫我把重点放在'女明星'的生活上，和在香港一段时期的交际生活上。"但我到底没有帮助她，因为我自顾不暇。后来听说她总结做的很好，大凡以实事求是来学习的人，改造的成绩大体上不会坏的。

她由组织上分配到"北影"去工作的，离校的日子，比我先走一小时，约我在城里再碰一次头，结果没有践她的约；一直到现在，也没给她写信，想起来，她一定很好地在为人民服务。

(《亦报》1952 年 2 月 29 日，署名：高唐)

## 北京的画家们

住在西苑时，星期日进城，总去找一些朋友。我不是搞美术或艺术的人，但我的朋友却大多干这一行的，更多的是画家。胡考、张光宇、叶浅予、张正宇、小丁、苗子、郁风，都是十廿年的老友了。他们看我肯弃邪归正，所以都把我照顾得很周全。

因为他们的关系，还认识了两位在北京的画家，那就是朱丹与司徒乔了。在《人民日报》上，司徒乔曾经画过三个华侨，都是被美帝国主义压榨了几十年的老年工人，那些面目都是憔悴可怜，但充射在画面上的，还有他们的满腔愤怒。我初到北京时，有一次，同画家们都在一道，郁风与正宇勾画我的“脸谱”，郁风那一张，像有点像的，但老了二十年，我对她说：“你怎么把我丑化了，画得像司徒乔笔下底华侨工人？”她只淡淡地对我说了一句：“你认为这些人的面孔难看吗？”就这一句话，指出了我对被帝国主义压榨下的同胞，是并不寄以同情的，自己却还在那里“顾影自怜”。这些不光明的念头。

画家去参加土改工作的，最早是张光宇，后来郁风、苗子都去了；叶浅予在我离京后去过淮河；小丁则在一九五一年春天去过朝鲜。到现在为止，郁风、苗子还没有回去，其余的都在北京了。

记得还是胜利后的两年，叶浅予同戴爱莲到美国去，路过上海，我们替他们饯行。一别以后，直到去年又在北京遇到浅予，我第一句问他：“爱莲为什么不来？”他说我消息何其迟钝，原来正是那个时候，他同戴爱莲办完离婚手续。有一天夜里，他把十年来与爱莲的合离经过，都告诉了我，他说他这一生，就是这一回情绪上受的波动最大。在吴祖光结婚以后，我每次一清早进城，总是先去叫开浅予的门，因为只有他没有家室了，吵醒他也没关系。他住的地方，有些院落深沉之美，他的画室里，壁上挂的作品，已经不是那些纤巧的线条了。

胡考是《亦报》的好朋友，他时时刻刻在关心《亦报》的业务，他对《亦报》经常有所指示，使我们在工作上少犯了许多错误。我在学习时期，他同吴祖光鼓励我最是着力，我也无所不谈的把改造过程，说给他们听听。他还是常闹胃病，我走的时候，他忍着病贡献了我许多《亦报》编辑上应该改善的地方。我一直忘不了他这一分友情。

（《亦报》1952年3月3日，署名：高唐）

## 硬席火车

去年的三月九日，正是我从上海动身到北京去的日子。这天，起了一个大早，自己跑到胶州路去买车票，买当天的票，当场种牛痘，没有卧铺,也没有软席,就买了硬席座票。等我走后,报社给我打个电报到北京,叫几个朋友到车站接我。到的那天,接我的有五个人,胡考、小丁、吴祖光、唐瑜和刘有声。他们想我一向贪图乐逸,难得出门,一定是买软席卧铺,因此火车一靠站,自然地直上卧车,而且谁知扑了一个空,回到站外,我守住了一个铺盖两只箱子,相候他们。他们说:“你能够坐三十六个钟头硬席车,倒真有一点弃邪归正的派头。”

后来春假回来,先到天津去弯一弯的,一到天津,就找佐临,同了佐临去看阿英先生。在天津住了两夜,坐早车回上海,这天,阿英晓得我要走,特地送我上车,见我买的是硬席座票,就问我:“为什么不买卧铺?”我说:“三月里从上海到北京,就这么坐了来的;这一回同学们回上海的很多,他们打合我买团体票,我因要到天津白相,所以没有参加那个团体,有的同学就说我想买卧铺,所以不愿集体行动。我不服这些闲话,曾经向他们保证一定坐硬席回到上海。”阿英听完这番话,于是就在月台上,对我发表他的临别赠言了:“大郎,两天来我对你的观察,你犯了一直毛病,是一种进步急躁病。这种病犯在身上,非但进步得不会快,相反地会起着障碍作用。革命大学八个月,不可能叫你脱胎换骨,只要你能够把大的方向都摸索清了,你的成绩就不算坏了,那些小枝小节的问题,在经常不断的锻炼和学习中,自然会解决的。拿你方才的话来说,用意固然很好,但这么远的路,这么长的时间,你又不是顶结实的身体,经济条件还允许你买卧车的情形之下,其实你还是应该先照顾健康的,所以我要劝你,不要逞强,也不要为了同学的一句话而有点意气用事,你上车去就定卧铺,早车上务必要得到睡眠。”他的话说得我很感动,就回答他说:“你放心,一定听你的话。”所以一上车就买铺位。

开车了,立刻买了一只卧铺,把个小衣包当了枕头,“脚跷黄天霸”的躺在木板铺上,细细的在体味阿英的话,我想:“我们是老朋友,所以他这样关心我吗?”不是的,不是的。“为了我在要求上进,从一块烂铁希望炼成纯钢的时期中,所以受到他的欢迎吗?”一定是这个缘故。共产党就是这样,看见一个党外人在争取改造,他们一定致以热烈的期望。而对你的日常起居,他们也会体恤备至的。

(《亦报》1952 年 3 月 9 日,署名:高唐)

## 黄 大 雷

苗子同郁风养过两个孩子,上海解放那年,他们夫妇都从香港到了北京,却把孩子放在香港,寄养在苗子的哥哥家里。

去年有人从香港到北京,把一个孩子送回到他父母身边。这孩子才八九岁,叫黄大雷。一到北京,苗子就把他送进学校。不多时,这个孩子的一口广东话变了一口北京话。

这孩子的爷是忙爷,娘是忙娘,在家的时候很少,让黄大雷常常一个人耽在屋里。有一天,我到他家去,他在作画,看见我进去,叫了我一声唐伯伯,还是作画。画得真不错,他父亲是画家,母亲是画家,这孩子看来也是画家。但我总觉得不舒服,这么大一幢房子,让一个孩子独自耽着,也没有个人照顾着他。

直到苗子去土改,郁风也去土改,他们才把郁老太太从上海请到北京去住,陪伴黄大雷。外婆是疼爱外孙的,我回南时去看过郁老太太,看见她对外孙正在啉寒问暖。郁老太太对我说:"我问过黄大雷,还想回香港吗?他说不去了。又问他等你妈回来后你跟我到上海去住好吗?他也不肯去。我对他说,不到香港去是对的,为什么连上海也不肯去呢?他说:我不要离开北京,因为毛主席在北京,所以我也要住在北京。"郁老太太又说:"孩子真好,香港到北京不到半年,已经懂得热爱祖国,热爱毛主席了。"

我一直有这样一个感觉,新中国的孩子,能够住在北京是格外幸福的。你若问我什么理由,倒也说不出一个所以然来,只是有这样一个感觉而已。前两天我在读第二十八期的《人民文学》里张天翼写的《两篇童话》,看了两遍,还是这个感觉;童话里的孩子,他们都是住在北京,如果张天翼不把地方写在北京,我会怕他的文章不能写得那么好似的。

(《亦报》1952 年 3 月 24 日,署名:高唐)

# 卧 湖 人

到游泳池去看看,就会想着去年这时,我在北京天天碰见的那个“卧湖人”来。

吃过中饭,到颐和园的昆明湖去弄水,一踏进那所换衣房,总看见一个美国老头子,光了膊子,同人家闲聊,好一口北京话,说的比我还要流利。后来知道他是清华大学的教授,到中国来已经三十年了,一到可以游泳的天气,他就要入水,他是几乎有“入水癖”的。

有一天,他跑进换衣房的门,劈面看见我,就说:“同志,您来啦!”我说:“您早。”他又说:“我今天闹病。”“闹病,哪你来干吗?”我惊愕地问他。“我想:躺在水上不跟躺在床上一样吗?所以我还是来了;倒是‘清华’到这里要骑十五分钟的自行车,真受不了!”他慢吞吞的告诉我。我就拍拍他的肩胛说:“嘿,您真棒。”他也笑了。

“躺在水上不跟躺在床上一样吗?”这句话出在这位教授的嘴里,真是“言大非夸”的。昆明湖游泳的人,对于这位教授的泅水技术是作为观摩范本去看他的。他一下水,把个脑袋朝天往水上一放,两条腿自然地浮了起来,从此整个身体就平放在湖面上,也不看见他脚在动,也看不出他手在摆,但那个人却明明在水上倏前倏后、疾进疾退的走动着。我常常看得出神,对人说:“那一天让我学会了他的本事。”一个很会游泳的人说:“这个境地是不容易到的。”又说:“你看他手脚都不动,而身体会走动,其实是不可能的,他的手还是在那里动,而动的还不是两只手,仅仅十个指头,他像弹钢琴一样在水上弹,只着这一点力,身体就走了,这是功夫。别看他现在好像躺在床上一样舒服,当他造就到这样境地的时候,也曾费过很多气力的。”

当时我的日记上,提起这位教授,用“卧湖人”代替他的名字。

(《亦报》1952 年 7 月 4 日,原专栏名《生活故事》,署名:高唐)

[编按:“卧湖人”即温德教授。]

## 西 山 秋 色

去年在北京过了整个的秋天,谁都说北京的秋天最好,但我在那里,却觉得没有什么好,有些日子,至多像江南一样。老呆在北京的人说我去的不巧,的确这一年的秋天不及往年好,因为九月里还热,热完了接着就是轻寒,好像把一段凉秋的日子都跨过了,使人没有一种媚爽的感觉。

话得说回来,毕竟也叫我看见了两次在江南所看不到的清秋奇景,时间都在早晨。我是住在西山旁边,平常看西山,灰秃秃像偃卧着的一头巨兽。有一天吃过了早饭,太阳照在西山上面,从远处看去,好像这一头巨兽醒了;非但醒了,还似吃醉了酒,一种拖金曳紫的神采,布满在山身上面,一点不说假话,看的我真会神飞魂跃。我是没有见过很多的山,这样好看的山,还是第一回见到。我不知山身上那种无法描绘的神采,是不是一些书上写的所谓"岚光",但这种"岚光",为什么不能常见,一个秋天,才看见这一回呢?

另一次是在清晨,太阳还没有上升,天上有一道朝霞,从燕京大学的屋脊上,经过我的头顶,横亘到西山后面;在十数分钟内,它变化了记不清多少次数的颜色,如果要把我这枝笔来渲染它的色彩,那我真是个笨东西了。只记得它在变为金红的一霎那,照耀得下面的人,因此而须眉皆赤。以后每天一早去等它,它不来了,从此就没再见它来过,就是那么一回。在西山边上住,晚霞是看得很多的,朝霞却很少见。听人说:看彩霞要到云南去,在云南的人,是不把它作为天上奇观的。(立秋日作)

(《亦报》1952 年 8 月 8 日,署名:端云)

# 西苑杂记(1952.1—1952.2)

## 序

思想总结做完以后，北京城里的几个朋友以及学校里若干同学，都叫我把它送在《亦报》上登载；他们的意思，上海的读者，如果也要求改造思想，看了这一篇文字，多少会起一些启发作用的。

他们的话都不错，但想到我们的报纸，以连载方式来登一个人的思想总结，体裁上不一定合适。不久以前，上海《大公报》、北京《光明日报》登过何思源一篇文章，也是思想总结的一部分；其实这篇文章，我在一个月以前，已从北京寄到上海，征求《亦报》编辑部同志的意见，要不要在我们报上发表，大家斟酌的结果，为了我上面说的理由，未经发布。

于是又有人对我说，那末你应该写一篇长一点的文字，来叙述你改造的经过。我又想了一想，觉得写思想转变的过程，很难写得好的，因为思想有那些转变，不是说读完了某一个文件，思想就立刻跟着它变了。我以为思想改造，是在经常的吸收和经常的体会，往往于不自知觉中，脑袋里旧的东西在消除，新的东西在生长。所以要讲或者要写思想转变的过程是怎样的，我是不会讲也不会写，讲得出写得出的人，我始终还疑心那个过程是并不十分真切的。

因此我自己想出一个办法，用避重就轻的方式向出题目的人缴卷。我想写几段《西苑杂记》，琐碎的、拉杂的、没有系统的来写我学习中的生活，和学习中的见闻。

我自信我的要求改造是诚意的，这篇文字我是抱着热情来写的，可能使读者在这中间,体会出思想改造是必须的,也是幸福的,而受到我文字上的鼓舞;如果连这一点也没有,那末我的《西苑杂记》,还是失败了的。

(《亦报》1952年1月17日,署名:高唐)

## 新　学　生

在北京耽了九个多月,其中八个月住在西苑,因为我在西苑的华北人民革命大学里当学生。记得一九五一上半年的某一期《新观察》上,登过萧乾先生的一篇文章,写的都是新北京的气象,其中有一段说:“西苑一所原来是军阀的营盘,现在有川流不息的知识分子,背着沉重的思想包袱进去,换得了一腔爱国的热忱出来。”就是指的这一家革命学府。

我到的迟了,学校里已经上课了两个半月,拉了很多要紧的课程,真是太可惜的事。入学的当天,对早到的同学来说,我是新学生,照例要向组上介绍自己的“三历”,首先报告我的学历说:“我九岁离开私塾,十六岁小学毕业,没有进过中学,一直搁了二十八年,再进大学,就是现在来的革命大学,我今年四十四岁了。”

四十四岁的人了,还要进学校,能说不是新中国的“奇迹”吗?其实“奇迹”正多,四十四岁还是一般的年龄,高年的有六十五岁的,女同学五十多岁的很多,也有六十岁的。一个六十岁的女同学,要求改造,大概有人曾经劝阻过她吧,她不听,把头发都推光了,表示决心。这里有夫妻同学的,有父子或母女同学的,我想一定还有祖父和孙儿同学的,不过我没有发现罢了。一位六十来岁的云南大学老教授,在云南时曾经教过艾思奇同志读书,现在艾思奇经常在我们学校里讲课,这位老教授同我们一样坐在讲台下面的小矮凳上,一边听一边手不停挥的写笔记。这些都是佳话,都是韵事,除了在这一个时代,我们几曾听见过看见过呢!

第一次过集体生活,十几个人睡一间屋子,两个人睡一张床,同学怕我不习惯,常要问问我:睡得熟吗?过得惯吗?我总说过的很好。我是不说假话,这里的起居都很讲卫生,饮食也很讲营养,有什么不好?在没有入学以前,耳朵里不知听多少人给我提了:“你受不住那里的苦,进去了还是要逃出来的!”到了校里,证明这些都是胡话。记得过了两三天,学校给我包干费,我才知道受了这里的教育,学校负担我的衣食住之外,还给我几万块钱作为剃头洗澡用的。开头我心里只在想:共产党真有许多上海人打话“寿头”做出来的事,开了一只学校,叫人家来受教育,你不收学费,已经大公无私的了,为什么每年还要花这么多的钱,放在要求改造思想的人身上。直到我明白了共产党治病救人的道理,他们希望我们这破破烂烂的一堆,都改造成功,为未来国家的财富。明白了这个道理,你就不应该不努力,否则就是你的罪恶,因为你白白糟蹋了人民的小米!

(《亦报》1952 年 1 月 19 日,署名:高唐)

## 十 六 个 字

一踏进政治研究院的大门,老远就望见院部门前,矗立着一座似塔状的高碑,冲你的面写着四个大字:虚心学习。走近这只碑,那末可以看见另外的三面,也各写着四个字的:戒骄戒躁、实事求是、艰苦朴素。这十六个字,前面三句,都是要求你:改造思想必先端正态度。

政治研究院的同学,绝大多数是旧知识分子,比重最大的是四方八处赶来改造的文教工作者。一部分是反动派的军人与官吏,这些人思想包袱之重,是不消说的,思想上毛病大的人,就是态度不容易端正。很多人抱着这样的心情进去的,“我在旧社会里根本没有反动过,现在用不着改造,但既然来了,倒要看看新的那一套,究竟是什么玩意儿?”或者一向搞自然科学的,他们总是想:“自然科学和政治不搭界,懂不懂马列主义也呒啥关系。但既来改造思想,就必须要学习马列主义,那末我何妨以‘欣赏’的态度,来轻轻松松地学习理论。”也有人想:“‘革大’里镀一镀金,将来出去好找更高的职位。”不管你怎么想,把你在这样一个学习的热潮中，几个月泡下来，不由你不改变样子，不由你的脑袋，不时时刻刻在新旧交替中，而终于使你认识乃至痛恨自己的昔日之非。不然为什么人家都叫革命大学是一只范铸新人的熔炉呢？

说到我自己，入学之初，态度也是很不好的，我是因为解放以后，生活习惯都没有改变，欠了很多的债，眼看人民政府的政治清明，我的老一套作风，不可能再有施展的余地，于是想着进“革大”去改造思想，只在改造生活作风，所以起初表现的是吊儿郎当，看见有些同学在刻苦钻研，我并不感动，我想他们用功，为了将来分配工作，我又不是“寻生意”来的，我只要把生活改变，回到上海，还好孵到《亦报》社去。可是一两个月耽下来，就弄通了一点，明白不良的生活作风，是由不良的思想意识产生出来，因此要改造生活作风，首先要改造思想；既要改造思想，一定要认真学习理论，于是我要自策一鞭，这时候才开始可惜我迟来了两个半月，损失是很大的，又觉得来日苦短，“革大”不会留我三年五载的改造，一霎眼就要毕业，因此很觉得焦急，急我会不会原封不动的离开学校！有一天我竟向领导上提出要求：“学校里是不是可以让我明年再学习一期呢？”说得他们笑了，一位干部同志说：“只要你蹋蹋实实地学习，几个月下来，一定会有成就的。”到现在为止，我的进步固然不大，但毕竟对问题的认识，对自己的认识都有一些不同了。虽然残余的旧思想还是很多，但我会克制自己；痛苦是痛苦的，只要不断改造，有一天都从思想上解决了问题，痛苦立刻变为愉快，这种愉快，是没有经过思想改造的人所想像不出的。

（《亦报》1952 年 1 月 20 日，署名：高唐）

## 艰苦朴素

艰苦朴素，我原来把这四个字联系到生活作风上的，后来也把它体会到学习作风上，艰苦是要你刻苦钻研，朴素是要你老老实实求学问，不容许你轻轻飘飘地来“欣赏”马列主义。

但生活作风，毕竟要你做到艰苦朴素的。政治研究院曾经开除过一个女同学的学籍，她是燕京毕业的，到美国去留学，回来后投入“革大”，每日里涂脂抹粉，不算数，还要奇装异服、玻璃丝袜、高跟皮鞋，想着要进城，就扬长而去。在生活检讨会上，同学们予以严厉的批评，她不接受，还抗拒地说：“我在纽约就这样打扮，我在燕京，要什么时候离开学校，就什么时候走。”有一天，她一连在城里住了六天，也没有向学校请假。这种作风，学校是无可容忍的，只好请她回去。

这是很突出的例子，其余的同学，都在艰苦朴素上用工夫的，也绝对不会自由散漫。上半年，每逢星期六我总要进城，第二天回校时，总到东安市场去买杏仁蛋糕当点心吃，买五香牛肉过稀饭；后来发现别人连一包花生米都舍不得买，我这样做太豪华了，于是不再到东安市场。有许多同学连校服、被单也是自己洗的，我也学着洗洗汗衫、袜子。我带去的都是玻璃丝袜，穿出来很受人注意；以前袜子上有了一个洞，就不穿它了，在校里把袜子补了又补，夏天有时穿镂空皮鞋，脚背以上都是丝的，脚跟同脚尖上都缝的白布。暑假时回到上海，老婆说：“你以后如果一直肯穿这种袜子，那末家里的旧袜子还够你几年穿的。”

其实什么事情都是一个习惯，在学习艰苦朴素中，使我体会的很多。吃香烟是一例，以前常吃“好”香烟，现在常吃廉价香烟，不也是大过厥瘾吗？穿了二十年的皮鞋，总强调皮鞋起步比较轻燥，在北京买了一双布鞋，穿了足足半年，也没有破，跑起路来讲舒服，没有比它再好的。

同学们的艰苦朴素，还不及干部们的艰苦朴素，他们比我们吃得差的多。我们班主任的太太，在学校的医院里生孩子，班主任一天三次左手拎了饭匣，右手抱了一个儿子，去替太太送饭。领导我们学习的那位干部，连袜子都不大舍得穿的，但他们对同学做起说服工作来，常是又热情，又耐心。他们都是参加过实际斗争的人，对于革命信心，都是坚韧而不可动摇的，他们的艰苦朴素，做得比我们自然。我常常细心地从他们的生活作风上，吸收我应该受的教育。

（《亦报》1952 年 1 月 21 日，署名：高唐）

## 几桩故事

上文说到干部们的艰苦朴素,连带可以写几桩有趣的故事:

有一个女同学头一天来校报到,坐了一辆三轮车,车上有箱子铺盖,停下车时,学校的一位女干部帮她把行李搬进宿舍,还帮她安顿床铺。一切定当了,女干部走出去的时候,这个同学对她说:“你帮我做事,过几天我给你一点钱吧。”女干部对她笑笑说:“我不会要你钱的。”就是当天晚上,班上集合听班主任报告,报告的班主任,正是上面说的那位女干部。那个刚来的女同学在下面听讲,见了她不免啼笑皆非。后来告诉同学,她曾经说错了话,同学安慰她说:“不要紧,班主任不会见怪你的,正因为你没有经过改造,才会说出这样话来,将来改造成功,叫你说你也不会说了。”

还有一桩,出在中国很有名的大学教授楼邦彦先生身上。楼先生是第二期政治研究院毕业的,也是刚进学校的头几天,一个女干部叫了他一声楼邦彦,楼先生当时生了很大的气,疾言厉色的回答她说:“乡下姑娘,没有礼貌,楼邦彦楼邦彦连名带姓的叫,你不愿意叫楼先生,你也应该叫一声楼同学。”这个女干部挨了他一场教训,非但毫不着恼,直冲他好笑,她觉得楼先生很好,很自然的在暴露他自己,只要有一天,楼先生改造好了,今天的气,一定变为将来哑然失笑的资料。这个故事是我们在学习辩证唯物主义、一位教育科的干部替我们上大课时分析知识分子的各种思想意识,所举的一个例子。这位干部同志也说楼先生的暴露很好,而且还说后来楼先生的进步很快。

在校里不止干部都经过理论学习,连所有校内做工的同志们,肚子里也都装着相当丰富的革命理论。我们进行学习《实践论》时,一天下午,一位女同学从外面进来,给我讲一个笑话:她方才同小吴到学校的花园里去玩儿,走进花房,看见有一种盆栽,她对小吴说:“这是含羞草,只要手指碰着它,叶子立刻垂下去了,像害羞的人低下头去一样。”小吴不相信,她又说:“你不信,我就‘实践’给你看看。”说着,把好几盆含羞草都用手碰着它们,它们的叶子果然都往下垂了。小吴看的正在出奇,旁边一位栽花的工人向她们警告说:“同志,你们可不要‘实践’了,这样‘实践’下去,含羞草可要受不了的。”她们这才嘻嘻哈哈的跑了回来。她对我说:“敢情这位工人同志的实践论,学习在我们前头,毕竟是革命学府里的人,谁都在争取学习和改造的。”

(《亦报》1952 年 1 月 22 日,署名:高唐)

## 《谁是最可爱的人》底作者

是去年四月中旬吧,我还没进学校,在北京城里,那天上午一面孵太阳,一面看《人民日报》,读完了一篇朝鲜通讯,从椅子上直跳起来,大呼好文章,好文章,传给同居的人看,他们也称赏不止。这好文章就是后来传诵国内外的那篇《谁是最可爱的人》。

我第一次大呼好文章时,只赏爱它一字一句里都洋溢着深厚而又细致的情感,后来重复读了几遍,又发现文章的组织特别好,文章的气势又那么匀和。我真幸运,等我进学校后不过一个星期,就遇到青年节,上午举行纪念会,会上替我们做报告的,正是《谁是最可爱的人》底作者魏巍同志。

他才从朝鲜回国,所以报告的头几句是:“同志们,我很荣幸,回到祖国来,正赶上与同志们一道欢度这个青年节。”不过三十来岁的人,红红的脸上,架着一副眼镜,穿的军服,爽朗中带着静穆。在他讲话的声调中,也不断送给我们一直深厚和细致的感情,正像读他的文章一样。

他的报告,分三个部分,我记的不很清楚了,大概第一部分讲的中国人民志愿军去朝鲜的英雄事迹,第二部分是中华儿女在朝鲜战场上的活跃情况,第三部分则讲了俘虏营中的美军生活。我听完这个报告,曾经摘取了它的片段事实,写了两三篇短文,寄与《亦报》,《亦报》没有把它发布,编辑部同志只回了我一封信,他们说:“魏巍的报告,让魏巍自己去写吧,他写的好,你不要写,你很粗心,听错了一些,写得又不全面,就会损坏了他的词意,或者对祖国的英雄儿女们写的不顶真实,都是很不好的。读了《谁是最可爱的人》,我们要热爱最可爱的人,也要热爱那文章的作者,所以不能有一些些的错,错了就对不起他们。”

上海朋友向我提的意见,完全对的,而且也证实了他们的话,过了不久,魏巍同志果然自己写了,那篇文章,也是传诵很广的《年轻人,让你的青春更美丽吧》。他把青年节对我们报告的内容,都包括进去了。我曾经也把它读了又读,的确,都是我不能写的,文章的末了,作者告诉国内的年青朋友们说:“当你读到这篇英雄事迹的时候,我想提醒你,在半年或者一年之前,他们是跟你一样的人;那么他们可以做英雄,你们也是完全可以这样做的。朋友们,为做一个祖国的英雄而奋发努力吧,不会有比这再光荣的了。让我们在千千万万的岗位上,出现千千万万的英雄吧!让我们伟大的祖国革命英雄主义的花朵遍地齐放吧!”这一种火辣辣的情感,强烈地刺射在每一个祖国青年的心上,没有接近过英雄,是不可能写的,也不应该写的,应该让魏巍来写。

以后凡是到我们校里来做报告的人,提到抗美援朝,也一定提到祖国的英雄儿女,于是也一定提到魏巍的文章。有一次听陈沂同志的报告,他再三再四地叫我们听课的人,要热爱军队,他一桩桩一件件搬不尽的英雄故事,我含着两眶热泪,听完他的报告,一路回去,自言自语地像在回答陈沂同志:“自从读了魏巍的文章,今天又听了你的大课,我已经把我的统体情感,凝聚为一团热爱,再把这一团热爱,都扑向祖国英雄儿女的身上了。”

(《亦报》1952年1月23日,署名:高唐)

## 宝石中的砂粒

学校的露天礼堂,是一九五零年修建完成的。画家苗子、郁风,在第二期政治研究院时,露天礼堂开始建筑,他们都曾帮助工人,搬运过砖头,等礼堂落成了,他们也毕业离校了。

露天礼堂的舞台很宽广，这里经常放映电影、演话剧，很有名的"革大"文工团演出的《冷战》，先在校里演了两三回，才到校外去出演的。有时也演京戏。华东实验越剧团到北京来参加国庆演出，最后一场的《梁祝哀史》到"革大"来演，在风劲霜肥的初冬之夜，台上的演员冷的直抖，但座上的看客，在无遮拦的天空下，一直熬到午夜，都看得津津有味。

露天礼堂，夜晚大概都是用在文娱活动上，白天则常常集会，听大课、听报告，因为舞台大，座位也多，坐足可以容纳六千个人，在下面看，真像一座人山。我忘不了七月一日那天，下着骤雨，我们在雨下开庆祝建党三十年的大会，那天我坐得很高，望下去，不看见人，只看见一层层都是阔边的草帽，铺满了会场，像明静的花纹，像美好的图案。

我又忘不了十月上旬的一天下午，秋阳绚丽，在露天礼堂上进行一个战斗英雄的报告会；报告的人，有人民空军代表，有中国人民解放军代表，和中国人民志愿军代表，来听讲的人，都是到北京来参加国庆典礼的生产模范和劳动英雄，还有几百位老区代表，这里面有马恒昌、田桂英，都是读者们熟悉的人物。李顺达上一天替我们做过报告，这天他上天津去了，没有来。曲耀离不知来了没有。因为人太多，我记不尽他们的名字，总之这许多人，都是祖国生产岗位上的革命英雄、新中国的至宝，所以这一天的露天礼堂，不是人山了，是一座宝石山。夕阳渐渐移到万寿山的后面，散作明霞，那霞光照射在这座宝石山上，更显得晶莹可爱。

那天我一直在出神，四面望望这一堆宝石，而我也在里面。我应该是一颗砂粒，问我自己：对人民革命事业，曾经做过些什么有利的工作？没有，非但没有，在以前我一直用尽平生之力，来阻碍中国社会的进步，所以我应该是惭愧的。光惭愧自然不会办法，我应该还要琢磨自己，从砂粒磨起，先磨得它致致有光，纵然自己想像不出怎样会从砂粒变成宝石，但精神上一定要准备磨成宝石的。

记得我写过一篇《小英雄》的通讯，那十九岁的小英雄，就在这天代表人民志愿军给我们作了报告；那位向他献旗的老区代表，我以为是刘胡兰的母亲，后来晓得不是的，刘胡兰的母亲这天也在座中听讲。

(《亦报》1952年1月24日，署名：高唐)

## 从一封信谈起

这封信是上海沈毓刚兄寄来的，那是在我入校之初，那封信很长，很多是勉励我的话，其中有几句，大概的意思说："你在从前上海的小报上，是一枝'健笔'，现在应该好好学习，等学成回来，还是用从前的那枝笔来写新的事物，你才是此中好手。"我当时对这几句话想了半天，想想我将来学成回去，果然像毓刚说的时常写些有意义、有营养的稿子在报上发表了，叫那些老看小报的先生们，看了我的文字，不要大起反感吗？他们一定在背后笑骂我："你这个唐大郎，顶不要脸，从前专门诲淫诲盗，今天捧捧某一个舞女，明天又在表扬某一个坤伶，肉麻当有趣，宝石黄色，便是无聊，现在你算转变了，跟着共产党来教育别人，你是个什么东西！"

不瞒读者诸君说，这样混乱的想法，在我脑子里，停留了很多时候，但后来毕竟也把它弄明白了。我是这样想的：果真有笑骂我的人，这些是什么人呢？当然是落后分子；进步的人会不会笑我骂我呢？不会的，他们只会欢喜我，因为我一向堕落、腐化，现在居然肯重新做人，有什么不好。我们天天在说，要求进步，反对落后，既然如此，落后分子的笑骂，于我有什么损害？千句并一句，这也就是我们常常讲的立场问题，我以前所以有那样混乱的想法，正因为我也站在落后分子的一边，认识这个问题的缘故。

巧事是有的，在去年的九、十月间吧，我在北京城里，遇到一个上海来的朋友，告诉我说："在上海所有你的熟人，都晓得你这改造思想，对你的看法，分成截然不同的两派：一派表示无限高兴的，认为像你这样放浪的人，肯收拾自己，共产党的教育，真是了不起的；另外一派则是破口大骂，认为你一向狂嫖滥赌，无所不为，共产党也会收留你去改造，你是完全投机。"我等这个朋友说完了上面一段话，很正色的回答他说：

“关于后面一派人的那一番叫骂，不要说你是来转告给我听的，我应该了不介意；即使我将来回到上海，遇见了这一派的人，他们把手指头指到我鼻子上来，将上面的叫骂照式照样来骂我，我的情绪上，因而起了一些些的波动，那末，革命大学的几个月，算我没有去过。如其我的口才好，理论的修养又高，一定等他们骂完之后，我会进行说服他们；若是我没有说服的能力，那只有一笑置之，而决不能生气，因为生了一点点的气，便承认他们的骂我，是多少有一点道理。”

我还曾经分析过骂我的那一派人，正是代表没落阶级的叫嚣；他们看看时代在日新月异，现实再也不能满足于他们，就发为“苦闷”和“烦恼”，自己落后，也希望别人不要进步，至少平常同他一道的人跟着他落后，一旦听见有个熟人要求进步了，他又看看自己只管孤零，于是又发为“哀怨”，甚至对不肯同他一道保守的人，高声叫骂起来了；这些人又不明了共产党救人的道理，除了反革命到底的匪徒，不管你沾了满身垢污，共产党都欢迎你去改造。所以狂嫖滥赌，无所不为，固然是很大的罪恶，但共产党对这种人，也尚在容许改造之列。只有停止在落后的阶段，脑筋里还没有转过要改造念头的人，不但是共产党听了不高兴，只要是中国的人民，都会觉得不是那么回事的。

（《亦报》1952 年 1 月 25 日，署名：高唐）

## 孙定国先生

孙定国先生的文章，有时发表在《学习》杂志上，上海人读到的可能很多，但他的大课，在上海的人就不容易听到了。我们校里，孙先生是常来讲课的。我真欢喜这位先生，他的课使我容易接受，他一开口就滔滔不绝地讲上三小时，很少背教条，一个论点出来，立刻联系实际，举出各式各样的例子，信手拈来，听听好像扯得远了，而从来不离谱的。我说的不离谱，是说孙先生尽管东拉西扯，但永远围绕在马列主义的理论上出发的。

孙先生的体格很伟岸，发音很响，性格又很爽朗，有粗豪的一面。

我又觉得他在讲课时候的动作很美,常常要做手势,那神气真像南方人说评话的一样。还有,从他的讲话里,发现他的情感也特别丰富。

我们在学习《国家学说》的时候,孙先生来讲过一课《热爱祖国》,真是自始至终的热情奔放。他讲到反动派毒害人民,他会切齿,提到蒋介石的名字,下面总要加"这王八蛋"四个字。我一直牢牢记住,他叫我们热爱祖国,还要看到细小的地方,当心自己的身体,爱惜子女,爱惜同志,都是热爱祖国的表现。课堂外面的大柳树,甚至你看见的一花一草,都要爱惜它们,因为它们都是点缀在祖国锦绣山河上的东西。

又一次,孙先生来讲《社会思想意识》,分析旧知识分子的一种"清高"思想,这种人"清高"了半天,到肚子饿得实在没有东西装下去的时候,就要不大清高了;打听某一个老同学或老同事,正在南京做官,这种"清高人"便想去找他,但到了这个地步,他还要"清高"一下,觉得找上门去,似乎失了身份,便改为写信。孙先生讲到这里,就在台上摇头幌脑的念出这样一封寻生意的信来,都是老法的一套滥调,念得听的人都哈哈大笑起来。孙先生接着又说:这种"清高人",在反动派时也吃不开的,因为他们讨厌清高人一向不去帮助他们加紧反动,到了吃饭发生问题,才想谋桩事体做做。因此有的根本不理,有的回一封信说:"目前南京人浮于事,兄既无办法,弟一时亦无能为力,只得待有机缘,再图报命,诸乞鉴原为感。"这样的一个钉子给"清高人"碰碰。

还记得有一次孙先生在讲课,台下一位同学,递上去一张条子,请孙先生解答"为什么苏联军队从前要驻扎在旅顺大连"的问题。孙先生一面念条子上的字,念完噗哧地笑出声来,又变得很严肃地说:"同志!你学习了几个月,怎么脑子里还存在这样的问题。糊涂思想!糊涂思想!"说完这几句话,才解答问题,好像他是这样说的:"干脆只讲一点,如果胜利以后,旅顺、大连不是暂由苏联代管,而让美帝国主义进占,岂非更便利了帝国主义帮助反动政府的军事运输,更便利了帝国主义帮助反动政府打击革命、迫害人民吗?明白了这一点,就明白这也是站在什么立场上认识问题的问题。"孙先生讲课的当天,在我们讨论他的大课时,有不少同学提出批评,认为方才孙先生解答问题时候的态度不顶正确，他不应该笑，不应该说同学怎么还存在这样的问题，是孙先生轻视同学的表示。我反对这些意见，我认为孙先生很好，他对同学要求的很迫切，他认为“革大”同学，不应该再存在的问题，而居然还有人存在，言下不觉有些责难之意，正是他对同学亲切的地方；所以我认为对孙先生的态度起反感的同学，正是我们同学所抱的学习态度很有问题的地方。假如学习的人都把自己当作小学生，把讲员都当作老师，那末老师的责难再过火一点，也只有觉得老师是个好老师了。

作者按：《西苑杂记》凡是涉及别人的讲话，有许多是凭记忆写出来的，不一定完全，因此也许记的错误，这些责任，都应该由作者来负。

（《亦报》1952 年 1 月 26 日，署名：高唐）

## 批评

批评与自我批评，我是做得很不好的，一直到后期也没有什么进步。做得好的同学，帮助我很大，经过每一次生活检讨会，使我总可以提高一些，故而应该肯定，批评与自我批评绝对是一桩好事情。

我第一次碰到生活检讨会，检讨一个同学，有的人发言是很“凶”的：“叫你靠拢组织，接近干部，不等于叫你拍组织马屁，拍干部马屁。”“说十句话，要夹几句英文，中文不去搞搞好，看看你的笔记，别字连篇，写不出，也应当找本学生字典查查才是。”“听听你好像理论正确、要同工农阶级结合感情，等一接触到你自己头上，单单搬一个场，新房子没有抽水马桶，你就要花几十万新装一个，你知道粪便这东西，是农民的生产材料，你装抽水马桶的时候，怎么你的情感，又结合不到农民身上去呢？”我听得真不习惯，这一天会后，去找领导我们的干部谈话，我说这样我吃不消，为什么随随便便可以伤害一个人的尊严，同学嘛，怎么像仇人一样的？他笑了，对我说：“一时不习惯，多参加几次就习惯了。你应该先要端正接受的态度，批评不是打击人，是与人为善的，再尖锐一点也没有什么。”

果然，我后来的接受态度，弄得很好，有一次自晨至暮，同学们足足批评了我六小时，我愉快地下来，而收获终是好的。譬如同学们说：“你常常说生平没有参加过政治集团，也没有发表过政治主张。你再想想，在帝国主义占据上海时期，勾结青帮，拜流氓做‘老头子’；在日寇侵占上海的时候，同一些汉奸交朋友交得像弟兄一样；胜利后又接近反动派的官吏、甚至特务。你读了马列主义的理论，应该认识，你的所作所为，在利益上都是与流氓、汉奸、反动派结合在一道的，在立场上你老早躺在他们一边，难道说，这种种还不成为政治问题吗？你如果不承认是政治问题，那你就永远无法否定自己，批判自己。”

我说的批评与自我批评做的很差，因为我批评别人太不够。自己有点温情，看见被批评的人情绪不好，就不敢说了；看见别人犯的毛病，我也有的，又不说了；还有对人有一点偏私，恶我之所恶，爱我之所爱，我看这个人好的，往往不加批评，或讨厌那个人的，又不屑批评。这都是最最错误的地方，我来举一个事实吧：

我们组上有一个四川来的同学，相处了一二个月后，我发现这人太不够老实，说的话都是躲躲闪闪的，再听听他过去，在四川时候，是一个非常豪阔的人物，但到校以来，却穷得连买一双鞋子的钱也有些困难，他自己说离开成都是一个光人跑出来的，我就疑心这个人的历史颇不简单。但是我从来没有去帮助他，说服他，叫他响应组织号召，把历史彻底交代。后来这个人被北京的公安部逮捕了去，因为公安部掌握他的反革命材料，在入学以后，他是完全没有坦白过的。

这个反革命分子走了以后，我们开会检讨，许多同学都曾经苦口婆心的同他个别谈话，问的人说东，他回答的是西，多问问他便胡扯一阵，问得他紧一些，他说：有些问题，已经在组织上交代过了。因此这是一个无可救药的反革命分子。然而我总惭愧，因为我在事前，明明知道他不是好人，而没去斗争过他，实在对人民我没有负责，因此应该深深承认自己的错误。

（《亦报》1952 年 1 月 27 日，署名：高唐）

## 歌 与 诗

在学校里，感觉自己都回到了童年，尤其在唱歌、体操的时候。天刚亮，一位指导我们体操的女同学，不停地喊着“一、二、三、四”，我们随了她的动作而动作，这情景真像我十一二岁时在小学里上体操课一样。

唱歌也是经常练习的，一开头我不大高兴唱，一个担任文娱委员的同学曾经这样对我说：“你应该学习唱歌，在唱歌里培养出来的情感，往往是健康的。”我说：“这不是孩子们的事吗？像我的年龄，还是‘咳啦啦啦啦咳啦啦啦，天空出彩霞呀，地上开红花呀’，那多少有点十三点的。”她说：“那你何必不把自己看得年轻一点呢？”其实到了这里，也不由你不变得年轻，过了些时，我的歌也唱上瘾了，左手抱着一张小凳，右手拎了一只水瓶，一路到灶上去时，或者在洗脸房里搓着手巾时，常常会旁若无人地引吭高歌。不过在晚会的大合唱里，始终没有参加过，我们组上的一位同学，是西南工专的教授，五十三四岁了，他一直登台参加合唱，我同他打朋：“为什么我在台下听不见你的歌声，你是不是无声歌王？”这话给那位文娱委员听见了，她总要纠正我说：“你自己不唱，他肯上台了，你又要跟他开玩笑，有一天气得他不肯唱了，我要拉你到台上去的。”其实他是唱得不大好的，但他要唱，又肯上台合唱，他就觉得自己已经回到了童年嘛。

因为提到唱歌，我想随着谈谈作诗。上海的朋友们都知道我欢喜旧诗，也会作旧诗，自己也曾经以作旧诗而得意过。到了北京作得少一点，经过学习，经过思想总结，把以前所作的，也是最自我欣赏的那一部分，都否定了，都批判了。怎样否定和怎样批判的，这里暂且不谈，等《西苑杂记》写完以后，计划写一篇关于我二十年来写作生涯的文字，那时再把这一段穿插进去。以往的写作生涯，正是罪恶生涯的全部，那些诗，老把自己当才子，把女人当佳人，肉麻弗煞，恶形恶状，误尽苍生，莫此为甚。所以要写，应该包括在这个题目里写的。

现在要说的对于旧诗本身,我没有厌恶它,正似在思想总结时候,一位女同学对我提的意见:"你有才气,还是好的,旧诗也是要得的东西,就是你应该想法怎样透过了旧诗的声韵之美,而渗以新的意识形态,来写你新的作品。"意见是好的,要做到这一境界,必须看我学习的成就如何。我学得实在不好,也瞒不了读者诸君;不好在什么地方,在乎理论上完全接受,结合到情感上,又会恍惚起来;三个月以前的一首《蓼花诗》,便是我狐狸尾巴显的原形,上海朋友们对我批评是正确的,在报上自己也作了检讨,在学校里做思想总结时,也向同学们和领导上暴露了这个缺点,在这节文字里,还要重复地仇恨我这一错误。亲爱的《亦报》读者,我以十分诚意告诉你们,你们如果要学习理论,改造思想,顶顶要紧,顶顶要紧,把理论与行动结合起来,千万不要理论是一套,行动又是一套,如果这样,改造断然没有进步。既然从理论上认识了自己的错误,立刻要改,不能犹豫,一犹豫,就是你对真理的信心不够,对真理没有信心,那你还学习些什么呢?

(《亦报》1952年2月1日,署名:高唐)

## 班主任真好

我觉得从校长数起,"革大"所有领导的人,都是可以亲近的。大凡一个人建立为人民服务的观点,其修养真正到家了,就决不会不可亲的。拿我们的班主任来说吧,真是个热情人,但是他面孔永远板的,不轻易有笑容,看上去上海人的那副"吃相"的确不大好受。班主任自己也一再用检讨式的声明,向同学表示这是他一个毛病。但你若去找他谈谈,或者他来找你谈谈时,就不仅发现他对同学的关心是殷切的,而且发现他的性格,也有风趣的一面,而决不像表面那样是个凛不可犯的人。有一次我们的学习总结刚完成,他到我们组上来,问我:"你很累吧?"我说:"真累死啦!"后来开始讨论,班主任先讲话,说:"同学们都辛苦啦,刚才唐同学已经承认他要累死啦……"说话的时候他还是不笑,但听的人都笑了。在讨论中,我有一段话:"学习总结完了,就是思想总结，完了，就要毕业。日子越来越短，心里越来越急，因为自己学的不好，回到上海，不能把学问同运用到业务上……”说完这一段，班主任接着说：“你怎么口口声声回上海，你怎么知道你一定回上海，组织上不让你回上海，政府叫你到别的地方，你怎么都不打算的？”他还是不笑，同学都笑了，我也笑了，我是不好，“服从组织分配”，是人民革命大学的优良传统，谁叫我一门心思想回上海，把这个都忘掉了呢？

有一次，班上举行一个“夕阳晚会”，有个节目叫作“新黛玉葬花”，由一个男同学饰演林黛玉，浓重的脂粉，打扮得很是恶腔。这戏发展到后来，是黛玉不葬花了，下田耕种去了，于是又唱又做的；你说他是载歌载舞吧，不像，他只是舞弄锄头，像京戏里开打一样。看的人都哈哈大笑，但没有人予以批评。班主任看不过，他说：“这样做，难道不是把劳动人民的形象恶浊化吗？”一句话说着了毛病，那个做林黛玉的同学，随着检讨了自己的错误。

记得放暑假以前，我们要离开学校，班主任召集我们谈话，这段谈话，我曾经写过一篇文字。班主任当我们像小学生一样的再四叮咛，叫我们离了学校，便要接触社会，社会上有人要我们介绍“革大”的情形，我们该把晓得的都告诉人家，有优点就说优点，有缺点就说缺点，不要夸大，也不要缩小。而后来更使我感动的，在同学们已经分配工作以后的几天里，一批批离开学校，上三轮的，上几个人合叫的小汽车的，班主任一直在门口送行，帮助同学搬取行李，与每个人握手，叫我们保重身体，好好工作。他虽然还是没有温颜，但心是热的。我走的时候，他看我们开车，他在挥手，我很有一点依依之感，很久的望着他，心里想：他真是一个好主任。

（《亦报》1952年2月2日，署名：高唐）

## 中国人最大的面子

我们的校长刘澜涛先生，是个丛万事于一身的忙人，学校里不大到，所以负学校实际责任的是教育长。

我听过几次校长的讲话，只有一次是对政治研究院同学讲的，那是在我们的毕业典礼上。他上来就说：同学们，我很对不起同学们，因为我太忙，你们开学的时候我说过一次话，现在你们毕业了，我又来说一次，虽然如此，我对同学们的学习是关心的，学校也经常同我有得联系，知道绝大多数同学的成绩都很好的，我很安慰。

刘校长的讲话，永远像上面那样的闲话家常，而在他响亮的声音中，自然地流露出一种肫挚的情感。刘校长的文章也是好的，我们学习“忠诚老实”的参考文件，是校长自己写的，那文件的名称就叫《忠诚老实》；他用非常轻松的语句，而包含的政治意义，却是那么庄严。后来北京城里的政府机关，进行“忠诚老实”学习时，也是大都把这个文件作为经典文章读的。

可惜我手边没有这个文件，不敢断章取义的向读者介绍，怕失了刘校长文章原来的精神。我只说刘校长管思想改造也叫作“换脑袋”，他叫人家把旧的脑袋换掉，搬个新脑袋上来。他又分析知识分子的爱面子问题，有这样一句名言：“我们的代表在联合国里手指指在帝国主义的鼻子上，骂他们强盗，这是中国人的面子。”他的意思，知识分子爱的许多“面子”，都是不必要的，而且是反动的，中国人现在可爱的面子很多，上面举的是一个最大的例子。

刘校长说得对，新中国的人，可爱的面子很多。我来说：努力学习，决心改造是应该爱的面子；争取做英雄、模范，也是应该爱的面子；鼓励子女参军参干，也是应该爱的面子；还有彻底坦白，承认错误，也是应该爱的面子。小资产阶级一向欢喜的“面子”，旧知识分子一向欢喜的“面子”，现在都可以丢掉它。丢得快，进步的也快。

有些上海人把面子唤作“台型”，是很不正派的一个语汇，因此上海人碰碰要“扎台型”，就可想而知扎来的“面子”更是要不得了。我从前在上海时，把认得的“名”女人多，作为自己的“面子”；每夜在饭馆里进进出出，作为“面子”；还有不肯坐电车和公共汽车，怕坐在上面时，被坐在三轮车上的“名”女人一眼望见了，心里会想“迭档码子桂花了”，而“下”了我的“台型”。现在想想，这些当初所力争的“面子”，都是隔夜饭要呕得出的面子！

但是对于面子问题，认识不清的人，实在太多了。不要提一般的知识分子，连已经投身在改造熔炉里的"革大"同学，经过一个时期的学习，对思想改造，还存在一种荒唐的看法。在思想总结时，一位原来当大学教授的同学，暴露他的"爱面子"思想，他说："在入学以后，当每星期进城去时，一出校门，就把校徽摘下来，放在衣袋里，不让朋友和亲戚知道他在'革大'改造。自己当了好几年的教授，现在共产党的政府里，还要改造思想，不是很'失面子'的事吗！"在学校里，这个虽是极其个别的例子，也可见旧知识分子受旧社会"面子"的毒害之深且大了。

（《亦报》1952年2月3日，署名：高唐）

## 头 二 关

"过三关"，也是我们校长在毕业典礼上提起的，意思说"革大"同学在改造的八个月至十个月中间，要经过三关。怎样三关呢？考虑要不要进"革大"改造是一关，思想总结是一关，服从组织分配是一关。因为每过一关时，每个人的思想上，都会引起激烈的斗争。

真的，我听过同学们的报告，他们在入学以前，真有各式各样的思想情况，有的人说："我是绝对不想学习的，因为工作岗位的领导上，需要我思想改造，为了'要吃饭'，我只好来了。"有的人说："我已经晓得从前是不对了，既然有这样一只大学，我来听听，譬如'修行'。"也有若干人是国民党时代犯过血案，或者是匪特，当地站不住，跑到"革大"来，把学校当作"防空洞"的；可是"革大"决不是包庇反革命分子的地方，进了学校，不把自己的历史问题交代清楚，还是逃不了国法的制裁。我入学以后，就看见过两三次公安人员来把潜伏在"革大"的反革命分子逮捕去的。做过无锡和龙泉两县伪县长的那个反革命分子徐渊若，曾经伪装进步，到政治研究院来学习，他的血债累累，都隐瞒了组织；在大张旗鼓、镇压反革命分子的时期中，无锡人民控诉了这个匪徒，到底从"革大"吊回到无锡，在人民公审之下，绷了这一条狗命。

现在不说别人了，来说我自己吧。我已经说过，我的要求学习，只想改变生活，到了北京，一面办理入学手续，空闲下来，东荡荡，西望望，碰着熟人，告诉他们，我预备进学校了。有的人拼命鼓励我说："争取学习，是你前途的一条康庄大道。"有的人则投我以惊奇的眼光，以为我一向是个游手好闲、不务正业的人，忽然想弃邪归正，行吗？记得石挥到北京来，他听说我要改造去了，两只眼睛望了我很久，他一向称我唐先生，以后辈自居，有点不大好意思后辈来鼓励前辈，但终于用他的手，热情地拍拍我的肩膀说："好嘛，你真干！"龚之方兄生怕我因循坐误，在北京白相相又回到上海去了，所以他到北京来时不断替我打气，看见我手续办的差不多了，他才回去。等到进学校有了日期，我还写信到上海去，对之方说："我要进学校了，为了我的生活腐化，这新时代里不允许再存在；为了身边头上的许多问题不能解决，我只好去要求改造。但去是去了，在我的心情上，总不免沾着一点儿'逼上梁山'的味道。"之方看了我这几句话，立刻给我来封回信，纠正我说法的错误，他说："老兄！你务必认清，学习与改造，是你主动争取的，是时代要求每个人这样做的，不是什么愿意不愿意和勉强不勉强的问题，你若把思想改造的动机，推在为了摆脱把思想改造的动机，推在为了摆脱身边头上的一些事情，即是你态度没有正确得好，将来一定要大大妨碍你的进步，你要注意呀注意！"可不是吗？我就没有特别注意他这几句话，入学以后，没有好好用功，等到明白他说的是句句真言，已经在"革大"里糟蹋了两个多月时期了。

（《亦报》1952年2月4日，署名：高唐）

## 坦白的好，同志！

思想总结，刘校长说的第二关，这一关过得的确比较紧张，因为它是结合着"忠诚老实"运动一道来的，在"忠诚老实"学习里，领导上号召同学们把所有的历史问题，交代清楚。政治研究院两位院长，接二连三地做动员报告和启发报告，要我们彻底交代，彻底坦白，交代清楚了，就会受到政府的信任，人民的欢迎，以后只要肯好好工作，政府和人民就会照顾我们一辈子；不但照顾我们一辈子，连我们的子子孙孙，都会被照顾下去的。

我记得魏院长的两次报告，都在夜里，他在台上一句一句恺切地、诚恳地讲下去，同学们受他的感动是无可形容的，有人在唏嘘，也有人仰着头冲了魏院长，两颗泪珠儿挂在他们的颊上，也有人俯首抄写笔记，眼泪直往本子上淌，把字迹都糊的不成样了。

因此后来的几天，同学们就踊跃坦白了，有什么，说什么，想到什么，立刻交代上去，实在都交代清了，还要想，生怕想得不周到，遗漏了一桩，而使将来抱无穷之戚。譬如我原来作恶多端，我就曾经一口气想了十几条，后来每天想，今天想出一条；明天又想出一条，有一天蒙在被头里，忽然想着一桩应该交代的问题，一点不说假话，这时候我竟统体汗下，马上爬起来，写在纸张上，只怕一觉醒来，又把这问题忘了。

亲爱的《亦报》读者，我把我的经验告诉你们，一个人只要打定主意，勇敢坦白了，这个人就永远愉快的。我每次把一个问题交代过后，从楼上下来，比混堂里出来，精神上还要轻快，因为这一种轻快是不可比拟的，也是不可描摹的。所以说这是一关，的确是一关，但要看你怎样过法。所谓难，都是自己造成的，你如果考虑多端，顾惜“面子”，怕牵连别人，怕会不会吃官司，你就不肯坦白，自然觉得难了。越觉得难，也越觉得痛苦，自己明明知道，避重就轻，遮头盖脚是不对的，而又没有勇气尽情倾吐，怎么不痛苦呢？但痛苦一场的后果怎么样？还是统统要你负担。彻底坦白了呢？哪怕你是罪大恶极吧，不能豁免，至少也可以求个末减；而彻底坦白这一个举动，在你还是光荣的。“三反”运动中的贪污人员，“五反”运动中违法的工商业者，其实也没有理由不坦白的。共产党就讲究言出如山，他们说坦白的好，就是坦白的好；抗拒的要不得，就是要不得。我有一位上海朋友说过这样一句话：“毛主席没有骗过人，所以我总是相信毛主席不会骗我的！”对，我们且别提学习和改造，先把这样一个信仰，作为要求进步的基础，进步是不会慢的。

话再拉回到“革大”来说，也有觉悟较差的同学，坦白不够，那末别的同学就要帮助他了。那几天是不上课的，墙脚跟、树荫下、假山边，或者是几条长长的甬道上，两个人，三个人，都在轻轻的谈话，向某一个同学进行说服，或是要求别个同学帮助自己搜索。几天以后，果然又涌现出大批彻底坦白的人，这些人把数日来的愁肠苦脸，一扫而空，欢天喜地的在打朋说笑了。

自然也有些人顽抗到底的，他们或者满身血债，只说了一件、两件，或者放着大批武器，只缴出一枝、两枝。这批家伙的结果，我昨天举的那个无锡伪县长是个例子，最后还让我亲眼看到一批，他们都是有人来接出去的，上卡车的时候，他们有的在东张西望，来接的人，一声呼喝："低头！向人民认罪！""他妈的，谁叫他不坦白呢！"这一句是我说的。

（《亦报》1952年2月5日，署名：高唐）

## 我的思想总结

历史问题交代完了，接着进行思想总结。我们这一期的思想总结，比上两期的变更了一些办法，上两期的都要从每个人得知人事那年做起，一直做到现在，有点像《故事编年》。因此年纪愈老，写得愈多，黄苗子告诉我，他在二期的政治研究院，一下就做了七万字的思想总结，而据他记得，最多的做到十二万字。

我们这一期，就因为历史问题，已经另外交代，所以不需要再叙述在思想总结里，只把主要的历史部分，提出来作为重点批判，领导上也不希望我们写成"著作等身"的那样繁琐。这一来，这一工作比较轻简的多了。

给我们做动员报告和启发报告的是武副院长，在第二次的启发报告里，把政治研究院全体同学分为三种思想类型：一，文教工作者的思想类型；二，反动派官吏、军人的思想类型；三，"民航局"的思想类型。因为这一期的同学，以百分比来说，上面三种人，占的数目都相当平均。挨到我，却又都非其伦，因此在小组酝酿根据武院长所别的类型，分头进行时，同学要我自己选择一派，我就选择了“民航局”。因为听武院长分析“民航局”的思想类型，一般都是今朝有酒今朝醉的享乐主义者；欢喜吃，也欢喜打架，像阿飞一样，一切都是美国的好；人与人的关系，都是建筑在金钱上的，是资本主义社会最标准的个人的主义。还有，我记不全了，反正与我近似的很多很多，所以我就选择了“民航局”这一类型。

当我初次把思想总结的提纲，向组上报告后，同学们就帮我一道寻找这一连串历史的一个主导思想，所得的是：“一贯的、不择手段的追求糜烂生活的延续；是罪恶的享乐主义者。”这样的认识，应该是不错的。二十年来，我一贯的贪取享乐，因此也就不择手段的榨取金钱，利用了我的事业，去结交上海每一个时代、每一个社会上有财势的人；这种有财势的朋友多了，榨取金钱的目的更容易达到，而金钱的来源愈广，我的糜烂生活，就在这种情况之下，延续下来。

全篇的思想总结，我是分六个部分写成功的，前面四个都是批判历史的部分，后面两个，说我解放以后入学以前的思想情况，和入学以后的学习检查。在历史部分里，批判了“江南第一枝笔”时代所犯的种种罪恶；批判了如何叫别人的钞票放在我袋袋里让我挥霍；又批判了与流氓、汉奸、国民党官吏、特务的结交，而实际上，都是为一切的反动势力服务；也批判了我的荒淫生活，主要是男女关系的不严肃。

我的思想总结做得不好，根据同学的意见，说我批判得不够深刻，而对于旧时所犯的有些罪恶，仇恨还嫌不高，还要我继续改造。他们还分析我的毛病，说我暴露是足够了，但暴露了罪恶，不等于改变了罪恶，一定要痛恨这个罪恶，然后能改变这个罪恶；如果暴露了以后，不去理它，为暴露而暴露，甚或欣赏自己的暴露，这样的态度，都是非常危险的，至少经不起考验，有一天离开学校，到了一个可以犯罪的环境里，不由得不重蹈覆辙的！

我想：在思想改造中，这样的情形，也是一个很重要的环节，特地提出来，贡献与《亦报》的读者，作为参考。

（《亦报》1952年2月6日，署名：高唐）

# 老　何

解放以前的天津伪市长张学铭和北平伪市长何思源，都在这一期政治研究院。张学铭的学习情形，不大熟悉。有时也见到他，是个胖子，头发花白了，形貌很像照片上看见的张学良。他是张学良的兄弟。何思源与我同班，天天可以碰着。五十六岁了，虽然是癯然一叟，但精神很好，学习也很认真。当我们讨论《武训传》的时候，何思源在学校的辅导报上写过一篇文章，后来这篇文章在国内的报刊上很多传载过的，成为学习《武训传》中一个重要的文件。

起初，他在班上报告了这篇文章的内容，暴露他在十七年的山东伪教育厅长任内，和两年的山东伪省政府主席任内，怎样的想尽方法表扬武训，来麻痹人民的革命情绪，而巩固反动政权；最重要的一桩：他在伪厅长任内，山东当地一个什么人，跑去对他说："武训是某年死的，'厅长'（指何）是武训死后一年生的，武训不是以行乞兴学、留'名'后世的吗？而数十年后，'厅长'果然又是主管山东省教育的人，所以'厅长'一定是武训再世。"老何讲到这里，接着说："我明明知道我决不是武训再世，我是应该呵斥那个人的，但并不呵斥他，反而顺水推舟的承认下来。"这一承认可不得了，山东人居然都当他真是武训再世，从此以后，在他手里所颁布的反动教育政策，风行得弥广弥远，而毒害人民，也就弥深弥大！

在这一天的报告上，老何的发言是沉痛的，最后他说："我是百身莫赎的人，惟有人民对我宽大，还允许我在这里改造，我是应该加倍努力，庶几毋负人民的恩德。希望同学们对我也要特别帮助，使我重新做人……"他沉痛得要迸出眼泪来，他对于过去的罪孽，起了深仇痛恶。

何思源在学校里的表现是积极的，服务也好，劳动也来。"五一"和"十一"的游行，他都参加。暑假以前，一早我们都扭秧歌，他也来"扭"，他不听锣鼓的节奏，只是走，有时嘴里衔着一根烟卷，有时手上提着一只刚吃完豆腐浆的空罐头，情形很是好笑。天冷了，洗脸房的火炉，同学们轮值升火的；老何自命为是升火的高手，争着要做这个工作，常常半夜里起来加煤。我有时天没亮起床，碰着他，他把火升得红红的，催滚了一壶水，叫我拿出茶叶来，分沏了两杯，我们捧着杯，围在炉边，细声细气的谈些往事，怕吵扰了别人的睡眠。

在思想总结时候，我很关心他，曾经问他："你要比别人写得多一点吧?"他说："不多，万把个字，琐碎的记不全，也不想提了，我只批判了与国民党的关系，与蒋介石的关系。"在分配工作时，我已经离开学校，有一天在城里东单相近，看见他在走，我在三轮车上老远的问他："你怎么样啦?"他对我扬扬手说："还没有决定。"我一直在想，他教教书是很合适的。

（《亦报》1952年2月7日，署名：高唐）

## 讲　　员

关于给我们上大课的讲员，只说过一个孙定国。从历史唯物主义到辩证唯物主义到实践论的许多单元里，艾思奇教授是最经常的一位讲员。艾先生也是忙得不可开交，上半年，院部布置他的大课，好几次在早晨六时开始，听的人刚从被窝里拔出来，讲的人也一离床就站到讲台上来。艾先生在马列主义学说上的造诣，真是博大精湛，同学们听他的大课，特别用心。我则一向认为艾先生的讲法太朴实了一些，像我这种平时不习惯开动脑筋的人，吸收起来觉得有点艰难，不比孙定国先生那样，他拉着什么，都会连系到理论上去，使听的人有一种轻简之感，而也容易接受。

跟我们讲讨论《武训传》大课的是许立群先生。大家知道许先生有一本行销很广的著作，那就是《中国史话》。在讨论《武训传》的运动中，许先生用"扬耳"笔名，写过一篇文章，成为当时学习的必读文件。许先生那次大课，一口气讲了四小时，我们不单是对许先生佩服，直是对许先生惊奇。他不用稿子，我说的一口气真是一口气，他就这么滔滔不绝的讲，没有重复的话，话又不打一个疙楞，而内容是丰富的，也是生动的。听口音,许先生是安徽人,看形貌,不过三十余岁。在两个月以前的《人民日报》上,又登过他一篇文章,题目是《落地的人头称赞“好快刀”》,几百个字的一篇小品文,对于知识分子为了美帝国主义的原子弹不敢放心的思想,这一篇该是最有说服力的文章,写得那么清新流畅,我对许先生是更加心折了。以文章的形式来讲,登在《人民日报》上,是很突出的一篇,因为它是不经常登载这类形式的文章。我在想,《人民日报》不是不登这样的文章,是因为会写这样文章的人不多而已。

《中国革命问题》,我们足足学习了一个半月,上大课的是两位讲员,一位是胡绳先生,另一位是田家英先生。读者诸君对进步书籍涉猎得不少的话,胡、田两位的名字,应该都很熟悉的了,胡先生写过一本很有名的著作,《辩证唯物论入门》,他又是《学习》的编辑。田先生的文章也常常有得看见,我听说《学习》上的作者郑昌,就是田先生的笔名。有一天,田先生给我们讲了七个半钟头,讲完四小时,吃夜饭,再讲三小时半,虽然说田先生正在盛年,但这种精力,总是可以惊人的。

在讨论辛亥革命中,对孙中山先生的认识,全校引起了激烈的辩论,因为实际上孙先生曾经有过反动的一面。在胡、田两位先生的大课里,都解答了这个问题,他们也承认孙先生无论在思想上或行动上,都有过反动的表现,但终究他是革命的;而孙先生一生最大的功绩,在于从旧民主主义革命进入到新民主主义革命的那座桥梁,正是他一手搭成功的。所以田家英先生的讲话,一再强调这一点,他叫我们不但要崇敬孙先生,还要教育我们的子子孙孙永远纪念孙先生。

(《亦报》1952 年 2 月 8 日,署名:高唐)

## 扫地及其它

学校里时常有劳动布置下来。譬如扫地,扫宿舍、班上的过道、厕所、窗外(天井)、俱乐部这些地方,都是三日两头轮得着做的。我往往抢着去做,不过有时轮着“助厨”,因为我们的食堂太大,扫起来交关吃力,有一次真个扫坏了我的腰。其实我对于轻劳小动,一向有这种瘾的,在家里看见屋子脏了,拉起笤帚就扫;起得特别早的日子,欢喜到煤灶上升火,浓烟迷痛了眼睛,还觉得很有乐趣。同学们看我软披披,不料很有服务精神,所以在后来给我做的鉴定上,肯定了这一项是我的优点。

布置下来的劳动,就不是扫地了,却有种种方式,我们做过挑砖、扛土、锄草、挖沟、筑路。吃重的自然是挑挑扛扛,一筐子砖头,两个人扛,走很长的一段路;遇到同扛的是一位健硕之夫,半路上我常叫救命:“喂,同志!我受不了啦。让我换个肩膀。”头几天我的肩膀上的皮,由红变紫,要脱下来的样子。后来不敢同精壮的人一道扛土,拣老弱点的人搭档,扛小筐子的,肩头上的压力是轻一些,但这种人又走不快,觉得很不爽气。劳歌这样东西,一定要在吃力中才唱得出来,如果悠闲地“杭唷杭唷”的喊着,往往是不成腔的。

在夏秋之交,北京城里发现了大脑炎,这疾病的传染是由一种花脚的蚊虫;学校里防止它流行到郊外来,赶紧号召同学每天出清脏水,拔除水边丛生的野草。那野草长得真高,还有很多生刺的草,我拔的时候,带了一条旧毛巾去,作为护手之用。有的同学就检讨我这种劳动方式不对。我说:“到北方来后,看见北方的农民,四时都把一方毛巾裹在头上,我想这毛巾的用场一定很多,下地拔草,护手也是一种用场。”这话也许是我的狡辩,但他们也无法替我解释,因为他们也根本没有体验过劳动人民的生活。只有一次,我们锄了草回来,锄草的器具上,都沾了泥土,我们把它随便都堆在墙脚下,一位班上的副主任对我们提出意见:“农民唯一的财富,就是他们耕作的工具,所以他们费尽了心思爱护这些工具,使用完了,总要放在水里洗得干干净净,然后把它们安顿得很好,不像同学们这样的乱丢乱放。同学们能够建立劳动观点,自然很好,但也要结合劳动人民的感情,就应该在这种地方注意。”班副主任这几句话,说的很精到,我服帖了,他原是以田舍郎参加革命的人,毕竟有些道理。

前面说的扫厕所,那也不是经常扫的,但我对这服务到底没有习惯,扫起来不是戴口罩,就是衔了一枝香烟。十几间厕所一齐扫,有人拆烂污,把大便拉在踏板上,我每次两只眼睛钉住了用笤帚把它扫到坑里去时,总要连连作恶,我就是不习惯。所以“与劳动人民的情感结合起来”,我就不敢口轻飘飘的说这句话,这样的道行,几时有,自己也不知道,我还应该好好修炼。

在我们毕业以后,学校允许我们参观一次修建完成的新校舍,三大幢,真是广厦万间。这房子修建了半年就落成了。我们扛的砖,当初作为打地基用的,我们都很愉快,因为在这房子上,都曾经付过一些劳动力。过了几年,再去爬在万寿山上,望着了这几幢校舍,我一定会对同行的人说:“阿拉曾经在这上头‘杭唷杭唷’过的。”

(《亦报》1952年2月9日,署名:高唐)

## 土改去不成

“与劳动人民的感情结合起来”,这样的道行,我还差的很远,确实常常有这种感觉。就拿夏天夜里看电影说吧,往往有很多修建校舍的工人同我们一道看的,他们聚集坐在一处,我走过他们坐的地方,总会闻着一股汗酸味道,觉得受不下去,所以找起自己的位子来,总要离得他们很远。你说我这怎么可以呢?我也知道不可以的,所恨是一下子就扭不过来。

大概在七月中,学校号召同学参加土改,在组上我第三个报名。有一天还在报告思想小结的时候,说明我要求参加土改的几个原因:一、以前从未有过,以后也不会再有的土地革命运动,我居然参与了这份工作;二、投身到斗争的场面里,试试我的心肠,会不会看见地主被斗而软下来,或者对农民斗得太凶而硬起来;三、向同学暴露了到现在还怕闻工人身上的汗酸味道,所以想索性泡在乡村里,几个月下来,多少可以培养一些劳动人民的感情。后来听得一个非正式的消息,全国土改委员会希望政治研究院的同学百分之八十都参加,十月底毕业了就走。学校统计报名的只百分之五十,所以我八月初回来过上海几天,逢人便说:“阿拉学习完了,还要土改去哩。”

后来直到十月里了,学校又要我们土改的人重新报名,这次我在组上第一个签下名字。满以为走的日子快到,所以一空下来,就谈论土改;有的同学,已经参加过了,我要去他讲一点工作上的经验,听了真是不少。一个老头儿同学,一本正经对我说:“你去土改,我倒不担心你别的,只怕地主的女儿送一碗馄饨给你吃吃,你的屁股,就要挨到地主半边去了。”我叫他不要胡扯,他就讲了一个故事:“同他一起下乡土改的一个干部,睡到半夜里,有个女人推门进来,干部认识她是地主的女儿,手上捧着一碗沸烫的馄饨,来请他吃的。也许他真的饿了,果然吃了下去,一吃下去,明天这人变了样,忽然对地主说起情来,结果叫群众撵走了事。”老头儿紧接着再讲一个故事:“一个女干部去土改,住在贫雇农家里,第一夜,她睡下去了,农民的老婆要同她合一个炕,她就要求让她一个人睡,农民的老婆很客气的答应了她。到第二天,她发动工作,不料这一乡的人,谁都不去睬她,她气极了,在工作报告会上说:‘这里的群众太落后,我没有法子把他们组织起来。’刚说完这话,立刻有人对她检讨:‘你自己瞧不起群众,人家要与你同一个炕,你都要拒绝,那人家怎么不要孤立你呢!’”这两个故事很好,说明这样一个问题,就是说:修炼得不到家的人,而要培养劳动人民的感情,的确很难;但是要滋生对地主的感情,的确很像烧过的纸煤一样,点一点火,它就着了。

十月底,我们来不及毕业,延长了一个半月,到十二月中离校,时机已然错失,故而政治研究院的同学,没有一个经校方批准了去土改的。我一直为这件事懊丧。回到北京城里,很多熟人(像苗子、祖光、郁风、浅予),治淮的去治淮,土改的去土改,剩我一个,以前哗啦哗啦,嘴上嚷得最凶的人,这两件盛事,到现在一件也轮不到我!

(《亦报》1952年2月10日,署名:高唐)

## 不 言 人

入校后两三个月,晓得我们班上有个同学不说话的;不是不会说话，他就不肯说话。这是怎么样一个人呢？年纪很轻，约摸三十来岁，大概是广东人吧，日本留学生，回归祖国，由广州到北京，教育部把他送到“革大”来的。来了就不说话，这叫领导上和同组的学生都觉得着急，什么都不怕，就怕一个人不说话，因为不说话，就叫别人无从帮助他进步。当我初次看见这个人的时候，蓬头垢面，满身尘污；因为在一个灶上吃饭，这人常常端了一个饭碗，搬到灶外的屋檐下去吃，吃的挺快，扬长来去，发现有人在注视他时，他就要“横眉冷对”，但话还是不说的。

因为他这个人不理发，也不洗澡，与他一只床上睡觉的同学沉不住气，讨厌他了，把意见反映到领导上，领导上把这人调到别个组上。与他同床的一个同学，一样是日本留学生，一样是广东人，一样是三十来岁。这个同学真好，耐心而又热情地引导他正常。同他说日本话，他居然开口了，居然也有意见了；不但如此，他发也理了，澡也洗了，衣裳也换季了。这事件在班上是轰动的，因为这一组的同学，帮助同学是成功了，而以前那一组的同学，应该检讨，为什么不能做好同学间互助互教的工作。“革大”一般同学间互助的热诚，往往感动人的，一个女同学曾经为了这个不开口的人，发愁地说：“真要命，他就不说话，又不喜欢女人，我好几次同他说话，他总是不理我。”记得这个人开口以后，那一天是十月一日，我们游行了回到校里，在灶上吃饭，我们都坐在一个桌上，一位炊事员同志跑过来在他肩上拍了两下说：“你进步啦，讨论会上也发了言啦。”他笑了，有点羞涩之意，迸出了这样一句话：“怕追不上别人了！”很好的国语。

“革大”里像这样突出的同学是不多的，但也还有，也在外面班上，那个人在反动派统治时期做过什么“军法处长”的，五十多岁，精神上的毛病很大，他的念头又多，但都是奇怪得叫你不相信的。我们学习《中国问题》，举行过几次联组讨论，那个人在会场上踊跃发言，一口高邮话，提到慈禧太后，口口声声称她“洋婊子”而不名。我弄不懂为什么叫她洋婊子，有天在吃豆腐浆的时候碰着他，我问他这个道理，他说：“她跟德国的军官睡过觉，不是洋婊子是什么！”暑假前班上召集我们，要我们向领导上提意见,那人又挺起身来说:"我有意见,我的意见是两首新诗。"说完,就念他的两首诗了,大意是不满意领导学习的干部,说干部对他冷淡,借此发泄一些"私怨"。可是诗的造句和比拟都是荒唐的,我实在绷不住,要笑出来,又不敢笑,因为大家都不笑。我猜想同学们的意思,这种人既然无法替他治病,也不能加重他病的发展,如果因他发言的怪诞,而我们笑了,也许会使他误解为同学们对他的发言起了好感。

那个人改造是完全失败的。学校没有分配他的工作,刘校长对我们说:有几种人不能分配工作的,神经不健全的人是一种,因为这些人不能叫他们为人民服务,服务了也只会有害人民的。

(《亦报》1952 年 2 月 11 日,署名:高唐)

## 读书和买书

学委会每个单元布置下来,它的进度,首先总是阅读文件,必读文件与参考文件至少的也要一二十种。我倒是件件读的,不让漏掉一件。记得第一次检讨我学习生活的时候,很多同学都说我主观努力尚嫌不够,我不服贴,对他们说:"一生一世没有像现在这样用功过,为什么还要说我不够努力!"但后来也明白了,尽是囫囵吞枣的读书,不是办法,读的书,还要经过深入钻研,乃至融会贯通。问问自己:做到了这个地步没有?实在没有。我的读马列主义理论,像看小说,浮过掠过,不是精读,因此更加读到后面,忘了前头;即使原谅一点自己,说是精力衰退,是一个原因,但没有下过钻研的功夫,也是事实,如何说得上我是努力的呢?

且不谈我读书方法的不对,读的书确实是不算少的,一篇《实践论》,至少读过五十次,《联共党史》的第四章,也决不在五十次以下的。学习党史的时候,有一天借着熹微的晨光,把胡乔木写的《共产党三十年》读完,赶在早课上提问题。有的书明明在几个月前看过一次,几个月以后再看,竟连似曾相识的影子都没有。所以我说是看的不少,但看的不少，而尽是生吞活剥的看，还是没有用的。去年下半年，我的眼睛突然起了变化，戴了原来的眼镜，反而看不见书上的字，非要卸去眼镜，才能看得清楚，只有这一点，倒是看书看得不少的“成绩”。

阅读文件的日子，比较随便，躺下来看的很多，或者搬张小凳到门外去也可以，夏天坐在一树浓荫下面，冷天就晒着太阳，尽管在上千个人的环境里，但静得一些声音也听不见的。直到下期，我们自己检讨，躺在床上阅读，总不是正确方式。提出这个检讨的原因，有的人躺下看书，看看睡着了，睡着了别人还不注意，他又鼾声大作了，这更要不得，他扰乱了别人的自修。

学习用的文件（书本），学校有得发给我们，但是要还。所以有的同学都自己买，我也自己买，三天两头到文化服务社去张张望望，看见应该买的，拖它几本回来。这里有一个笑话：这家文化社的书架上，最靠外的一排上面，放着《资本论》与《反杜林论》，我每次去买书，一定先朝这两本书瞧上一眼，想买，想想又不买，几十次去，几十次都是心里这样踌躇，结果到我离开西苑，这两部书到底不买。这个或者是我的自知之明，正因已读的书我还消化不了，这两个大本子，我怕啃都啃不动，还希望能消化它吗？当我做完了思想总结以后，还买过两本很厚的书，一本是《逻辑》，一本是《逻辑学》，都是俄文翻译本，是一个同学劝我读的；他说你要使推理不会错误，一定要学会逻辑，我倒是听他的话买来看了，到现在已经两个月，还没有看完。我曾经罚誓离开了学校，每天一定要读书两小时，开头是做到的，这一个多月来，又忙又乱，竟做不到了，说起来真是丧气！

离校以前，把所有的书聚集起来，装了一只箱子，这一箱子书，几乎每本都在“革大”所买，箱子拎在手上沉沉的，忽然想起开始买书的时候，从文化社回到组上，捧着几本厚厚的如《列宁文选》之类的书，有个同学皱皱眉头说：“这种书你何不将来回到上海去买，这里买了还要带回去，真不怕累赘。”我同他开玩笑说：“你哪里知道，我买这些书是回去吓吓老婆的，让她看见我出门几个月，肚子里竟然装了这么多的东西回来；同时也使她放心，相信我真是在北京念书，而不是在外面花花草草的。”这几句话现在看看，好像当时随便说的笑话，其实再反省一下，又何尝不是我入学初期真正的思想情况！

（《亦报》1952年2月12日，署名：高唐）

## “人民需要我到哪里”

校长说的第三关，就是分配工作的问题。校长毕竟是积累了经验，说出来的话不会错的，果然在分配工作动员时期内，大家思想斗争呀，一面为了调配而思想斗争，一面还在上许多政策法令的大课，如：妇女问题、民主建政问题、财经问题、文教问题、统战问题等等，有些人情绪都显得不太安定了。严格说起来，在这时候表现情绪不安定的人，证明他的学养还没有到家，真正学习好了，一定会坚持“人民需要我到哪里我就到哪里”的信心。但我们的校长表示这样说，在原则上他是要求同学们一律服从组织分配的，而组织上却也要尽可能照顾同学们的实际情况，予以适当的调配；同学们呢，也必须尽可能压减自己的一切条件，来服从组织的分配，这样两面扯扯，问题就很顺利的解决了。

进行分配工作时期，要大家唱一支歌，那就是“人民需要我到那里”。还有很多标语：“不强调条件”、“不强调兴趣”。在这时候，我的思想情况可以很老实的告诉读者诸君，我是决心服从政府分配的。当然在这问题上我也闹过笑话，那还在暑假以前，大概是纪念建党三十年的谈话会上吧，有位党员干部，说起在民族解放战争时期，许多农民的子弟投身到党里来，纷纷杀敌去了，在家乡他们留下了父母，父母穷苦得无以为生，甚至沿门乞讨的也很多……。过了些时，领导上曾经找我去谈话，说起将来工作的问题，我就说：“有两种原因，我是不可能服从组织分配的：第一，我生平没有干过正经的事，自己晓得办事的能力也很低；第二，我一门心思想回上海，因为回到《亦报》还有几百个单位好拿，几百个单位，亦不过够我家里开销而已。若使政府分配的工作，我一家子的生活，就要发生困难。”又提到那天那位党员干部说的自己革命，让家里人去讨饭，我说：“那是血气方刚的孩子们做的事，像我儿儿女女一大群了,简直无法想像我会这样去做。”一个干部接下来问我:“谁要你这样去做?你几曾听见现在的国家干部,他家里饿死过一个人的?父母讨饭的情形,那是抗战时期,共产党正在过着最艰苦的日子,所以才有那样情形,现在只要你改变以往的生活,不要只想几百个单位作为一家的开销,好好建立为人民服务的观点,到将来自然会觉得服从政府分配是一桩愉快的事了。”我当时点头称是说:“现在还想它不通,让我学习一时再说。”到后来慢慢地懂得必须要服从组织的道理,又慢慢地在精神上打起准备来,坚定了人民需要我到哪里,我就到哪里的念头。

最早分配的一批是到新疆去的同学,这里面有一个人,是曾经替《亦报》写《康藏行》的章浙先生。他现在到了迪化,很快乐的,写信给我,他在关怀《亦报》,准备写两篇连载的文章,《甘新道上》和《今日新疆》,那一定是好文章,我们已经写信去叫他快快寄来了。

除了到新疆的一批,其余的都在最后一个星期内分配完成的。凡是有原来工作岗位的同学,尽可能不使他们调动,可见政府是尽量照顾同学的,因此我又回到了《亦报》。

(《亦报》1952年2月13日,署名:高唐)

## 别绪离情

八个月到十个月结聚着的同学,要分开了,从此天南地北,再见何时!在去年十二月的头上,到月中离去,校里都充满了别绪离情。其实我到了入学的后期,对于西苑,早已起了依恋之怀,依恋这一只学校,它使我受了一些共产党的教育,而认识了以前的我是一塌糊涂,了无一是;今后的我,应该怎样做人。我忘记不了在学校里过的春天,“老柳千株或万株,飞绵日日过庭除”,和秋深时候,在树下读书,黄叶萧萧扑到我们帽檐上、书本上那些景色上的奇观;自然更依恋这里的许多同学,不在上课,在谈笑的时候,假定我说错了一句话,就会有人这样说了:“你学习了几个月,怎么还在把人民利益放在第二位呢?”或者是别人说错了一句话，我也会对他说："你怎么学习了八个月，还在片面的看问题，孤立的看问题呢？"或是"你这句话是反马列主义的"，"你这句话是唯心的"，洋洋盈耳。尽管彼此用打朋的方式来"挑眼"，但毕竟也可以从"挑眼"上让各人来辨别是非，究竟他挑的对不对，我错不错，这样难道不是很好的辅导教育的吗？

在学校里，真似小孩子在家里一样，可以"童言无忌"。你说错了，哪怕说得是反动的，都不要紧，因为正像我上面说的，总有人会出来指正你。有一天我们在话别会上，我就提出这一个问题："我们在学校里，说错了话，就有人提高到原则上来纠正错误，以后到了工作岗位，不可能这么随便。因此我很害怕，更觉得舍不得离开学校，也舍不得离开同学。譬如说在学校里，自由思想和大胆怀疑，都是学习的最好态度，然而我们出去之后，能不能再用这种态度去应付社会呢？自然不可能了！"一个同学说："看在什么环境之下，如果在业务上，这样做自然不大合适，如果以学习态度，与人家研讨，那末这个方式还是可以的。"有一个同学在这个问题上指定了我说："你最好小心一点，口没遮拦地，容易招致人家的不能原谅。"我深深体会这句话对我有很大帮助，因此，我的心情自然地有了些改变，变得沉重了一点，沉重一点是应该的，使得不是时候的自由思想可以避免。

都分散了，分散以后，我们几个日常相聚的同学间，还经常通信。一位女同学写信来是这样关心我："你对夫人的新爱情观点，建立得怎么样了？参军的儿子有信来教训老子一二番否？"她怕我离开学校不肯加紧进步，所以钉住我这样问长问短。我以前批判荒淫生活的时候，这位同学提的意见，也就是口口声声要我："从商品、奴隶的地位，提高到人的地位来看女人；用新的立场培养男女美好的情感。"（全文完）

（《亦报》1952年2月14日，署名：高唐）

# 零篇散帙(1950.6—1962.6)

## "归　齐"

前三天的《十八春》里,有"闹了归齐"一句,编者看不懂,等小样出来时,问我什么解释;我也不懂,问一报馆的人,他们都不懂,只得把小样送与梁京先生,问她"归齐"两个字有没有错误,梁京在小样上批道:"归齐"是北方话,没有错。

我辨了一辨上下文的语气,断定这两个字一定是"临完"与"终了"的意思。后来我遇着一位久居北方的小姐,问起她"归齐"这两个字,她说那是北方的土话,解释正是"临完"与"终了",犹之苏州话里的"后首来",亦犹之宁波人打话"后结煞"也。

我在北方耽过,北方话从来没有说好过,平常自诩多能听得懂北方土话,但"归齐"两个字,我就弄不清楚,往后连这个牛皮也不好吹了。

(《亦报》1950 年 6 月 4 日,署名:高唐)

## 苦 茶 趣 语

苦茶老人于去岁自沪北归,即为《亦报》写作弗辍,"十山""鹤生"之文,至今为读者传诵也。友人有欲得老人书扇者,嘱余代求,余驰一函匄之,才三四日,得其返件,并示一书,涉语甚趣,录其言云:

手书诵悉,扇面一枚,已涂讫,同封寄奉,拙书不成字,昔日当教员,列为第二名,因为刘申叔写的更不行。今申叔久归道山,第一名之荣誉,恐当归不佞矣。扇面邮寄时稍着湿,今寄还,或恐不免又有损伤耳。

(《亦报》1950 年 7 月 20 日,署名:高唐)

## 秦楼不是慧师母

毕倚虹的《人间地狱》里,有个楚馆老五,后来就是毕倚虹的如夫人秦楼老五。前日小可说这个老五,后来嫁与慧海,至今还是慧海的老婆。这是错的。此人在十五年前,已经潦倒,每天度日的费用,几乎全靠毕倚虹几个老朋友帮忙,慧海济助她最多。

这个老五,在她暴落难的时候,我碰着过一次,印象不大清楚了;只记得她很长很瘦,那天我们在朋友家里吃饭,吃完饭到楼上去,楼上有一只烟铺,灯枪齐备,一位"海上名流",在上首躺了下去,老五躺在下首替他装烟,装好烟让那"名流"吞云吐雾,她则将身移坐在"名流"的脚跟头;那老头子抽完一筒烟,两只眼睛直钉着老五,一只手在她面孔上摸摸弄弄,为状甚亵。

后来她愈加流转无定了,昨天老丁打电话给我,说起这桩往事,他晓得她目下乡下住住,上海来来,有人看见她的,说她将近五十之年,老得已经有点鸡皮鹤发了。

(《亦报》1950 年 7 月 20 日,署名:刘郎)

## 眼睛的做工

听童芷苓说:汉口这地方的戏,真不好唱。高盛麟除了老爷戏,受一部分人的欢迎,他的几出拿手杰作,汉口人都不要看。坤角儿去,那非要有"做足输赢"的本领,决站不住。我说,那你行啦,你的表情,还差得了吗?她说,我也吃瘪啊!我说,那末谁不吃瘪呢?她倒是说了一个人,可惜我忘了名字。据她说这一位做起《玉堂春》来,唱到"那一日梳头来照镜"一句的时候,她就做一只手捏头发,一只手拿梳子的表情,没命地把头发梳理不已,台下人看上去真像有一把乱发,叫她梳通了似的。

还有她要卖弄她两只眼睛，她会面向着观众，将一对乌珠，在眼睛的四边流转起来，自慢而快，转之不已；场面上的鼓，一直打下去，她就一直转下去，台下人就会疯狂一样地叫好，一直叫下去，她的一对眼乌珠就无法休息，历时最久的一次，足足转了二十分钟。

（《亦报》1950年7月22日，署名：刘郎）

## 两种性格一样习惯

在电台上看梅葆玖唱戏，天热，电台又不透气，葆玖来的时候，着一身很整齐的西服，还打了领带，等开口唱了，上装并不卸去，领带依然打着，唱得很长久，但并不流汗。我看得奇怪，之方兄说：一定是梅先生把他训练得这样的。这话大概不错，我没到过梅先生家里，不知他常日宴居时是怎样的一副打扮，若在外面碰着他，虽然盛暑天气，从没看见他着过短脚管的裤子，和短袖子的上装，那些叫什么什么衫的。我于是想起黎锦晖来，他在夏天，即使在家里写他的歌曲，也穿上西装，打上领结，有一年我去看他，见他身上这么厚实，害我更加怕热，他自说：不这样反而不习惯的。

梅兰芳同黎锦晖，这两个人的性格，是完全不同的，前者安详，后者疏狂；然而他们却有这样一个共同的习惯，在梅先生原是近情的，在黎锦晖，则不能不说是奇迹了。

（《亦报》1950年7月28日，署名：刘郎）

## 一带粉墙

静安寺路的马霍路口，有一带粉墙，这几个月来，一清早这墙上都贴了上海所有的报纸，还有北京《人民日报》、香港《大公报》给行人阅读，这样一件有益于大众的事，不知是谁在做的。

每日早晨，我在八时以前经过那里，那粉墙下还没有晒到太阳，拥满了阅报的人，在我经过的一刹时，总使我会开颜一笑，也不知是我眼花呢什么，当我留心《亦报》张贴的前面，总好像人头特别闹猛。

平常在外面，碰着不相识的人看小报，我一定要注意他在看什么人的文章，有时也凑巧正在看我写的一篇，我会莫明其妙的高兴起来。在我经过一带粉墙之下，也留心了《亦报》的读者，他们在争着看的是些什么文章，只是车尘一瞥，从来不曾看得真切过。

（《亦报》1950 年 7 月 31 日，署名：刘郎）

## 马　一　沙

复兴公园的外面，有家锦江茶室，锦江的对面，有家北京味，小小的一爿店，布置得甚为精致，卖的都是北京的大众食品。那掌柜的姓马，我认识他，他见我进去，很高兴的把我接到柜台旁边的高凳子上坐下，先跟我端上一碗奶酪，又来一碗酸梅汤，再来一碗绿豆汤，再下来一碟一碟的小东西，什么凉糕呀，绿豆糕呀，我哪里记得住这些名称，也吃不了那末多的东西。

今年我吃东西非常谨慎，酸梅汤端在手上，问马掌柜这东西吃得吗？他说：您放心，这里一天卖掉的东西，都是我亲手做的，酸梅汤都是熟水做的，您要不放心，等到我十点半以后，看我动手做明天的货色。

这一回我吃了马掌柜一顿白食，最惭愧的我连他名字都没有知道。我们当初只管他叫马一沙，马一沙是我们替他题的绰号，他是我旧时的赌友。那时我们时常打沙蟹，这个赌局里的人我同他的赌德算最好，输也输得顶多；马一沙往往赢了不少钱，常常被厉害的人，抓住了他一个空档，使马先生沙一个精光，常常如此，他就以马一沙成名了。

现在马一沙不再逞其一沙之豪了，一天忙到晚，他知道我也在工作，也已经不在赌局上打转了，好像很安慰。他说从前太胡闹了，我们输掉的钱，似这样忙上几年，已伤的原气，也恢复不过来啊。

（《亦报》1950 年 8 月 3 日，署名：刘郎）

## 抄儿子的诗

柳絮说儿子为父亲写扇面，是“史无前例”的事，这话恐怕不一定正确。我记得看见过一把扇子，是清宫里流落出来的，只记得下款是“臣儿”什么，大概那就是儿子给父亲写的扇子了。还有父亲写扇子，写他儿子的诗，这事实却就出自我家。先父在逝世的前几年，给人写扇，很多是抄我的诗，所抄又都是香香艳艳的句子，曾经在别人手里，看见过父亲写我一首寄给一位住在杭州朋友的诗云：“归期见说或非遥，待看钱塘八月潮。锦字瘦于词客面，蓼花红过女儿腰。任教烦郁罨天地，愿有温馨遣暮朝。别后报君惟一事，诗无敌手我成豪。”父亲还写了一段跋语，说：大郎这首诗的末脚两句，原是：“粉墨江湖支不易，渠虽困踬亦人豪。”后来却改了现在的两句，并不比原文改得更坏云云。

连这样狂罔的口气，父亲都会谅解我的，我一生忤逆不孝，倒有些合乎“养志娱亲”的古人遗教了。

（《亦报》1950 年 8 月 7 日，署名：高唐）

## 《瘗鹤铭》与《灵飞经》

勤孟兄写了一篇《写扇诀》，接着便有几位作者的文章里，都提到我的写扇子。编者同我一样看法，认为一本正经讲究风风雅雅的人，与风风颠颠是没有什么两样的，所以勤孟一文之后，其它诸作，只得割爱了，我很同意此点。

我从来没有在写字上用过工夫，小时候，大楷写过《瘗鹤铭》，小楷写过《灵飞经》，除此以外，再也数不出写字的爷娘家来了。对写字既绝不曾用过工夫，又怎么好应人家的书件呢？一则有人要我写，二则是想想戚继光先生他们，好意思写市招，我又为什么不好意思写写扇子？

我既不会写好字，也不懂什么叫好字，只就我看在眼睛里觉得舒服的，就算好字。论近人的，我在少年时“吃得死脱”的是袁克文，后来讨厌他了，中年以后，则“爱煞”了叶恭绰。还有一个，则是平常混得烂熟的朋友，他叫姚肇第。

（《亦报》1950年8月13日，署名：高唐）

## 言大非夸

替《亦报》写《客居小记》的俞振飞，在他文章里，对他的平生极诣，常常流露出一点自矜的意思，但是他的确言大非夸，看了他的戏，就不由你不对他心折的。

这一次振飞在“中国”登台的第二夜，黄蔓耘先生给我两张票，叫我去看看振飞。那晚上是两出戏，《群英会》和《玉堂春》；看完，一路散出来，碰着程述尧同上官云珠，他们是《客居小记》的读者，故而对我说：“俞振飞真不含糊，他说王金龙也是个累工戏（见八月卅一日振飞原作），丝毫没替自己吹牛。”他们的话正是我说的言大非夸之意。

振飞这两出戏，我的赏爱周瑜，甚于赏爱王金龙；叶盛兰唱这一出，卖的是舞剑，但我看戏就不喜看老板们的卖弄“技术”；一生算得服膺盖叫天了，可是他的什么《乾坤圈》的圈，《北湖州》的鞭，以及《翠屏山》的刀，都不大欢喜。振飞的周瑜卖的是表情和气度，从头到底，已使台下人尽了耳目之娱，再接一出《玉堂春》，真是看得过分饱了。

（《亦报》1950年9月4日，署名：高唐）

## 噱的谢幕

最噱的谢幕，要算谭富英了：有一次他同程砚秋唱全本武家坡，谢幕时薛平贵戴的皇冠，穿的蟒袍；他又不鞠躬，也不顾到水袖，挺直了一双手，向台前直拱，两只袖子，长长地竟要飘到台下来了，为状甚土，为观甚趣。

这一次我又看见言慧珠谢幕，兰花了十只手指头，把身体放得弯弯曲曲的，两手分扬，也不鞠躬为礼，只是满面笑容，又将身体高高低低了一阵子，姿势略同于一般表演舞蹈者的谢幕。因为我看见过程砚秋、梅兰芳他们谢幕，都是立得笔挺，微微颔首，微微含笑，所以看见言慧珠的谢幕，觉得也有点嚎的。

(《亦报》1950年9月9日，署名：高唐)

## 出　字

我稿子里写着一出戏两出戏的“出”字，就是代表“齣”字的。这个不是我所发明，我也是看见当初徐凌霄这样写，才学他这样写的。

徐凌霄在《时报》上写的文章，我看得很多，尤其是他的谈戏，我更爱看。他一直以“出”字代替“齣”字，好像记得关于他写“出”字，还有过一篇声明的文章，说些什么，现在一点也记不得了。

我学他写，一则觉得“出”字的意思似乎可通，二则为了写起来便当。小时候看见有人写起秋天的“秋”字来，欢喜在禾字旁写一个“龝”，我终要笑他们这不自找麻烦吗？

(《亦报》1950年9月11日，署名：高唐)

## 坟上人

星期日下午，同之方到虹桥公墓去送一个朋友的父亲下葬，逗留了不少时候，倒也饱餐了一番秋郊景色。在公墓的荒草丛碑中穿来穿去，穿到一所坟头，坐着一位四十来岁的妇人，带着一个稚子，稚子就在这坟头上蹦蹦跳跳的，那妇人却只坐在那里，脸部没有什么表情。

我看了一看那块墓碑，上面有死者的一张照片，旁边还有一张是女人的照片，那人正是坐在坟头上的妇人，这地下人当然是她的丈夫了。

这一天我本来蛮快活的，倒是看见了她们之后，心里便难过到回去。在回去的路上，我想假使我看见她是在伏碑而哭，不一定会使我有什么感伤成分，正因为她是默坐坟头，而还有一个稚子跳跟其上，才造成了这情景的惨人心目！

（《亦报》1950 年 9 月 14 日，署名：高唐）

## 《街头杂写》

《亦报》第一版新辟《街头杂写》一栏，编者号召报馆的人，供给材料，有的口头报告，有的笔录下来。

我也是被派为执笔者之一，就在上公墓去的那天，临行时向编者夸下海口，说此去来回路上，要费两个钟头，一定有大批“街头杂写”奉献。不料回来之后，竟是一眼呒啥好写的，可笑我坐在三轮车上，坐在公共汽车上，只把脑袋一歇不停地在左右狼顾，像发神经病的一样。

我于是明白，《街头杂写》倒真是从脚步上跑出来的，所以索性发了个狠，第二天到马路上兜圈子去，回来写了两条，交与编者，编者说我写得蛮好。

我们现在请《亦报》的读者和《亦报》的朋友，都来参加《街头杂写》，记事实的，批评性的，我们一概欢迎。我还写了一封信给张爱玲先生，要求她也为《街头杂写》经常执笔；你记得吗，她写的那本《流言》里，有许多地方，都是现在《亦报·街头杂写》中的极构。

（《亦报》1950 年 9 月 15 日，署名：高唐）

## 望孙翠娥再起

近来甬剧也闹猛起来了，大家说傅彩霞喉咙好，我没有听过。甬剧唱得好的，我只向往于昔日的孙翠娥，有磁音，吐出来的，尽是些回荡的声腔。

后来，孙翠娥嫁与沈兄为妻，不唱也将近十年了。前两个月，传说她又要登台，却没有下文。有一天，沈兄来看我，我问他“阿嫂有意再起否”？他一口否认，而且意在言外，“我哪能会得让伊出来呢”？

其实，金素雯也过着少奶奶生活有好几年了，两个月以来，她也参加了学习，为戏剧改革运动而努力。沈兄又何必不让阿嫂“出来”呢？要光大甬剧的前途，缺少不得孙翠娥这一辈里的人起来带头的。

（《亦报》1950 年 9 月 16 日，署名：高唐）

## 从宋掌轻想起

报纸的游艺广告里，看见编剧人宋掌轻的名字，这名字不大通俗，我想一定是他了。此人现在至少已望六之年，我看见他时我还在乡下小学读书，有一个文明戏班子，到乡下的庙台上来演出，里面有一个“哀艳名旦”的名字叫宋掌轻。

因为我常常去看文明戏，所以这名字叫我熟悉到现在。宋先生是男人，但一扮上去，活龙活现是个女人。演《玉蜻蜓》他做三师太，演《郑元和》他做李雅仙，演《蒋老五》他做蒋老五，演《威尼斯商人》（那时文明戏叫《借债割肉》）他做那个女律师。他唱唱小调也唱得出眼泪来，说说白也会说得声泪俱下的叫乡下人不相信他是男人。我还记得后来这个班子竟然散了，因为有一位专做风流小生的演员，在台下也风流起来，叫衙门里将他监禁了不少时期。

三十多年了，宋掌轻还在干戏剧工作，真是可喜的事。当年的文明戏演员，在我眼睛里见过的，已极尽翻覆之大观，多少红得发紫的人物，因为后来不自振发，终至潦倒街头者，目前就可以拖一批出来数数。宋掌轻居然老而弥健，所以我要说他是可喜的事。

（《亦报》1950 年 9 月 20 日，署名：高唐）

## “越　迷”

假如“越迷”是代表越剧的爱好者，那末这个名词，比之书迷、球迷是不成文理的。

之方从前曾经形容过一个“越迷”，是他邻居的一爿什么店的老板娘，她对于附近九星里的越剧，每出戏看一次两次不过瘾的，但为了经济，连看十次八次又不可能，因此不看的日子，便到越剧的后台去转法转法，哪怕看不见人，看见她们晾在窗外的几件衣裳，回来之后，也觉得舒服一点。

昨天，荣广明打电话来，托我买几张卡尔登的戏票，一定要第二排当中的；他说明看戏的是位眼睛已经失明了的老太太，在收音机上听徐玉兰听上了瘾。我说：既是眼睛看不见，为什么要坐第二排呢？广明说：这位老太太说的，坐近了也许能够看得见一些，即使看不见，让我坐的地方挨近些徐玉兰，我心里也觉得喜欢的。

这些都是“越迷”的事实，说给您听，信不信也只好由您了。

（《亦报》1950 年 9 月 22 日，署名：高唐）

## 眼镜出毛病

去年我常常要闹头目晕痛，早晨刚出门不久，病发了，又回去躺下。半年之后，突然好了。有一次佐临晓得我这情形，托人关照我，去把眼镜整理一整理，也许毛病就会好的，因为他是经验过的。我这才恍然大悟，我的突然不发病，的确有一次在无意中去把眼镜重行装置过了，毛病之来，就出在眼镜的角度戴得不正确上。

新近，我又去买了一副玳瑁架子的眼镜，阔的脚，很新式，戴了起来。编辑部同志说我像个“老阿飞”，因为阔脚眼镜在上海，“阿飞”们用的很多。我又不知道，我只在镜子里照照，觉得挺神气的，真像周信芳架起了老光眼镜，在扩音机前讲话的时候一样。可是，这一天戴了几个钟头，立刻又头痛如劈，整整闹了一晚上，我想这眼镜一定在装置上或者验光上有了错误，第二天，连忙退回眼镜店里，自己有点好笑，分明是“老阿飞”的狼狈。

（《亦报》1950 年 9 月 25 日，署名：高唐）

## 卡尔登台上

卡尔登在上海,是一只古老的戏院,二十多年来,我在这里看过电影,看过繁花团的表演,看过话剧,也看过京戏,却没有看过越剧,但现在它们上演的正是越剧,我一定要去看一次的。

大家公认,上海有两个戏院,是演话剧最标准的场所,其一为兰心,其一即是卡尔登了。演京戏却丝毫小了一点,但卡尔登建筑的"拢音",说出来叫你不信,台上唱,你若在它场外的走廊里听,跟坐在台前一样。所以像我这样的外行登台,再比卡尔登台上适宜是没有的了。据听过的人说,我这一条派字调不到的喉咙,坐在末一排的人,照样听得清清楚楚,尤其那台的面积,不及一般京剧场的宽广,似我唱起《别窑》的起霸来,毕竟省力得多。有一年,我唱三本《铁公鸡》里的张嘉祥,是周剑星的向大人,那一场马趟子,他存心损我,趟得快,趟得远,却也没有把我带翻,就是为的台不大;若在天蟾,那真像田径赛一样,也许趟得我会当场厥过去的。

听说现在卡尔登上演的玉兰剧团,它们是用扩音器播送到后座去的,我很奇怪,记得从前演话剧时也没有用过,就因为我前面说的这只戏馆"拢音",那末演越剧何必要用呢?我却不欢喜剧院里装这种扩音的东西,宁愿听得吃力一点,直接总是直接的。从前人说,丝不如竹,竹不如肉,现在假如通过了扩音器,这也无所谓肉了。

(《亦报》1950年9月26日,署名:高唐)

## 一年来的两个孩子

一年来,我的两个孩子,叫新时代把他们改造得都换了一个人。在苏州读书的那一个,一年以前,他写信来告诉我说:"爸爸,今天去爬了一趟天平山,回来吃力得来!"这样一个"少爷班子",你说要命不要命罢!可是今年不对了,一个暑假,他就没有回来,跟同学下乡去参加过治螟工作,同时有一千六百个中学教师,借他们学校里举行暑期学习,他就替这一千六百个人专门服务邮电方面的事,忙得很,但他表示很愉快。我给他的钱,他会时常嫌多,因为他们也没工夫买什么什么,不像从前他要回来之前,必须写信预告:“你们要吃苏州的杨梅干和甘草瓜子吗?寄点钱来,我给你们带一点来。”

这个不算奇迹,真正的奇迹,共产党救了我第二个儿子!这孩子我一直没有欢喜他过,不肯读书,什么坏习气他都染上过的,我又不会教育他,以为这一辈子他总是毁了。他每学期的学费,由我手里付出去时,我暗暗喊“灰钿”不已。直到最近的以前,我还在疑心他闹成什么样子了。有一天,苏州的孩子写信来,附了一封他弟弟的信叫我看,他说:“你看了这封信,可以晓得弟弟在半年以来,他的进步是可以使你惊异的,因为这些情形,你可能不会了解。”

第一使我高兴的,那封信的文字,就写的平实得很(我第一次看见这孩子的文字)。信里也说起了他的忙,在学习、劳动、团体活动,以及与旧学校斗争。这些,都不是他从前肯做的事,岂非很好?鄙人之所以觉得微憾者,信上没有说他同时也在认真读书,人民政府还是要青年以勤读为第一上着的。我记得很清楚,上海解放不久,陈毅市长到“交大”去讲话,他劝学生最要紧的是读书,不要太活动了把读书当作了余事。

(《亦报》1950年10月1日,署名:高唐)

## 虞山之行

二日,《亦报》休假一天,在前一日的傍晚,同人发起一个短程旅行,地点是借道苏州,再往虞山。来回都乘硬席座的火车;一年多不出门,还以为火车有头二三等,直到这天坐了火车,方知只有软席与硬席之分了。

在苏州车站等了一小时,包到一辆客车,把十九位同人,载往虞山。到王四酒家匆匆吃了一餐饭,只有一只叫血糯的甜菜真好,是常熟特产。吃完饭立刻登山,兴福寺的唐桂,总算还没有谢光,但是屑屑粒粒的掉到我们的帽檐上来。

从联珠洞到剑门,我都是走上去的,连拐杖也不带一根,倒也不见得比以前吃力。从山脚爬到绝岭,出了一身大汗,到剑门喝了六杯烫茶,当时的舒快,真是难以形容。剑门是好的,上月江村先生那篇《忆秋游》的文章里,写剑门景色,依然无恙。可是他写三峰道上的红叶,以后再也无从欣赏了,那里的丛树,不知在什么时候叫人斫伐已尽,我特地去问问山上人,他们似乎都很伤感,只说是被坏人盗伐了的。我也很难过,想起二年前,写三峰道上的诗,如:"忙煞双眸接应中,遥知此去近三峰。"又如:"渡坡人似花辞树,无怪空山不见花。"这些愉快的心情,今天却换得了一腔怅惘。

上车回苏州,已是垂夜时分,走了不多路,天地俱黑,但是一车子的真高兴,笑语喧哗,一直闹到苏州。

(《亦报》1950 年 10 月 5 日,署名:高唐)

## 小 生 会

星期四下午,俞振飞录取两个学生,一个叫郁庆镛,一个是原唱武旦的李金鸿。在举行仪式的时候,邀我去参观,原来这一天振飞请的宾客之中,无论伶票,以小生行居多,我的被邀,大概振飞也因我曾经唱过《鸿鸾禧》的莫稽、《铁弓缘》的匡忠这一类戏吧。

在内行里,振飞是有"诲人癖"的,所以真要想学一点,投这个先生错不了。据徐孜权说:这一个振飞真像他的父亲,当年俞粟庐先生已经七十开外,但他还有精神教人,那时孜权不过十几岁的孩子,就在俞老先生那里,学会了很多关于词曲方面的学问。

俞振飞的太太,最近为了高血压,病得很厉害,这一天勉强支持起来招待宾客。言慧珠来一来就走的,她看见俞太太,问了一声"你欠安啦"。四个字念得非常甘脆,我始终觉得言慧珠的吐属是好的。又遇见苗胜春,他聋得听不出什么了,所以也不大说话,不然,他看见我,会同我聊上半天的。

(《亦报》1950年10月8日,署名:高唐)

## 白相人的语汇

这几年来,上海的滑稽戏,不大有使我笑得出眼泪的;昨天看了《播音鸳鸯》,我却为之“捧腹”、“绝倒”,乃至“喷糖炒栗子”了(因为我一面看一面在吃栗子)。

这个戏的演员,大半是成功的,做大流氓的姚慕双,他嘴巴里常常吐出“无所谓”与“瘪三”两句台词。有人说:姚慕双是学一个已经死去的上海白相人的口吻,这个人叫“烂脚炳根”;是不是我不详细,因为我不认识“烂脚炳根”。但我发现姚慕双用了好几回的“无所谓”,台下并没有觉得可笑,那是因为姚慕双用这三个字用在“路上”的缘故。旧上海的白相人,在他们自以为有了“地位”以后,总要学得“斯文”一点,嘴巴里便有他们的一套“成语”,而又往往用非其当。譬如你好久不见谢葆生,一旦相逢,他常会捏住你的手,连说“抱歉抱歉”,其实他并没有对不起你的地方,他的向你说抱歉,原是他所习用的一个寒暄上的语汇。这不算噱,记得有一年金少山到上海来在皇后登台,一天,我们许多人谈起少山,说票子真不易买;当时就有一个姓范的“闻人”,大发议论,第一句就说上海人总是这样“虚荣心”的。他不说上海人一窝风,而说上海人虚荣心,正因为“虚荣心”三个字,也是这个“闻人”习用的语汇,而用在这里,真是不知所云了。

(《亦报》1950年10月10日,署名:高唐)

## 开 场 白

紧接韫琴先生文章发刊的,是连载的《白鼻头记事》,昨天编者已经介绍过了。不龛先生原来用的篇名是《垩鼻剩语》,“垩鼻”是鼻头上抹铅粉之意,但“垩”字毕竟不大通俗,编者要求不龛先生更换一个,他就换了《白鼻头记事》。

这文章的形式很特别，借一个抹白鼻头人的口中说出许多故事来，好似张爱玲先生写的《传奇》；我永远忘记不了张先生文采之美，她写那篇《茉莉香片》的开场白，是这样说的：

“我给您沏这一壶茉莉香片，也许是太苦了一点。我将要说给您听的一段香港传奇，恐怕也是一样的苦——香港是一个华美的悲哀的城。您先倒上一杯茶——当心烫！您尖着嘴轻轻吹着它。在茶烟缭绕中，您可以看见香港的……”

又如在她写《沉香屑》的开场白，是这样说的：

“请您寻出家传霉丝斑烂的铜香炉，点上一炉沉香屑，听我说一支战前的香港故事。您这一炉沉香屑点完了，我的故事也该完了。”

张先生一直用她细丽的语气，作她写故事的开场；《白鼻头》则是用它粗豪的口吻，完成他这一部轻松的杰作。

（《亦报》1950年10月11日，署名：高唐）

## 老旦一只鼎

《鸳鸯剑》演到将近一个月了，我才去看了一次，好得很；今年就看过两次越剧，它比《祝福》好看，撇开演员不讲，《祝福》我看不大懂，暗洞里的几次合唱，我是莫名其妙的，我想一般“越迷”，他们也不会了解的。假如说那是越剧的进步，那末这步子跨得大了一点，提高一定要慢慢叫来；像《鸳鸯剑》那样，我以为它跨得正好。

听惯了徐玉兰的声腔，在台上还是第一次看到，那一分意态飞扬，同她的声腔，原是配合得起来的。可是这一天真不巧，徐玉兰的喉咙，显得很闷，一些也拔不高，打的折扣，正如听了言菊朋的唱片，再听台上的言菊朋一样。

在玉兰剧团的全体演员中，我欢喜了一个人，那是扮演堕民里的一个老太婆，在粗犷中流露出母子的天性来，浑成自然。越剧演员的一般毛病是她们的动作都不免有生强之病，惟有这位演员一点看不出有“做戏”的痕迹。经过我逢人苦誉之后,有一位“越迷”先给我吃了一个喷头,告诉我说:“你看这几出戏,这是做老旦的一只鼎了,她叫周宝奎。”

(《亦报》1950 年 10 月 14 日,署名:高唐)

## 棋　　王

有一天,《亦报》全体工作同志,在“凯歌归”聚餐,主持《象棋》的屠景明也到了,他是全上海第一流的棋王;我听许多人说:屠棋王不但棋艺高绝,他的下棋,尤以气度胜人。此境就不是其它人随便造得到的了。

同人中本来有很多人自号棋王的,这一天,端木洪、林颂均、胡澄清、王慕尔、鲍定一,轮流与屠景明对弈,有的由屠景明让一只车,有的让两只马,我是作壁上观的。我却不在看他们棋局的演变,只在当心这些假棋王一旦得与屠先生对仗,那全副骨头轻飘飘的神气,真像我三十三岁那年唱《连环套》里的黄天霸,周信芳陪我做朱光祖时候一样。记得末一场天霸与光祖一段“盖口”,我忘了台词,信芳在台上轻轻提我,我也念不下去,弄得狼狈不堪。看了那天林颂均拎起一只棋子,重若千斤不知所下,只在搔头摸耳朵的情形,正复相似。后来据他们说:屠景明自始至终,不出杀虐之手,企图扼死对方,输的人总觉心甘神服,这就是所谓以气度胜人的地方了吧。

(《亦报》1950 年 10 月 17 日,署名:高唐)

## 晨　　唱

清晨,我一定要经过大通路的一带菜市。近来更早,有时七点,有时七点还不到,总是那家叫双凤园的老虎灶里,传出胡弦声和唱戏声;听听音,是一个小女儿在唱,声腔是激越的,激越得有点动人。

我听见唱戏,头总要朝双凤园里看一看,看不见唱戏的人,只见老虎灶的旁边,放了两三只方桌,几条长凳,不少人在坐着吃早茶;吃茶的人，似乎并不欣赏这一曲歌，他们只在谈他们的话。

唱戏的人，当然是在店堂的后面，我很奇怪，这样大清早，会有这一个勤唱的孩子。我是不大懂得音韵的，我只觉得这个孩子的高唱入云，听得我痛快起来，好像并不输于听谭富英那一段“我主爷攻打葭萌关”的快板也。

以前，我不大欢喜走这条路，因为人多，走路不方便；惟有近来经过，赖有清歌绕耳，常常会使我得悠然神往之致。

（《亦报》1950 年 10 月 31 日，署名：高唐）

## 《二 进 宫》

下半年定了一份北京《新民报》看看，里面的戏剧广告很闹猛，有一个戏，我常常在向往的，那便是梁小鸾、裘盛戎、谭富英三人的《二进宫》了。他们在天津在北京时常排这个戏，我于是时常看着报而为之神驰的。

谭富英他们到上海来了，我便指定要看《二进宫》，老早就去定票，到上月二十九日的晚场方始排出这个戏来。我觉得《二进宫》这戏很有情感，两个老头子、一个女人，同一个木人头装的小囡，不必在动作上夸张，而自然有至情流露。

十年以来。看过三份好的《二进宫》，言菊朋同王泉奎的，周信芳同高百岁的，另外就是前两天看的梁、裘、谭那一档子了。周信芳扮的是徐延昭，从《大保国》、《叹皇灵》再接《二进宫》，那一派迈劲苍凉，谁也做不过他。讲徐延昭，听得最不痛快的，倒是那个嗓子最好的王泉奎，因为他要凑言菊朋的调门，一直蹩得台下人好不难受。

天蟾的《二进宫》，之方也去看了，他以为看过《将相和》，单看这一点，就不够过瘾；我则很觉满意，越到后来，台上的人，简直越都高唱入云了。旧时的“京朝大角”，犯起脾气来，他们会一出戏都瘟不下去的，如今谭、裘二位在应该卖的地方，总是肯卖两声，实在很不错的了。

（《亦报》1950 年 11 月 1 日，署名：高唐）

## 水晶糖

上月胡道静兄从柳亚子先生处，要来一本《曼殊大师纪念集》，特地送给我的。其中杂文一部分，我没有见过，因此在随时翻阅。名为杂文，有些也像前人的诗话。其中有一段说一个十四岁的孩子，就会作艳体诗了，但曼殊所记得他的诗，却不类艳体，譬如其中有两句是："乐谱暗翻金缕曲，食单亲检水晶糖。"不过似颜色一样见得花描一点而已。我倒很爱赏这种句子。

下句所说的水晶糖，不知是不是冰糖，因为冰糖我们乡下也称它为水晶糖的。孩子咳嗽了，含一块冰糖在嘴里，或者买一只生梨，挖去了心，放几块冰糖在里面，炖在饭锅上，熟了连梨的皮肉和糖汁都吃下去，管它有效无效，反正无害，吃终是好的。直到现在，我家里孩子们咳了嗽，还是叫他们口含冰糖，却不让他们吃有些辣豁豁的止咳糖，因为止咳糖也不见得吃了就会止咳的。

(《亦报》1950年11月13日，署名：高唐)

## 等看《连环套》

买票太费事的戏，我常常会错过不看的，谭、裘的《将相和》，正如去年李、袁的《野猪林》一样，我都因循过去，终于未曾欣赏。

这一回裘盛戎之来，我看过《二进宫》，很想再看一次《连环套》，但到底也没有贴出来，大概是武生不好吧。杨盛春其实也没有什么，只是嗓子差一点，而扮相有点像我，的确是吃亏的地方。不过贴到《连环套》，总是看裘盛戎的，那末杨盛春的武生，也是可以凑合的了。

往昔已矣，听说裘盛戎还得唱下去，谭富英走后，可能搭进一个高盛麟来，这一回的《连环套》，真是双绝的了，好戏等着瞧罢。裘、高二人，都是奇才，他们的超然绝诣，可以使人一致激赏，但他们也有共同的缺陷，而使人一致嗟惜的。只希望他们在新时代里，慢慢地改造过来，这么好的材料，实在不容许随便糟蹋了。如今梨园行的老辈，哪一个不在跳脚，说后起是没有人了；像裘盛戎、高盛麟二人，是已经琢磨成都两块瑰玉了，应该好好保养一二十年，让后来的人，从他们身上做观摩的范本。

（《亦报》1950年11月19日，署名：高唐）

## 看过《连环套》

几天前，我写过一篇《等看〈连环套〉》，现在该写《看过〈连环套〉》了。

八点钟去的，前面的《红鬃烈马》已上《大登殿》了，因为错过了梁小鸾的《武家坡》，很是可惜。我欢喜梁小鸾那种平平实实的唱，平平实实的做，照规矩，而并不刻意经营，从朴素中看得见一些飘逸，不比有些人的一味浮华，看多了便觉得讨厌。

裘盛戎这个窦尔墩，我真的看得多了，自然现在比从前更加好。他更好的地方，在“盗马”几场里，利用他的红胡须来做戏的地方特别多，令人联想到盖叫天、周信芳他们口面功夫的优美。裘盛戎就是这样掺杂进去，做成功了窦寨主的一身是戏。

台下人对于裘盛戎，是有众口一辞的批评：“这么好的演员，就生得这样瘦小！”还有一个人说：“大花脸，小块头。小花脸，大块头（指马福禄的朱光祖）。”这倒很噱，活似一副上联。但我看裘盛戎，向来当他童伶看的，幸而高盛麟也长得很矮，到了他们同场之时，倒也不显得窦尔墩怎样小巧。

高盛麟胖了，我真惊奇，真是大时代，把这么一个沦落在泥淖里的艺人，都改造过来了。扮相依然那么朗，嗓子依然那么亮，最好看的是“长亭”一场，舒闲的趟马，和舒闲的亮相。从拜山起，我发现高盛麟不大肯同裘盛戎争胜，这是微憾，虽然看到完了，我还是说过瘾的。

这一出《连环套》，大概还有得做下去的，读者诸君，你们去看一看吧;在今日的京剧演员阵容里,这个戏上得了《无双谱》的,我来代表戏迷,向高先生请求,叫他稍为再冒上一点。

(《亦报》1950 年 12 月 6 日,署名:高唐)

## 万 瓦 霜

好像白蕉的诗里,用过“万瓦霜”三个字,我一直觉得很美;这几天起身得早,到四层楼上去一立,就看得见万瓦霜了。这种景色,在上海不大得见,小时候在乡下却是看熟了的,乡下房子的瓦是黑的,一层薄薄的霜,敷在上面,有一种凝然之感。记得我那时常犯晓冲寒,望着万瓦霜痕,步入田野中去放鸟。

往往在这种地方,会勾起乡思,想着乡下的瓦也可爱,房子古旧一点,就会长起瓦花,赭色的,像盆栽里所谓仙人什么的,分明是天然的装饰。到了万瓦霜的时候,瓦花上也加了一身轻白,风致正复不恶。

(《亦报》1950 年 12 月 13 日,署名:刘郎)

## “青 字 班”

正在上演的一个青年越剧团,演员的名字里,都有一个“青”字,所以看越剧的人,都称这剧团为“青字班”。料想起来,这里所有的演员,都是新进的人材,据说她们的造诣,没有一个是自成一家的,而都是摹仿时下几个红演员底声腔:最好的一位是学戚雅仙,那是到了家的,变成她就是戚雅仙了;其次是学范瑞娟的一位,也很像样;再其次是一位学徐玉兰的了。

我没有看过这个“青字班”,但对她们是寄以希望的,希望她们一面争取进步,一面也要自高其成就,不要永远学着人家,凭她们年青,又是聪明,又是才气横溢,势必可以捉摸出自己的一条路来,才是不朽的。我们但看几个京戏的女演员,学起四大名旦来,说像不像,说不像有点像;可是她学来学去,到底没有她自己的一家,这样的艺人,再过十年八载，就没有人再会向往她了。

（《亦报》1950年12月17日，署名：刘郎）

## 尚和玉与刘喜奎

周总理请戏改会议代表吃饭时，擎杯而说：我七岁看尚和玉，十四岁看刘喜奎，如今二位都健在，故请干杯。尚老先生接杯在手，两泪直流，他说：今天慢说应该以我残念余力，去抗美援朝，就是要我立刻去死，我亦情甘意服。

尚老先生的戏我是看过的，《四平山》、《铁笼山》，其美如烟波壮阔。刘先生却没有赶得上，二十六年前我到北京，她已然不唱戏了，真是可惜。关于她的故事，我也不熟悉，记得易实甫有许多为京戏女艺人写的诗，什么“天原不忍生尤物，世竟公然杀美人”“直将嗟凤伤鸾意，来吊生龙活虎人”，我当初都以为他在写刘喜奎，到现在才晓得不是的，刘先生尚在人间，易实甫写的另有其人。

因为报纸上出现了刘喜奎，谈刘喜奎的人多起来了，有个北方朋友说他有个同事，当年天天看刘喜奎。有一天刘雇人力车回家，他也坐了人力车追在后面，到了刘家，刘喜奎进门了，他给了双份的钱，把刘喜奎给车子人的铜元掉回，珍藏起来，作为家宝。在当时的北京，这种向女艺人“追尾香车”之事，不单是登徒子做得出，就连余苍谈的那些烂名士，一样会做，易实甫何尝没有做过？

（《亦报》1950年12月24日，署名：高唐）

## 花　丝　袜

去年十一月里，吴祖光到上海来，听他谈起在北京着高跟皮鞋与玻璃丝袜的女人，已经很少见了，但是还有，若在东北，简直是绝不可见。别说高跟鞋与玻璃丝袜，女人的头发稍微卷一点，在东北人的眼光里，就要认为一种妖异。

上海解放了二十来个月，社会风气，不能不说它渐渐地在转向简朴，但可恼的还有部分女人，在衣饰上矜奇炫异。您只要留心看一看所谓时髦的女人们，如今她们的玻璃丝袜，又变了花样了，在袜子的后跟上，都有不同样的黑色或者深灰色的线条了，这就是奇妆异服的标记。

不讲别的，单以审美来说，袜子上加一点花纹上去，到底好看在什么地方？我看见这种袜子，常常有一个感觉，好像看见唱武生的伶工，不穿红彩裤、黑色裤或者白彩裤，而穿一条绣花彩裤。又如马连良戴了一顶乌绒纱帽出场，在穿的人戴的人自以为好看，而看的人却只嫌它小家子气十足而已。

美国做生意人骗钱的念头，是无所不用其极的；希望它这种伎俩，在目前让它至多施展到香港为止吧，上海人不必上当了；此时此地的女人，还要存着"来路货"是可贵的心理，实在是最下流的最羞耻的心理。

（《亦报》1951 年 1 月 3 日，署名：高唐）

## 嗜　　酸

小时候欢喜吃酸的和香脆的东西，这是同我母亲一样，现在我的孩子也都同我一样，他们吵着不是要我买话梅回去，就是买花生米吃。最奇怪的刚刚堕地一岁的女儿，撕一片话梅塞在她嘴里，也不会皱一皱眉头的；我们不敢给她多吃，怕会损害了她的小胃。

但孩子们尽管嗜酸，他们却没有尝过真正酸的东西，不比我在乡下的时候，自己园里的青梅结实之后，一天不知要摘多少个装在肚里。还有一种柑子，每年到外婆家里吃的，视香橼略小，剥开有橘子一样有乳白色的瓤，那是真正的酸了，我也一吃就是一个。近年来牙齿不大好，大概当初吃酸太多的缘故。到现在青梅柑子之类，我也吃不进了，不过在馆子里吃饭，有一碟醋放在面前，夹着无论什么菜，都要去蘸它一点吃进去的，尤其夏天吃菜馆里的冷盆，我一定在醋里泡过了再吃，同桌的人时常诧为异事。其实我一半是嗜酸，一半也求心理上的安全，认为醋可能有杀得掉一点细菌的效用。

(《亦报》1951 年 1 月 3 日,署名:思郁)

## “膝前堂会”

天天看《三打节妇碑》,我说范先生的弹词写得真好,这倒不是我一个人的赞赏。有一天,同柳絮、勤孟他们吃饭,柳絮也是称道不绝口的,勤孟则说:他听书场里的许多老听客在谈起,所有报纸上刊载的弹词,以范先生写得最好。

其实范先生不是别人,提起他来,真所谓大江南北,晓得的人很多,不过以前他不写弹词罢了。他写弹词,还是《亦报》编辑部的“点戏”,以为请他试写弹词,非好不可;他也答应得爽快,但是写了却又不肯具真名,读的人就以为这是横垛里闪出来的一支异军。

旧时的弹词小说,我看得很多,小时候在灯下一直连唱带说,给母亲销磨长夜;厚厚二十六册的一部《凤双飞》,我不知道唱过多少遍。这种“膝前堂会”,有三十年没有出了,这几天同母亲住在一起,真想把《三打节妇碑》唱给她听听。我还记得那时一面唱书,一面对母亲许过一个心愿,等我大起来写一部弹词给她看看,到现在写是没有写,唱唱还是可以的。

(《亦报》1951 年 1 月 14 日,署名:高唐)

## 炉　边

有人计算说:上海煤米的行情,比之抗战以前还要便宜。也就是说,为上海从所未有之便宜。因此今年的冬天围炉的人家更多了,就我所住的弄堂里,入冬以来,窗口里伸出来马口铁的烟囱管,就添了不少。

屋里升了炉火,我这人就离不开它,兴趣倒不在取暖,而在弄火。这几日大冷,我家有产妇,有婴孩,不能使屋子内过冷,于是炉子的火,日夜不熄;我常常半夜里起身,除灰添煤的工作,都是我一个人做的,好在我本来不大贪睡,趁醒着时,让睡着的孩子们受用一些,心里总是舒服的。

在“当炉”的夜里,我不写什么,也不读什么,只是对了熊熊的火,消耗些烟茶水果之类而已。这样一直要到天亮。虽然独个子坐着,一念到世治时清,总是愉快的;不像以前,尽管嬉游无度,但作作艳体诗,也会作出感伤的调子:“世难忽惊升米贵,秋高快试一腰轻。”“人言此女真琼玉,谁意所谋亦稻粱。”

(《亦报》1951 年 1 月 17 日,署名:高唐)

## 想 小 名

幼女堕地后十日,碰着桑弧兄,问我替孩子想小名想出了没有。我说叫唐历如何?他说:女末,唐历不像女孩子的名字,你也应该在“阝”部里寻一个字。他于是想了一个“邻”字,我想了一个“那”字,“唐邻”、“唐那”这些声音,听上去总好像仙乐斯、百乐门的味道太足,其实字面倒是没有什么的。

齐甘在一月六日也得一女,来信说:此女入世之日,正是十山翁的诞辰,所以他特地赶到十老家中,请他想一个名字。现在我也把“历”字取消,索性把题名的事托桑弧办了。

写到这里,我得附带提一声,我不是写过一首“不乳”的诗吗?很有人希望晓得这婴孩过了几天才吮乳的?她到第三天才吃奶,吃的是克宁奶粉,十天以来,吃得很瘦,而且很不经济。喂了她母亲的奶,一吃就闹,所以只好想请一个乳母,到现在还没有请到,而婴孩在瘦下去。正是:养不完的孩子,急不完的老子也。

(《亦报》1951 年 1 月 18 日,署名:高唐)

## 叶楚伧做了官

有一天,姚荫梅在书上放噱,谈起他已故的同行姚民哀说:“姚与叶楚伧为南社社友。叶既作官，姚民哀也想置身仕版，曾经写过一封信给叶楚伧，内有‘你的官做得很大了’之语。旋叶复姚一函，提起官，则有‘我的官做得大大勿大大’一言。姚不懂，等叶楚伧来沪，去请教他‘大大勿大大’是什么意思？叶说：这是苏州人的俗话，四个‘大’字除了第三个‘大’字念本音外，其余都念作‘度’字，大大勿大大者，说怎么大也不怎么大也。”姚荫梅放此一噱，绝倒。

叶楚伧做了官，于旧日同文，大概都不大理睬。有一个促狭朋友，碰过他什么钉子，一不高兴，便印了一册淫书，内收秽亵小说三篇，有一篇，则署名为“叶小凤”，盖楚伧旧日所作也，内容亦略带色情，把它合刊一册里，寄往南京，直使小凤看见，啼笑皆非。

（《亦报》1951 年 1 月 21 日，署名：思郁）

## 闻散木归来

十余年来，我们时常在一起吃酒的几个朋友，有散木、叔范、桑弧、空我、之方和我，其实我不吃酒，但却也扯在一起，那是因为都能谈得投契罢了。解放以后，叔范老早就到杭州，跟了农村干部学习，思想急变，难得给《亦报》写几首诗，已然换了一番面目。散木则从书刻生涯中，分出一点时间，致力于小工业；稍后，又听说在搞里弄工作，搞得很有成绩；又稍后，到去年的初冬，他决心下乡参加土改。前三天，已经工作完毕，回到上海了。我听得这个消息，非常感奋，立刻想到早在抗战时期，叔范有如下一首送给散木的诗：“闻说孤儒入海深，龙天消息尚沉沉。三年勒石留奇气，算是东南未了心。”一个人的志业，局促于所谓勒石三年，叔范也明明知道他是不够的，现今果然伸展开去了。

（《亦报》1951 年 1 月 23 日，署名：高唐）

## 弹词与元明曲

昨得友人媿翁书云：《三打节妇碑》之“步步高”及“步步后升高”

文绝美，尤以“步步后升高”之百、十、九、八、七、六、五、四、三、二、一、双、半为最。此与元明曲中极相似，请转问范先生，是弹词中本有此作风？还是抄袭元明曲作风入弹词中？因正在搜集此等例证，与友人小抬杠子也。”

这个问题，我是解答不出，因为我没有留心过元明曲，在弹词中，也记不得有这种“步步高”的例子，我只记得弹词有“赞十字”，大概今日越剧里的“十字句”，即本此意。媿翁赏识范文之美，那因为范先生有的是才气，他写小说的技术，也往往有信手拈来，都成妙谛之妙。故而以我的看法，“步步高”之作，不一定有所蓝本，范先生高兴这样写罢了。

（《亦报》1951 年 1 月 26 日，署名：思郁）

## 记 余 苍

若干时来，《亦报》上余苍的文章可算是最掀动读者的一篇了。

后几年，他在南京编报我在上海编报，同他通信，他给我一篇文章，在我编的“双十特刊”上用的，我接到手里欢喜的累夜失眠。我同他见面很晚了，一直在抗日胜利后他从重庆回来，我请他吃饭，席上我对他说：那年我才十九岁，在《小时报》上熟读你那个短篇小说《赤帻人》，从写一个和尚开头，写山水、写风物、写田园而写到人情，这么好的作品，林琴南几曾有过？

又不多时，我们分手了，他临走送我一本印好的短文集，仍是用文言文写。自此直到《亦报》出版后几个月，他写信来说：“我很喜欢《亦报》，我要替它写稿。”我们连忙奉请写的是白话文，其简静大方，胜过了文言，写到现在，读者也传诵到现在。我尤其惊叹的，他是写得那么正确，不要叫编者费心，明明他写一人一事，是详征博采过的，但他还是谦虚地防万一之误，这样的态度，这样的精神，自非当初与他并时以“惊才绝艳”、“驰誉文坛”的那些旧文人，所能办得到的了。

（几天前我写过施叔范写给散木的信，第三句是“三年勒石留兵气”，当时匆忙,“兵”字误写了“奇”字,以致语意费解,应该更正一下的好。)

(《亦报》1951 年 1 月 30 日,署名:高唐)

[编按:《小时报》为《时报》的副刊。]

## 看 春 联

有一天的《街头杂写》里,盛赞一副春联:“举国庆翻身,东面秧歌西面舞;和平添保障,才迎解放又迎春。”这联的确做得很好。

大概在五六年前,也是新春时节,碰着费穆,他突然对我说:“走遍全上海,你倒查一查,商店里所贴的春联,有哪一副是不从‘求财’两个字上着眼的?我可以保证绝对找不出一副来。”我还记得他说完这几句话,摇头慨叹者久之。第二天,我适巧起了一个早,在马路上乱兜,店家都没有开门,我想起费穆昨天的话,便当心看一看春联,看了好几条马路,真是没有看见一副不为求财而善颂善祷的。有许多看了叫人好笑,它们一面要把招牌名字,嵌入文内,又要从硬嵌里硬生出求财的意思来,真正尽了语无伦次之极。直到这两年,时代更新,春联也换了面目,大多从配合时事宣传上发展,因此佳作甚多;但费穆看不见这么好的气象,去年岁暮,听说他客死香港了。

(《亦报》1951 年 2 月 13 日,署名:高唐)

## 访 梁 京

《十八春》终篇之后,读者来信,问起梁京先生有没有新作继续在《亦报》刊布?这问题,其实《亦报》编辑部同人比读者更加着急,早在一个月前,已经同梁京商量过了,我对她说:你写这么好的小说,别说读者不放松你不写下去,就是《亦报》同人,也不放松你不发这个稿子呀!她说:写是要写的,就是写得太慢,要等《十八春》杀青后,再结构下一篇小说的故事。

前天是《十八春》登完了的第二天,我特地去看梁京,重申前请,她是答应我的，不过这几天正在补《十八春》的漏洞。她说：《十八春》在报上一边登，一边写，写到后来，明明发现前面有了漏洞，而无法修补，心上老是有个疙瘩。所以再要给《亦报》写的小说，非待全文完毕后，不拿出来了。我希望她的新作接着《人迹板桥霜》上去，她答应我尽可能这样的做。

《十八春》、《亦报》要把它印单行本的，等梁京补好了漏洞，就可以发排。这些消息，大概都是读者所乐闻的吧。

（《亦报》1951 年 2 月 15 日，署名：高唐）

## 藏　书

文落兄为了工作太忙，不允许他再埋首在故纸堆中，便把他历年的藏书，都送给朋友。柳絮得了不少，他写信来告诉我："文落那里，有一部光绪版的《黄山谷集》，你不是爱好黄诗的吗，为什么不去要了来？"到目下为止，我还没有写信去要。

我是藏不来书的，王媿翁家里，几屋子的书，他一直叫我去挑，挑好拿了就走，我也没有要，有时候拿几部回来，看完也去还给了他。记得有一年，周信芳先生晓得我在觅《伏敌堂集》，他有，送了我一部，我看完，借与散木去看，散木要还我，我不要，放在他那里，好让书命长一点。在几年前，我发过一次狠，在书店里买了陈后山、戴石屏、宋四灵、舒铁云、王仲瞿他们不少集子，看都看了几遍；但看完我又不善保存，叫孩子们随意拉散，几次发现它们在灶下煤炉旁，作"升火代纸"之用。

因此之故，版本好的书，我实在不敢要，要了来，一样给我糟掉，岂不太可惜的事。

（《亦报》1951 年 2 月 18 日，署名：高唐）

## "弹词腔"

蒋月泉在电台上说过《翟万里》，我没有听，是一个朋友转述给我听的，这个朋友口才很好，所以转述起来，颇有传神阿堵之妙。料想蒋月泉说的，自然更是出色当行了。

后来秋翁送我一本《翟万里》的弹词本子，我才知道蒋月泉说的，就是根据秋翁写的本子。这本子对于翟万里做强盗完全受了美国西部电影的影响一点，强调得很有力量。可惜的是"篇子"太少，说表太多，既称弹词，我认为唱词应该多一点的好。秋翁近年来致力于此，以后著作，希望他不但要增多唱词，而且写起唱词来，可以放开一些，《翟万里》的"篇子"，看来总觉得作者写时是很拘谨的，不比本栏的《三打节妇碑》，有信手拈来之快。

弹词这东西，像《笔生花》里"取将戒尺到来临"，固然嫌其恶俗，但有过分掉文的，也是不够通俗。其实弹词自有一种"弹词腔"的，一时举不出很多的例子，只记得姜映清写的很可看，她在某一部弹词里，写到一个阿姊去见妹子的时候，有这样两句："她是走近身前添一笑，说道甚风儿吹得姊儿临?"是一句"啥个风吹来"的俗语，叫她这么一写，通俗是通俗的，而文字上，却又那么跌宕生姿。写弹词的人，实在可以此法为师。

(《亦报》1951 年 2 月 21 日，署名：思郁)

## 听书杂感

这一时，杨仁麟在电台上红得很，我也时常听听他。听着杨仁麟，总要想着他父亲杨小亭来。这位老先生，大概早下世了吧，可是在世的时节，书是说得真好，温吞水，但不会叫你厌气。在与杨小亭并时弹词家，我更爱好一个蒋如庭；但十分讨厌魏钰卿，一上台，就要矜示他的渊雅，有些听众是接受他这一套的，因此成名之重，反而在杨、蒋之上。

我总觉得《三笑》这部书，是从头到尾都要不得的。有一天在收音机上，听不知什么人在说王老虎抢亲后，王老夫人请祝枝山做媒，一个以拐女人为圣手的文人，串同了一个以敲竹杠为宏才大略的文人，把王老太婆捉弄一场，终于人财两得而归，还要叫听的人同情这两名无赖，真是透顶的荒唐。

沈笑梅的书,很是好听,此人的衷气带点急促,说起书来,好像在背书或是念书,但因此反见得他的质朴之美,似齐白石的画。艺术这个东西,不一定“边式”总是好的,“边式”往往失之巧薄,一巧薄,俗语打话就覆弗起了。

(《亦报》1951 年 2 月 22 日,署名:思郁)

## 趟　马

高唐爱好裘、高合作的《连环套》,尤其爱好裘盛戎的那一场趟马。趟马,在梨园行还有个专门名称叫作马趟子。趟马趟得好看的,以我所见,裘盛戎的《连环套》是一份,麒麟童的《斩经堂》是一份,盖叫天的《贺天保》是一份,高盛麟的《四杰村》又是一份。大家都说高盛麟《艳阳楼》的趟马好,惟有我特别欣赏他《四杰村》里穿了一条花褶子趟马,曾经看得我目眩神迷。假使说,趟马也讲究格调,那末盖叫天当是格调最高的一个,因为他的动作,总是洗练、凝重,不放他那一点功夫下去,决不会到他那个境界。田汉赞美他舞双鞭的诗——“双鞭成我我成鞭”,话是对的,但这个别人还可以学,而且学的人很多。盖叫天之所以卓然成家,决不在这地方,他有一副别人彀他不到的身手,《恶虎村》里“走边”,《贺天保》里“趟马”,却不是要鞭要圈那一套也。

(《亦报》1951 年 2 月 24 日,署名:思郁)

## 童 年 乐 事

《街头杂写》里警告孩子不要爬到屋顶上去放风筝,这情形,在市区里常常可以看见的,因此闹出的祸患,也时常听见。有一天的《新闻日报》上,记电力公司当局劝告市区儿童不要放风筝,因为风筝绕在电线上,阻碍电流,而且容易触电。以前,就发生过这种惨剧,本市电力公司有位同事,曾经托我一个朋友告诉我情形,叫我在报纸上遍告市民,防制他们自己的孩子。

童年时的游戏,放风筝的确是最开心的事,除了鸢肩上装置风弦,或者绳子上结了十几盏灯笼的那种大鹞子,我因为拉不动没有放过,其余像顶好看的蜈蚣鹞,我都放过。我放风筝,在一望无垠的田野上,连树桠子也没有的地方,自然更碰不着电线了。前几天,我上楼去看见孩子拎了一只风筝,开了窗,一只脚已经跨出窗外,想爬上屋顶,连忙将他抱了进来,告诉他如何危险,千万做不得,却没有加以责骂;因为我知道这是孩子们开心的事,他们都生长在上海的市区里,许多童年的乐事,我所享受过的,他们都享受不着。

(《亦报》1951 年 2 月 25 日,署名:高唐)

## 是真烈妇

当初日寇侵占上海市区以后,我第一件听见的兽兵暴行,是上海有个颜料商人,给兽兵绑架了去,同时又把这个商人的太太,也"请"到了汉密尔顿大厦四楼的一个房间里,与兽兵谈判赎票的事,几经接洽,并无成就,因此她一时无法脱身。幽禁了几日之后,有一天,房间里忽然闯进来一个兽兵,竟然要把这个女人用强污辱,她看见来势不好,一言不发,跑向窗前,恰巧窗门开着,她奋身跃到窗上,再从窗上跃身楼下,楼下是福州路的人行道,她就直挺挺地摔死在水门汀上!

这一件呜呼烈矣的大事,当时的上海报纸,连登也不好登,更无论替幽魂旌表了。到了今日,全国人民,一致坚决反对美帝武装日本,控诉日寇在华暴行之时,这个颜料商人的家属,应该起来泣血锥心地诉述死者受难的经过,难道还不够惨痛,不够辛酸么!

(《亦报》1951 年 2 月 28 日,署名:高唐)

## 梦云痛事

我第一个认得办小报的朋友是冯梦云,此人写当时的小报稿子,也是一枝健笔，而他比一般写小报稿子的人更胜一筹的，则是政治水平比较为高。我同他交了十多年朋友之后，他死了，他是受日兽兵的酷刑和屠杀而死的！

抗日战争发动以后，梦云在报纸上写了不少抗战论文。及至日寇侵入上海市区，有一天，忽然将他逮捕，在他写字间里，抄出他剪贴好了自己写述的社评，经日寇证明他不是“良民”，从此锢禁起来，与外间隔绝消息。好久以后，他叫人拿他的衬衫裤出来更换，每次换下的衣裳，总有许多血斑。我们曾听得与他同囚的人出来说，兽兵常在酷寒的天气里，将他剥光了衣履，在雪地用鞭子乱抽。又经过许多日子，他家里人说出来，梦云已移禁在虹口日寇的海军司令部里，天天押着他做苦工，他有个兄弟，曾经设法取出他在禁时的一张照片，很大的块头，已经消瘦得脱了形了！但这样兽兵还是不肯全他一命，外间人只晓得他已经被害，骸骨也没送还冯家。直到现在，我们关于梦云的死事，未得详知。而岁月匆匆，他的死又快近十年了。

（《亦报》1951 年 3 月 1 日，署名：高唐）

## 韵白和苏白

若把评弹的念白以京剧为例，京剧有韵白、京白之分，评弹也有韵白、苏白之别。评弹的韵白，俗所称“打官话”是也。我听来听去杨仁麟打的官话，最为“蓝青”，连他唱的《白蛇传》的“蛇”字，上了韵竟念成与“茶”字一样。譬如常听他说：“我格档是神话白茶。”还有《白蛇传》里的青白二蛇，她们的念白都是上韵的；杨仁麟起青蛇那个角色，叫起白蛇来，他不念娘娘，而念“孃孃”，叫法同南方人侄女称姑姑一样。有一次，我又听到杨仁麟把“物事”两字的韵白，念成“服侍”，他的想法，“佛”字上了韵，念作“服”，那末“物”也是“服”了，其实“物事”只有念苏白的“末事”，上了韵，只好以东西或者家具代之，却不能念为“物事”。

我提出杨仁麟这三个念错了的韵白，并不是挑眼，也不希望杨仁麟去改正;一则评弹艺术的好坏,并不在乎韵白的念得准确,所以错错实在无关宏旨;二则保存这一点错误,又反而显出这艺术的南方气息的浓重,而且是蛮好白相的。我写这篇稿子的用意,正因为他错得实在有趣。

(《亦报》1951 年 3 月 1 日,署名:思郁)

## 贼边之痛

当日寇陷江南之时,我没有回去省视过故乡;到胜利那年的秋天,我写过一首怀乡的诗,现在只记得一二两句了:"数载家园断贼边,高秋从此失清妍。"这"贼边"二字,是否有更远的出典,我不知道,我是从某一种诗集看来的,那个诗人也是遭逢离乱,他写被敌人攻陷的地方,称之为"贼边"。

贼去后二年,我回到乡间,寻访故居,只剩了一片泥地;门前的四树老槐,宅后的一片竹林,以及庭院里的高梧丛桂,都叫兽兵斫了,摧的摧了,连一些痕迹,都找寻不出。据乡人说:日寇侵入一个地方,那里的房屋,可以供兽兵驻守的,它给你保持无恙,否则,它们就会片瓦不留的拆卸下来,把门窗椽柱,作为炊薪之用。这话当是确实的,我想着乡间两次沦陷,第一次故居的房屋没有遭劫,因为兽兵曾经在里面做过司令部;第二次我姑母家给日寇设过特务机关,她家一间厢房,兽兵把它改为牢狱,大厅作为刑房,这屋子里虐杀了的乡人,自然不在少数!

读者诸君,我想你们一定有不少人深受过"贼边"之痛的,甚至痛犹未已,那末现在听说美帝国主义重新武装日本,真像率兽噬人一样,你怎能不旧恨新雠,一时迸发,而奋身起来,坚决反对呢!

(《亦报》1951 年 3 月 3 日,署名:高唐)

## 饮场和检场

唱京戏不用检场和废除饮场,最早看见实行的是欧阳予倩在上海搞的改良平剧。金素琴、金素雯她们演《渔夫恨》、《新玉堂春》、《桃花扇》、《梁红玉》、《人面桃花》这一类的戏，非但废除检场和饮场，连舞台装置都设计过的。王金龙坐的那张桌案，斜放在下场门首。胜利后程砚秋从青龙桥田里起来，到上海演戏，他是不饮场的，但检场的用不用，我却忘记了。梅兰芳是不用检场也不饮场，如今黄桂秋也革除了这个习惯。

检场的废除，原不必费什么力气，不饮场却是演员的习惯问题，我还疑心不是个个演员可能办到。譬如裘盛戎，看他临唱以前，要是不喝一口，总好像张不开嘴。所以我是这样说，既是纯粹唱老戏，那末检场和饮场，让它存在里面，算保留了老戏里的特征，一把小茶壶，下面还托了一块毛巾，往演员嘴里一塞，这在观众也是看得习惯了，不会觉得它破坏了舞台空气的。不过有少数演员，饮场之后，从挂着的髯口底下吐一口痰在台上，还有鼻涕，非但不好看，也妨碍卫生，这才是非革除不可的。

（《亦报》1951年3月9日，署名：高唐）

## 大人种痘

买火车票要验牛痘证的。有一天我到运输营业所去，看见售票柜台外面，有卫生局派驻的两位专替旅客临时种痘的医务人员，我褪下袜统，种了一次痘。我一直想种痘却没有专诚去找医生，这次趁出门之便，了了一桩心事。计算起来我生平第一次种痘，距今已是三十多年了。

接着我种痘的一个旅客，要求医务人员他好不好不要种了，理由是他去年一年，香港也去过，广州也去过，都曾种了痘上火车的，而都没有发。医务人员的回答是，那末你把种过的证书拿来检验，这人又拿不出，只是赖着不肯种。她们里面的一位笑出来了，说："侬迭个人哪能像小囡一样格？"说得旁人笑了，这个旅客也笑了，连忙捋起卫生衫的袖子，说：种种种。

《亦报》的读者，不知还记得不记得十山先生有一篇文章，记他亲眼看见发过天花的人，有第二次再发的，例证且不止一个，这是多少心惊肉跳的事。所以无论老幼，种痘还是不要迟疑的好。本月十五日以后，卫生间将展开全市种痘，做市民的，应该协助政府，扑灭天花的蔓延！

（《亦报》1951年3月10日，署名：高唐）

## 越剧唱词

柳絮替《亦报》写了《十五年来的傅全香》，接着又写《杜十娘与李甲》。昨天他送我一本《陌上桑》图文连载的册子，这文又是他的手笔，亦可见柳先生对这一路的著述，写出瘾头了。

我又听说柳絮的越剧唱词也写得好，却没有见过，但想来是差不多了的。我因此转着一个马后炮的念头，当《亦报》刊出《十五年来的傅全香》时，为什么不请柳絮用越剧唱词来衍述这一个故事？虽然他的文章是简洁可爱，但变了唱句，岂不更加闹猛？有一天得到了傅全香的同意，或者傅全香像演电影一样愿意自己来现身说法，排一出《十五年来的傅全香》的越剧，那末这些唱词岂非现成的就好搬上舞台了吗？

《亦报》是失策了，但柳先生如果有意思写，傅先生有意思排，我还是希望他们合作这个戏的（按文华公司桑弧编导的《十五年来的傅全香》那个戏，今年上半年必须开拍，其时当在"东山"歇夏期间）。

（《亦报》1951年3月11日，署名：高唐）

## 屠鸦之死

屠鸦死了一个多月，我才得到消息，他是我十余年的老友了；在旧社会里，我们曾经称赞他是个"好人"，他对反动派的黑暗统治是不满意的，因此愤世嫉俗；可是他对那个世俗，只是愤、只是嫉而已，却没有精神来对它抗，对它争，因此形成他长期的颓废与消沉。一向欢喜吃酒，吃的又都是烈性的酒，败坏了他的身体，好几年前，他一直病着，而这一回的死，还是中了烈酒的毒。

上海解放以后，他应该开心了，他是开心的，替《亦报》写过很长时期的稿子，在文字内容上，我们看到他歌颂我们政府一切政治上的设施。他也明白现在政府的政治清明，都是根据一个真理出发的，他明明认识了真理，但他却打不起精神来、更积极地学习这个真理！

在旧社会里类似屠鸦这一种人是很多的，他们嫉恶旧社会，对新社会有好感了，也只是好感而已。总想不着振作精神、改造自己，这一种脑子转变过来的毛病，在于他们没有认识到现在的国家和政府，都是自己的国家与政府；因此一提起改造，就会犹豫，怕别人嘲笑，笑他改造是鸭矢臭的事情，笑他老早为什么不革命，而现在革命了。这些念头，梗在心里，造成他的苦闷和颓丧，而身体还是不健康。我说：解放以后的屠鸦是可以不死的，只要他认清政府是自己的政府，认清可能有嘲笑他的人，但进步的人只有欢喜他，不会嘲笑他，嘲笑他的只是个别的没落分子。只要自己肯抖擞精神，从研习马列主义的书本知识，好好改造思想，精神饱满了，身体也好了，对革命坚定了信心，再看到中国前途的可爱，心情也愉悦了，也不会再酒水糊涂的感到苦闷和颓丧。

屠鸦对于中国文学是有一点修养的，为了没有振作得好，不能参加新中国的文化建设运动，真是人才的浪费！

（《亦报》1952年1月8日，署名：高唐）

## 坐车与看书

有人建议过坐电车不要放弃读书，在我总觉得不大习惯。易文同志一篇稿子里说他候车时站在人行道上，也不肯放弃看书，像我有点神经衰弱的人，读了他的文章，一直替他担心：会不会看书看出了神，把脚步从人行道上移到街道上，半边公共汽车来了，轮胎快辗到脚背上了，他还没有觉得。这样危险的想法。

坐车末坐车，何必一定要不放弃看书。去年我时从西苑到北京东单,一天来回足足要坐三个钟头公共汽车,我的头总是冲着窗外,窗外都是很好看的东西。西苑道上一共有几株白杨,几树古柳,都要叫我数清楚了;过什刹海,总是想着积水潭在什么地方;过护国寺,一定留心它门前,换了哪些花树。

不要说坐电车和公共汽车我不看书,连坐三十六个钟头的火车,也没有心想看书。几次上海、北京来回,上车时随身总是带几本书预备看的,但一开了车,连一个字都看不下去,天黑了闭着眼睛养神,天亮了,野眼就要望到车厢外面。从北京到济南,没有远山可看,过了济南,远山的山脉,一直可以看到临城以东,这是望野眼的经验。一面望野眼,一面也有感想:一条长长的津浦路与沪宁路,以前叫军阀、日寇、反动派军队侵扰过的,把人民陷在水深火热中,现在呢,这些兽蹄鸟迹,都扫灭得干干净净了,自有一种欢愉之气,浮泛在漫山遍野,所经眼的已都是人民的土地。我也很有求知欲的,常常要问东问西的打扰同车的人,看见津浦路上那种密密如林的植物,我要问了:“嗳,同志,那不是芦粟吧?”“那是高粱穗儿。”到了沪宁路上指着又矮又肥又是细叶茸茸的植物,又要问了:“同志,那是吗玩意儿?”“那是你们南方有的,叫荞麦,你不知道吗?”“噢,我只晓得这个名词。”

以我来说,既然坐在车上是不习惯看书的,自然看书也得定个时间,临睡前不好吗?我是白日工作,许多必读的文件都在临睡时看掉的,这两天失眠,索性多看一点。

(《亦报》1952年3月28日,署名:高唐)

## 通　俗　化

在《亦报》的新的编辑方针中,各版文字的通俗化,也是要努力的目标。

检查我自己写的,做到了通俗化没有?实在没有。举一个例:前两天《亦报》的警卫员廖振锡同志,特地赶到编辑部来,指了我写的一篇稿子说:“你的话没有说完,怎么文章就不写下去了呢?”我看了一看,原文的末了几句是："这个才是使我不应该再'妄为些子事'的'数行书'了，只要我真正能够把马列主义的理论都融会贯通的话。"知道我是犯了不通俗的毛病，为什么要把话倒了写呢，正着写不是人家就看得懂了吗！因此连忙向廖同志解释，是我写的不好，意思是已经写完了的。

在我写稿子上，我是有很多老作风还存在的，最显著的一种是"小报腔"，另一种是"新文艺腔"。在《亦报》创刊以后，曾经公开声明过我要保留"小报腔"，现在虽然知道这是并不好的，但为了一向"优为之"的关系，不能完全克制自己，常常在不知不觉中流露出来。

"新文艺腔"我本来是反对的，以前常常在我笔下写出来，意思是想讽刺"新文艺腔"，不料写写成了习惯，真是恶浊之至！经过廖同志跟我提了意见，更加证明这样写不仅恶浊，而且是不通俗的。

（《亦报》1952 年 3 月 30 日，署名：高唐）

## 韭 菜 香

前几天碰着一个北京来的好朋友，对我说上海的韭菜真好，他已经连吃了三天。是的，这两天南方的韭菜，称为白头韭菜，它同韭芽两样。我被这个朋友一提，吊起了我的胃口，可惜我天天在报馆里吃饭，不会吃得着韭菜的，因为有人嫌这种菜吃了有臭气。故而只好同老婆商量，那天老婆叫我耽在家里吃饭，特地给我烧了两只蔬菜，一只炒韭菜，一只枸杞头。

南方的春蔬，都是使人忘怀不了的，去年我快乐地耽在北京，但一想到白头韭菜、枸杞头和蚕豆来，便不由得怀念上海。现在蚕豆还不大好；其实上海吃不到真正好的蚕豆，只有小时候住在乡下，从田里采起来的，现剥现烧，母亲给我兄妹俩各盛一碗，又分派我们一枝银簪，把豆挑在簪儿上吃。三十五年后的今天想起来，那一股甘香的味道，还萦留在鼻观里、舌尖上。

（《亦报》1952 年 4 月 11 日，署名：高唐）

## 封 好 的 诗

一年以前，把我十年来所录存的一本诗稿把桑皮纸密密加封，放在抽斗内。在这个本子里，大概有一百首左右的诗吧，自然都是我当初所欢喜的。昨天翻抽斗，看见了这个纸封，我就想：从前作的东西，现在都应该否定的，但我还想在否定的当中寻寻看，有没有还值得保留的呢？经过一番检查，只发现了一首，那是在敌伪时期，老婆在旅途上，我在上海想念她时，这样写下来的："灯光幻作朔云看，料有霜风起袖端。经夕夫妻成阻隔，十年士子陷荒寒。渐从殊地亲风俗，曾以何颜悦税官？细算行程明日到，归来所盼更平安。"这一首诗虽然没有什么积极的意义，但多少也反映了那时的民生疾苦和反动势力的恶虐！

因为除了这几句，其余都不堪入目了，迷信的、颓废的、色情的。这些东西，都在旧小报上登过。有人曾说过："旧上海的小报是宣传资产阶级最堕落、最腐朽、最下流的思想意识的工具，它比其它报纸宣传得更有力和露骨。"假如说，旧小报是毒害人民的细菌培养所，那末我这本册子的那些诗，正是散布各式各样细菌的器具了。

二十五年来，作过几千首诗登在报上，能有几首是不带着细菌而送与读者的？该死就在这里，作了许许多多的罪恶，自己想把它统计一下，都无从统计的。

（《亦报》1952 年 4 月 13 日，署名：高唐）

## 豆　腐　渣

听说很多人欢喜吃豆腐渣，因为豆腐渣这东西，听听好像不好吃的，其实并不难吃。在油里煎得透，多搁一些葱花和盐花，烧出来风味还着实不坏。我虽然还没吃过，但生平对于豆类的食物，真的嗜之若命，所以很想吃吃豆腐渣。

据我粗糙的想法，豆腐渣也不是绝对没有营养的。黄豆放在水里浸,再经过磨子,流下的汁做豆腐一类的东西,留在沥布上的就是豆腐渣,那末豆里的营养不一定完全归到豆汁里面,而渣里一定也有很多存留着的。我还有这样一个直觉,认为豆腐渣是有营养成分的,那是从京戏《青风亭》里听来。《青风亭》赶子一场,张继保遇见了生身之母,告诉母亲说张元秀给他吃豆腐渣,张元秀气得直抖,从又大又白的"髯口"(挂在口上的胡子)里,迸出了一个"呸"字,接着两句白口:"没有豆腐渣,怎能养得你这畜生这般大?"这两句白口,从周信芳嘴里放出来,那一副苍凉的劲儿,啊呀,我简直不能想,一想着,就要为他这一分惊才绝艺的后继无人而忧急起来!好了,不写下去了,写下去,读者诸君要怪我,蛮好谈豆腐渣,怎么犯起"戏迷"毛病来了呢?

(《亦报》1952年4月14日,署名:高唐)

## 熟车子

王玉蓉是很要旧社会里那一种"面子"的人,所以也讲究摆"派头"。去年这时候,她同小王玉蓉都在北京,我们一道到丰泽园去吃饭,小王玉蓉在家里吊嗓子,要来得迟一点。我同她走进丰泽园时,饭馆里的人招待她很殷勤,王老板王老板的一路叫进去,她应付得很自然,还关照应门的一位同志说:"耽会儿小老板(指小王玉蓉)来啦,你招呼她一声。"我低低的对她说:"你还是从前那个派头。"她说:"习惯了真难改,我也知道在现在是不合适的。"

上月里又碰着她了,我们又谈起了"派头",她说:"从前讲究的派头,现在要改,真是精神上的一种负担。"她举弄堂口的熟车子为例:向来她同小王玉蓉出去,总是坐门口熟车子的,不讲价钱,也不讲路程,坐出去,再坐回来,给的钱,往往超过雇生车子的一倍。现在她也要求节省,车钱也想打打算盘,每次出门,熟车子来兜生意,她们托言荡荡马路,不要车子。两个人走到马路转角上,再偷偷地雇一辆生的车子。但有一天又叫熟车兜上生意了,踏回家里,给了他一万元,踏车的人退给她五千,他对王玉蓉说:"不要你多给,多给了你又要不坐我们的车子了。”

逃避坐熟车子的情形，我听得很多，为了从前的“派头”，现在又不肯拉下这个“面子”，往往弄得狼狈万状。有个姓冯的朋友，踏上熟车子，不管路远近，一给五千元，现在舍不得了，天天从后弄堂溜出去，跑一段路再坐电车。我自己也是坐惯熟车子的人，但我肯放弃“面子”，三四个月来，要坐时同他们讨价还价，不想坐，就告诉他们：“阿拉要到北京西路去坐电车啦！”

（《亦报》1952 年 4 月 16 日，署名：高唐）

## 满 架 弹 词

去年这时，在北京时常遇见马彦祥先生，有一次到他家里，坐在他的书房内，朝外的一排又高又大的书架上堆的满是弹词说部，总数有几百种，许多本子，都破破烂烂了，只要是我晓得名字的，这架上都有，其余他所搜集的，我连名字都根本没有听说过的。

真是弹词小说的大观了，但问问彦祥，是不是所有的弹词本子，都叫你搜罗尽了呢？他好像回答我：那就没有准儿了。

这一架藏书中，也有近代人作的，只记得一本叫《风流罪人》的，因为当我小时候它刊在《礼拜六》一类的杂志上，我曾经看过。作者姜映清，是女的，青浦人，所给我的印象，这部书的叙事属词，都很不坏，后来才晓得姜映清还是写弹词的好手。在当时她已经是伛伛一媪了，到今天，很可能早已作了古人的。

（《亦报》1952 年 4 月 17 日，署名：高唐）

## 再 说 越 词

我以为越词的会写不会写，不在韵脚的会用不会用，只觉得写成一句越词，是不是还应该有声韵的限制。傅全香有一张唱片，叫《小妹妹临终》，据说这是六七年以前的一个新戏，这唱片在解放以后，还是在电台上常放的一张。我也很爱听,它的词句,是在听过几次后辨别出来的。里面有这样一段:“小弟弟还是从前小弟弟,老公公依旧老公公,只有我徘徊歧路小妹妹,从前今日大不同。”如果不听傅全香唱,而单凭想像,那末用这些字堆成的四句,不可能有什么音节之美。但是傅全香唱起来,不但音节是那么美好,她连情绪都能够唱的那么浓烈,真是异数。

曾经同傅全香谈过越词的构造方法,怎么唱起来吃力,怎样又不吃力。她也说不出个所以然来。我举了《李香君》里的“(好龙友)我生生世世与你共”一句告诉她说:“如果换我写起来,一定是‘生生世世与君同’了。”她说:“‘与君同’就不及‘与你共’好唱。”

袁雪芬说滕嘉制的越词好看而不顶好唱,大概也因为滕嘉不懂得这里的窍奥吧了。

(《亦报》1952年4月19日,署名:高唐)

## 虹桥路上的朋友

抗战胜利以后,一个朋友在虹桥路上买了一所房子,那不是什么花园别墅,只是在篱落以内,也有一个花木扶疏的园圃而已。解放后她从公寓里搬到虹桥路去住,只听说她进步的很快,不久就参加了政府机关的工作。

我从北京回到上海时,她去参加治淮工作了,最近才回来,昨天跑来看我,刚坐定,就对我说:“你怎么到现在还有许多小资产阶级知识分子的残余意识,留露在你的文字里呢?这情形是不好的,于人于己都有损害。既然改造了,为什么不坚决一点?不能坚决,你学的那些真理,不都白学了吗?”我听了她的话,有一些窘,但立刻体味到她的进步是真的。因为这个人的性格,对于朋友,从来没有直谏的勇气,以前她要讽刺我起来,老是远兜远转的,现在居然“直言谈相”,岂非是进步很好的证据?

我对她说:“我是改造的不够,老毛病犯的很多,你批评得我很对。

我且问你,你究竟怎么样呢?一年半没有见你了,说些给我听罢。"她说:"两年以来,经常在学习,但常常觉得思想上起一种摇幌的现象,然而马上又害怕这现象是危险的,所以争取去参加治淮工作。几个月的锻炼,自己晓得跟以前两样了,两样的很多,至少你可以用不着替我担心,不再会朝后看了。"

在新时代里,一个女人的转变,原是很平凡的一件事,但这个女人的转变,却不太平凡。二十年来,一直是"罗绮中人",享受着高度的豪华,旧社会的"世面",她真是看得太广太多了。但一到新社会,她就来这样一个叫人不相信的转变。她住在虹桥路,每天早上六点起身,七点出门,在脚踏车后面,搭一段路程,再坐公共汽车到外滩,赶八时开始的学习。在五六年前的虹桥路,是她自己开了汽车去兜圈子的地方。从前是那样一个人,现在是这样一个人,我把她送走之后,使我呆呆地想了她大半天。

(《亦报》1952 年 4 月 21 日,署名:高唐)

## 读了高盛麟的文章

记不得是前十几年的事了,高盛麟还只第二次从北京到上海来演戏,他父亲高庆奎也来的。那时高庆奎有病在身,患着很严重的声带癌,我去找他时,他躺在鸦片烟榻上。同他谈起高盛麟,高庆奎说:"他有一条很好的喉咙,可是不太挂味,所以我叫他应该抽这一个(指烟枪)。"我听了暗暗惊愕,想这老头子真糟,毁了自己,还毁他的儿子!

果然从这时候起,高盛麟开始抽"这一个"了,可惜抽上了"这一个",并没有把嗓子抽得挂味一点,却把他这个人,活生生的抽成了鬼。

拿高盛麟在戏曲上的造就来讲,他是近代武生中最杰出的一个,以我来看,李少春远不及他;据老辈的人说:杨小楼以后,就这么一份。可是他并不珍惜自己,在旧社会的蹂躏下,他只往下流里奔。记得胜利以后,梅兰芳在上海出演,有一个戏馆老板,忽然动这样一个脑筋,想把高盛麟“改造”,第一步先替他戒烟,将他调养好了,再同梅兰芳配《别姬》的霸王。于是寻医院,找医生,什么都舒齐了,但是高盛麟说:“我不愿意。”

不要说戏馆老板的动机不纯正,而且绝对是改造不好高盛麟的。然而到现在为止,高盛麟终于获得改造了,那是在解放以后,在人民政府的感召和协助之下,使高盛麟从新做起人来。上海的京戏观众,谁都在注意高盛麟的转变,假如读过五月三十日《亦报》第四版上登的高盛麟那一篇文章(原载武汉《长江日报》),一定会欢呼起来,说:“高盛麟真的脱胎换骨了。”

在那篇文章里,作者对于过去事业上与行为上的堕落,有了强烈的仇恨,进一步更认识了思想改造的必要。其中有几句是他批判已往自己的造就来说:“例如我的杀手锏《连环套》,把一个典型的奴才黄天霸,演成了英雄人物……”他这样说固然是对的,但作为一个热爱高盛麟舞台艺术的我来说,那末我认为高盛麟底杀手锏,不是《连环套》,而是《铁笼山》。我常说有百看不厌的几出京戏:周信芳的《青风亭》、盖叫天的《洗浮山》、裘盛戎的《盗马》、还有就是高盛麟的《铁笼山》了。大起霸,那一派气魄上的浑雄凝厚;大圆场,看他从脚上的靴底到头上的匀净柔和,都是京戏艺术的精英。

高盛麟已经认清今后应该走的文艺方向,同时也应该巩固他已有的那一分千锤百炼的功夫,因为这些正是京戏观众对他永永爱念的东西。

(《亦报》1952年6月5日,署名:端云)

## 略说全香曲

第一次看越剧,在香粉弄一家什么戏院里,演员是姚水娟,只见她上台就唱,一唱总是几十句,直拔直的一个腔一个调,实在听不出什么好来,因此隔了十多年也不看一趟越剧,也不关心越剧是在转变,在进化。直到五、六年前,听着了傅全香的唱腔,才再看越剧的。

看了傅全香的戏，听了傅全香的唱，回想到姚水娟时代，我就把姚水娟比作陈德霖，因为我看过陈德霖的戏。一出《三击掌》，王宝钏坐在椅子上呆唱半小时，完全死功夫，虽然不是一腔一调到底，但变化毕竟不大，哪里有后来梅、程诸家的新腔叠出呢？所以越旦旦傅全香、袁雪芬她们，正如京戏后来的梅、程诸家了。

我是爱好傅派唱腔的，越剧唱腔从单纯到繁复，傅全香是应该居一分创作功绩的人。有人说傅全香的唱，不会抓住感情，这样说是失之笼统的。傅全香灌过一张《李香君》的唱片，以我听来，可以说是最好的证明："李香君"的第一面，是叙述同侯方域定情的经过，傅全香唱得很有一种回荡之感；第二面李香君责骂侯方域，她从咽梗的声腔里，发出义愤与怨悱的情绪，其中有这样一句："你竟然背弃祖国作汉奸"，她把"汉"字陡然提了一个高腔，连郁勃的情感，都迸出来了，它的好听在这里，它的名贵也在这里。前几年我真欢喜这一张唱片，天天想听听它，曾经写过一首诗赞美它，那后面两句是："我爱绍兴今到古，全香曲与放翁诗。"陆游的诗，应该不应该爱，我们可以重新估价；只有傅全香之曲，在这两年来，它经过了陶铸，经过了滤沥，更健康、更清澈地为人民大众所喜爱了。

至于范、傅的《梁祝》，先后有过三次，第一次不留什么的印象，第二次在北京看的，五六千人挤塞在一个场子里，我坐在顶高顶远的一排，唱是从扩音机里放出来的，听得不太清楚，所以上月中本报有位作者说傅全香唱的祝英台感情没有抓得很好，我也无从辨别；后来我去看了，就认为傅全香掌握的分寸恰恰正好，她固然不比戚雅仙那样唱的凄婉，但反过来说，祝英台这个人是反抗性，也有浪漫的一面，太凄婉了，和她的性格是反而不协调的。

（《亦报》1952 年 6 月 10 日，署名：高唐）

## 拍手和喝采

前几天去看越剧《梁山伯与祝英台》，当祝英台唱完一句长腔以后，我在台下拍了一阵手，旁边坐的一位王同志，冷冷的对我说："你是来给她捧场的。"这句话钻到我耳朵里，立刻体味到人家是在讽刺我，因此我愣住了半晌没说话，心里只在想：拍手到底好不好？想想的确不好，无怪报上有人批评说"戏看到半当中时拍手是不对的"。若使大家听着一声两声都拍起手来，不但混乱了舞台空气，也妨碍了别人。

从拍手又想到喝采，从前听京戏，我是要喝采的，譬如我上次说的看高盛麟《铁笼山》的大起霸吧，他在台上一抬腿，我在台下就是一声"嗽"；他又是一旋身，我在台下又是一声"嗽"；接下来他亮相亮住了，我在台下就叫一个"好"。当时为了赏爱演员在台上的那一分线条之美，使我会情不自禁的这样喊，不喊，就仿佛有一种扼杀咽喉之苦。其实这样的旁若无人，是比拍手更不好的，应该想想别人，他们都想从台上的表演中，带一些回去，他们决不高兴台下的人，给他这一种精神上的侵扰。所以看戏而喊"嗽、嗽、好"，这是旧社会里做人自私自利的表现，新社会不行这一套；无论一言一行，必须先想一想，是否与别人有利，至少也要与别人无害。

（《亦报》1952 年 6 月 21 日，署名：端云）

## "落 场 势"

现在越剧里的合唱，是以前"的笃戏"里帮腔的进化，这样讲不知正确不正确的？

曾经听过的笃戏的帮腔，只一次，印象不清楚了，好像它同川戏的帮腔是没有什么两样。

越剧的合唱，第一次听的傅全香、范瑞娟她们在"东山"时代演的《祝福》，当时颇不以为好。记得一幕的开端，台上和场子都在暗洞里，合唱来了，唱词很长，一句也听不出；这样的手法，导演是从外国电影里汲取来的，合唱是剧情过程的说明，如果台下人根本不懂剧情，因此听不出合唱的内容，所得的只是一片喧嚣而已。

这一个月里，看了两次芳华剧团的《西厢记》，却很喜欢《西厢记》的合唱，它们的合唱，总是安排在落幕的时候，唱词不长，一句两句，最多四句，唱得很美，它使戏剧留一种不尽淋漓之致。譬如“传简”一场，只有一句合唱：“小姐今夜到西厢。”在歌声中，张生在笑，灯光在黯下来，而台前台下，自然地荡漾着欢愉的空气，使观众的感觉，因此都是蜜甜的；又如“长亭”一场，张珙与莺莺分别，导演不让他们哭作一团，当两个人惘惘然相持而立，幕就落了，在这时添了两句合唱：“依依不舍都无用，只落得断肠人送断肠人。”凄怨的调子，在合唱人的嘴里，总是把感情都唱出来的。

有一句上海话，叫“落场势”，我说：“芳华”安排《西厢记》的合唱，都是最美好的“落场势”了。

（《亦报》1952年6月29日，署名：端云）

## 盖家小坐记

十日下午，同王惟去访盖叫天先生。多年没看见他，他依然精神饱满，我们坐了一小时半，尽是听他说话，不大让我们插嘴。他说：“我跟家里人没有什么好说的，她们都不懂戏，所以呆在家里闷得慌；你们来了，正好谈谈，你们懂戏，更懂得我的戏。”我们说：“我们也不懂什么，只是爱好您的戏。”

他又说：“我今年六十六啦，还天天练，不练是不行的，你们看我肚子也大了，屁股也大了，上台不是难看吗？不要紧，我会使气功。”说着说着，他把胸脯一挺，肚子一瘪，现出了他在台上最最美好的身段。接着就踢腿、云手、侧面、旋腰，一样一样做给我们看，我们看得开心，对他说：“您真棒，十年二十年前的玩意儿，都没有走样。”

他叙述了他从小苦修的过程，他的结论说：“我明明是苦练，但老早从苦里得到了甜，所以会不断的练，到现在使我纳闷的，是祖国的人民满意看我演戏的人太多了，我要往外跑，到各处去演，让各处的人都看到我的戏，我也看看各处的人。”总之，在盖叫天的说话里，他是以腾沸的情怀，来珍爱他这一分超然极谐的。

我曾经这样问他："您对自己的戏，最喜爱的是哪几出？"他瞪大了两个眼睛望着我："你说，我应该数哪几出？"他要我先说，我就说："《恶虎村》的'行路'，《贺天保》的'走边'和'马趟子'，那个身上的美啊，真是最好的图案最好的舞蹈。"他说："啊呀，你真看得精细。你说我美，你知道我是怎么来的？我又没有先生教我，只是在静下来的时候，就观察一些物态；有一天烧了一炉檀香，香袅袅地往上冒着烟，东边的风吹过，烟往西边欹斜，再把扇在东边轻轻一晃，烟又向西边欹斜，忽然觉得那个云烟的作势那么好看，我就有意把它运用到我的动作上去。"我们一向说，盖叫天的戏，"夭矫"两字是不足以尽其功候的，因为它还有一种"清柔"之美，现在经他一说，才知道他是怎样用一番苦心劳意，来锤炼他的一生造就，真是了不起的。

(《亦报》1952年7月12日，署名：宝琳)

[编按：王惟即吴承惠。]

## 一枝香和三十八根电杆木

《亦报》要替盖叫天写一篇比较有系统的舞台生活的连载文字，我们的编辑部同志，就经常去找盖先生谈心。前天，我也去了，恰巧侯宝林先生也正在向老辈请益。老头儿真是健谈，他说话又多又快，叫人记不胜记。这里只把两件事写在下面。

谈到苦练，他小时候常练夜功，在乡村里，无星无月，因为省俭，又不点油火，但一定要点一枝香，香上不是有一点火星吗？在练功的时候，这一点火星，就是代表前台，不然在伸手不见五指的暗洞里，叫练功的人往哪里去找方向？

谈到晚年的生活，上海所有关心盖叫天的人，没有不晓得他在杭州西湖边上的金沙巷，有一所拓地很广的住宅，因为位置偏西，那里一直没有电灯，但解放以后，却装起电灯来了。老头儿一面比手势，一面很激动地说："这么粗、这么大的电杆木三十八根，是政府跟我装的。"我们说:“现在的政府对于一个修养高深的前辈艺人,没有不想尽方法来优礼他们的,尚和玉、王瑶卿、马德成他们在北京,经常受到政府的咻寒问暖;您应该安慰的,是没有枉费了您从小到老的一生苦练。”

他听得高兴,就说:“那末我邀请你们到杭州家里来住一阵,咱们痛痛快快的谈他三天两夜。我过三五天就要走了。”我说:“我一定来,不过您要答应我那个《洗浮山》的‘趟马’把我教会了回来。”侯宝林也说:“我要跟您学‘走边’。”盖先生哈哈大笑的说:“两天就教得你们准会,你们都来吧。”

(《亦报》1952 年 7 月 14 日,署名:高唐)

## 送徐玉兰荣行杂感

徐玉兰是上海越剧观众所喜爱的演员之一,如今她往北京去了,她在舞台上那种明快的唱腔,飞扬的神采,此后上海的观众,要难得听到和看到了。有些观众,闻此消息,表示依依惜别的;但绝大多数的人,闻此消息,则为她踏上最光荣的途程而不胜欢喜的。

从今以后,徐玉兰要经常演戏给中国人民解放军看了,我们每个人都是热爱中国人民解放军的,而这一位大家所喜爱的越剧演员,现在就让给解放军同志们去喜爱,那当然是最好没有了。不瞒你们说,我也是徐玉兰的观众之一,因此我听到她同“玉兰”团员们北上的消息,真是喜心翻倒了。《亦报》上刊载她登程的前一天,找出她今年送我的一张照片,给《亦报》铸版,铸完了版还端端正正地把它收藏好,我只感觉这张照片,在这几天以内,它的价值,突然贵重了起来。

喜爱徐玉兰的越剧观众们,当再一次从报纸或者书册上看到徐玉兰的便装照片时,一定不会看见她原来梳的发样,而盖着一顶军帽,上头有“八一”两个字的,制服的左襟上,也将钉了一块中国人民解放军的证章。到那时候,观众们一定更会雀跃欢呼,因为观众们万想不到徐玉兰会穿上这样一身光荣的打扮。

时常听人家谈越剧演员,谈到徐玉兰,有人说她在越剧界里,不是顶进步的分子，我不相信这些话，我不相信一个人只在口头上表现的积极，应该以一个人的行动来测验。不久以前，在人民大舞台听舒同主任关于文艺整风的总结报告，徐玉兰也到的，她坐下之后，就把眼睛闭拢来，像睡着了一样，良久良久，直到舒主任提出几个要点时，她突然张开眼睛，取出笔记本子来抄录，可见她原在仔细地听讲，她并没有薄视这个运动，终究这个运动对她的收获是大大。文艺工作者应该走的方向，在整风运动以后，徐玉兰第一个朝前走了，这是考验，也是以具体行动来表现她思想的转变，比之那些只在嘴巴上哗啦哗啦讲一套的人，徐玉兰是可爱得多了。

她们动身的那天下午，我在电话里问傅全香同志："你们都去送行的吧？"她说："当然去的，你去不去？"我答应她去的，但没有去。下一天的深夜，带着激动的心情，写下了这篇文字。

（《亦报》1952年7月30日，署名：高唐）

## 《秋明室杂诗》的作者

黄苗子兄从北京来，抽空去望望沈尹默先生。沈先生送他一册《秋明室杂诗》。这里面都是沈先生作的诗和词，好大的开本，装印也非常精致，从头到底的字，也都是沈先生写的，写的是端楷，大小相等于衣服上装的每一粒纽扣，都匀净得叫人喜爱。

这些诗词是一九四六年秋到一九四九年春前所写的，这里不想介绍他的作品，不过底页有一节跋语，值得抄下来的。因为在这跋语里，可以看出解放以后，沈先生对自己的写作，也正确地建立了新的看法。那跋语是这样写的：

> 有长短句若干首，大抵曩时析酲解愠之所为，以其犹贤于饱食终日，无所用心，亦既吟成，遂复录而存之，备省览焉；由今观之，言差近而少讽，悲欢不出于一己忧乐，无关于天下，正如爱伦堡氏所讽小熊无力得食，自啮其掌，掌尽而生命亦随之而尽者是，可愧也夫！一九五一年十月沈尹默题记。

沈先生今年是七十正寿，这本《秋明室杂诗》的印行，是许多朋友化的钱替这位一代宏儒作善遣遐龄之用。苗子说：沈先生患了多年的目疾，现在已然痊愈。平常一直写字，最近抄完了两本《实践论》，接着还要抄两本《矛盾论》，从这里也可以想见沈先生精神的高贵了。

（《亦报》1952 年 8 月 7 日，署名：高唐）

## 枣　熟　时

故乡的庭院里，曾经种过一株枣树。记不得它开什么样的花了，当它结了果，我们就采来。家乡人都管这种枣子叫“白婆枣”。

一直记得枣熟的时期，总在冬初秋末，所以有一年家乡沦陷在日寇的兽蹄之下，我曾经写过一首思乡的诗，有这样两句：“红叶沸时谙枣熟，池塘雨后得鱼鲜。”总是那么肃肃秋深的感觉。

去年到了北京，才知道北京的初秋，已是枣熟的时候。北京是盛产枣子的地方，许多熟人的院子里，都栽着枣树。它像丁香、桃树一样的是庭园常物。但产枣最出名的地方是郎家园。一天晚上到吴祖光家去，祖光从冰箱里捧出两个鲜荷叶包：一包是白枣，颗颗大个儿；一包紫红的，个儿较小。他说：“你尝吧，都是郎家园枣。”读者诸君，不是我嘴馋，说一样好吃的东西会说得特别好，它实在太好了，它是甜，甜得你不腻，它比二万七千元一斤到通三益买的大蜜枣要好得多，但也价廉得多。祖光家里的两包枣，这一夜给我啃了三分之二。在我的《北游杂诗》里写着：“此地快尝梨与枣，归来曾欠藕和莲。”我是说吃到了北方的梨枣放弃上海的莲藕，也不算是可惜的事。

真的到了冷天，北方还有枣，那是脆枣，其实就是枣干。到烤脆枣的人家去，就有阵阵甜香，沁人鼻观。买起来太便宜了，一千元，一只衣袋还塞不下。我是常常装在袋里吃的。是不是一个人老了会贪吃呢？还是我真的变得更年青了，自己也弄不清楚。

（《亦报》1952 年 8 月 18 日，署名：端云）

## 来写江南盖叫天

《亦报》给盖叫天写舞台生活的文章,在今天实现了。这是多可喜的事。

这一个心愿,我是老早有的。我从前看盖叫天曾经着过迷,零零碎碎的诗句和文字,写过不少,更想给盖先生写一篇有系统的传记之类的东西;如果自我而写,那是我的幸运,我实在太醉心于他的超然极诣了。

这一回开始访问盖叫天的头两天,我都同王惟一道去的,我屡次这样忖过:好不好让我来写这篇文字?到底我的念头还是埋在肚子里,没有说出来,原因是怕我粗率的厉害,功夫做不到细致,那是会大大损伤了盖先生的。如果要细腻的有系统的描述,自然是王惟比我来得"擅胜场"了。

"愿倾万斛情如沸,来写江南盖叫天。"这是我的旧诗,也是说明了我在当初要给盖先生写传记的心愿。

(《亦报》1952年8月25日,署名:宝琳)

## 白石的小故事

前天报上刊齐白石的小传,都说白石名璜,其实他小时还有个名字叫纯芝;又字渭清、兰亭。这些名字,都是祖父给他题的;后来他自己还题了十几个别号。

在白石翁从前所作的文字里,知道他的祖母是笃爱白石的。白石诗草题画牛诗自注云:"余幼年常牧牛,祖母令佩铃,谓曰:'日夕未归,则吾倚门;闻铃声,则吾为炊,知已归矣。'"他的祖母也很长寿,到八十九岁才死。白石给她作的墓志上,有这样几句说:"晚岁家益贫,日食苦不给,常私自忍饥,留其食以待孙子。"白石翁七十一岁时,住在北京,十二月二十三日那天,白石的日记上是这样写的:"祖母马太君,今一百二十岁……长孙年七十一矣,避匪难,居燕京,有家不能归,将至死不能扫祖母之墓,伤心哉!”

白石是以画名传世的,但也有人称道他作的文字,虽然见到的都是零章断句,也都质朴得叫人喜爱。我则以为更可爱的地方,在他的文字里都流露着至性至情;有时写些小诗,亦复如此。譬如故画家陈师曾是他唯一的好友,他的悼陈诗里有如下几句:“哭君归去太匆忙,朋党寥寥心益伤。安得故人今日在,尊前拔剑杀齐璜。”在那时正是北洋军阀统治时期,他在忧时伤事之余,对一个亡友,就会寄托着这样一种丰烈的感情。而在这短短的几句诗里,我们彷佛看见了这个老头子对反动统治者那种发怒之状。

(《新民报晚刊》1953 年 1 月 12 日,署名:端云)

## 鉴湖佳酿

绍酒店里挂的招牌,除了“太白遗风”之外,也有“鉴湖佳酿”或“镜湖春色”。鉴湖就是镜湖,又叫“贺湖”,传说唐诗人李白的好友贺知章,曾在湖边住过,因而得名。

绍兴酒之所以好,所以成名,就因为汲取鉴湖之水,用来蒸煮。鉴湖的水,不是十分清澈,但也绝不浑浊。它发源于会稽山上,又渗透了肥沃的田野,把水分的厚薄轻重,融合得恰到好处;因而酿造的酒,非但经久不坏,而且越陈越香。

富阳也酿制黄酒,他们用溪水为酿料。溪水是清极的了,但太清则质薄,上口不能挂味,而且经冬味要变酸。所以他们永远做不过绍兴酒,而只有涵蓄在鉴湖的水,才是酿料的无上妙选。

可是绍兴酒的花样真多,明明是一水相连的鉴湖,也还有高下之分。其中以“东浦”的水最好,“阮社”的就较次;而东浦又有桥内外的不同。这些自然条件的奥妙,惟有他们的业中人,才能严格地分别出来。

上月二十四日,我们报纸的第四版上,登了一篇北京召开全国名酒质量会议的新闻,新闻说,全国有八大名酒,鉴湖绍兴酒是其中之一。这天晚上,我同几个酒徒聊天,上面这段小文,是一个酒徒谈到“软货”

(酒徒把黄酒称“软货”,白酒称“硬头”)时的一番酒话;我不是酒徒,要我凭空来谈酒,一个字也写不出的。

(《新民报晚刊》1956年9月2日,署名:高唐)

## 应宝莲遗事

不久前,上海京剧院的一位老教师故世了,他的名字叫应宝莲。

应宝莲当年是唱文武老生的。《伐子都》、《目莲救母》都是他的好戏,因为在这些戏里,他能够从四只台子上翻下来,常常博满堂叫彩。

应宝莲的生平,我都不大熟悉,只是他有一桩事,却使我一直没有忘怀。这桩事的发生,算一算,也有十来年了。

那一回他在外码头唱完了戏回来,想在上海搭班,就去找一家游戏场的经理;经理带了他去见游戏场的老板。老板是个开过几十年戏馆的老白相人,当时把应宝莲打量一番过后,大概看出他有点龙钟的神气,便问:“你还能翻四只台子吗?”应宝莲顿了一顿说:“还可以对付!”那老板就叫他过几天来订合同。

公事谈得非常顺当,照理,应宝莲是应该很开心的,但是他一点不开心。过了几天,他躺在床上装病,托人去告诉游戏场的经理,说他生了病,不能来接班子,叫他们另请别人。

这是怎么会事呢?原来应宝莲自己明白,他已经六十岁的人了,不但四只台子翻不下来,就是普通的武戏,也没有几出好动的。他算来算去,犯不着把一捆老骨头跟台板去碰,因为一碰,他的命就完了,玩命的事情,他自然不干,所以干脆把生意都辞掉了。

应宝莲的遗事,说到这里为止。这桩事记不得哪一位戏班子里的朋友跟我讲的,我当时听了很难过。此后便不再听到应宝莲的什么消息。我有时想到他,总以为他在嗟老伤贫中过着日子,甚至想得更凶恶一点,也许此人会流转沟壑而死!一直到上月初,在本报上看到他故世的消息,才知他后来的几年晚景,颇不寂寞,真是出我意料之外的。

(《新民报晚刊》1956年9月6日,署名:高唐)

## 张伯驹小记

北京的书画收藏家张伯驹，新近把蔡襄、黄庭坚、赵孟頫、杜牧、范仲淹等八种法书珍品，献给了国家。

这位张伯驹先生原是全国有数的收藏家和鉴赏家。他所收藏的古人真迹，几乎无一不是稀世之珍，所以论起价值来，又岂止“连城”而已。

这篇小文，只约略谈谈张伯驹在收藏、鉴赏以外的其他兴趣。因为张伯驹不单是个收藏家，他也是画家、词章家和戏曲家。在十年前他又是银行家，北京的盐业银行，一直是他所主持的。

我读过他填的小令，仿佛记得很讲究格调，瑰丽则有之，却不大轻灵。我也见过他作的画，这就更加不懂了。近年来，听说他在作画上用的心力比较多，北京来的朋友谈起他时，总说张先生常常同他的夫人，寄迹于名山巨泽之间，到处汲取画本。

至于谈到他的戏，那末他是唱余派老生的，是余叔岩生前惟一的知友。三十岁以上的读者，也许会记得北京曾经有过一台轰传南北的堂戏，那年是张伯驹自己的生日，演了一出《失空斩》，他自饰孔明，余叔岩陪他唱王平，杨小楼陪他唱马谡，金少山陪他唱司马懿。难就难在余叔岩身上。大家晓得余叔岩的脾气是很倔傲的，他因为不要看上海那些大流氓的嘴脸而不到上海，又因为不卖张作霖这个老军阀的账，不到关外唱戏。在当时，谁都会尊敬他的风骨嶙峋。可是，以他的声价之高，居然肯陪张伯驹来个王平，也足见他们之间交情的深厚了。又听人说，自从余叔岩作古以后，张伯驹的戏瘾，大大地轻减了，也许是事实。

张伯驹的戏，我倒也听过。那是在本市贵州路的“湖社”戏台上，他唱《南阳关》。大概我的位子坐得远了一些，等他一出戏唱完，我一句也未曾听见。但内行人都说，张伯驹的唱，就是嗓门低一点，味儿还是不错的。

（《新民报晚刊》1956年9月9日，署名：高唐）

## 老死爱书心不厌

小时候读陆放翁的《剑南诗钞》，总记得这位宋诗人愈到老年，愈爱读书。三四十年来，一直忘不了他这样一些句子："谁知鹤发残年叟，犹读蝇头细字书"；"白发无情侵老境，青灯有味似儿时"；"老死爱书心不厌，此身恐堕蠹鱼中"。当初对前面两联，只是惊服他的格律高严；对后面的两句，则觉得放翁的吐属，有些滑稽。

前几天，因为要查元好问的一首诗，我把《十八家诗钞》找出来，原来元好问的诗在《十八家诗钞》里是和放翁的"七律下一百九十二首"合刊在一本上的。于是我把放翁的诗也重温了一遍。这些诗都是从他七十四岁到八十五岁的十一年间写成的。里面有很多写他在"鹤发残年"的岁月里，还是不分昼夜、无问寒暑地苦读经书。

现在随便抄一部分断句在下面：

"饮水读书贫亦乐，杜门养病老何伤。"(《白发》——七十五岁)

"屋角鸣禽呼不觉，手中书册堕无声。"(《早凉熟睡》——七十五岁)

"万事莫论羁枕梦，一身方堕乱书围。"(《怀故山》——七十七岁)

"眼昏不奈陈编得，挑尽残灯不肯明。"(《秋夜思南郑军中》——八十一岁)

"屋小苦寒犹省火，窗明新霁倍添书。"(《书几试笔》)

"呼童不应自生火，待饭未来还读书。"(《幽居遣怀》)

"对酒尚如年少日，爱书不减布衣时"。(《感老》)

这些都没有注年代，但他自己告诉我们，"鬓毛萧飒齿牙疏，九十侵寻八十余"就是这个时候。到八十五岁那年，还有《晚兴》一首里的二句云：

> 客散茶甘留舌本，睡余书味在胸中。

还有，他在八十二岁那年，写的两首《秋晚书怀》，第二首非常有趣：

颓然兀兀复腾腾，万事惟除死未曾。无奈喜欢闲弄水，不胜顽健远寻僧。唤船野岸横斜渡，问路云山曲折登。却笑我儿多事在，夜分未灭读书灯。

这首诗的前面六句，说明这个老头子年纪这么大了，还不安分，欢喜跑来跑去，到后面两句却写他的儿子，跟他一样喜爱读书。“却笑我儿多事在”，这句话使我回味了很多的时候，想想这位诗人当时的心情，真是有些难画难描，他还是妒忌呢？还是觉得骄傲？还是在爱惜他的儿子呢？还是在赞美他的儿子？总之，这是个可爱的老子。

（《新民报晚刊》1956年9月14日，署名：高唐）

## 想起马缨花

现在，该是马缨花盛放的时候。也许，已经开过，谢了。

在上海住了三十多年，无论郊区市区，都没有看到过马缨花。但在我的故乡（离上海几十里路）看到过，在北京也看到过。高大的树干，细密的叶子，花时，一丝一丝红里透白的花瓣，像绒球，更像挂在马鼻子上面的一撮装饰品。大概这就是所谓马缨吧？

记得在故乡看见的马缨花，都是傍水而栽的。在北京，一进颐和园的大门，就可以看见马缨花；坐了公共汽车过地安门、什刹海，再往西，经过旧时的辅仁大学，在“辅仁”全部校舍的前面，是以马缨花树作为屏障的。花开极盛之日，望着这所校舍，不但异常绚丽，更有郁郁幽深之美。

据说，任何地方人家的庭园里，都不作兴把马缨花作为观赏树木来栽种的。这恐怕是蒲松龄作的怪，因为《聊斋》上有两句描写“鬼窟”的诗：“黄土作墙茅作屋，门前一树马缨花。”也算马缨花倒了霉，从此被人们把它看作是幽寂之场的植物了。

看了颐和园和辅仁大学门外的马缨花，我常常在想，马缨花是大可以作为行道树来种植的。因而又想到我们的上海，近年来在绿化市区上，费了很大的工程，可是我们走到东，走到西，看来看去，所有的行道树，几乎绝大部分都是法国梧桐。我不说法国梧桐不好看，我也很喜爱法国梧桐，但看来看去都是这一种树，那就嫌得太单调了。在去年的报纸上，曾经登过从什么地方运来了白杨，又从什么地方运来了银杏以及槐柳之类的树苗，要使市区的绿化，绿得花式多，化得品种繁。但是这些树都种在哪里呢？为什么我们都看不见啊？

却有一件事，很使人生气。记得前几年在黄浦公园门外的一带江边，种了一行垂柳，我亲眼看它们成长，觉得它们长得都很美，也真有些古书上所谓"攀条折柳，弥不胜情"的江干情调。不料在前年，这里正式辟为"外滩绿化地带"的时候，这一行垂柳，给一古脑儿的铲掉了；所还好的是铲了杨柳，没有补上了法国梧桐。但我认为，铲杨柳的铲子，总是粗暴的铲子。

我还是希望绿化街道，要多种多样的，把白杨、银杏、垂柳、槐树、榆树乃至马缨花之类都种起来吧，甚至拣辽阔而又静僻的街道两边，放上一部竹林，也何尝不可。

（《新民报晚刊》1956年9月17日，署名：高唐）

## 月台上的晚香玉

晚香玉是夏秋之间最好的瓶花，也有人称它为夜来香的。上海人家，总是把晚香玉与菖兰并供。菖兰多彩，晚香玉则入夜多香，两者自有相得益彰之美。

去年，比现在早半个月的时候，我送一位朋友乘夜快车去北京，一送又送到了月台上。车站例，送客的人不许上车，所以只好和朋友在月台上话别。

这时，我发现离我们不远，在那根水泥柱子的前面，有一双青年男女。他们手扶着手，眼睛注视着眼睛，在说话。但声音很低，别人是听不到的；只看见他们的唇皮，时常在微微翕动而已。她的另一只手上，抱着一大束晚香玉。这些花，有的盛开，有的含蕾，虽然月台上是那样热闹，却无碍于花朵传香，使每一个经过他们身旁的人，都为之引鼻。

有好几次，他想把花从她的手里接过去，但，都给她让开了。到列车开行前的十分钟，他又想把花接在自己手里，她依然不肯，却示意他先上车去吧。他上了车，进入车厢，又把身体俯到窗外来。这时，她才把晚香玉递了上去，递上去的是一半，她自己也分取了一半。

巧得很，我的朋友的铺位，正好和这位年青人同一车厢，所以我也来到了他们的身旁。

列车驶行了。她跟着车子走，一面走，一面依依地把自己手上的花枝，跟车上人的花枝互为碰击。我呢，一面同朋友挥手，一面指指这一双情侣，意思是告诉我的朋友：你看啊！他们现在的互击花枝，正是代替了方才月台上的拥抱和热吻。

这是一个情狂意挚的场面。我看得很神往，也很满意。尽管始终没听到他们讲过一句话，但当时的情景，毕竟萦回在我的心目间，到此刻还未曾消散。

后来，被我送走的朋友，到了北京，给我来的第一封信上，就说，晚香玉流芳甚烈，两个黄昏，都使他分享了这对青年人的幸福。

（《新民报晚刊》1956年9月21日，署名：高唐）

## 烤　　鸭

卖烤鸭的馆子里，往往以鸭子的轻重来分价钱的高低，例如：低档的四元八，中档的五元六，高档的六元五等等。

顾客指定了一个档子，店家就把一只宰割舒齐的填鸭，插在烤杆上，拿到顾客的面前来："您瞧瞧，就是它吧！"

一等顾客点头认可，他们就拿去上炉子烤了。

戏剧家洪深先生生前，有一次在北京全聚德请几个外国朋友吃饭，要了一个鸭子。店家照例把鸭子送给洪深先生看看，随后，又拿了回去。

有一个外宾看了这情形，觉得很奇怪，他就问洪先生："这是怎么回事？把鸭子一会儿拿上，一会儿又拿下去了呢？"

洪深先生回答得很快："这就是我们等一会要吃的烤鸭。在它未烤之先，让它先来看看，今天是哪几位贵宾来把它吃掉的。”

洪先生刚一说完，外国朋友都不禁哈哈大笑。

洪先生的话，回答得是真好。如果不是这样，而是把本来的原因告诉了客人，那么不但叙述起来显得很无味，还会在我们的卖买行为上，向客人暴露了某种程度的寒蠢，甚至渎嫚了客人。

所以，后来大家都知道了这件事，都称赞洪先生真是巧于辞令。

（《新民报晚刊》1956年10月18日，署名：高唐）

## 台 灯

前几年到北京去，在漫画家丁聪的卧室里，看见过一盏台灯。它像从前的高脚火油灯一样，古铜的座子，座子上面一根梗子，梗子上面一个圆圆的肚皮，都是古铜的。肚皮上面顶一支磨沙玻璃的“料泡”，“料泡”里面按着电灯泡。旁边的开关，也跟火油灯那个扁圆的、把灯芯旋上旋下的旋子一样。我很喜爱这样一盏台灯，因为一看见它，自会有许多儿时尘影，涌上心头。

当我幼小的时候，住在故乡，乡下没有电灯，晚间，都是点的火油灯，餐桌上，卧室里，都用上面说的那种台灯。在这样的台灯下，读书，写字，而以更多的时间，给我母亲“唱书”。

母亲是不识字的，但是她非常爱好弹词小说。当我十一岁时，她就叫我给她“唱书”，常常从黄昏唱到深夜，几乎每天不断。难得断一夜两夜，那是因为她白天打了我，我呕气连夜饭都不吃，往被头里一钻，一忽睡到天亮；这一夜，她会无聊得像个老听客没有踏进书场一样。

读者诸君，你如果也曾经在火油灯底下讨过生活，一定知道火油灯这个东西，还有一样妙用，那就是煨些儿吃的了。有火油灯的人家，往往买一件制成的木架，木架的杆子上装一排螺丝钉，插上一只铁丝的托子，把吃的东西放在碗盏里，燉在托子上面，火油灯的“料泡”就承在托子的底下；如果煨的是粥，过数小时，粥也沸滚了，煨的是水，那么随时有热茶可饮。冷天，等我几回书唱下来，两块乳腐，一碟咸白菜，佐以一盂热腾腾的新米粥,吃得满身暖暖的,伸到冷被头里,再也用不着汤婆子了。

从十一岁到十五岁的几年里,我唱完了很多弹词本子。小本的不说,大本的《天雨花》、《再生缘》、《笔生花》、《玉钏缘》都不止唱过一次;而《凤双飞》反反复复地唱得更多。我家的《凤双飞》是石印本,一共有二十六册,五十二回。现在想想,这部书的内容,当然不会怎么好,但讲求著书的技术,在弹词里,《凤双飞》该是杰出的一部。我是在十六岁那年学写旧诗的,到二十来岁的时候,曾经有位先生,对我的诗下过这样的评语:“这孩子的诗好坏不说,可是他作的每一首诗都是音节铿锵,可见在声韵上是用过一番功夫的。”天晓得,我才不懂得声韵是什么东西呐,但是我的诗在音节上处理得不坏是应该承认的,这道理就在于唱了那么多年的书,尤其因为反反复复地唱了二十六本的《凤双飞》,自然地受到了练声锻字的好处。

话扯扯就远了,还是收回来说台灯吧。所以我看见了丁聪房间里那盏磨沙“料泡”的台灯,便不胜其恋旧之怀。丁聪告诉我,他的灯是从东单小市买来的(那时的小市还在东单)。我听了他的话,连去了几次小市,都没有这件旧货,很是怅惘。这事离现在也已经五、六年了。

前两天,去参观日本商品展览会,又看见了形状类似的这种台灯,它被杂置在很多灯盏的中间。我才知道,这种式样的台灯,是日本的制品,因而又想到小时候我家里点的火油灯,恐怕也是日本出身的。日展里的商品,不想多买,但很想买一盏这种台灯回去,放在我母亲的房间里,想法再借一部《凤双飞》来,请母亲把收音机关一关,且不要听张鉴庭、徐丽仙、朱雪琴、范雪君她们的,让我来唱脱一回,试一试老去儿郎,声腔还如昔日否?

(《新民报晚刊》1956年12月4日,署名:高唐)

## 闲扯梅花

在前人笔记里,很多描绘邓尉踏雪寻梅的盛事,但这些都没有打动我也上邓尉去玩一次的念头。我到过邓尉是给王昙的诗吸引去的。王昙的几首悼亡诗里有这样两句:“记得冰天雪窖中,梅花玄墓与君同。”玄墓就是指的邓尉,他的诗,也只有这两句写着邓尉,以下都说的别的事情了。

我是很早就心折于“烟霞万古楼”诗的。我一直认为,王昙是一个了不起的诗家,他所写出来的,不仅是粗豪雄爽,也兼有妩媚凄清,读他的诗,有如看一个最好的京剧净角的表演,会激动人心,也会叫人心花怒放,真是一种别人所没有的风格,可爱极了。所以我念念不忘要到一次邓尉,大一半还是怀着纪念王昙的心情,却不是专门为了访幽寻胜。

二十多年前,尘无在乡下养病,他作了一首看梅花的诗:“白头父老呈霜柿,素手村姑荐蜜茶。不道先生非税吏,病余来看早梅花。”就格调来讲,当时大家都激赏这是一首好诗,至多也只体会到尘无在厌恶那时候的苛政,发泄发泄孤介寒儒的一肚皮不合时宜而已。其实那时候的尘无,已经把斗争作为自己的责任,而什么叫斗争,我们都是懵然无知的。

那一回,我们在邓尉乡下,那里的村民,虽然没有邀我们到他们家去作客,请我们吃柿子、喝糖茶,但也显得很殷勤。他们说:“你们远道而来,带几枝梅花回去吧,作为我们的礼物。”我们却不过他们的情意,各人都折了小小的一枝。但因此我又记起,前人有几首《邓尉晚归》的诗,却有这样两句:“折取梅花数尺归,琼英添得玉肩肥。”这位作者把梅花折得比我们多了,数尺,该是很大的一枝,因而手上不好拿,要扛在肩膀上走了。这些,都是从前的事,把大家观赏的东西,取为私有,还要作为自己的诗料,不以为意的公然招认出来。若是现在来做,却是很不体面的事了。

扯到这里,看看前面,很像在写《梅花诗话》,不是的,我没有那么多材料;下去,还是扯一段关于梅花的童年故事吧。

故乡的家,有负郭田园,也有向阳老屋。宅子的后面,都是树,树的后面,才是一部竹林。这些树中间,就有很多是梅树。梅树有大有小,有高有矮。春来花发,童年的心,一看见梅树开花,希望它快些萎谢,一谢,猱在树上摘青梅的日子近了。我总记得我们坐憩间后面是一株最大的梅树,把北窗开了,那盛放的梅花,好像要伸到屋子里来。白天,我常在窗下温书,一阵风吹,不仅飘来了梅花的清香,也飘来了梅花的瓣子,一瓣、两瓣的坠在桌上,坠在书上,我都随手把它塞在嘴里。孩子嘤,只是贪嘴罢了;到现在想想,"细嚼梅花读'教科'",倒也是一桩风风雅雅的雅人深致呢。

(《新民报晚刊》1957 年 3 月 14 日,署名:高唐)

## 《抱孙诗》和《乳姑图》

记得是《随园诗话》上写的:一个老皮匠,生了个儿子,儿子大起来没能好好奉养父亲;后来,儿子自己也生了儿子,老皮匠在抱孙子的那天,作了一首七言诗,他说:"曾记当年养我儿,我儿今日又生儿。我儿饿我凭他饿,莫遣孙儿饿我儿。"

这是一首人人看得懂的通俗白话诗,也是一首好诗。它的一字一句,都是从肺腑中流出的至性至情,正是温柔敦厚之极。在立场严正之下,我总觉得"温柔敦厚"这个东西,常常是很多文学上和艺术上的特色。

还有,是梁晋竹在《两般秋雨盦随笔》里写的:有个山阴人,给《乳姑图》题了一首诗。《乳姑图》的情形大概是这样:一个在给孩子哺乳时期的媳妇,因为婆婆病了,只能吃流汁的东西,那时候没有牛奶可定,她只好把喂孩子的乳,喂给婆婆吃,孩子看见了不答应,在一旁哭哭啼啼的跟婆婆争吵。这个画面是动人的,但是,那位山阴人的题诗,尤其动人。他说:"儿勿啼,婆婆将与汝枣梨,儿且去骑竹马嬉;儿前牵衣双泪流,东边一只儿要留,口讲指画向婆语:'婆婆不小吃乳羞,婆婆不小吃乳羞!'"

梁晋竹是很赞赏这首诗的情致的。说它:"不铺张尽孝门面语,而妮妮之态,自然入情。"

这两首诗,到后来流传的很广,我们的读者,晓得的一定很多。现在把它提出来,想让我们的青年人看看,从前人的亲子之爱,以及婆媳之间的感情是这样的深厚,读了,不由得不动人心魄。如果你平时与家人相处之间,自有那么一些褊急的甚至是乖张的情绪,读了这两首诗也应该可以心气平和了。

作这两首诗的人,都不是诗家;《乳姑图》的作者,连梁晋竹都不知道他的姓名,只知是山阴人而已。然而诗却作得那样好,你看它:都是常言俗语,在字面上一点没有雕凿的痕迹。“婆婆不小吃乳羞”,正是娃娃的口气,作者都把它写活了。这难道不是大手笔吗?可是这样的诗在那时候,不一定人人都会喜欢,至少那些自命为渊雅之士的,不会喜欢它,他们认为这不是诗的正统,而把这样的作品,曾经定了一个名称,叫作“下里巴音”,于是也就不会把它采集到自己的著作里去。幸而有一个袁简斋,又有一个梁晋竹,他们总算不矜渊雅,把老皮匠的《抱孙诗》和山阴人的《乳姑图》,流传了下来,让我们嗟赏不尽。但是,这样的作品,自古以来给湮没掉的,不知又有多少,想想真是可惜。

(《新民报晚刊》1957 年 4 月 3 日,署名:高唐)

## 春　郊

我要向读者诸君提一个建议:今年,如果你还没有到山水名胜的地方去游过春,而又不愿意孤负春光,那末我就劝你到郊野去走走,我说的是一望平畴的郊野,还不是一些稍有胜迹的地方。

“小桥、流水、人家”,都是江南郊野的特点,到了春日,而又是微暄天气,这个特点便更加多姿了。只要你去走走,走到哪里,哪里都会有“身在画中行”的感觉。可惜我这枝秃笔,写不出那样的如画风光来,还是背两首春郊的写景诗给你看看,看了,真是会叫人陶醉的。

二十年前,书家白蕉先生写过这样一首诗:

渐有桃花泛绿潮,豆花眼大杏花娇。先生策杖来何许?两面垂杨认小桥。

这首诗完全写的春郊风景,所谓诗中有画者是也。他在二十八个字里提到了桃花、杏花和蚕豆花。可是春郊的花,还不止这一些:村舍旁边可能有白的李花，地上有浅黄的蒲公英，田里还有紫的紫云英、金色的菜花。这些花各有各的清香，不要说花香，连陇头的小麦也是香的，泥土也是香的，不是有人说过吗："雨后春泥漠漠香"，一点不是瞎说。

还有一首是前人写的《踏青竹枝词》，那更加好了：

垂髫弟弟慢前行，路在田边记不清。东岸垂杨西岸柳，乱飞蝴蝶乱啼莺。

这诗是三十年前，一个朋友写给我看的。那朋友没有说出作诗人的姓名，也没有说出这首诗的出处。但是从它的神韵之美，可以断定诗是杰构，写诗人是高手。

以前常常有人问我，诗是讲究意境的，具体说来，这个意境到底是什么东西呢？哎唷！我是没有本领谈得出这一套来的。只是有一次，又有人跟我谈起这回事的时候，我忽然想着了前面这一首竹枝词。当时把它写在纸上，对那位朋友说：当你读完了这首诗后，是不是在你眼面前好像呈现了一派如绣的秾春，不但看到了春郊的风物，也听到了春野的声音？真是这样，那末大概就是体现了诗的意境了。

读者诸君，若是你也从上面的两首诗里，想像到江南美丽的春郊。那末就应该挑一个晴暖的日子，去走他一遭，一定会有十斛春痕，从你的鬓角襟边，带回到城市里来的。去吧，去吧。

（《新民报晚刊》1957 年 4 月 5 日，署名：高唐）

## 紫　藤　花

在上海市区里，可以看见不少人家都种着藤花。一条茂名路上就有两处。一处在靠近威海卫路的弄堂口，这是一架白藤花，藤不太大，前天经过那里，已看见花垂墙外了。另一处靠近复兴中路，这是一架紫藤，我发现它已有十多年了，每岁花时，定要赶去恣情观赏。这紫藤比那白藤大得多，因此花开得繁，更难得的，这份人家（现在好像已改了一所学校）自己似乎并不爱花，而让满架的花，都开给行路人去欣赏。于是，那些花，似璎珞般的挂满了他家的门檐，也挂满了他家的篱笆，不但使他们的家,像披上了一件锦衣,连那条马路,在花光浸润下,看起来会分外明洁。再过两三天,那里的藤花,该是开得最好的时候。假使你有机会乘四十二路公共汽车往西,当车子快走完茂名南路、还没有折向复兴中路之际,你就朝右手的方向留心看一看,一定会看见这架十分茂盛的藤花,不仅看见了花,还会有一径甘香,扑进车窗来的。

上海的藤花,很多年来,被人们所艳称的有中山公园的一架,和城隍庙隔壁萃秀堂前的一架。这两架都是紫藤。不知什么原因,我对中山公园的一架,一直不大喜爱,而对于萃秀堂前的一架,却是印象很深。

看萃秀堂的藤花,不必到萃秀堂去,只要上城隍庙的得意楼就可以了。上了得意楼的三楼,找到最靠西北角的那间茶室,这茶室有一带长窗,从窗内一眼望下去,看见了萃秀堂出名的假山,也就会看见那一大棚藤花。我没有考证过这架藤花的年代,但它已很古老是一定的。当我小时候,跟了祖母到城隍庙去烧香,烧罢了香,祖母总要带我上得意楼喝茶。有一年春天,就在这里看见过隔院的藤花,祖母是一向喜欢栽些花草的,看见了这样繁密的紫藤,她走不开了。我还不懂得爱花,便一个人溜到前楼去看九曲桥上的行人,看九曲桥下的乌龟。等祖母把我找回去,叫我也赏爱那些花时,我却惫懒地靠在她的身上睡熟了。

近三五年来,每年总要想到上得意楼看藤花。去年,同几个会作诗的朋友去了,大家都作了记事诗。我是这样写的:

碧螺春嫩沸清瓯,来坐城南得意楼。萃秀堂深千石净,紫藤花烂一棚浮。片闲赊取情如醉,数子相投兴不收。猛忆儿时耽昼寝,阿婆怀里阿常头。

诗里的阿常是我的小名,祖母老这样叫我。

(《新民报晚刊》1957 年 4 月 25 日,署名:端云)

## 萧　先　生

5 月上旬,我到了北京,在一次宴会上,遇见了萧长华先生。萧先生红光满面,须发如银,他健旺得很。

这一天,所有赴宴的人,都称萧老为萧先生,梅兰芳先生也这样叫他。一只小菜上来,大家都争着给萧先生装在盆子里,请他先吃。这些人,都是萧先生的后辈,因为萧先生在梨园行里,不但热爱他自己的徒弟,也关心着所有的后起人才,如今当他晚年,人家也就尊敬他,关爱他了。

记得我与萧先生同桌用饭,这是第三次了,前两次都在上海,都是十年以前的事。那两次,萧先生都不待终席,先告辞走了,他对主人说,他有戏,要早些下后台。其实他离上戏还早得很哩,吃完了走,时间还嫌敷余,但是萧先生从来不作兴这样做,他总要在上场前的二三小时到后台,扮好戏,枯守在大衣箱旁边,存心不让后台管事为他着急。照理说,这是演员的一种美德,可惜这种美德,在梨园行里,不能举出很多人来,只有萧先生行成了习惯。有人告诉我,"北影"去年拍了一部"群英会"的舞台纪录片,萧先生饰的是蒋干,在摄影场里工作的时期,无论哪一天,萧先生总是第一个到厂,一到厂,就进化装间里扮戏,老早抹好了白鼻头,来迎接一道演戏的同志们的。

但是,这一次,他是等到席终而散的。因为现在的萧先生已经退休,留着胡子,不再献身舞台了。可是萧先生对人家说,他身体好的很,还能够演戏,只是政府对他的关怀,使他不能再说什么。我因而想到,政府是不是可以考虑一下,既然萧先生雄心犹在,何不让他再唱几年,方式是可以改变的,不要让他长期演出,如不要让他出远门;譬如梅先生在北京上演,当萧先生健康的日子,加他一个戏码,或者请李庆山让一让,待萧先生偶尔来个高力士,或者来个崇公道。一个热爱自己艺术的演员,他会终生留恋他自己的艺术,这份心情,在京剧的内行人说起来,叫作"瘾头",萧先生之不甘耽于逸乐,就是瘾头发作的缘故。政府的关怀老艺人是应该的,但如果适其性,顺其所欲的让萧先生在一年里头,难得上台几次,杀杀他的瘾头,不是更大的关怀吗?何况这样一位成就卓越的老艺人,多演几次,总是观众的福气。

(《新民报晚刊》1957 年 6 月 11 日,署名:高唐)

[编按:此文后由 1957 年 7 月 29 日香港《大公报》转载,内容稍有改动。]

# 望　病　记

一到北京，听说李少春音带上生了一个疙瘩，不上台已经半年多了。李少春和我，相交有素，他是上海人关心的文戏能唱、武戏能打的一个好演员，如今他病了，我不免去探望于他。

看到了李少春，他却跟没有病的人一样，眠食如常，讲话也无异状，就是不能使劲唱，一唱，音带的损坏会愈大。所以很多医生，都叫他要绝对休养，休养到那个疙瘩消除了为止。

李少春既不唱戏，却也并不闲着，他正在集体学习"哲学"，每天八个小时，三个月毕业。他在学习期间，自己提出了"学习练功两不误"的口号，因此拿了一本文件一面自学，一面在"压腿"（身体站着，把一条腿搁在高过桌面的地方，内行人称为压腿），或者摆了骑马势阅读书本，在休息的时候，他会一溜烟爬到平台上去"拿顶"（这大概就是竖蜻蜓了）。这些情形，都不是少春自己告诉我，而是听郁风讲的，因为郁风跟他是同班同学。

看见李少春自己很愉快，我也就放心了。在他家里，遇见了少春的父亲小达子先生和少春的夫人侯玉兰。小达子先生七十多了，看起来还像五十多岁，连头发都没有白呢。侯玉兰则变了一个胖妇人。1951年我在北京，也到过李家，那时侯玉兰有病，不唱戏，弱不禁风地躺在床上，有人在不停地替她捶腿。如今她戏也唱了，身体也好了，这天，是傍晚时分，只见她前庭赶到后院的忙个不住。问她你哪儿来那么多的事要管呢？她回答我说："嗨，我在那儿（指的是中国京剧院，她现在是中国京剧院的演员）下完了班，就要赶这儿来上班啦。"我明白了，她是从一个养尊处优的名角，变成勤俭持家的主妇了。

这一晚，我的耳福真是不浅。少春拉着胡琴，请他夫人吊一段《宝莲灯》。吊完了，又对他父亲说："您也来一段儿吧。"小达子先生真的来了，他唱了一段《落马湖》，一字硼，还是那种可爱的、一刮两响的风格。我对他说："我最初看您的戏，离现在快四十年了。"他听了哈哈大笑,几乎当我孩子似的抱了起来。

过了两三天,又在人民剧场看了侯玉兰一出《望江亭》,她的嗓音虽然弱了一点,但身段动作都优美极了。算一算她歇了多少年啦,而身上的功夫,却丝毫没有减退,真是想不到的。

(《新民报晚刊》1957 年 6 月 16 日,署名:高唐)

## 替梅先生买霍山石斛

5 月间,在北京看了梅兰芳先生的一出《醉酒》。这一夜,我坐在第三排。

记得抗日胜利后第一次看梅先生演戏,是在上海南京大戏院,也坐的第三排。看见梅先生脸上搽的粉,虽然不是斑斑剥剥的那样难看,却也不是匀润地熨帖在皮肤上了。我当时想,梅先生毕竟上了岁数,化着装,也不再是那张吹弹得破的脸蛋儿了。可是最近看他的《醉酒》,使我惊奇的是,隔了十一年,梅先生化了装,经过映白施朱后,又回复到他在盛年时候的舞台丰采。

过了两天,我遇见了梅夫人,就跟她说起了上面的问题。梅夫人给我解释道,从前梅先生化装,用的是水粉,后来改用了油采,油采的好处,比水粉吃得进皮肤。又说,梅先生平时一直当心着保养他的脸部,演出的日子,总在家里休息,不让风吹着他;在北方,刮着风沙的时刻,更是绝对不出门了,生怕风吹燥了皮肤,会影响他的化装。

梅夫人说的,不过是梅先生对化装用品的考究,对自己生理上的保养而已。后来我又听得一位朋友讲了一件事。他说,近年来梅先生化起装来,常常把颊上宽松的皮肤,向两边耳际拉挺,用橡皮膏粘牢,然后加上贴片。皮肤挺了,搽上粉,抹上胭脂,自然更加细腻。如果真是这样,那末我们可以知道梅先生虽然有了这么宏大的成就,虽然他已到了晚年,还是万分忠爱地对待他的艺术,因为这不仅仅是刻意经营的事,而是还在刻苦地追求他更高的成就。

自然,梅先生平日所注意的不只是化装的事,凡是有关演戏上的一切条件,他无不小心地爱惜着的。大家知道,一个演员最能吸引观众的是一双眼睛,梅先生就经常用内服的、外搽的药物,使他的眼睛永远保持着美好的神采。至于嗓子,我们知道他泡了霍山石斛,作为日常的饮料。

石斛是一种国药,功能祛热解毒,增长津涎,因此能够帮助发音的朗澈。这种药材,以产在安徽霍山的最好,而形状小得似耳环样的品种,尤为名贵。梅先生所服用的,也就是这种霍山耳环石斛。因为它的产量不多,在北京的药材店里,很少供应。梅先生打听得汉口地方,有时碰巧能买得着一些。

当我们到了汉口的时候,有一天,同高百岁谈起这件事,百岁当时说,让我作为一件任务,去替梅先生找找这种药材。过了一天,他告诉我们,跑了几家药铺,只买着了八钱石斛,已给梅先生寄往北京去了。原来汉口的药材店里,货品也是不多,但铺子里的人听说梅兰芳要用这种药,他们又是兴奋、又是歉疚地说,一等货源到时,就来通知高先生吧。

(《新民报晚刊》1957年6月30日,署名:高唐)

## 庐山随笔

◆ 我看庐山

前三月,上庐山玩了几天。说是玩,其实在山上坐、卧的时间多,游动的时间少;如果计算一下,我游过的地方是不是占了整个庐山的百分之一,还是疑问。

我不但没有攀登海拔一千五百多公尺的庐山主峰大汉阳峰,就是五老峰也不曾涉足;既没有看过庐山的森林地带,也不曾拜访过庐山的瀑布。总之,一切艰于登涉的地方都没有去,最高也只到了含鄱口,还是因为环山公路,已经快修到这里了。

目下,庐山上的环山公路有两条:一条从牯岭经过庐山大厦、芦林大桥到植物园,再往东便到了含鄱口;另一条从牯岭出发,经过大林寺、花径、御碑亭到仙人洞。大概一些老年癃病的游客,上庐山,这两条路都会到的,因为都有交通工具。我的游程也复如此而已。

走过这两条路线以后,倒有这样一个感觉:上了庐山,便已置身于千丘万壑之间,所以不一定要老远的去寻求什么胜迹。譬如说,含鄱口之所以著名,因为它的形势雄丽,站在山头的亭子上,可以看见前面两个山峰的底下是鄱阳湖的一角,两个山峰,像两片巨唇,把鄱阳湖吞含在口里。看是好看的,但这样的境界,决不止含鄱口一个地方,在上山公路上,也可以看到同样的景色;到了仙人洞上面的御碑亭里,也有类似的奇景,不过这些山峰所含的,不一定是鄱阳湖,而是长江的一角罢了。

胜迹不一定突出,不是胜迹,无不可以流连。我想游过庐山的人,都会同意我这样的说法。所以我即使在山上跑的地方不多,每天只从牯岭寓所经过庐山大厦的前面,来回走二、三里路,也总是觉得心满意足。因为就在这短短的路上,已足够领略庐山的“不尽淋漓致,浑茫此大雄”的万千气象了。

◆ 云与雾

上月间,有人在本报谈过庐山的云海奇观。云与雾,在庐山上是家常便饭。好几个清晨,我都在雾里度过的,也是每天讨生涯于云海之中。我住的地方,在参天古木下,复盖着一排精舍,门前是一大片崖岸,崖子的下面是菜圃,站在崖岸上,望那深雾弥漫着的菜圃,真似一池烟水。

不是大手笔,没法写得好庐出的云海奇观。在我写的二十首《庐山杂诗》中,有两首是提到云的,纤巧得很,把瑰丽的云都小品化了,不管它,抄在下面:

忽看檐角流红雾,又见坡前渡采霞。身在云中还羡曰:对山云里那人家。

人言轻薄何曾是?多变皆因善卷开。数日清居无客到,推窗惟有白云来。

◆ 修建工程

在山上，夜里，静得出奇。到了白天，也有许多声响，倒不是伐木丁丁声，而是炸山声，击石子声，来往不绝的、运输建筑材料的卡车声。你知道，牯岭有这么多的房屋，还是不够供应每年避暑的人来居住。因此山上不仅天天在赶造山路，还赶造很多的房屋，何况，全国各地都有一些单位，要在山上修建自己的疗养院的，这样，便到处可以看见大兴土木的工程。

我们寓所的主人，是一位在庐山上土生土长的青年。据他说，庐山平时的人口是八千，一到夏天，就要激增。去年因为各地都奇热，到七、八月间，上山疗养的和乘风凉的人，纷至沓来，一下子人口总数到了三万；后到的人，不但投宿为难，连交通工具和食品供应，都非常紧张。所以庐山管理局很伤脑筋，他们难以估计，要造多少房子，才能应付每年不断增涨的游人。

◆ 人工湖与动物园

芦林桥下起劳歌，争凿人工十丈波，更待些时来放棹，笑痕定比涡痕多。

——过芦林桥作

人工湖在芦林桥下。庐山不但有游泳池，还有这样一个在海拔一千多公尺的山腰里，用人工凿出来的百亩清波，供游人渡水，真是奇迹。但是，我来得不巧，人工湖正在做凿浚工程。站在芦林桥上望到湖底，好深啊，真像在五层楼的房屋上望平地一样。

动物园附设在“花径”里。花径之所以为庐山名胜，传说当初白居易到此看过桃花，作过诗，现在则变了公园。

动物园的规模虽然不大，其中却也陈列着老虎和金钱豹之类。它和山下各城市的动物园有最不同的一点，则是它们那里有一块牌子，上书：“本园所有陈列的动物，都是本山产品。”想想自己身在本山，看看这些张牙舞爪者，都是本山产品，我这个神经衰弱的人，当时颇为之局促不安。

（《新民报晚刊》1957年9月10日，署名：高唐）

# 三十年前的北京戏馆杂忆

读了向平先生的《广和查楼》，引起了我对旧时北京戏馆的一些回忆。

在三十三年以前，我在北京住了二年不到，一年有余。寓所在前门外的取灯胡同。那时北京的戏馆，绝大多数在前门外。广和楼（即早期的广和查楼）在肉市，华乐（现在的大众剧院）在鲜鱼口，中和团在粮杂店。单是大栅栏一条路上，就有好几家：广德楼、三庆园、庆乐园。再往南数，珠市口有开明戏院（现在的民主剧场），香厂有新民戏院（后来火烧掉的）。这两家都是新造的，规模有些像上海的舞台建筑，所以不叫"楼"，也不叫"园"了。还有一家叫第一舞台，院子大，座位多，除了唱会戏，平时是不开锣的。

当时的广和楼，是专归富连成科班的孩子们公演的戏馆。我不知富连成这个班设在什么地方，总记得每天上十时左右，这些孩子们排着队上馆子去了。经过取灯胡同，再穿过廊房二条，穿过前门大街，就到广和楼。孩子们一队三四十个，都在十岁左右，一色的蓝布大褂，光头，好像每天都剃过似的。我有时去看戏，也没注意他们的姓名，以年岁推算，说不定有现在的裘盛戎、高盛麟、袁世海和叶盛兰他们在内咧。

凡是称园、称楼的这些戏馆，陈设都非常简陋。池座的后面，都是方桌子，围着桌子的都是条凳。这是廉价的座位，从这里倒可以看出向平先生说的早年北京茶园酒楼的遗风。最特别的构造是中和园，一进剧场，先要经过戏台，后面才是座位。有一次是大冷天，我去看戏，不知为什么没有电灯，台前挂了两盏汽油灯。这一天，尚和玉演《四平山》，大轴是孙菊仙的"朱砂痣"。老乡亲（孙菊仙的外号）已经老态龙钟了，他怕冷，连大布棉褂都不脱去，就在外面罩了一件帔。上得台来，唱"今夜晚，前后厅，灯光明亮……"的一段摇板，听听倒还是蛮刮辣松脆的。现在想起来，这个戏馆，这个灯光，这个人，这个戏，真的都是古旧极了。

在这样的戏馆里听戏，也是非常不宁静的。如果旁边坐了一个欢喜抽烟的人,那末在三步以外,常常有一只几尺长的水烟筒伸过来;还有一个个拧热了的手巾把,在头项上拍拍的飞来飞去。最嘈杂的是有几位现在应该称是纠察而当时却不知叫什么名堂的工作人员,随时地、不断地发出哄"听蹲儿"的声音:"嗨,买票你呐,这儿站不住你呐!""嗨,这儿没有谭老板你呐,回去吧,别挂对子啦!"

什么叫"听蹲儿"呢?就是上海人说的看白戏。既然他们发现了有看白戏的人,那末尽可以叫他买票,但是他们不,而就爱这样嚷嚷不休,好像存心跟买票听戏的人为难似的。我起初也不懂他们在嚷些什么,更不懂什么叫"没有谭老板",又是什么叫"挂对子"。后来有个老北京告诉我说,从前谭鑫培唱戏,他是不许台下哄"听蹲儿"的,因为给谭鑫培叫的倒采,都是从"听蹲儿"群里发出来的。谭鑫培认为这些人才是他的知音。如果真是这样,那末谭鑫培的气度,倒真有点不可及了。至于"挂对子",是因为这些戏馆里都有很多根柱子,看白戏的人总是很识相,他们怕自己站着,挡住了后面人的视线,于是都柱子前面一戳,这样,就像给柱子挂上了对子。其实是很不忠厚的比喻。

当我住在北京的这一段日子里,看了很多戏,也看了很多好戏。譬如梅兰芳、杨小楼、余叔岩戏,都看过不止一次。但那时我年纪还小,不大懂得戏的好坏,故没有什么印象。只有一出"三击掌",给我的印象很深。在这出戏里饰王允的刘景然,当时已经八十六岁;饰王宝钏的陈德霖,也已七十高年。我在台下看到刘景然的动作,都有点蹒蹒跚跚了,给人一种悲悯的感觉。这两个人,若是活在今朝,国家早已把他们供养起一来,决不会让他们啃着台板来拼老命的了。

我的回忆,到此为止。去年5月,我又到了一趟北京,也看了几次戏。巧得很,一次到了广和,一次到了中和。这两家戏院的门外风光,似乎没有什么变迁。但门以内则完全换了样子,坐在里面,再也找不出一点点可以让我"发思古之幽情"的资料。这是近年来所翻造的。有一天,我又到护国寺大街的人民剧场去看侯玉兰的《望江亭》。这个戏院,飞檐画栋,好一派闳丽的气象。这又是近年来所修建的。

(《新民报晚刊》1958年1月30日,署名:高唐)

# 听话匣子

再来说一段三十多年前,在北京听话匣子(留声机)的老话。

这是去年我在北京一个朋友家里收听电台节目时聊起来的。这个朋友还很年轻,我因而告诉他,在我少年时候,北京非但听不到广播,连人家家里有一架留声机,也算是奢侈品了。可是话得说回来,那时候却可以花一只铜板,听一张京剧唱片。这种味道,现在想来,还觉得很是有趣。

听这种唱片,记得只有两个地方,天桥和东安市场。天桥我是不常去的,只有每次上市场,总要去找那个留声机的摊头。那摊头摆在一块场地上,似乎靠吉祥戏园很近。摊主人是个老者。顾客去到那里,坐在他的一张条凳上,告诉他要听什么唱片,他就把片子安在唱机上,同时递过两根橡皮管子,顾客把它插在耳朵里,像医生的听诊器那样,唱片就响起来了。这声音只是通过皮管,送在顾客的耳膜上。站在旁边、不花钱的人,就什么都不会让他们听见。

那时,我一直记得,最欣赏的有两张片子:一张是罗小宝和吴彩霞的《武家坡》,一张是路三宝的《乌龙院》。除了在那个摊头上,后来再也没有在别的地方听到过了。

有一年夏天,我住在东城一家亲戚家里,一到夜晚,听得胡同口常有"听话匣子……"和"大转盘儿"的吆喝声。原来这是有人背了唱机唱片,上门来做"堂会"生意了。有一回,我们请了一位背唱机的人进来,问他都有些什么唱片。他数了一大套:"《探母》,谭老板;《落马湖》,杨老板;《碰碑》,王又宸……还有,《洋人大笑》。"我们因为是南方人,又问他:"有没有露兰春的《宏碧缘》?"他直摇着头,不高兴的说:"那没有,那哪儿能有?谁听她的啊!"又说:"要不,有一张李吉瑞的《铜网阵》,您凑合着听一段儿吧。"

从他的谈话中,可以看出当年京朝两派的界域严明了。露兰春是南方的京剧演员,也是最代表海派的演员,使这位背唱机的人,也几乎把她看成洪水猛兽;连李吉瑞,他也似乎很不屑的样子。而在当年,天津人听戏非李吉瑞是不过瘾的;露兰春在上海的声势,恰恰是压倒一切的文武老生哩。

有一天,叫“话匣子”的在胡同外一片空地上做卖买。那里有很多纳凉的人,凑了钱叫他开几张唱片。一开,果然不是“杨延辉,坐宫院………”的二簧原板,便是“金乌坠,玉兔升……”的二簧倒板。难得也有人点一张刘宝全的《马鞍山》,一阵阵檀板鲲弦,那情景倒使人想起“负鼓盲翁正作场”的赵家庄上了。

(《新民报晚刊》1958 年 2 月 11 日,署名:高唐)

## 鬼 巷 记

上海里弄里掀起了整风运动的高潮。使人意味着盛世清明之气,已经笼罩到这个大城市的每一个角落了。生活在现时代的人,尤其是年青一代的人,虽然都知道旧上海那个社会的黑暗和邪恶,可是不会想像得到黑暗和邪恶究竟到怎样的地步。既是从里弄说起,就让我来给你谈一段我到过的“得善里”那条弄堂的故事吧。

说起来,也不过三十多年前的事。在当年上海被法国侵略者盘踞的时候,现在的金陵东路是叫“公馆马路”的,人们又习惯称它为“法大马路”。我要讲的得善里,就在这条马路上。因为后来这一带的房屋都翻造过了,所以它的遗址,已经记不大清楚,大概在东新桥卜邻里相近吧。那一年是一个隆冬的夜里,有个亲戚,要到得善里去寻他的一个兄弟,就带我一同去了。明明这条弄堂是在热闹的“法大马路”上,可是全弄却没有一盏电灯,故而我们都拿着一只手电筒去的。

从弄堂外看弄内是乌黑一片,只有弄堂口的一副馄饨担上,燃着一点惨淡的灯光。馄饨担的灶肚里,柴爿倒是烧得很旺,仗这火光,照亮了旁边的另外一个摊头。这摊头的主人坐在地上,脚边放着一堆从马路上拾起来的香烟头,他一边拆散这些香烟头,一边又在用一部手摇机卷制香烟。馄饨担的边上,围着几个食客,他们都污秽极了,头发既长且乱，眼眶里藏着眼粪，鼻子下挂着鼻涕，衣服又破又薄，天气是那么冷，他们都把头窝在肩膀下面，还不住的发抖。这时候只有馄饨锅子里的腾腾热气，总算对这些人尽了一分“暖老温贫”之义。

进了弄堂，黑暗里只听得咝咝地一片号寒的声音。走了几步，偶然把电筒一照，看见一个人僵卧在墙脚下，是倒毙的。亲戚叫我不要去照，他拉了我就走。在一条支弄里，我们找到了要去的那份人家。摸进了后门，摸上了楼梯。这时，我们的两只电筒都亮了，只见每一级的梯板上都积着几分厚的灰土，看来，这里的房子，有几年没有扫除过了。

上了楼，进了前房，亲戚果然寻到了他的兄弟。这前房除了有五张床之外，别无其他陈设。每张床的棕棚上铺着一条席子，既没有被褥，也没有枕头，但是各有一条用《新闻报》做的床围，把床底下遮蔽起来。我们到的时候，三只床是空着，两只床上却都躺着一个人，床上又各燃起一盏油灯，就是这两盏油灯，算是这屋子的照明工具了。那两个人其实都不是躺着，而是抬起了上半段身体，捧住烟枪，凑着灯光，在抽吸红丸。过不多时，忽然听见靠窗口的那只床底下起了“嚓”的一响，接着一点火光亮起来了。随后一个女人的暗哑的声音，喊了一声，后房里就进来一个人。他把床围（报纸）往上一撩，就看见一个三十多岁的女人蜷缩在下面，跟死人一样的脸，无力地闭上眼睛，只有一只手朝上伸在外面。那个后房来的人把一个小纸包放在她的手上，又把床围遮盖起来。

后来我才知道，这得善里整条弄里，都是吸毒的地方。但它跟其他卖鸦片的“燕子窝”有所分工，这里是专吸红丸与白粉的所在。而上下床之分，也就是上面抽红丸，下面吸白粉。那个女人收到的一个小纸包，里面装的正是销人骨髓的“海洛英”了。

当我们离开这屋子后，走到弄堂里，又看见几个人把一具尸体搬到墙脚下去。我的亲戚，急急地拉着我走，他告诉我：一个冷汛（寒潮）到来，这条弄堂里，不定会倒下几个人来的。这哪里是人间，直是鬼墟。

真是鬼墟！似这样的鬼墟，现在的世界上还有。香港有，巴黎有，纽约更有。但是我们这里，目前的上海，不但没有了，它即将成为一个一尘无滓、通体透明的美丽的城市。

（《新民报晚刊》1958年3月16日，署名：高唐）

## 重读朝鲜通讯

前几年，在抗美援朝的日子里，每次拿到《人民日报》，总是热泪盈眶地读完每一篇朝鲜通讯。我自己觉得，生平再没有像读过朝鲜通讯后受到激动的事了。这些文章的出色，不在于文采惊人，而是在于它叙述了祖国的优秀儿女、志愿军战士的英雄气魄，才使得这些文章的每一个字，也铮铮然掷地作金石声了。

读了朝鲜通讯，使我开始懂得，要怎样做才算是一个真正的人；什么样才是最美丽的灵魂；什么样才是最崇高的品德。也因为读了朝鲜通讯，使我更加热爱我们的国家、我们的军队和我们的战士。

在今年的建军节前，我重新读了朝鲜通讯的集子（人民文学出版社1953年出版）。不但跟从前一样，热泪盈眶地读完每一篇文章，甚至还感觉到，我的喉咙都梗咽着，要说话也很困难。亲爱的读者，你如果也曾读过这些文章，一定不会奇怪我的感情是如此脆弱。因为这里面无论哪一个故事，它都冲击着我的心，不让我透得过气来。像黄继光、邱少云等烈士的惊天地、泣鬼神的事迹是不必说了，只说这样一个事实吧：

……蔡金同是志愿军的战斗英雄。他的身上先后负过四处伤：头上给机枪子弹划了一道深沟；两块手榴弹片，砸坏了他的右腿和左腕；左臂的骨头也给机枪子弹打折了。可他还不肯停止战斗，终于又负了最后一次的伤。

这一回，他们以一个精悍的小队，扑灭了几路进犯的美国强盗，也就在敌人死伤遍野的同时，他的肚子上受到一颗“快八粒”子弹的冷枪。当他醒来时，看见肠子已经突出来了，便扯下头上的三角巾，包扎好了伤口，撑着冲锋枪又挺立起来了。不料他走不了几步，敌人的机关枪又朝他打来，他只得朝炮弹坑边躲去。在坑边,他打定主意要和强盗拼个死活。他想到他们光荣牺牲的排长是个共产党员,他要学他的样,死要死得英雄,死得有骨气。想到这里,心就镇定了,也忘记了伤痛。正好这时候,有两个贼兵的身影,出现在离他二三十公尺以外。蔡金同不等他们走得更近时,就扳动机枪,打死了一个鬼子,另一个却没命的逃了。这以后,他才艰苦地从强盗的尸堆上,爬回到自己的阵地……

看,这就是我们的战士,多么坚强的战士!他用着怎样的深情至爱,来尊重我们的党,来卫护自己的国家。读了这样光耀千秋的事迹,我想谁的心都不会平静得下来的;然而,这不过是千千万万桩英雄故事中的一节啊。

从数不清的英雄故事中,我们应该取得最大的信心:那就是判定美帝国主义是不可怕的,尽管它是一头疯狂的野兽;只要它敢侵犯我们,我们自有力量把它碎尸万段。我们有强大的军队,有赤胆忠心、百炼成钢的战士,凭着这些,我们的国家,就是无坚不克、万古长春的了。现在我们既要制止野兽们侵略阿拉伯人民,又要跟它算算我们自己的账,随时准备解放台湾。野兽们若不乖乖的滚了出去,我们就要把这一群灭绝人性的狼彘,来一个斩尽杀绝!

但愿得到政府的准许:到后来扯起红旗,渡海歼敌,有我一份。

(《新民晚报》1958 年 8 月 4 日,署名:高唐)

## 木　香　棚

近年来,在报上读了很多谈花木的文字,但没有人谈过木香花。在浩繁的春花中,这是一种迷人的花。

还有奇怪的是我在上海住了三十多年,却从来没有在那里看到过木香花。我所以晓得木香花还是因为在幼年时候,故乡嘉定的园子里栽着一个木香棚。这个棚是长方形的,六七尺高,两端都长满藤叶,另外两面则留着两个穹门;当春天,叶茂花繁的时候,我们时常戏逐在这个花棚里面,因为这种花有浓烈的香味,香得甚至发甜,招来的蜂蝶特别多，于是觉得这个花棚更加逗人。

木香花大概是属于蔷薇科的，复叠的花瓣，比十姊妹长的还要厚实。颜色黄里透白，有点像蜜色。只要它一开花，满园子只闻到它的香味。我完全不懂得木香花应该怎样栽种，但因为它是符合绿化、彩化、香化的花木，所以提出来希望园艺工作者广为培植。

（《新民晚报》1959年3月26日，署名：端云）

## 杨柳诗话

“遥知杨柳是门处，似隔芙蓉无路通。”这两句是古人的诗。在律诗中，这样的写法叫流水对。这一联不仅是好诗，又是多么美妙的绿化境界。

三十年前，有位南方人到甘肃去，住在兰州，写了许多《陇上杂诗》，记得有两句是：“客里忘佳节，惊看柳插门。”若不是他的题目上写明《端阳绝句》，读诗的人还以为他在写清明节呢。《端阳绝句》里还有“当垆高髻上，一朵石榴花”两句，情景也写得很美，不知道现在兰州人过端阳节，还保存着这些风俗否？

柳絮和杨花是两样东西。柳花是黄色的，花结成子，子老了才成白色的絮，所谓柳老飞绵。但自古以来，人们对这两样东西一直不分家的，尤其是诗人老把它们缠在一起，最突出的如：“我比杨花更飘荡，杨花只是一春忙。”明明把柳絮看作了杨花。惟有杜甫毕竟高明，他说“雀啄江头黄柳花”；又说“生憎柳絮白于绵”，柳絮是柳絮，杨花是杨花，分得清清楚楚。

（《新民晚报》1959年4月2日，署名：端云）

## 白菡萏香初过雨

在私塾里读书时，先生教我们读旧诗，有一回，读到陆游的一首七律里有两句：“白菡萏香初过雨，红蜻蜓弱不禁风。”我问先生：“白菡萏是不是白色的荷花?”先生说:“是的,你怎会知道,是翻了字典,还是别人教你的?”我说:“都不是,是我自己猜想的。”

事实也是这样。因为那时候我家的庭院里,栽种着二、三缸荷花。当夏天,翠叶如盘,而洁白的花枝正当亭亭高发,这时常有蜻蜓飞来,其中就有红蜻蜓。红蜻蜓真是一种美丽的昆虫,不但它的翅膀薄得像朱红色的乔其纱那样,连身体都是透明得像支红色的霓虹管子。

红蜻蜓常常飞在白荷的旁边,所以一读到这两句诗马上会联想到白菡萏或许就是荷花。因而冒问一声,倒并非我是个什么幼年博学的“神童”。

我一直以为,无论唐宋,陆游的近体诗,总是一分超然绝诣。就是这两句,也是写景的极笔。我又常常在想,后世的画家,为什么没有人采用这个意境来画一幅画呢?单是饰色,使画面已经足够绚丽了;自然,要画得好,还应该突出“初过雨”和“不禁风”的境界来的。

(《新民晚报》1959年7月22日,署名:高唐)

## 高升桥畔

高升桥在嘉定西门外,下面是练祁河。小时候从城里坐了脚划船到安亭去望外婆,船一定要过高升桥,所以高升桥的两岸风光,我是从小就熟悉的。自从十六岁那年出外学生意之后,一向不大回归故里,不看见高升桥算算已经三十多年了。前几天为了访问城西公社,才又回到嘉定,而且一个上午的时间,都逗留在高升桥畔。

高升桥还是那座桥,它没有变样,变了样的则是它的两岸风光。桥的南堍,一边造了酿酒厂,一边是民办的电力灌溉站,还有胜利生产队的花墙食堂。桥的北堍,东边是城西公社的办公室,西边原来是一大片旷地,如今新盖了一排排的砖瓦平房,不知要建立什么工厂。这些新鲜事物,都是近一二年或二三年里成长起来的。若不是中间还拱着这么一座桥,我怎么也认不得这就是我的故乡。

在桥上,我也流连了很多时间。看见河上摇过的打鱼的船,我不但记得嘉定人向来叫它网船,还想得起当年网船上人的苦难情景。有一年,大约是端阳节前后,我跟随母亲从安亭回家,吃过午饭下船,过高升桥时总在下午四五点钟,高升桥有个埠头,船要在那里靠岸。这一天,船刚刚停泊下来,就有一个网船上的渔妇,背上驮着一个孩子,旁边还跟了一个,她托着鱼筐探身到脚划船的仓里来,向母亲兜售。母亲怕这些鱼都是早上卖不掉的,不新鲜,所以不想买它。不料渔妇竟乞怜地说,买了吧,让孩子好吃餐夜饭。她这样一说,母亲的心软了,果然买了几尾,还捡了几只安亭带来的粽子,送给那两个孩子。

从这时起,我才懂得网船上人的生活是如此苦恼。后来更不断地听见他们的凄凉景况:网破了,补不起,船破了,修不起,于是,他们连家都破了!上得岸来,老弱的沿门乞食,年轻的无论男女,出卖最廉价的劳动力,半辈子给人家当奴仆。……

我在桥上正想起这些儿时影事,一位同来的同志,邀我一道去看看公社的水产生产队。到了那里,那里的队长用很多的话,给我们叙述了目前渔民的生活情况。他说,这个队一共有五十多只网船和小船,渔民有的一个月可以分二三十元的工分,高的有五十多元;不算数,公社还供给他们全部伙食;还不算数,公社对他们的生老病死,尽了无微不至的关怀。队长举了一件事例说,有个渔民叫戴金宝,今年害了肠子病,公社把他送到本地的医院去治疗,没有全好,索性再把他送到上海中山医院来彻底割治。病好了,公社负担了他的大部分医药和手术费。这下感动了这个青年人,他一回来便使出浑身干劲,生产量经常数他最高。他整夜地在河港里荡着网船,一直要捞到天明,等交罢了早晨一班的鱼,才肯回去休息。队长说到这里,用手向门外一指说,那里河边停着的就有戴金宝的网船,这会儿他在船上睡得正香。

当我们回到公社办公室时,烈日方中。在路上,果然看见对岸是一派青郁郁的树林,浓密的树枝,一丛丛地扑到河上,使河边成了一带林荫。有几只网船,就系在树阴下面。有的船上,妈妈正带着孩子,在船头吃饭。他们都悄悄然不作一点声响,像是怕惊醒了仓里睡着的、夜来辛苦了的爸爸。我们也想到了戴金宝不知睡在哪一个仓里,这时候,他不但睡得正香，连做梦也会是甜的。

（《新民晚报》1959年9月1日，署名：高唐）

## 会乐里弄堂口的故事

三年前深秋的一个傍晚，我到福州路会乐里外面的蟹摊上买蟹。才走上摊前，看见蟹篓旁边掉下的一张一元钱的钞票。我告诉卖蟹的人说，你们掉了钱了。卖蟹的人看了看地上的钞票，又望了望他身边正在整理钱币的一个孩子。孩子有些着慌，脸涨得红红的，忙把一元钱拾了起来，他仰头想了一想，就对卖蟹的人说："噢，不是我们掉的，是我方才找给那个老妈妈的，定是老妈妈掉了，我去追她。"

孩子走出了蟹摊，向马路两边望了望，便直窜过马路去了。他奔过天蟾舞台，一直往南。

等我拎了蟹正要离开的时候，孩子又奔回来了。他说："是老妈妈掉的，幸好我有点认识她，叫我追上她了。"

这时候，我忽然感到一阵震动，重复地端详了那个孩子，才十二三岁。现在他正掀开了篓盖，检视着里面的货品。我就问卖蟹的人说："是你的儿子吧？真是个诚实的孩子。"卖蟹的人说："是最小的一个，正念书呢，如今的学校教得他好嘛。"他接着又说："才放学，总要到摊上来帮我做点事，其实年纪还小哩，也帮不着什么……"我要讲的第一个故事，就是这一点。亲爱的读者，您也许会说，这样的事儿太平淡了，在我们今天的社会里，具有这种道德品质的少年儿童，到处皆是，难道能够写得完的吗？这个，我也完全懂得的，但我之对这件事不仅当时为之激动，便是事隔三年，到现在想起来还不能平静，也自有我的原因。您如果不怕烦，那末且听我再说一个远一点的故事。

这个故事离开上一个故事将二十年了。那是个夏天的晚上，我到天蟾舞台去看戏，从西藏路折入福州路，经过会乐里时，只见弄堂里拉出一辆点着电石灯的包车，车上坐着一个妓女（旧上海的会乐里，全弄都是开的妓院）。车子刚拉到街面上，忽然涌来一群都是十多岁的流浪儿，其中一个，把手里的一瓶红墨水，向车上的妓女洒去，从头面一直洒到衣服上，好像浑身流着鲜血一般。这时，那妓女气得顿足直哭，急忙从车上下来，奔回家去。你道这是怎么回事呢？这是因为那个伎女触恼了当时的一个什么恶客，恶客就雇用了一批流浪儿向她施以伤害。

久居上海的人，都知道当年的十里洋场上，满眼都是流浪的儿童。这些儿童原来都是好孩子，只是在那时的黑暗统治下，逼得他们无衣无食，不得不沦为乞丐。做了乞丐也就落入了乞丐集团，它的为首之人，专门教唆他们做种种坏事，把无数的幼苗，一个个都变成活鬼。而四马路上的流浪儿却是比任何地方为多。他们都盘踞在从西藏路到广西路那一地带，不是三五个，而是几十个。他们在这地段上的活动方法是多种多样的：有时成群地向行人骚扰，非叫行人摸出钱来，不得解围；或者分几人为一队，把守着停放在这一地带的每一辆汽车，待汽车开行时，就向坐车人要开销。但这些，他们都是认为小生意，最大的生意要算接受乞丐集团头子给他们的差使，叫他们去虐害人家。因为他们毕竟还是孩子，既懂不得事理，又动不得真刀真枪，所以只能做些"阿要看颜色，红黄蓝白黑"的勾当，那是说，把红的墨水、蓝的墨水、白的虱子、黄的粪便和黑的柏油这些东西向人家抛掷，而被虐害的又往往都是女人，我上面看见的那番情景，就是这么回事。

好了，我的故事讲完了。正因为我对旧上海流浪儿的生活比较熟悉，所以看到现在孩子们的新人新事，感受会特别强烈。十年来，共产党的阳光，照透了每一个角落，如今，我们走在福州路上，再也看不到一个流浪儿的影子了；有的，都像我在蟹摊上遇到的那样勤劳诚实的儿童。

（《新民晚报》1959年10月9日，署名：高唐）

## 栈条与大淘箩

出了嘉定南门，行三五里，就是石冈，石冈附近有个篾竹村，村里的农民,历来不是以耕种为生,而是从事竹器手工业的。当沪宜公路没有开辟以前,从嘉定到南翔,另外有一条旱路,这条路到了石冈就贯穿着整个篾竹村。行人经过村子时,但见一带竹林中,掩盖着两旁的矮屋,几十户人家都在屋前场地上编结竹器。农妇和小姑娘们总是做些篮篮筐筐的小东西,而男人则使着重刀,劈开一根根粗壮的毛竹,做比较大件头的用具。

我小时候就知道嘉定城里和乡村人家用的竹器,都是由篾竹村供应的;却想不到到了现在,上海人家所用的竹器,竟有四分之三也取给于石冈的篾竹村了。这是因为全村的农民在去年加入了人民公社,在公社领导下,生产量大大提高,供应面也就远远推广。今年公社大办工业,也办了一个竹器厂,把七个竹器生产队的一个队的成员,作为这个工厂的工人。

前几天我访问了公社的竹器厂。好一座高爽的工场,一窗一柱,都是用竹子修建起来的。在这个工场里,看来不做一些小零小碎的生活,做的只有两种用器。一种是着地编织的,几个老妈妈蹲着身子,心灵手快地正在编织着一大张长方形的、像席爿那样的东西,我叫不出它的名堂,也不知该怎么用的。于是问了一位老妈妈,她告诉我这叫“栈条”,用来包在米廪外面的,是米廪的围墙。一听老妈妈说起米廪,我立刻想到了稻谷的丰收,因而担心起来,我想即使取尽了南山之竹,都编成栈条,也未必能藏纳得下今天我们丰收的粮食!于是又脱口地对老妈妈说了一句:“你们编的栈条,怎么够派用场的呢?”她笑了笑说:“也只好赶起来看了……。”

栈条以外,还有一种是淘米箩。这里做的也不是普通人家用的“烧箕”,确确实实是一种“箩”,可以淘三斗米、五斗米的大淘箩。这是目前最热门的货色,人民公社的公共食堂需要它,上海市里的每个公共食堂都需要它,需要量是那么多,那么广,哪里来得及做?但他们说,还是要赶。是的,在我眼前,每一个工作凳旁边,大淘箩都巍巍地像宝塔似的叠着一堆。

工场里已经有了劈篾机,代替手工劈篾了。遗憾的是我没有看到他们的操作。本来还想去看看其他几个竹器生产队的,但有人说,在这段时期,别处跟这里一样,也是编不完的栈条,结不完的大淘箩啊!

(《新民晚报》1959年11月29日,署名:端云)

## 枇杷诗话

前几天,看见吴昌硕画的一幅枇杷,还题了一首七言诗:“端阳嘉果熟熏风,色似黄金不救穷。曾伴榴花作清供,馋涎三尺挂儿童。”明明是叹穷,然而在画家的笔下,却说得那么风趣。

因此想起二十年前读过另外一个人写的一首咏枇杷的诗,同样是嗟老伤贫,但比起吴昌硕来,此人则说得比较露骨了。那首诗大概是这样写的:“馋吻能膏任小禽,看来采摘早无心。何曾知我贫连骨,岁岁空悬一树金。”

洞庭山人有这样两句诗:“最是夏初山上好,洞庭白接洞庭红。”洞庭白是指的枇杷,洞庭红是指的杨梅,但洞庭山有一种桔子也叫洞庭红,这样,山上就有两种洞庭红了。

(《新民晚报》1960年5月30日,署名:端云)

## 王家磨刀手艺高

张金荣是老城隍庙王大隆刀剪店里的磨刀能手之一,经他磨过的刀剪,刀口钢势丰满,刀锋锐利,平滑耐用。

张金荣磨刀剪,既认真负责,又是功夫到家。他把握好“敲”、“磨”、“拖”三道操作关口:经他敲过的剪刀,刀口平而垂直,中间的缝道平整严密,刀头、刀跟合拢;他磨起刀来,手臂的推势稳,着力平衡,因而磨出的刀口薄如直线;至于“拖”,他根据剪刀剪料的厚薄,在刀砧上细心“拖”出“嫩”或“老”的刀锋。这样,可使剪刀在使用时,不发生轧牢或打“蹩”的毛病了。

霍霍磨来技自高,青光照眼散如毫。曾教万姓夸经用,只在三关把得牢。砧上拖分锋老嫩,手中敲就缝平交。城隍庙里如相问,都道王家快剪刀。

(《新民晚报》1961年1月15日,署名:高唐)

## 过年诗话

别人写诗话,往往唐宋元明清的谈得很远,我的诗话却不这样,只是把上海解放以前看到有人写过春节的几首打油诗,抄在下面,并加以注解。

终宵避债欲忘家,马路兜完上电车。天色白同妻脸白,一声恭喜阿三爷!

旧社会里穷人过年是苦恼的。平时负了一身债,到得年终,债主要逼他偿还,大年夜,再也不能在家里呆下去了,只好逃债。一夜天都在马路上兜圈子,走不动了,也坐坐电车。这首诗的末一句真是无限辛酸:妻子的面色是苍白的,她看见丈夫回家,跟他道一声恭喜,恭喜丈夫总算没有被债主逼死;也恭喜丈夫今年阿能比去年好一些!

买香买烛费张罗,也有青春有好婆。祈福无灵灾祸重,乞儿还比游人多。

记得这首诗的题目是《年初一过虹庙作》。也的确如此,从前到了新年,南京路上最热闹的一段,要算虹庙门前了,烧香人多,游人也多,而讨饭的乞丐更多。其实旧上海哪一条马路上没有乞丐!不过到了初一月半,特别是新年里,虹庙门前,乞食的人更加集中罢了。

天门不押押横塘,先做下家后做庄。牌九台前三日夜,一年辛苦尽输光。

从这首诗里,可以想见当时新年的赌风之盛。放赌三天,几乎有明文规定,其实何止三天,非要过了元宵节才肯罢手。人们把一年积蓄下来的血汗钱输掉,还算是好的,有些人不但输得倾家荡产,甚至自杀的也比比皆是。

(《新民晚报》1961年2月16日,署名:端云)

## 看《战长沙》时想起的

春节里，看了周信芳先生一出《战长沙》。二三十年来，看周先生的戏，《战长沙》也是比较多的一出。还记得那时候看周先生演这出戏，当然最多看到的是他扮黄忠，但也不止一次地看他演过关公，还看他演过魏延。

记得十多年前，他和高百岁、陈鹤峰同台，高、陈都是麒门弟子，他们师徒三人，时常合演一出《战长沙》，总是陈鹤峰的黄忠，高百岁扮了魏延，周先生就扮关公；高百岁扮了关公，周先生就来个魏延。中年时代的周先生是很爱唱花脸戏的，他唱起魏延来还不顶过瘾，若是演起《大保国》、《叹皇陵》、《二进宫》里徐延昭的那份铜锤戏来，那真是沉郁苍凉，一唱三叹！在当年，我常常因为能够看到他这样的杰作，替自己的耳目庆幸。

前一时，本报上曾经有人说，京剧著名的花脸裘盛戎和袁世海都曾陪周先生演过《战长沙》的魏延，这些戏我都看见过的；我还看过一次李如春陪周先生扮的魏延，而扮关公的是高盛麟。

这一回看的《战长沙》，给周先生配演的又是两个新演员了，扮关公的是他的儿子周少麟，扮魏延的是王正屏。这天，我在座上忽然想起，从我看到的《战长沙》，和周先生搭配的几乎全是他后一辈的演员。大概是故意安排的吧？因为这样，正是周先生扶植后辈演员的一种方法。

“光听先生谈谈说说，或者观摩他的演戏还是不够的，非得要跟他常常同台，才会不断提高。”类似这样的话，我从前时常听见几位麒门弟子说的。事实也是如此，像高百岁、陈鹤峰、李如春他们是周氏门中的徒弟就不必说了，只要看，我前面提到的两个花脸裘盛戎和袁世海，一个文武老生高盛麟，他们也从不讳言，因为跟周先生有很长时期的同台，在这位表演艺术家身上，吸收了多多少少的神髓，来充实自己的演技。

晚年时期的周先生,还在用这种方法,来扶植另外一班后辈演员了。我又想,他的心情是会更加愉快的。

(《新民晚报》1961 年 3 月 5 日,署名:大郎)

## 流　水　对

作起旧体诗的律诗来,规定三四和五六两句都要是对句。如果上下两句说的是一回事,而语气又是连贯而来,这种对句就称为流水对。

流水对在古人的诗集里,虽然不是很多,但都可以找到一些。白居易的“一与青光对,方知白发多”,是流水对很好的例子。那个把读书看得比生命还重要的陆游,有两句诗:“谁知鹤发残年叟,犹读蝇头细字书。”也是流水对。元稹死了妻子后,写的《遣悲怀》诗,有“昔日戏言身后事,今朝都到眼前来”,虽然是开头的两句,但也是流水对。

苏东坡有个做官的朋友,在地方上开辟了一个池塘,东坡写诗颂扬他,把他的政迹比拟成谢灵运做永嘉太守时一样。苏诗说:“百亩新池傍郭斜,居人行乐路人夸:自言官长如灵运,能使江山似永嘉……”这后面两句也是流水对。还有大冷天的夜里,这位诗人睡不着觉,第二天起身,才知隔夜下过一场大雪,他的《雪后》诗里有这么两句:“但觉衾裯如泼水,不知庭院已堆盐。”又是流水对。这里苏东坡把白雪不比作银色而比作食用的盐,也很有意思。还有“我本疏顽固当尔,子犹沦落况其余”,“犹嫌白发年前少,故点红灯雪里看”,这些虽是苏东坡嗟贫伤老之词,但都是很好的流水对。

杜牧的重阳诗云:“尘世难逢开口笑,菊花须插满头归。”粗看字面不像对句,细细一读,还是流水对。

此外如描写风景的流水对:“遥知杨柳是门处,似隔芙蓉无路通。”就记不得是何人所作了。

(《新民晚报》1961 年 3 月 10 日,署名:端云)

# 竞渡忆儿时

端阳竞渡,嘉定称为划龙船。在我不过十来岁的时候,几乎每年都能看到这种“盛会”。到现在,四十多年前的影事,有些还萦回在心目间,记记看,也许不是完全真切了。

那时候,嘉定的龙船都有名字,名字都以颜色来分的。叫什么青龙、黄龙、乌龙、白龙,还有老白龙等等,大概也不过有个五六条吧。它们的颜色不仅分在船身上,连船上的装饰,那些旗旗伞伞以及划手们的服装乃至划桨,都是一抹色的。

竞渡的日子,不限是端阳,总有几天排场。看龙船的人也不只是嘉定一县的人,邻近几县也有大群人赶来看的,那热闹的情况就可想而知了。住在城里沿河的人家,那末各处的亲亲眷眷,来的尤多,因为城里的每一条河道,龙船必然划过,沿岸人家,正好凭窗观赏。

龙船先是在各条河道里划,而以汇龙潭为集中地。这汇龙潭是嘉定的一个风景区,在大成庙前面,潭南有一座土丘,丘上绿树成阴,突出水面,名叫应奎山。龙船到了汇龙潭,先是绕着应奎山划行,然后划到潭中央,作“打招”表演。这“打招”两个字究竟该怎么写,我到如今也弄不清楚,“打”,大概不会错,“招”,只取其音似。“打招”的意思,是说整只龙船,在水上急转,这就要显示划手们的功夫,转得圆,转得快,五六条龙船同时在潭中舞动,船身上彩色缤纷,船肚里金鼓齐鸣,怎么不看的人眼花缭乱?这种表演,又叫作“群龙抢珠”,珠,便是指的应奎山。

开始划龙船,总在近午时分,白天赛了不够,还有夜龙船。所以有钱人家,赏端阳,看龙船,不在岸上,也不在家里,都是雇了一只大船,依次停靠在汇龙潭的岸边。那些船上也是张灯结采,像喜船一样。到了夕阳西下,船里的汽油灯点得丈亮,于是摆上筵席,一船的酒气熏蒸,笙歌如沸,直闹得汇龙潭的水都在翻腾起来。这种船,当我大了以后才懂得就是画舫,但在乡下不那么雅致,很不文理的就叫它“看船”。

看龙船的人，都是打扮得七舒八齐，大人们怎么打扮，我记不得了，我只记得孩子大多穿一件新制的竹布长衫。这种竹布质地很生硬，走起路来会哗哗作响，好似披了一张铅皮。现在想想，穿了这件衣服难过也难过死了，但在童年，却觉得它很漂亮，也很爱惜这件新衣。

孩子们看过一两次龙船，也就不感兴趣了，我总是到学桥东面的旷场上，去看草台班戏。有几出现在不大有人演的武戏，像《金雁桥》、《收关胜》，我都是在小时候看草台班上演过的。有一出戏给我的印象最深：一个白胡子的老头子，跪在一个做官的大花脸身旁，两个说说唱唱，突然大花脸把老头子踢了一脚，老头子一个跟斗（吊毛）……，看到这里，我会心酸得落下眼泪。这戏叫《八义图》，也就是现在大家习知的《搜孤救孤》。

这种地方上粉饰承平的"盛会"，到我十二三岁时就看不见了。这是因为那时的民生越来越凋敝，农村越来越败落，人贫地瘠，连这一点穷开心也寻不下去了。

（《新民晚报》1961年6月17日，署名：高唐）

## 红花万串耀良辰

近年来，上海所有的公园和一些绿化地带，都大片地栽种着一串红。到了秋天，到处迷人双眼的都是一串红的花光，因为它红得浓烈，把别的秋花，掩盖得几乎黯然失色。

这种花，若只看它一二株的盆栽，便似乎单调，甚至有断脂零粉的感觉。若是数十盆或是上百盆放在一起，或是在地上大片密植，那末看起来就红得又肥又酣了。

记得有一次参加一个会议，主席台前面摆满了都是一串红的确花。灯光行在花上，花光反射到台上，把台上人的面孔照耀得都像醉人一样。后来会议结束，会场上下，一片掌声，热烈欢愉的气氛，在红花丛里，更显得如火如荼。

我一向在猜想，一串红在我国栽培的历史是并不长久的。不然，为什么我们的画家从来不把它作为题材,而我们的诗人也从未把一串红入之吟咏呢?据悉,它的原产地在北美,初来时,大家都叫它的外国名字为“撒尔维亚”,后来才起了个学名叫万年红,莳花工人则又给它题了个俗名叫一串红。因为当它的叶茎长足以后,便抽出一堆淡紫色的花茎,在花茎上开出上下参差的、筒管形的花来,看起来恰似自在一根线上。到了秋老霜飞,只要把花茎摘去,放进温室,它就会重抽花茎,再度开花,所以名为秋花,却有方法治它终年吐艳。

听说,今年国庆节,人民广场主席台上和观礼席上,装点的便是万串红花。想想这样的场面也是够美丽的:像蓝缎子一样的天空,像红丝绒一样的广场,衬托着庄严的队伍行进!

九月二十九日

(《新民晚报》1961 年 10 月 1 日,署名:端云)

## 惜谷的故事

前两天,到松江的佘山人民公社去。这里的各个生产队,正在忙着三秋,走到哪里,哪里都是一派三秋气象:有的地方在割稻,有的地方在捆稻,有的地方在脱粒;而有的地方只听见呼叱耕牛,翻垦带着稻根的泥地;也有的地方已在播小麦,种蚕豆,插油菜秧了。

我们以很多的时间,停留在脱粒场上。时方午后,阳光铺在场地上,把一堆堆小丘似的饱满的谷子,照耀得像碎金一样。场上的脱粒机有两部,都是脚踏架,它的工效,比电动的速度自然要慢一些,但比起用稻床上掼的老法子来,就不可以道里计了。每一部以两个女社员当机,一个拿起一捆稻子,先脱第一遍,然后递给另一个脱第二遍,第二遍脱过,就算脱好了,将稻把扔在后边。我不太相信脱过两遍的稻茎上已不留余粒,便在稻把堆里仔细察看,果然残留的粒子很少,有的捆捆子上,甚至一颗也找不到。

可是我发现了这样的情况:场上的社员们,只要经过这个稻把堆的面前时,总要俯下身来,看它数眼,即使看见有一两粒的谷子,也要采下来，往场地上抛去。一位老妈妈还蹲下身体，眯缝着眼睛，好多工夫在那里寻找残粒。这时我就体会到珍惜每一粒谷子的心情是可敬的、动人的。难怪我们的画家，要把这样的情景载入画册。而我也由此想起了一些惜谷的故事。虽然这些故事，不能与现在人民公社的社员来互比风格，但是，它也反映了我们勤劳俭朴的人民，一向有着珍惜谷物、热爱粮食的优良习惯。

一个故事是我自记的经历。当我幼年住在故乡，家里烧的灶头，燃料大多数是稻草。我常常欢喜赶到灶下去烧火，但祖母总要阻止我，倒不是为了不让我学习劳动，而是怕我不细心，直把稻草往灶肚里乱塞。祖母烧起火来，必须在每一根稻稭上，把农民没有打掉的谷子采下来，放在灶角上的一只小匣子里。从前在稻床上掼的稻子，毕竟不像现在脱粒机上打的干净，所以不止是残留的谷子多，还常时有一球球的穗子也留在稻稭上的。这样不消几个月，祖母积聚的谷子，装满了一大瓦罐，她又小心地把它舂出来，这一天，我们吃到祖母亲手砻过的米饭，总觉得格外香甜。

再一个故事是白石老人的。白石曾经写过一篇关于他母亲的身世的文章。说他母亲嫁到齐家后三天，就把所有家务都包了下来。讲到烧饭，他说："田家供灶，常烧稻草，草中有未尽之谷粒，太君爱惜，以捣衣椎椎之，一日可得谷约一合，聚少成多，能换棉花。"我们知道，白石从四岁起就跟他的外祖父认字，到七岁，一共识了三百多字，外祖父识的字也有限，到此便教不下去了，要让白石上学读书。可是齐家一贫如洗，连买点教育用品的钱都没有办法。后来白石的母亲想出一条主意，她把这一年来椎草时椎下的四斗谷子，都变换了钱，买了些纸笔书本，才让儿子进了学堂。

（《新民晚报》1961年11月2日，署名：端云）

## 观画随记

前两天，在一位朋友的寓楼上，看到赵丹同志作的国画，有几十件，挂满了一房间，好像在替赵丹开小型的“个展”。朋友自己是美术家，他非常激赏这些作品。因为我是外行，他给我逐件地讲述它们的好处。后来赵丹也来了，把一幅黄山天都峰的册页赠给我，还补了上款。这天，我的收获很多，回来后写了几首小诗，不是评画，也不是题画，只是杂乱地记一些感想，或是抒发一些心中的愉悦。

风流老辈足楷模，抹绿调丹意兴粗。好助青春修养美，且从余技下工夫。

近来在《光明日报》上看到连续登载着梅兰芳、程砚秋、荀慧生、尚小云以及王瑶卿等京剧艺人所作的国画，现在又看了赵丹的画稿，因而想到许多老一辈的艺人，在绘画与书法上，都曾经下过很大的工夫。我认为这种精神，我们青年一代的戏曲艺人或电影演员都应该学习。这样，不但可以培养多方面的兴趣，更可以培养优美的情操；而对本身的艺术修养，也将增采添华，必然有所提高。

绫装锦裹贮云烟，郁水浓山一卷连。莫谓涂鸦游戏耳，辛勤已尽廿多年。

在数十件画幅中，有一件是临摹古代画家的山水长卷。他的米家山水临得好不好？摹拟巨然是否有谱？我都不懂。我只是在这个巨幅上，看到赵丹对作画曾经用过深厚的工夫，他是以辛勤的劳动来对待这项“余技”的。

每借征程些许闲，富春写过写黄山。我来袖得天都去，一袖还争七里滩。

有许多画都是一面在工作，一面抽时间写成的。比如这天我同时带回来一幅《渔家》，便是作者当初拍《李时珍》外景时在富春江上的写生。

题画何须定有诗，小言落想亦清奇。却嫌多少丹青笔，未善上头着片词！

我一向以为凡是画家，都应该在作品上写一点什么上去。古人不谈，近代如齐白石、吴昌硕、黄宾虹这几位大师，都擅长题画。题画题得好，自然有颊上添毫之妙。赵丹的题画，一般都比较简单，但他总是肯写一点出来，何况有的也写得很有清趣，如在一幅玉兰上，题着五个大字“吾家瓶中物”，看起来就很舒服。

（《新民晚报》1961年11月15日，署名：高唐）

## 两份《战宛城》

中国戏校带到上海来的许多折子戏里，有一出是《战宛城》。这个戏是由好几位名师传授的：侯喜瑞给袁国林说的曹操，孙毓坤给孙洪勋说的张绣，钱宝森给钱浩梁说的典韦，叶盛章给刘习中说的胡车，还有张曼玲演的邹氏，听说曾经小翠花的指点。

在盛年时的侯喜瑞先生，真有不少绝戏，演《法门寺》的刘瑾，观众称他为“活刘瑾”；演《战宛城》的曹操，观众又称他为“活曹操”。《战宛城》是从“马踏青苗”开场的，这场戏的曹操有着繁重的唱做，当年的侯喜瑞，就是以博大沉雄的气势，迷住了他的观众。后来，侯先生自己一直很矜贵这个戏，现在悉心地把它教给徒弟，这一回他也赶到上海来为徒弟把场，据说正是为了袁国林要演《战宛城》之故。

“余生也早”，故而幸运地看到过侯先生在《战宛城》里演的曹操。这已是一九二四年的事，那一年在北京香厂的新民戏院，我看过两份《战宛城》，这两份《战宛城》的演员人选，到现在还是在京剧界里传为盛事的。

第一份的人选是：侯喜瑞的曹操，杨小楼的张绣，钱金福（钱宝森的父亲）的典韦，荀慧生的邹氏，王长林的胡车；第二份也是侯喜瑞的曹操，王长林的胡车和荀慧生的邹氏，不过张绣换了余叔岩，而以杨小楼扮典韦。在那时我不了解京剧“行当”的分工，以为典韦总是花脸扮的，所以奇怪杨小楼怎么演起典韦来呢？后来听内行解说：典韦原来由花脸应行，却也像《艳阳楼》的高登一样，可以由武生兼演，不过演典韦的武生，必须身材魁伟，有一条响堂的喉咙，才算合格。杨小楼昂藏七尺，能唱能说，自然是好。如今钱浩梁的身坯，尺寸不小，他那嗓门也是铮铮响的，扮典韦，料来起看。

（《新民晚报》1961年12月15日，署名：端云）

## 看五岁儿童画猫

北京有两个小画家，九岁的哥哥叫黄黑蛮，妹妹才五岁，叫黄黑妮。是画家黄永玉的儿女。

上月下旬，永玉带着黑妮来上海，住在客舍里。永玉是料到的，女儿一到上海，自然有爸爸的很多朋友，会向她索画，所以把她的画具都带了来，还带来了足够的纸张，表示有求必应。

果然，我先后几次去找永玉，每次都看见黑妮为客人作画。去年在伦敦举行的儿童画比赛会上她得过奖，那作品是一幅猫，因此大家都认为她画的猫最好，爸爸还替她另外取了个名字叫“猫女”。其实她会画的动物很多，只要她看见过的、又是叫得出名字的她都能画，大象、狮子、鸡、鹅、羊、猴子，我都曾看她画过。但是索画的人，却大多要她画猫。张乐平伯伯和唐云伯伯也都要她画猫，我这个伯伯也要她画猫。那一天，她给我画了一张单猫，又给乐小英伯伯画了一只大公鸡。我心里很爱这两张画，可是讲不出应该怎样赞美的一套话来，还是把它们登在报纸上，让读者细细地欣赏儿童作品的一派天趣吧。

黑妮每次作画，爸爸先替她磨好了墨，调好颜色，她就跪到画桌旁边的凳子上来。当她提起笔来的时候，爸爸习惯地告诉她：想一想吧，猫头搁在哪里的好。她想了一想，就动笔画了。她画猫，总是用中毫笔先画猫的额角，然后画眼睛、鼻子、耳朵、面孔，把猫头装定当了，才换一枝写对联用的大笔，画猫的身体。她先从屁股上落笔，把浓墨一路涂过去，涂过去，涂到跟猫头接上为止。用大笔的最后一笔是画猫的尾巴，尾巴有的画得很短，有的又画得很长，弯曲得像个大问号那样的也有。放下大笔，就要用小笔了，她习惯于在猫眼睛上用小笔划上两直，随着加上几撇胡子，猫就像老虎一样神气地画成了。在送给我的这张猫的眼睛上，还加上了一层黄色；据她爸爸说，妮妮画的猫眼睛，有时用黄色，有时用蓝色，有时也用红色，因为她见过家里养的那只大白猫的眼睛会变几种颜色。

当她一张画画成以后，伯伯叔叔们的喝采，爸爸由衷的称赞：妮妮这个猫画得好极了，爸爸真舍不得送给人家。……但这些黑妮都不再理会，她已经离开画桌，在地板上，或是枕头边，关心她的两个玩具：一只保加利亚朋友送她的黄熊——小平平；一只来上海后爸爸给她买的棕熊——小淘气了。

（《新民晚报》1962年3月11日，署名：高唐）

## 杨小楼杂忆

杨小楼是京剧武生的一代宗师。后来学他的人很多，称为杨派，其中也有成就很高的，高盛麟即是一个。

杨小楼死了不到三十年，如今五十来岁的人，还来得及看他的戏。当我少年，有一段时期住在北方，就看过他不少戏：《长坂坡》、《落马湖》、《战宛城》、《连环套》，这些是大戏；还有小戏，也就是内行叫作歇工戏的《摘缨会》和《青石山》等。只是岁月遥深，记性又不好，对这位宗师的氍毹风范，已经想不起什么了。这里所写的"杂忆"，是从一位老朋友那里听得来的，这位老先生在当年是个"杨迷"。

杨小楼是安徽潜山人，同尚和玉都是俞菊笙的徒弟。后来尚和玉继承了俞氏的衣钵，杨小楼则从演出体验中，创造为自己的风格。人家说学无常师，杨小楼真是这样，他不仅学他的父亲（杨月楼），学他的师父，还向名望、艺术都不如他的人学习。例如《安天会》是杨派的名作，还是他在中年时代向张长保学来的；《冀州城》是到上海时向小孟七学来的；到他晚年，有一回又来上海，还向牛松山学了《林冲夜奔》。他是不耻下问，对艺术只问好坏，绝无门户之见。

杨小楼演武生有个特别占便宜的条件，他天生一副长条子的身材，脚长，手长，脸也长，还有一双梢角特长的眼睛，两道长长的剑眉，通天鼻子，五官和身材全部相称。试再想想，他穿上靠，戴上盔头，这个赵子龙，怎么能不英姿奕奕呢？他的喉咙响亮在音韵上又下过工夫，所以念白是斩钉截铁，唱起来即不使腔，也自然动听。

人们对杨派戏有这么一个说法,叫“武戏文唱”。所谓文唱,大概因为杨小楼在台上的气度凝重,就觉得他的动作平淡而又缓慢。其实他何尝慢呢?看似慢而实快,真能做到“静如处子,动如脱兔”的境界,这要多大的工夫。他演《蚆蜡庙》里的褚彪,几下蹉步,一个抢背,快到台下无法看得清他从哪里起,哪里落。讲到开打,上海的武生,全以快手闻名的,可是再快也快不过杨小楼。他曾经同高雪樵合演过后本《盗御马》,高扮的梁大兴,在搭救窦尔墩、行刺黄天霸,二人交手时,几个过合儿,总是杨在等高雪樵的。

后天晚上,高盛麟要演《铁笼山》了。这个戏也是杨派名作,杨小楼演的姜维,勾红脸,穿绿色大靠,大额子,戴长黑满,佩大剑起全霸。起霸后“观星”,整场没有一句道白,但在夜观星象中,对第二天大战的顾虑和焦灼的情绪,在身上满溢了出来,真可说浑身是劲,浑身是戏。借来的西羌兵因受司马师的反间,阵前倒戈时,姜维沉着忍耐,到最后逼出一句:“老大王你再三逼迫,恕俺姜维无礼了……”那满腔悲愤、忍无可忍的声调,使人听过以后,永不能忘。到了后场,姜维卸甲丢盔,箭衣水发,回顾随身十余骑,零落殆尽,那种英雄末路的悲壮气氛,把观众也引入戏里。这些感情,在现在的高盛麟身上,也都寻得出来。

(《新民晚报》1962 年 6 月 26 日,署名:高唐)

# 嘘烂篇(1959.1—1964.12)

## 艾克丑象

白宫日发大头昏,妄想地球一口吞。尽自胸中盘己利,奈无世上领其盆。眉毛常作阴谋皱,脖子多添绞索痕。早是浑身霉且烂,任它烂烂烂完根。

(《新民晚报》1959 年 1 月 4 日,署名:高唐)

## 在石棺材上过夜的人

归去无家宿露天,棺材条凳两休嫌。直将石硬拼皮硬,只觉长眠胜暂眠!榨得万民囊瘪瘪,养成强盗腹便便。遥知恶梦终须醒,斗倒凶残接好年。

下图睡在公园长凳上的两个人,是意大利的劳动人民,他们因为无家可归,有的就露宿街头,有的就把公园为旅馆,长凳为眠床。

这种情况,在资本主义国家里,不但意大利如此,其他都是一样。以美国而言,仅纽约一个地方,目前就有五十万失业工人,经常衣不蔽寒,食不得饱,到了晚上,睡在下水道、地下铁道以及人家屋后的石阶上。有一个老年工人,则"寄宿"在一家博物馆的一具石棺材上面,已经整整睡了十年。

(《新民晚报》1959 年 1 月 5 日,署名:高唐)

## 在美国的一家“失业救济所”里

一堆堆复一群群，都是鸠形鹄面人。既失哪能还得救？求生原不想疗贫。早忘温饱为何事，只有辛酸罨一身。景象如斯先兆在，“金元王国”快沉沦。

（《新民晚报》1959年1月9日，署名：高唐）

## 美国的阿飞舞团

阿飞旗帜戴星条，没落诸邦产亦高。所说“文明”原尔尔，皆因政治烂糟糟。惯常酗酒、轰（起轰）、敲（索诈）、殴（打架），狠到奸淫、杀、掠、烧。横暴下流人痛绝，阿登纳独爱招邀。

美国的色情文化，在资本主义世界内到处蔓延，很多青年受其毒害，出现了大批的阿飞。最近美国有个阿飞舞团（叫“皮尔·哈莱”），到西德去演出。演一次，引起一次骚扰，结果总是大打出手。照片上的两个人，是西德汉堡的阿飞，正在欣赏美国那个舞团时的一副流氓相。

（《新民晚报》1959年1月14日，署名：高唐）

## 日本的“血液银行”

穷人日瘦阔人肥，道有“银行”穷可“医”。每次去“存”千滴血，几回便剩一层皮。惊心阁下（岸信介政府）淫威作，怵目西来兽迹弥。祸国政权摧不了，诸君焉得免号饥！

图上是日本的三个临时工，他们正走向血液银行去卖血。他们这一天已经没有希望找到工作了，可是人不能不吃饭，也许他们还有家庭负担，只好卖血来维持生活。然而，像他们这样吃不饱的人，又能卖几次血呢！

（《新民晚报》1959年1月19日，署名：高唐）

## 赌 跑 人

马也跑来狗也跑,如今又赌腿飞毛。"独赢"已购米伦麦,"联位"还贪埃德劳。盈野喧腾连野闹,一人欢笑万人号。不教买主囊倾尽,哪有奸商缠满腰?

上海在解放前,有赌跑马和赌跑狗的两种赌场。这样的赌场,目前在资本主义社会里,不仅依然盛行,而且花样新翻,赌起"跑人"来了。读者不信,有左边的照片为证。

这是英国黑思罗普的一次越野赛跑,投机商人乘机出售彩票,引诱人们去赌博,黑板上写着运动员的名字,购买彩票的人,就像赌跑马、跑狗一样,选择自己购买的对象,频频下注。

(按:诗里的"独赢"与"联位",都是赌的方式。)

(《新民晚报》1959 年 1 月 30 日,署名:高唐)

## 垃圾堆觅食

垃圾堆前扒呀扒,连年不惯用刀叉。馊余每共蝇争食,啃尽还憎鼠利牙。长日惟愁双手空,随时只听乱肠哗。三餐羡煞豪门犬:鸡腿牛排蛋酪茶。

芝加哥是美国第二大城市,这里"流浪者"之多,几乎难以数计。这些穷人都能够劳动,就是找不到职业。在号称"天堂"的美国,这些人却都生活在地狱里。

图中的这个"流浪者",在饿极了的时候,正向垃圾堆里寻找食物。这张图是在芝加哥城期基特路拍摄来的。

(《新民晚报》1959 年 11 月 1 日,署名:高唐)

## 英国的医院

为图活命想求医，进得门来近死期。莫讶悬墙皆污垢，正同其国满疮痍。针头每共鱼头煮，人命原如蚁命微。开始只从心里烂，而今渐渐烂于皮。

上月下旬，英国有一个勋爵，揭露他们的政府不肯拿出钱来作清洁卫生的费用，以致一些医院都肮脏不堪。最骇人听闻的，有些医院，已经有二三十年没有油漆过墙壁；有些医院竟经常用烧鱼的锅子作为消毒的工具。于是这个勋爵说，在这些医院里有越来越多的人病势沉重，甚至濒于死亡。

（《新民晚报》1959 年 12 月 7 日，署名：高唐）

## 毒雾漫西德

本来瘴气杂乌烟，况有烟枝着毒燃。既刮脂膏还害命，已侵疆土更谋钱。狼残狈虐凌穷庶，骨立形销到少年。若使兽蹄留不去，沉沉苦海永无边。

西德市上，目前流行一种含有毒性的纸烟，这种纸烟是用生长在美国沿海的“马里华纳”（一植物名）制成的。它比鸦片更凶，长期吸食，能很快地破坏神经系统和损害人的内脏。

烟是由美国占领军带去贩卖的。兽兵们用高价售与西德人民，取得暴利。

在西德不仅成年人占染了这种恶嗜，连中学生无论男女也都受了它的毒害。有一个十七岁的姑娘，因吸上了“马里华纳”，有一天竟因烟瘾发作而昏倒在路上。

（《新民晚报》1959 年 12 月 18 日，署名：高唐）

## 屋檐下过夜

横陈不是醉如泥，只借街头一宿栖。留枕莫嫌阶石硬，避风爱拣屋檐低。无家无食无工作，有母有儿有肚皮。苦难民群谁管得，和平假贩老狐狸。

在美国的各个城市里，到了晚上，都有不可计数的、无家可归的“流浪者”。这些人露宿在桥下、河边，有的在公园的长凳上，有的竟在垃圾堆里。照片上的两个人，则是在人家的屋檐下，度其长夜。

（《新民晚报》1959年12月25日，署名：高唐）

## 赌法新翻

赌棍心思直挖空，组成球队一批虫。呼卢好过长年瘾，新戏能招万姓从。赖有饵香移细腿，凭谁甲硬打中锋。博徒归去囊俱尽，场主荷包日日充。

在伦敦，赌博种类之多已经十分惊人了。但最近又有一个赌棍创造了一种荒诞的赌具：用十二个甲虫分做两队进行球赛，名为“甲虫足球队”。因为在球上染着一种香味，甲虫闻香后便会将球推动，也就造成了双方的争夺。这种方法，正像西方国家的资本家们利用球类比赛，作为赌博工具一样。

（《新民晚报》1960年2月22日，署名：端云）

## 妇女摔角手

一团扭作为何因？不是冤仇原是亲。收紧袴腰来角力，直拼性命去娱人。归家还觉浑身痛，得价难疗八口贫。首相狠心工揖盗，长灾斯土祸斯民！

美国军队长期占领日本，使日本人民的生活日益贫困。这两个日本妇女,为了糊口,在酒吧间里充当摔跤手,招引顾客,替老板赚钱。

(《新民晚报》1960 年 3 月 4 日,署名:端云)

## 比　蹲

危栏朝上到黄昏,怪态五花复八门。只为此生无法活,故而来比夜枭蹲!倒悬谁解全民痛,恶政能看几日存?欲破人家先自烂,当权群蛋果然浑。

美国阿肯色大学的学生,发明一种比赛“蹲”的新“娱乐”。既要蹲在各种地方,又要蹲出各种姿态。照片上的三个学生是蹲在阳台的栏杆上,大概这些都是所谓美妙的姿态了。呜呼,西风末日里之怪事正多也!

(《新民晚报》1960 年 7 月 29 日,署名:高唐)

## 汽车厂关门

“繁荣”二字莫深探,追底穷源百不堪。赫赫当初“卡迪拉”,凄凄今日“六门三”。危将工业根难稳,烂到心头念更贪。疯犬哪知临死近,扩军备战兴何酣!?

美国底特律的一家汽车厂关门了。这是一家生产所谓名牌汽车卡迪拉克的工厂。在去年美国钢铁工人罢工中,因为缺乏原料,不得不关门大吉。照片上原来是停满汽车的总装配车间,现在空空如也,只有一个女清洁工在那里打扫。

(按诗中的“六门三”是歇后语:关)

(《新民晚报》1960 年 8 月 12 日,署名:高唐)

## 倒立而行

学生“游戏”又翻新,手着地皮脚上伸。沿路爬行如怪物,连年教养自瘟神。群嗟趣味何低级，弥望前途只垢尘。我看休惊人倒立，问谁不是倒悬民！

美国青年因为得不到正当的娱乐，就玩弄一些低级趣味的“游戏”。像前一时期《嘘烂篇》里写过的“挤汽车”、“蹲”那一类无聊的活动。最近则又发明一种“倒立”的游戏，风行一时，反映在资本主义社会腐蚀下青年的无聊和堕落。

（《新民晚报》1960年12月2日，署名：端云）

## 赶面杖下的“杰作”

到眼真惊鬼画符，果然一塌又糊涂。欲知政治如何样，此是西方写照图。落腹面包凭杖赶，悬墙“杰作”替床铺。青春心志销磨尽，“救救”谁为孩子呼！

不久前，在英国北部利兹举行了一个少年美术展览会。在会上，一个十六岁的孩子叫基思·威尔逊，用赶面杖涂上墨水，在一块旧床单上滚出来的一幅“肖像画”（见附图），获得第一名。资本主义社会的颓废文化，严重地蚀害着少年的心灵，而资产阶级统治者却在恶毒地鼓励着这种倾向。

（《新民晚报》1960年12月22日，署名：高唐）

## “萧条地区”

几个区成无数区，萧条现象永难除。出空身体长街等，干瞪乌珠斗室吁。且乞残羹充肚腹，哪堪连岁炒鱿鱼。从头烂起金元国，此是条条骨里蛆！

四月一日出版的一期美国《新闻周刊》，报道美国目前失业人数已高达四百九十万人，还描写着失业者的悲惨境遇，如：阿特兰塔市经常有失业的人鹄立街头，等候人来雇用他们去做临时工的，也有靠妻子到市场去讨些剩饭剩菜勉强度日的。

上图是美国“萧条地区”的几个失业煤矿工人,在一所破房子里对泣。按照美国政府的定义,“萧条地区”就是有着长期的失业现象的地方。据统计,美国目前有十八个“主要”“萧条地区”,一百零三个“较小”的“萧条地区”和四百五十四个“极小”的“萧条地区”。

(《新民晚报》1963 年 4 月 9 日,署名:高唐)

## 美国阿飞

总统先生是暴徒,民间子弟奉楷模。自从美国先成品,遂使流风到别都。三寸尖刀常在手,一场凶斗起当途。要知吃相多狞恶,请看旁边这幅图。

一日之间命数条,阿飞罪案比山高。用功不是文科数,本领惟夸抢杀烧。发狠休饶亲骨肉,称横吃斗动枪刀。身从火药堆中长,常使青苗变莠苗。

美国阿飞的猖獗与横行,有日甚一日之势。每年各大城市发生的阿飞案件常多至数千宗,其中以纽约最多,芝加哥次之,洛杉矶又次之。阿飞的年纪,大多在十岁以上,二十岁以下;甚至不满十岁的小童,也有效阿飞行为,在街头闹事的。

上面这张照片,是美国《太阳时报》的记者,在芝加哥的一条小巷里拍摄来的。照片上的两个少年,一个叫吉姆,才十四岁;一个叫鲍勃,只有十六岁。他们手里拿着致人死命的弹簧刀,在残缺的砖头地面上,开始作拚死的搏斗。

(《新民晚报》1963 年 4 月 25 日,署名:高唐)

## 华盛顿——犯罪城

岗警布如林树密,终轮匪盗涌如蛆。奸淫枪杀时时有,此是花旗“首善区”。

据上月出版的《美国新闻与世界报道》的一篇文章说,美国首都华盛顿,虽然不过百万人口的一座城市,却是美国所有都市中,警察最多、盗匪最多以及对妇女施行各种暴行最多的犯罪城市。

尖叫声停早断魂,醒来衣物了无存。安全只有隆隆厦,权当监门莫出门。

即使在国会大厦附近,也是罪行频繁的场所。在国会工作的女职员,已奉令绝对不准在国会外面单独行走。而华盛顿警察部门,还正式教导妇女在路上遇暴时,要"尖声喊叫",或"夺路脱逃",或"翻身躺在地上,以待救援"。

妙计真多数勿清,叭儿路上好随行。可怜钢甲钢盔汉,不及汪汪小畜生。

华盛顿警察当局,还教妇女们一条"妙计":在行路时随身带一只狗,哪怕是小小的叭儿狗也好。狗能使盗匪行劫时起阻碍作用,而不敢下手。据一个警官说,他还记不起有任何路劫案,发生在带狗的妇女身上。

夺枪拔剑献青春,黑榜能开纪录新。料得白宫门内笑,他家有了接班人。

华盛顿的犯罪事件,有一半以上是十五岁到廿二岁的青少年干的。今年三月初,有两个年仅十一岁的孩子,为了抢夺手枪好去行劫,竟将一名卫兵用利剑杀死,在美国少年犯罪史上,创造了最年轻的杀人犯的纪录。

(《新民晚报》1963年5月10日,署名:高唐)

## 下流电影泛滥美国

果然丰产又丰收,美国应夸第一流。惟使当官空眼热,明明有税不能抽。

岂止歹徒逐利忙,经营管理有名商。逢知大展宏图日,垄断苗头别杜邦。

不是奇谈是异灾,片场竟向学堂开。可怜人畜喧腾里,无数青春此葬埋!

伦敦出版的《号角》周刊,从今年四月份起增加了一个专栏,名叫《美国佬自白》,专门转载美国杂志“自掏粪缸”的文章。其中有一篇谈到在美国泛滥着的下流电影。

这种极度无耻的影片,每年在美国摄制的数量长达五万英里,经营此项生意的集团,每年总收入达三亿英镑之巨。

经营这项生意的,除了歹徒外还有一些头面人物。而最大的一个组织称为“罪恶企业”,它控制着全美国百分之七十的“片场”和“放映间”。最骇人的事实是居然能租用学校的礼堂,放映这种下流电影给十多岁的学生参观,使美国的青年人越来越不知羞耻为何事。

(《新民晚报》1963 年 6 月 15 日,署名:高唐)

## “电影皇帝”破产

当初名气响童星,皇座连年任尔登。谁信老来穷彻骨,一条裤子一根绳。

税重重更债重重,再大明星也要穷。只有厂东穷不了,荷包肠腹一齐充。

既穷且老逼人来,一脚当心踢汝开。沦盗沦偷沦乞讨,去年已为“泰山”哀。

美国好莱坞的电影明星米盖罗纳,从当童星时就出名,后来还称为“电影皇帝”。照例说,他这样红得发紫,到如今他的日子应该过得很舒服了,但到底怎样呢?请看上月下旬路透社从洛杉矶发出的一条电讯:

“米盖罗纳在三十年中赚过一千二百万美元,但他在这里声称目前他已破产。”

这位四十岁的演员,十九日(六月)在法庭上申报破产说,他在过去十五年中赚的“差不多全部家当”都用于纳税和偿付其他负债。

“一年前他向法庭申报破产时,开列负债数目为四十六万四千九百一十四美元，资产为五百美元，包括衣服家庭用品在内。”

按诗中的“泰山”是指韦斯摩勒，这个大明星也因穷途末路，去年偷窃了一只金表，被纽约警方拘囚，当时的报纸上，曾刊此消息。

（《新民晚报》1963年7月5日，署名：高唐）

## 狱中开赌

美国真“民主”，新兴大“自由”。防戒牢内虎，请作槛中牛。喝雉呼卢客，鸠形鹄面囚。狱官油水足，抽得几多头？

群犯多高兴，楼头设赌台。卖他千日力，掷作一堆灰。眼望球和马，手挥A与K。明朝刑满去，后日会重来。

美国有个内华达州，这整个州是世界闻名的赌窟。

最近，这个州的监狱，也准许囚徒们在狱中赌博，还特地在监狱的楼上，辟了一层房间，作为聚赌的场所，称为“牛槛”。

监狱里为什么要开赌？那个典狱长的解释是：“在内华达州，赌博是合法的，每一个人都在赌，所以我们也让囚徒赌，因为我们可以控制他们。监狱内开赌之后，囚徒们便很少闹事了。”（所谓闹事，指互殴、越狱等。）原来如此！

囚徒们除了掷骰子、打扑克之外，还可以赌球、赌马。他们把连年在狱中编草篮、织麻袋的工资都消耗在赌台上面。

（《新民晚报》1963年7月16日，署名：高唐）

## 榨死人

求生原不易，求死更加难。撒手爷将去，扪心儿已寒。一棺才附体，丛债便成山。蹈海唯良策，但供鱼饱餐。

一阵哗哗叫，奸商胖了腰。皮囊休说奥，画幅要堪描。入土开销大，停尸税额高。看来魔爪利，油自死人熬。

据统计，目前在美国死一个人，平均要一千四百六十五美元才能入土。这样昂贵的死亡方式,威胁着每一个美国的平民,真使他们求生不得,求死不能!但是那些经营殡葬业的大资本家,还在挖空心思地宣传,要进一步提高“现代美国的殡葬水平”。他们说,要使躺在棺材里的死人,成为“一幅美丽的纪念画”。究其目的,无非要使殡葬费用不断上涨罢了。

至于美国政府,对殡葬业老板是从来表示支持的。因为死亡方式的名目越多,政府的“法定收入”也更加可观,例如“棺材税”、“墓地税”和“停尸税”等等。

(《新民晚报》1964年4月1日,署名:高唐)

## 咖 啡 下 毒

生涯莫再叹萧条,恶计伤人不用刀。此日涕流兼泪落,将来骨立更形销。咖啡未必真兴奋,耽毒居然作盖交。州府税收捞足后,凭他黑店也撑腰。

美国密苏里州的一家杂志上,刊登了勒密路翰有个叫杰克的家伙,开了一家咖啡店。因为生意清淡,竟和当地的医生勾结,在饮料里掺入一种麻醉剂,且把这种饮料,名为“每日必饮”。

果然,过不多久,这家咖啡店的生意兴隆起来。因为喝了一个时期咖啡的人,就像抽上了鸦片一样,每天都得去喝上几盏才能过瘾;否则就会体软乏力,涕泪交流。

(《新民晚报》1964年5月28日,署名:高唐)

## 音乐会与哭灵台

鼓掌听哀哀,泪珠滚滚来。一场音乐会,活像祭灵台。少妇悲离鹄,豪商好括财。西风残照下,嚎哭亦天才。

美国田纳西州的一个城市里,最近流行着一种“哭的音乐会”。“演员”在表演时不需音乐伴奏,也不要按照什么乐曲,而只是拉直嗓子，发出各种不同的哭声。哭声的高低，随着滚滚的泪珠而抑扬顿挫。

该州特雷登地方有一个青年寡妇，因为痛哭她新死的丈夫，被当地纽克西蒙音乐厅的老板赏识，出重金雇到音乐厅去表演。当地的"音乐家"捧她为"天才的歌手"，还称她为"眼泪的'母亲'"。

（《新民晚报》1964年6月19日，署名：高唐）

## 以婴儿为赌具

狗跑马跳竟相同，地上爬行似甲虫。皮骨谁怜稚子嫩，心肠怎比赌徒凶。纵然取得成"王"号，未必能医阿母穷。儿若有知儿亦怨，爬儿依旧米囊空。

看厌了赛马、跑狗的美国大人先生们，近来又"创造"了婴儿比赛的把戏。

母亲携带着她们的婴儿，在一条四十米长的跑道上，由婴儿手脚并用地在地上爬行，看谁第一个到达终点——获得优胜的婴儿授予"小孩王"的称号。许多观看比赛的阔佬们，就相互商定赌金，像赛马和跑狗那样，进行赌博。

把婴儿变成赌具，供大人先生们玩乐取笑，这就是资本主义世界的"文明"杰作之一。附图上面是在比赛前对婴儿进行"情绪培养"，下面是对婴儿最后一次加以"鼓励"。

（《新民晚报》1964年8月5日，署名：高唐）

## 如此"友爱"

招牌听听满堪亲，其实它们专打人。产品拳头和铁镭，供销恶煞与凶神。薄酬只要伤痕见，厚价能教尸体陈。老板有财斯有暴，惯呼鹰犬压穷民。

美国芝加哥有个"'友爱'合作公司"。人们以为这是一个企业单位，不料它们供应的"商品"是成批的流氓，专替财主作为欺压穷人的打手。

芝加哥有个大庄园主叫奥里克的，平时因为把工人压榨得喘不过气来，有一次，工人要求增加工资不遂，实行全体罢工。奥里克就向那家“‘友爱’合作公司”雇来三百名打手，一面磨拳擦掌，一面厉声吆喝，镇压罢工运动。

（《新民晚报》1964 年 8 月 25 日，署名：高唐）

## 风行美国的《巫术百科全书》

分明恶海起狂波，巫术居然载百科。已是醉生和梦死，故凭鬼怪与妖魔。丹如可炼无非毒，魂不成招断却多。总而言之一句话，花旗帝国入沉疴。

据调查，目前美国有一千种报纸，每天宣扬各种各样的迷信思想。不久以前，《纽约时报》曾以一整版的篇幅，在《美国科学的最辉煌的新成就》的标题下，刊登了《巫术百科全书》的出版预告。美国各大报刊还以显著地位竞相赞扬推荐，把这本“毒物”吹嘘为“美国二十世纪科学最高的结晶”，并且开列了该书的主要内容，有炼丹术、招魂术、妖蛊术、占星术、魔鬼术、巫术、神秘教主义等等。

（《新民晚报》1964 年 10 月 13 日，署名：高唐）

## 魔法妖术用品公司

造成机器卜穷通，直把心思欲挖空。坐看金元来滚滚，新开巨肆闹哄哄。象毛犀齿花头透，术士巫婆道具同。只要愚民方法好，从来官府是帮凶。

在美国的纽约或其他城市的商店和街头，有一种“命运预言器”出售。据说它的发明人是一个名叫查拉尔的成衣商人。明明这是一种荒谬透顶的迷信用具，居然销路旺盛，不过几时，这个成衣商人就成了百万富翁。

其实,这种迷信用具的买卖,在美国也是一行企业。其中规模最大的要算旧金山的“卜卦算命和魔法妖术用品公司”了。人们可以从这里买到各种各样希奇古怪的东西:从算命卜卦用的骨牌和水晶球,到巫婆术士用的象毛、犀牛牙齿,还有人头骨和蝙蝠血……货色齐全,应有尽有。

(《新民晚报》1964 年 10 月 23 日,署名:高唐)

## “汽车竖蜻蜓”

哄然直撞又横冲,乐煞场边大腹翁。此去不能夺优胜,归来所得是残癃!何曾愿作蜻蜓竖,只为难填炉灶空。漫道穷人生命贱,穷人本在倒悬中。

“汽车竖蜻蜓”是美国新发明的一种竞赛游戏。举行的地点在加利福尼亚的一片沙地上。比赛前,汽车都停在起点线上,待一声令下,即疾驰向前,等到达终点,立即把车头着地、车尾向天的直立起来。哪一辆汽车最先直立在终点线上,它就是优胜者。

但这种既惊险又无聊的竞赛,往往因失事而使不少人碎颅断肢,成了残废,甚至丧失生命。而这些人都是失业多年的汽车司机,为了养家活口,明知卖命,只好冒着危险去干。另一方面,那些举办这项竞赛的老板,因为门票被爱找刺激的美国阔佬们抢购一空,竟大发其财。

(《新民晚报》1964 年 11 月 5 日,署名:高唐)

## 美国妇女的防身武器

产品新兴第一遭,挨门排户好兜销。只因群盗多于发,哪可随身少把刀?项链别针为警报,浇浆喷雾作唇膏。诸般方法都无用,小盗原由大盗包。

在美国无论哪一个城市里,到了晚上,只要妇女单身行街,经常会遭到盗匪、暴徒或是歹徒的侵袭。美国商人根据这一情形,设计出各式各样的妇女防身武器,约略言之,有下面几种:项链上、别针上和钱袋里,装置一种呼救的警铃;像唇膏一样的喷筒,可以喷出气体或液体药物来,迫使暴徒放弃侵袭。

有些胆大一点的妇女,她们索性备一把弹簧小刀来抗暴。曾经有个女店员在单身行走时,遇到一个歹徒,她当场抽出刀来和歹徒搏斗;结果她反而被捕,警察说她违反法律,携带军械行凶。看看,美国的法律,就是这样包庇强盗和坏人的。

(《新民晚报》1964 年 12 月 22 日,署名:高唐)

# 零散诗篇(1949.7—1979.7)

## 名　雌

新闻从此失横条，无复“名雌”姓字标。赖有先生前进早，而今只让一人骄。

在过去的小型报上，每天总要有一篇专门记载所谓“名雌”的事，时人称之为“横条新闻”。现在报纸上没有横条新闻了，“名雌”的姓字，也不再叫人提及。有人说，解放以后的上海女人，报纸上名字看见得最多的，只有袁雪芬先生一人而已。

(《大报》1949 年 7 月 31 日，署名：大郎)

## 代　男　士

算来兄写打油诗，并世无人能及之。老辈龚翁停笔久，后生文落属辞迟。人夸吾句真麻肉，或以那时乱押皮。空手才鳌柴急煞，明朝再空代何词?

《亦报》创刊以后，没有缺过一天的小品文字，该是其三先生(男士)的打油诗。其三的旧诗写得好，我衷心拜倒，而他的打油诗，尤是当今一绝。龚翁先生亦为之折服，余尝谓年轻人中，文落所写，庶几可取，惜其得句不常耳。今天才鳌(齐甘笔下之取稿英雄)回来，拿不到男士之诗，一急，急出这一首来，是垫戏，垫戏总要让乏角来也。

(《亦报》1949 年 9 月 25 日，署名：刘郎)

[编按：齐甘，是作家徐淦的笔名。]

## 夜　归

十一月二十二日午夜归去，时月黑风高，满街霜露，有客冲寒，浩然如野鹤凌云，不自知其步履之疾也。

灯光不接绿云天，街树萧然夜寂然。终世本无千万愿，相思欲尽二三年。悬诸眼幙秾于酒，滓入心田暖若棉。细数归来多少恨？又因恩重损清眠。

(《亦报》1949年11月30日，署名：刘郎)

## 新竹枝二首

口吹短笛也成腔，蒋薛潘华李谢杨。惹得淫雌窗口笑，格档码子着"戎装"。

此诗记评弹先生游行盛事，三四两句，想当然耳。

同行淘里孰多钱？有个人儿隐半边。只为攀来亲眷好，富声当日欲闻天。

因为我劝各界人士，多买公债，有人问新闻界里，什么人最有钱。一人说，现在不知道，胜利后的《新闻报》，发了一个闻天声。闻与詹文浒为至戚，以穷光蛋进去，不久买洋房坐汽车，现在则闷声勿响，住在上海。其实他要出一出手，买起公债来，真可以同王宽诚吃斗一番也。

(《亦报》1950年1月27日，署名：云裳)

## 途　中

年初七凌晨归去，朝曦甫上，途中占此。

春晨暂奉一身闲，略似冲云野鹤还。料得红炉熏玉面，离人正有泪潺潺。

(《亦报》1950年2月27日，署名：刘郎)

## 元宵口占

已把沉哀入管弦，百骸俱冷一心燃。上元夜里无灯火，且过销魂第二年。

（《亦报》1950年3月7日，署名：刘郎）

## 小　女

是岁春来二日前，生儿最小故偏怜。游方心事浑无定，但有人天一念牵。

（《亦报》1950年3月8日，署名：刘郎）

## 祝述尧兄云珠姐嘉礼

忽闻嘉礼是今朝，真见春来喜气高。不用贱诗千句祝，岂无老友一杯叨。笔端情意郎何嗲，台上声华姐可骄。世俗难辞“生产”颂，今年年底养尧尧。

程述尧同上官云珠定今日由人民法院公证结婚，当述尧追求云珠的时候，他还是《亦报》的编辑，常常写一些关于上官的事，说不尽情致缠绵，现在终于成了眷属。此诗第六句谓上官演《红旗歌》一剧，歆动春江。末句，则凡是识上官者，都知吾诗设想之善也。

（《亦报》1950年3月19日，署名：刘郎）

## 奉问荣嫂谢家骅

当时阿嫂向南逃，今日荣兄把嫂抛。公债可曾努力买？空闺忍遣一妻娇。豪华极尽争称羡，艰苦些微也要熬。此戏若真原不假，“姑爷”竟是杀千刀！

看见谢家骅女士登报寻夫的广告,想起当年家骅滑脚到香港去的时候,荣梅莘兄在我面前哭哭啼啼的一幕,犹昨日事耳。这一回梅莘怎样走的?为什么要走?难道真的阔天阔地惯了,现在稍为困难一点,就受不了吗?假使是这个原因,那末使我为其老友者,也无法置一恕词了。

(《亦报》1950 年 3 月 23 日,署名:刘郎)

## “柜 台 长”

银行夸耀柜台长,排队无须马路旁。试把混堂来作比,大汤宽敞胜盆汤。

中国银行登定活两便存款广告,以“柜台长”三字号召,意谓虽人多,排队到马,亦不致叫顾客栉风沐雨路浪也。二十年前,余尝捧过这只饭碗,今以此诗代其业务宣传,以示不忘旧谊云尔。

(《亦报》1950 年 4 月 2 日,署名:刘郎)

## 春来绝句

友人有询近况者,赋此以报。

强自加餐辟苦辛,春来心里颇思春。作诗又怕夫人骂,不敢公然写女人。

读齐甘《挈妇大酒缸》一文后,齐说,自古以来,没有女人吃过大酒缸。有人不信,曰:“大酒缸又不是东清池和西清池。”

春来新见好文章,挈妇初临大酒缸。其实齐公吹亦甚,酒缸究不比混堂。

(《亦报》1950 年 4 月 10 日,署名:刘郎)

## 老 夫

莫恼群雏恼老夫,老夫今日亦犹雏。忽因胃滞餐频减,一念情痴骨尚酥。归去常濡双袖墨，朝来未刮两腮胡。宵深起坐忙于鼠，索罢香烟索水壶。

昨天惠明说她瘦了许多，她告诉我瘦的原因，为了操心几个孩子；特别是唐密的顽皮，使她骂又不得，打又不得。我说别说孩子，就是我一样要使她操虑。原因都在这一首诗里，特地写出来，请她发一笑的。

（《亦报》1950年4月21日，署名：刘郎）

## 闻广明夫妇归自无锡梯维夫妇归自杭州有感赋此

既闻广老梁溪返，又报梯公湖上回。似我光阴徒意乱，如渠夫妇最心开。虽然再顾琼姬影（上月曾开琼克劳馥所演影片二次），亦已曾叨阿桂杯（吃过胡桂庚请客的饭）。却笑时常忙煞快，竟无空看会楼台（指“丽都”贴演之《梁祝哀史》）！

（《亦报》1950年5月7日，署名：刘郎）

## 二位芳翁

将诗先问信芳兄：新贴文天祥可红？《追信》还劳萧相国，悬牌依旧麒麟童。人生自古非千古（注），意思虽通实不通。光杆牡丹哪要得？岂图效法有梅翁。

这一次周信芳、梅兰芳次第在上海出演，风头虽然还是很健，不过我听看过的人批评，认为他们的配角实在太搭浆了一些。信芳一向自信力最强，认为他唱戏，就只卖他一个人，这一见解上的错误，看来他会一生一世蹩扭下去了。兰芳不带好配角的原因，已由思潜说明，却是为了“精简节约”，其实这是戏馆同梅先生的事，若讲台下人享受的视听之娱，他们决不会嫌过分丰奢的。

这一首本来为信芳登台而作，忽然末后著了这么两句，于是引起我这段注解来了。

（注：有一天看《文天祥》广告，“人生自古谁无死，留取丹心照汗青”，“自古”误排成了“千古”，第二天他们又更正了。）

（《亦报》1950年5月26日，署名：刘郎）

## 打弹子

近来夜夜触空枪，无事消磨弹子房。寒热曾连三日发，棒头不捏廿年强。已无抖乱来开会，不见飞机此作场。归去妻嘲儿亦笑，可能“吃响”胜诸郎。

连着几夜在大光明里打弹子，这玩意我已经二十多年不动手了，从前打得很好，后来因为上海的弹子房，多的是流氓和抖乱，就不高兴去，现在这风气已经改善。前两日连发三天寒热，以打弹子使身子出些汗，赶赶积受的寒气。回家的时候，老婆听我打弹子，她笑我返老还童，两个小儿子听见打弹子，要我同他们一淘白相，他们误以为我打的是他们白相的玻璃弹子也。

（《亦报》1950年5月27日，署名：刘郎）

## 儿时

郭门近午挂高阳，放学归来闹饭香。四十三年儿亦老，阿娘至竟恕儿狂。

天天中午到母亲那里吃饭，走这么几百步的一段路，总要温起儿时尘梦。小时候念书的学堂，距离我家，也不过现在报馆同母亲住的地方一样远近；回到家中，饭还没好，我就要吵。大概母亲给我小时候吵怕了，现在我一到家，总是她等着我吃饭，看见我急急忙忙倒了两碗饭到肚里，她说我性急的情形，还像小时候一样。

（《亦报》1950年6月7日，署名：刘郎）

## 答　男　士

便约老兄吃一餐，先来敝报请参观。鄙人节约虽然惯，待到宾朋总尽欢。

男士见余作《饭店弄堂》篇，遂有诗来，意欲余请他吃一次老正兴，今奉复曰：你几时来参观我们新报址，我就几时请你吃老正兴可也。

（《亦报》1950年6月16日，署名：高唐）

## 六月十二夜作

忍过轻寒忍薄饥，此心本不与时违。三年诗里无人识，一夜灯前望我归。已逐少时诸梦乐，遂怜中岁百骸疲。滴残檐霤星催晓，四月江南尚袷衣。

（《亦报》1950年6月21日，署名：刘郎）

## 看夜店寄素雯妹

金家小妹又登台，卡尔登中夜店开。作序笔从外子动，捧场人有阿兄来。置之堂灶（注）真贤妇，踏上氍毹仍霸才。戏好定知生意好，任它淫雨落黄梅。

（注：时人称标准家主婆要"上得客堂，下得厨房"。）

（《亦报》1950年6月26日，署名：刘郎）

## 短　　打

春时计划夏时装，至竟呢袍一袭长。双袖墨濡红或白，缘襟雨溅土兼浆。想穿香港真难惯，换着中山亦恐羊（字羊戏班中语）。还把纺绸衫改削，依然短打待秋凉。

去年，我短打过了一个夏天，今年想改换一下夏装。春天时候，已经同朋友商量，之方劝我着香港衫，却因循到现在，看将起来，今年还是短打过夏，不过我想把两袖削短，不使它飘拂在两肘之下了。

（《亦报》1950 年 6 月 27 日，署名：刘郎）

## 韫琴律句

为本报作《十五年来金融秘录》之韫琴先生，不第文笔清华，诗词亦典丽可诵，六月二十七日，余与之方约为小饮，翌日辄以一诗寄予，刊其句曰：

> 自觉诗心逊尔清，廿年前已久知名。市楼偶共招新雨，笔阵犹堪学老兵（座有行云、资平两前辈）。已看红旗天外展，微嫌白发酒边生。刘郎豪气销难尽，尘海无妨任纵横。

（《亦报》1950 年 6 月 30 日，署名：刘郎）

## 寿之方四十

> 较我才能胜万千，早君三岁入"鱼年"。既除醇酒兼辞舞，不近妇人便省钱。"阿弟"微嫌包袱重，寿兄只在信心坚。社中诸友齐来看，我亦头横您这边。

之方四十生日，写了这一首诗，跟他上寿，诗不太正经，但一本正经作寿人诗，又有什么意思。

这诗第二句的"鱼年"，是说甲鱼之年，我一向以为"人当四十，便入鱼年"。第五句是说我自已，在寿人的诗里，讲自己是有点热昏的，不过我同之方休戚相关，说我的比他落后，是在提高他的警惕。最后二句，因《亦报》同人有向之方致语曰："之方同志，向你看齐。"说真的，解放以来之方表现得十分积极，一副为人民服务的精神，余弗逮也。

（《亦报》1950 年 8 月 6 日，署名：大郎）

## 新凉绝句

尽室群雏闹发烧，烧成阿父寸心焦。新凉招得愁如海，药碗茶铛乱一宵。

乍凉之后，吾家的三个孩子同时发烧，八月三十日傍晚，家里打电话出来，说老四咳了一下半天的嗽，没有停过。连夜找王玉润医生开张方子，到第二天方始平静下来。

（《亦报》1950年9月3日，署名：高唐）

## “时世装”

时世宁容这样装，飞机打过打螳螂。怜她俭省由来惯，不爱旗袍曳地长。

老婆对我说，今年她没有做过旗袍，看见外面女人穿的那种长旗袍，她是反对的，所以一夏天都穿的旧制衣裳。她很省俭，一向不曾追逐过所谓“时世装”的。目下正在遭受物议沸腾的高领头，下摆披拂到脚背上的螳螂装，原是不会披到她身上去的。

（《亦报》1950年9月7日，署名：刘郎）

## 流涎与喷涎

去年谈吃到今年，四季东西写欲全。胃口诸君应读倒，流涎以后接喷涎。

《亦报》有位同志在编辑会议上分析说：二三板的稿子，除去连载文字及长篇小说占百分之四十篇幅，其余的百分之六十里，谈吃的文字，经常要占五分之一。这统计不一定正确，不过谈吃文字，《亦报》登得弗少，原是事实。

打创刊起，我们就登谈吃文字，现在刊行已经一年，无论登谈吃文字是否相宜,再谈下去,毕竟也没有什么好谈的了;譬如这两天再谈菱藕,下去谈栗子,甚至雅到谈莼、鲈,还不都是炒去年那一碗冷饭?难得谈吃,文章又写得不坏,未尝不可使读者流涎;若使将冷饭横炒竖炒,我又生怕读者的胃口不佳,朝文章吐一笃馋唾,这不是流涎,却是喷涎了。

(《亦报》1950 年 9 月 8 日,署名:高唐)

## 报叔范杭州

叔范自湖上寄农村丰收诗来,其词新而有力,其志之专而且壮可知也。闲时温叔范所作,心爱不忍释手,昨复读其《高墙晚桂》诸诗,胥为二年前作,时代急变,爱国人士起衰颓之速,念之真感奋无穷也!

意衰心远惟痴坐,痴坐常看日月流。及悟新诗多气力,遂移清梦向田畴。半生曾逐须髯醉,此后应无炊米忧。眉豁垄头金稻熟,高墙不爱桂香浮!

(《亦报》1950 年 9 月 19 日,署名:刘郎)

## 送张文涓赴无锡

已喧弦鼓满江城,再起当时“小老生”。一睇互欣新世乐,十年长念故人情。自高意气夸喉美,临老文章着力轻。赖有湖山迎汝往,桂香一路鬓边萦。

(《亦报》1950 年 9 月 21 日,署名:刘郎)

## 秋来蔬果

叔范常以豆荚下酒,他写过两句很伤感的诗:“今朝剥豆连心痛,记取无家第二年。”这在日寇陷其故乡的时候,母死家亡,连吃吃豆也伤心起来了。今年的豆荚特别肥美,料想他吃的很多。我也爱吃这东西，吃的着实不少。今年秋天，我又吃过几次柿子，年纪渐老，嘴是会渐渐地馋起来。新近写了几首《秋来杂句》，其一首云：

秋来蔬果尽销魂，细嚼能生齿上温。尤爱江南双物美，豆犹碧玉柿同盆。

（《亦报》1950 年 10 月 4 日，署名：高唐）

## 虞山归来寄桑弧一首

原喜松杉有子孙，谁知霜树已除根。销魂无复三峰道，从此虞山剩剑门！

万松岭之松树，昔为日寇所伐，仅存之一二树，今亦受斧斤。惟小松满山隈，惜四五年来，余三游虞山，犹未见其长成耳。

（《亦报》1950 年 10 月 5 日，署名：高唐）

## 夜　苏　州

清游正好趁清秋，玄妙金阊一路兜。五彩霓虹千万火，十分光艳夜苏州。

自虞山到苏州，已是夜幕四垂，车子进阊门，止于观前，因为是国庆日，所以阊门外的人头簇拥，胜过观前。

松鹤楼前试一餐，粗肴入口亦成欢。香糕蹄面都嫌晏，剩有摊头蟹若盘。

到松鹤楼吃夜饭，菜奇劣，惟以饥甚，亦能安之。在苏州我欢喜吃吴苑的定胜糕，与朱鸿兴的蹄子面，都因为时间太晚，吃不到了。观前街上，卖洋澄湖蟹者甚多，我没有买，怕拎在手里讨厌耳。

自怜腰脚老犹胜，贪啖能招口腹憎。水浸蒲包兼色味，鸡头怕剥剥红菱。

卖鸡头肉与水红菱者，满街都是；我怕鸡头肉不易消化，自己不敢吃，所以没有买，只买了一包水红菱而已。

饭罢闲行北局来，忽因亡友动微哀。墓田草萎秋风里，世上何人念此才！

到北局去兜了一兜，路上忽然想起孙兰亭来，去年初夏，我同之方、桑弧、桂庚诸兄游苏，他（孙兰亭）招待我们。那晚上，他带我们白相北局，他劝我在这里喝过一碗甘蔗汁，回到他家里投宿时，已近午夜，明月一丸，方挂于其家楼上，不过一年多，而兰亭之墓木已拱，念之怃然。

（《亦报》1950年10月6日，署名：高唐）

## 路上打油诗

苏州来去太匆匆，未到双林访拔弓，未到东吴望儿子，想来唐艺更颐丰。

到苏州常熟去白相，因为是临时提议的，事先所以没有请住在苏州双林巷的闻郁（《亦报》特约撰述人拔弓）参加，也来不及到东吴去看看唐艺。

各就车门地一弓，林杨端木与胡冯。居然高兴棋盘托，彼要抽车此炮轰。

赴苏时火车上别说没有座位，连站的地方也很少了，但是我们几位同行的（见第二句）都聚在火车门口，席地而坐，摊了一张棋盘，居然对弈起来。此非意兴之豪，简直胃口太好。

（《亦报》1950年10月9日，署名：高唐）

## 高　花

高花开甚欲忘疲，望里妖红眼复迷。常是我来微雨后，定知人在晚廊西。似凝若曳千枝露，亦滑还香一院泥。咻问无方唯踯躅，帷光时接火光低。

薄暮，过克莱门，窗前之秋花老矣，念《清霜浦溆》之诗，乃有此作。

（《亦报》1950年10月22日，署名：刘郎）

## 出　　门

出门踏得晓霜肥,且忍轻寒且忍饥。身上莫嫌装絮薄,要分寸暖与灾黎。

乍冷的那天,一清早带了孩子出门,出得门来,孩子连连呼冷,我于是想起了劝募寒衣,已经到了不容再缓的时期。我孩子的身上,毕竟穿得并不单薄,但寒流初降,他已经要向我呼冷,那些灾民同他们的儿女们,现在身上所蔽的是什么,真是不堪想像!我们走到孩子读书的学校门外,对过是一个灾民收留的所在,我指着灾民对孩子说:"他们的小孩子,现在还没有衣服穿的,你应该回去告诉母亲,叫她把你们不穿的衣服,都拿出来,分一点的温暖给别人家的孩子,你们是应该做的。"

(《亦报》1950 年 10 月 30 日,署名:高唐)

## 二　壮　士

请缨杀贼书中见,何幸今朝亲眼开。壮士肯将身许国,腐儒但有泪盈腮。寇深自弄焚巢火,政美能储卫土材。此往回头休笑我,体衰未与志俱灰。

七日的早晨,到报馆里刚刚坐定,正在看本报记载的一位老闸区警察同志上书杨局长自请赴朝杀敌的新闻时,忽然胡荣福兄跑来对我说,外面有两个青年,自愿参军,赴朝杀敌。他们是来向《亦报》探询情形的。我说:啊呀,我们没有方法处理这件事啊!我跟着荣福兄走出去,看见两个人在柜台外面,都是二十多岁的,体格很壮硕,穿着得很整齐。荣福兄对他们说:请二位到《解放日报》问问,了解一些情况。他们听了,立刻说:"好,我们到《解放日报》!"就这样掉首去了,我看他们雀跃地走出门口,激动得只有长长挂下了两行的热泪。

(《亦报》1950 年 11 月 10 日,署名:高唐)

## 杜门杂句

杜门长看数儿痴，不取伤痕更入诗。爷自轩眉娘自恼，何尝最小最无知。

祖光自北京寄书与之方云："闻大郎杜门，近况何若？甚以为念。"因作杜门杂句。末句云三子顽皮，视其弟妹尤甚，妇甚恼焉。

冬笋沉沉逾一斤，置之盘碗胜诸荤。鄙人真有分甘意，多恐江郎念此殷。

报馆送来冬笋三十斤，奇大，三十斤不到三十枚，黄□鲜妍，与塌菜之叶瓣青青，乃成冬时二美。往岁此时，江幼农以《冬笋》一文寄吾报，余方知此物不独以味胜，即言营养，亦殊丰足。北京视冬笋为奇货，遇有便人，予必丐其北携以啖幼农，少至二三斤亦能解其馋吻。余愿余言能信。

不寝诗从灯下看，诗因轻放觉怀宽。两家都是追元白，又是贪闲又爱官。

有时夜间不眠，看《诚斋集》既竣，复看《石湖诗集》，是二人俱倾折唐时元白者，故其诗淡放亦似之。

（《亦报》1951 年 1 月 5 日，署名：高唐）

## 二　事

好戏何辞百遍温，弦歌喧处总销魂。连看盗马连呼好，真爱"戎腔"窦尔墩。

裘盛戎之来，凡三看其《盗马》。临去之夜，又贴此戏，余又为座上客焉。是夜，天蟾以戏码大，故将《连环套》场子紧缩，开场即演《坐寨》，逾十时，已竣《拜山》，余亦离座去，及上反串之《大劈棺》时，余已在被头洞里矣。

去年生女受翁怜，今日儿来惹我嫌。小眼试朝阿姊看，看她尚在奶瓶边。

一九五一年一月四日上午十时又生一女。余未尝嫌儿女之累，惟此儿之来，何其密也！盖其姊堕地甫一年，至今不能言，亦不能走，惟日吮乳瓶而已。吾家大人少，小儿多，添丁原可喜，生恐招待难周，使为父者愧对儿曹耳。

（《亦报》1951年1月7日，署名：高唐）

## 不　乳

不乳何能望长成？乍生便使阿爷惊。寻医药亦难为策，问我我还不放行。作恶原知肠力细，贪眠常减哭声清。待儿张口啼浆后，父为吾儿想小名。

女生后二十四小时，灌以乳浆，拒不受，饲以水，亦作恶而呕，终日酣卧，而哭声甚少。至第二日，计其堕地已四十八小时，犹不乳，余乃惶急，成此诗时，吾儿犹肠胃俱空焉。

（《亦报》1951年1月8日，署名：高唐）

## 中宵杂句

百思到此亦俱空，最爱清茶一碗同。渐倦渐生心上热，起来橘子剥南丰。

既罢还兴饲小儿，看她小梦正多酣。亲调蜜乳膏渠吻，滓我心头一样甘。

旋起开门旋欠伸，楼前一立作中庭。笑它天亦矜高大，月阔霜肥掩小星。

（《亦报》1951年1月20日，署名：思郁）

## 换岁杂咏

一夜何曾得暂眠，直听炮竹枕头边，当然不为财神到，想见繁荣满市廛。

从年初四夜里十一时听接财神炮仗，直到初五上午九时没有断过，我在这时间内，也一直捧着几本书，没有睡过。

漫道春寒寂寂生，不缘河冻阻横行。如何正月初头上，巷内传来闸蟹声！

年初四，弄堂内有唤卖大闸蟹者，往年似不曾听得过，而今日有之，不能不说一奇也。

外家去去拜年回，双斧围腰剑匣开。一向房中文吵吵，忽教武戏唱连台。

年初二，想把三四两儿，轰往外婆家里拜年，使我落得片刻清净。哪知外公送他们的玩具是两柄斧头和一口宝剑，回来之后，在房间内厮杀起来，真有一动不如一静之悔。

(《亦报》1951 年 2 月 12 日，署名：刘郎)

## 短　句

唤醒爸爸吵醒娘，与儿快点着衣裳。出门赢得高年笑，父子双双上学堂。

早晨常常被一个在小学里读书的孩子闹醒，催我起身，帮他把裤带拉得紧些。妈妈很有怨言，说孩子吵得她不能多睡一会；我倒没有什么，因为我应该起得早些，我们早上的学习会，提前在八时开始，所以每天总是跟孩子一道出门。我的母亲笑着看看我们出门，说我们爷儿俩都是赶早课去的。

南归真爱春蔬美，嫩韭杞头次第尝。更念新鲜莴苣叶，咸酸一镬饭喷香。

上海的春蔬，真是没有不好吃的，我欢喜笋，也欢喜莴苣，有一天夜里睡不着，忽然想着这两样东西混合起来烧的咸酸饭，不禁饥火中烧。第二天告诉老婆，老婆说：你几时耽在家里，烧给你吃。

(《亦报》1952 年 4 月 20 日，署名：高唐)

## 衣裳两首

旧衣旧帽满箱笼，小妹来迟着“古董”（平）。娘自微怜爷自笑，要儿朴素最娱翁。

最小的女孩子身上穿的衣服，都是她哥哥姊姊穿旧了的，她娘说：这孩子生下来一年多，只给她做过一件新衣裳，其它都是着的“古董”，我们有点不好意思。我却没有这种想法，觉得孩子朴素一点，也是好的。平常又没有什么事，去年我不在上海，今年过国庆节时，一定给她做身新衣裳，把她打扮得好看一点。

一年两季换衣新，远路归书语可亲。道是当初爷赠我，而今还上阿爷身。

在外面工作的两个孩子，一年两次，都有发给他们的制服，所以把带出去的衣服和皮鞋都寄回来了。一个孩子说：“西装这里绝对用不着，尤其是白哔叽的料子，与这里调子太不谐和了。这些衣服，当初都是父亲做给我的，现在我还给父亲，因为他在上海，这些衣裳也许可以穿的。”我说：“还给我就还给我吧，至少西装裤我是用得着的。”

（《亦报》1952年4月29日，署名：高唐）

## “叔叔，搀搀我！”

前面红灯换绿灯，哥哥想走妹还停。却呼叔叔搀搀我，地冻天寒路有冰。

大冷天的早晨，四川中路的人行道上有两个孩子，那时他们阻于红灯。

后来绿灯开了，男孩子要跑过去，女孩子还不肯走。她扯住了路口那位交通警察的衣裳说：“叔叔，你再搀了我走过马路去好吗？”那警察说：“好。我应该搀你过去，人多，车辆多，地上又滑，放着你一个人走，我也是不放心的。”说罢，将两个孩子都护送过了马路。

从女孩子口中说的“你再搀了我走过去”，可以知道，这位叔叔，已经不止一次搀着她走过马路了。

(《新民报晚刊》1954年1月26日，署名：端云)

## 新窗帘(迎春词)

灯光花影杂然陈，一巷通明已是春。到处窗台装饰艳，彩绒幔子尽悬新。

农历的“除夜”，我立在自己家里的露台上，望望弄堂里的家家户户，都是灯火通明。这时又发现一个特点：今年几乎没有一家人家，不是挂着新窗帘的；窗帘的颜色，又都是鲜艳得惹人喜爱；屋子里陈列的花枝，叫灯光把它的影子印到窗帘上来，使窗外看的人，可以知道这些人家的尽室融然，虽春犹未至，而暖意已生。

(《新民报晚刊》1954年2月8日，署名：端云)

## 灯　下

要将荒漠变金沙，灌溉人多气力加。一爱堂堂争为国，五年稳稳各齐家。已同灯下妻儿议，且戒当前食用奢。美景非遥应待我，相扶笑看满园花。

这两天，大家都在认购祖国的建设公债。

公债是应该认购的，但事实上大家都怕买不到，万一错过机会，就会于心不安，觉得对不起国家，没有来得及对国家尽一分忠爱之忱。

我是已经买到了的，数目也不算顶小。买之前，和家里人商量了一下，把日常开支中过奢的部分，都撙节下来；连读小学的孩子也懂得，叫我以后不要再给他们常常买水果、糖果，把这些钱并起来都买公债。

这一夜，我们谈得很开心，从建设公债谈到了国家工业化以后，孩子们都说，到了那时候，我们要如何如何，这般这般了。就是一个孩子，说话有点不知趣，他道："希望国家工业化越快越好，迟了怕爸爸年纪大了，头发白了，走不动了。"我说："爸爸也不至于老的这个样子，而且即使行动不及现在健朗，有你们这帮孩子伴着我，也能到处看到祖国的辉煌成就也。"

（《新民报晚刊》1954年2月21日，署名：端云）

## 掷花吟

鲜花遥掷四厢人，我把鲜花献上宾。珍惜两邦深厚爱，岂徒分享一枝春！

雄师绝艺好摹临，余事交欢义亦深。遥掷鲜花遥接处，连成坚实一条心！

二十三日那天，我去看了匈牙利足球队和华东混合队的比赛。

在入场式结束前，我们的女运动员都穿着白色的衣裤，跑到匈牙利队队员的面前，向他们献花。在临比赛前的一分钟，匈牙利队的队员们，都把手中的鲜花，远远地还掷给看台上的观众，引起了雷动般的欢声。就在这一息时间里，我想在场的每一个人，都会体会到中匈两国的友谊，是那样亲切而又厚实的。

我坐的看台上，那束鲜花落在下面两排的一个人手里。我有点眼红，想跑下去请他分送我一朵花或是一片叶的，但又看见那人把花抱得很紧，好似怕人家抢了他一样，我倒有些不好意思起来了，到散场也没有敢跟他去启齿。

（《新民报晚刊》1954年2月27日，署名：端云）

## 桃柳劫

（一）车前绿柳红桃，行来摆摆摇摇。似向市区人说：我乃来自春郊。

（二）说道春秾如酒，归去岂宜空手！一枝插向胆瓶，哪顾后来人看?

（三）嘻嘻又哈哈,沿途笑语哗。爸爸气力大,为我摘桃花。

（四）一朵两朵,鬓边襟边;戴了不算,捧满胸前。

（五）蝴蝶去寻春,捕它作标本。扑了一个空,桃花落纷纷。

（六）桃容怒,柳眉横:收场实可伤！你们盛装回去,剩我头儿光！

(《新民报晚刊》1954年4月3日,署名:端云)

## “五一”联欢晚会作云

一市腾欢欲入痴,万家灯火似虹霓。天当转暖回寒夜,人自旋腰侧面时。已竞新腔温百曲,更耽善酿倒三卮。悬知明日车间里,搴去红旗又是谁！

(《新民报晚刊》1954年5月2日,署名:端云)

## 三　面　旗

一为开国五年颂,一庆人民宪法颁;更把一旗留着用,带它渡海插台湾！

(《新民报晚刊》1954年10月1日,署名:端云)

## 踏灯词:为人民广场大道开放作

江城儿女总飞腾,不待明蟾缓缓升。过尽双携连日夜,广衢千尺数宫灯。

已教星月助高歌,更向林河伺碧波。一路辉煌今日始,看灯人似看花多。

(《新民报晚刊》1955年1月3日,署名:端云)

## 绣花被面

绣花被面挑花枕，软缎鲜妍蜜蜡黄。不爱梅花添喜鹊，老来心上爱鸳鸯。

有一天，同老婆在一家旧货商店里，选购被面和枕套。老婆选中的一条：桃红色的软缎上，绣着一树梅花，梅树的枝头，停着一只喜鹊。她说：讨个“喜上眉梢”的口彩吧。

我则选中了一幅鸳鸯被面。这幅鸳鸯被面不同寻常，因为一般绣着鸳鸯的被面，总是墨绿色的底子，深而黯，再加荷叶、荷花什么的，又是一对鸳鸯，看起来乌里白苏，没有明净的感觉；这一幅是在蜜色的缎子上，只绣上几枝水草，还有数茎蓼花，在一抹嫣红的下面，栖止着两只淡淡的鸳鸯，一看，便爽人心目。

老婆没有坚持成见，同意我把这一幅买了回去。我高兴的不得了，在回家的路上，就作起这首诗来，这一首不是打油诗，是旧诗中近体诗的正统。

（《新民报晚刊》1956年9月3日，署名：高唐）

## 袄和裙

停樽有客待归车，脸上还兜薄薄霞。暂倚栏干谙酒性，却看襟袖滚桃花。御风袄选轻银色，放步裙开一尺叉。苗族图纹都拙艳，人工挑绣莫嫌奢。

时常想用旧诗的香奁体，来描述近代事物。这一首，便是最先的尝试。

目下正是已凉天气，我的诗在赞美一种替妇女新设计的秋装。这套衣裳，在淡色的裙子上，加一件淡色的长袄，代替外套。袄用苗族桃花图案滚边，兼有美丽、大方之致。在宴会上或舞会上穿着，都很适宜。

衣料：用丝织品、毛织品、丝绒都可。

颜色:以浅色为尤宜;衣裙分两色亦可。

花边:用紫红、深绿、银灰三色相配,或一色亦可;但必须与衣料调和。衣料若用深色丝绒,可以金银线或小珠配边,边阔五寸。

裙料:用丝织品或薄呢皆可。两面开叉一尺至一尺二寸,叉内打细裥。

(《新民报晚刊》1956年9月28日,署名:高唐)

## 中山公园看桂花

一湾流水小桥东,我自寻芳入桂丛。犹与晚秋争艳色,道旁数朵白芙蓉。

沐尽香风过水隈,饰金如雨出林来。吾儿莫道闲花树,儿始生时树始栽。

五日,本报载《公园桂花处处开》。这一天,正是我的"厂礼拜",于是带了两个小女儿,到中山公园看桂花。

一进公园的门,就闻到桂花的香气,走东走西,也都闻的是这股香气。但是,中山公园其他的秋花,也开的又多又盛。我的两个小女儿,却不大欣赏桂花,而欣赏那些大朵的美人蕉、黄菊、大丽花,连万寿菊,她们也都喜爱。

孩子到底太小了,不懂得珍惜桂花,原不好怪她们的。她们一个只有七岁多点,一个还不满七岁,她们哪里知道在她们出生以前,上海所有的公园中是找不到一株桂树的;又哪里知道她们的爸爸旅沪达三十余年之久,然在她们出生以前,从没有在市区里看到过一株桂树。当初只有在每年的秋天,经过爱俪园的一带园墙外时,闻得桂香馥郁,阵阵从墙内飘来而已。

因此,孩子们惜花的心情,跟爸爸是完全二致的。当我在桂花树旁流连的时候,她们都跑到大草坪东边的一串红面前,停下来了;远远望去,一大片的一串红,把孩子们的小脸,都熏染得似醉人颜了。

(《新民报晚刊》1956年10月7日,署名:高唐)

## 秋郊二首

◆ 虹桥公园所见

郊游时遇摸鱼郎，似水高秋似镜塘。数片雁来红叶下，拖金曳碧复鸳鸯。

◆ 盆栽

青松一盆添郎寿，霜干风枝老更神。我买山茶红四朵，助她归去脸边春。

虹桥路淮阴路相近，有一家农场；号称农场，其实是个苗圃，也是个花园。这里的人说，中苏友好大厦陈列的盆栽，很多由他家供应。

老婆因为我的生日到了，买了一盆枝干虬曲的松树送给我，另外我又买了一盆含蕾的山茶。在三轮车上，她捧着山茶，我抱住苍松，一路上笑语归来，不觉尘沙满鬓。

(《新民报晚刊》1956 年 10 月 25 日，署名：高唐)

## 为叫天翁歌呼

工力愈凝厚，勤修六十年。群惊其艺绝，公但一心专。亮相沉于石，旋腰荡过绵。弄刀看滚雪，趟马若飞烟。自历风霜久，方知松柏坚。长期春不老，更喜寿无边。范本今犹活，观摩倘足传。问谁堪后继？且漫说空前。

(《新民报晚刊》1956 年 11 月 11 日，署名：高唐)

## 天平山红叶诗

枫林染就一山烧，或有栖霞比此高。若使蜿蜒三十里，太湖十月涌红潮。

漫山匝地涨红云，似火如茶托一身。常日来游人媚树，今朝老树媚游人。

(《新民报晚刊》1956年11月17日,署名:高唐)

## 大 菜 香

江南十月得轻霜,入馔争夸大菜香。方是“瓢儿”来白下,一帆又送“太湖藏”。

“塔棵”浓绿面皮皱,粗壮“苏州”茎叶“青”。况有脆鲜冬笋在,老夫无复索荤腥。

正是现在这个时候,菜场上应该又是大菜的天下了。

大菜,不单单指的郊区种出来的那一种大白菜,像南京的瓢儿菜,太湖两岸出产的太湖藏菜,还有塔棵菜,还有粗粗矮矮的、名为苏州青的苏州青菜,都是的。这些菜,各有各的美味。年年冬天,我家里总是每天轮流的把它们放到餐桌上来。听听品种,看看颜色,尝尝味道,真是太美的享受。

(《新民报晚刊》1956年11月25日,署名:高唐)

## 市 楼 记 事

二翁真比两苍龙,岁晚相随一盏同。每仗交情恣笑乐,能工饮啖亦英雄。旋腰起腿桓桓健,问字求知往往恭。饭罢趋跄花市过,捧来满抱象牙红。

前几天的中午,同盖叫天、赵如泉二先生在天鹅阁吃饭。盖年七十,赵已七十六了。叫天翁说,到目前,喊我“五弟”的,只剩赵老一个人了。

赵先生虽届高年,但腰背还是笔挺,他踢了几次腿,叫我看看,表示他的雄健还不减当初。他也善于谈笑,给我说了无数的梨园掌故,真是珍贵极了。至于能吃,吃得多,吃得饱,两位老人是一样的。在回去的路上,北风吹得很紧,我同赵先生走过花市,我们徘徊在那种叫圣诞花的象牙红前。花红得刺眼，再看看赵老先生的脸，更加像醉人颜了。

(《新民报晚刊》1956 年 12 月 20 日，署名：高唐)

## 首都冬景

粘香带雪满衣裳，归去闲窗伴海棠。念到江南临岁暮，养花更爱水仙黄。

冬天，北京人家的“岁寒清供”，以海棠花为多；今年，王府井大街有水仙花出售，标曰“上海水仙花”，于是，上海人买的真多。

北来初次履坚冰，何况冰刀见未曾。爬起几番还跌倒，交交跌得像蜻蜓。

在冰场上，有人跌一跤喊“阿唷哇”者，一听，便知道是初学溜冰的上海人也。

排班争“涮”东来顺，是处腾腾沸一锅，驱却寒威旋冒汗，醉呼方尽酒三壶。

排队吃东来顺涮羊肉，已成每天常事。

(《新民报晚刊》1957 年 1 月 8 日，署名：端云)

## “九斤黄”

提鲜原要放葱姜，更着陈醪好助香。一釜清汤三两滚，当时嫩绝九斤黄。

烧开一锅水，将一只宰割好了的鸡闷入锅中，待水冷却，将鸡取出；再把锅水烧开，将鸡闷入，再待水冷却，如此者二、三次，便是一只绝嫩喷香的白斩鸡了。若是“九斤黄”的越鸡，尤鲜腴可口。

(《新民报晚刊》1957 年 1 月 21 日，署名：高唐)

## 迎春杂句

雪催红绽霜催绿，强比梅花早出头。好似江南三月暮，紫藤烂漫一棚浮。

上海花农，用科学烘培法，使牡丹、山茶、紫藤于春节前盛放。

牵儿携女上街车，初二常规走外家。白扁豆煨红枣子，筛金嵌玉替糖茶。

近岁，上海人家，用红枣子熬白扁豆，佐以糖渍桂花，代莲子桂圆羹。

记得初三祀井泉，灯痕故事述从前。儿时未识人工贵，真信泉源来自天。

故乡习俗，正月初三夜接祀井泉童子。今年此夜，给孩子们讲述了这些儿时影事，也把井泉的真正来源，告诉了他们。

鬓花摇艳似云茶，护颈巾蓝履色朱。古缎鼻烟黄七尺，滩皮飘拂作长襦。

偶见有妇女作此装束的，古而艳，有风致翩然之美。

融融一市尽欢腾，闻道春来万户迎。料得吾诗君读到，春须已是触江城。

今天，九时五十五分立春。

(《新民报晚刊》1957年2月4日，署名：高唐)

## 元　　宵

吾诗写就近元宵，喜有冲寒片月高。一队儿童来簇拥，数枝蜡烛影飘摇。梅花因暖香尤烈，身事逢辰气自豪。依旧江南风俗美，“上灯圆子落灯糕”。

(《新民报晚刊》1957年2月14日，署名：高唐)

## 南 郊 游

莫嫌双鬓满尘沙，向老寻春意有加。但使青光旋古塔，更多笑语拥归车。轻寒犹勒新桃树，片绿初匀小麦芽。薄暮土山湾下过，辛夷爽白似莲花。

从谨记桥到龙华，再从龙华折回，过土山湾作。

（《新民报晚刊》1957 年 3 月 18 日，署名：高唐）

## 游静安公园

梧桐躯壮腹皤然，长寿香樟二百年。曾使高杨深镇闭，更无白骨托喧阗。花光特为游人艳，风景长添海市妍。门外依然存古迹，静安名刹与名泉。

静安公园开放不过年余，因为园中乔木之多，引得游人赏爱。现在白杨尚未苞青，只见枝干高耸，怒发种种似的，但看起来自有意气翛然之美。

（《新民报晚刊》1957 年 3 月 30 日，署名：端云）

## 热 带 鱼

养鸟经时复养鱼，年来颇不习慵疏。常同小女炫华服，还伴老夫读夜书。浮眼沙明鲜藻绿，当心粮足活虫储。日高窗外寒流远，但有春风暖我庐。

（《新民报晚刊》1957 年 4 月 15 日，署名：端云）

## 北 游 小 唱

深山看罢斑斓虎，来就熊猫识小名。妙畜如予贪懒睡，不知谁某叫平平。

五月初的一天，牺牲了午睡时间，到动物园看熊猫，不料熊猫正当午睡。我要同行的人指给我看哪一个是最跳荡可爱的平平，但在它们睡态都酣的时候，谁也没法辨认出来。

“怀胎”名异无珍味，佳点初尝莞豆黄。北海两来皆为吃，摇船不到漪澜堂。

在北海吃过两次仿膳。这里的点心最好，点心中以莞豆黄与肉未烧饼尤可口。有一味菜名叫“怀胎鱼”，略似上海本帮馆子的鲫鱼塞肉。

北都四月茄先紫，催熟黄瓜咬亦甘。此际思乡惟一事，偶因蚕豆绿江南。

我从阴历四月初离上海，错过了上海的蚕豆汛，很是可惜。但这时北京的茄子和黄瓜，都比上海早熟，于是每餐常用此二物佐饭。

出城百里访温泉，不见汤汤水冒烟。归去却添身上重，一车黄土没双肩。

又是一天，到北汤山洗温泉浴，汽车出德胜门外行一小时半始达。所谓汤山，低如培塿，所谓温泉，在一所简陋的澡堂内，因浴客多，泉污如浆，我们都不敢下水，只好回去。到家，因行车过久，满身都是尘土，甚至须眉皆赭。于是大家都叹息道：这是一次懊恼的旅行。

（《新民报晚刊》1957年6月20日，署名：高唐）

## 望长江大桥欢唱

人言可惜我来迟，错过大桥合拢时。我惜又嫌来较早，不曾桥上一车驰。

斜看桥似比山低（桥在汉阳一端，从龟山脚下起筑），平视山桥一样齐。不信是桥疑是路，浮空江上起长堤。

先生因甚这般忙？候渡天天到武昌。去数桥墩来数孔，心中盘就大桥长。

盛事千千万万桩，八年建设数难详。我来欢唱其中一：如砥长桥跨大江。

5 月下旬,从北京到汉口的那天,一下车就到港八码头接江安轮上从上海来的一位朋友。因此立刻看见了长江大桥,这时离大桥合拢,还不过半个月咧。

在汉口的日子里,我们几乎天天来回于汉口武昌之间,因而也天天和大桥亲近。有一日,我们还到了汉阳大桥的工地上,工程进行中的情况是紧张热烈的,使我这个闲散的、以游客身分的人看了,不禁惭汗狂下。

(《新民报晚刊》1957 年 7 月 1 日,署名:高唐)

## 登庐山两首

但从高处赶清凉,不计山深计路长。生自农村谙草本,便簪艾叶过端阳。

今年 6 月游庐山。从山脚到牯岭长二十四公里,登山车行一小时始达。庐山上有植物三千多种,药材一千多种。在登山车上,见艾叶丛生岩石间,便在叫鹰嘴岩的地方下车,采一二片簪帽上,因忽然想到,这一天正是端阳佳节也。

逢人从不诉当年,山色森然杂蔼然。历劫人来山自识,果能对话恐呜咽!

现在上庐山的,绝大多数是去疗养的劳动人民,这些人,又都是从旧社会苦难中来的;但庐山受的苦难,比人更加深重,它在鸦片战争以后,已经受到帝国主义的掠夺,后期又受国民党反动派的糟蹋,它是蒙垢受辱的过了足有一百多年。

(《新民报晚刊》1957 年 8 月 12 日,署名:高唐)

## 过年小唱

快翠轻红薄若绡,折枝也复近人腰。分明不惯霜天活,清供居然入岁朝。

买大丽花数枝,置书桌,为岁朝清供。

夜深刀尺几番忙,碧绸银缯短复长。制得新衣痴女乐,阿娘搜遍嫁衣箱。

过年,妻为小女儿改制新衣。

歌呼妙舞几曾停,一市浓欢入沸腾。有客贪看新样事,月明来走日光灯。

月夜,过日光灯照耀下之南京路。

投榜鸣金接岁晡,醉颜灯下映流苏。豪情杯酒豪情问:君有儿郎下放无?

年宴一首。

(《新民报晚刊》1958 年 1 月 2 日,署名:高唐)

## 刨　冰

清晨过北京路,见有人在刨其门外冰层者,深感用意之美。

北风一夜几曾停,门口街头有厚冰。自把长锹劚刨尽,朝来方便幼儿经。

(《新民报晚刊》1958 年 1 月 20 日,署名:端云)

## 初　宝

初宝之生七岁才,阿娘随后育三胎。三三方自前年养,四四又从上月来。争哺每看双妹闹,添衣哪复有人催?爸爸下得办公室,只叹长长一字唉!

妈妈十九岁结婚,生第一个孩子,叫他初宝。今年妈妈廿六岁,初宝又有了两个妹妹和一个最小的弟弟。

妈妈因为孩子生的多,自己弄得精疲力尽,把最初的一个儿子,也不再当他宝贝。于是初宝在这个吵嚷的家庭里,反而觉得很孤独。

(《新民报晚刊》1958 年 1 月 23 日,署名:高唐)

## 迷 途 儿

姨姨伴汝弄娃娃,还有皮球扑克牌。只等妈妈片刻到,定夸宝宝十分乖。旋看眉眼徐徐展,又把泪痕慢慢揩。娘自粗疏爷冒失,任教稚子独行街。

派出所里接待了一个走失的孩子。虽然可以万无一失的把他送回大人手里,但是做家长为什么不体谅体谅别人?要知道,大人一个不小心,将使公安人员,招来了多少麻烦呢?

(《新民报晚刊》1958 年 1 月 27 日,署名:高唐)

## 塑 雪 人

好似银装和玉堆,肥头巨腹到腰弯。儿童未识丰年乐,只当娃娃一样玩。

(《新民报晚刊》1958 年 1 月 30 日,署名:端云)

## 次子被批准赴京西山区锻炼,闻报喜极流泪

飞书报汝入山村,日荷耰锄望郭门。五岁早伤亲母弃,八年深受国家恩(注)。几经冶铸多坚锐,长以英雄许子孙。一往直前休返顾,阿爷牛步欲随奔。

(注:儿五岁丧母,十九岁参军,今又向农村落户。)

(《新民报晚刊》1958 年 2 月 5 日,署名:高唐)

## 篝 灯 课 母 图

窗外呼呼吼北风,谁家楼上一灯红。算题两道乘除毕,写话三行句法通。常吃 5 分知母乐,偶批 2 字怪儿凶。问娘"何故迟迟

读?”“娘似儿年只苦穷!”

(《新民报晚刊》1958 年 2 月 6 日,署名:高唐)

## 种 牵 牛

看花不爱看红榴,爱看青藤日日抽。故向檐前安瓦盎,每经春后养牵牛。洒金欲待明年换,新种都从别院求。闻道花开迎晓露,巴巴小眼望清秋。

牵牛花的颜色,现在越来越变得多了。有一种玫瑰红的花瓣上,疏疏地布着几点淡黄色,孩子们称它为洒金牵牛。这个花种是从邻家的孩子要来的,邻家的花种,则还是从北京搜求来的。

(《新民报晚刊》1958 年 2 月 10 日,署名:高唐)

## 开 学

出门步步踏春晨,课本书包簇簇新。密缀细缝双手巧,花绸采布一肩匀。要从今后争三好,再博期终满五分。更喜夏初将入队,妍红飘拂项悬巾。

今年,有些母亲替孩子自制书包。用马粪纸为底,用各色的绸布拼凑起来,敷为里面。这样,既节省了买书包的钱,也利用了多余的碎料。而自制书包的式样,既好看,又新颖。

(《新民报晚刊》1958 年 2 月 28 日,署名:高唐)

## 写大字报

奶奶心头话已全,我来再写老人贤:“收盘仔细珍余粒,入市精微算一钱;煮粥升炉长早起,引针伴读最迟眠……。”老人却说寻常事,何用尔曹向外传?

里弄整风开始,孩子替奶奶代写了许多大字报。到后来,孩子自己写了一张,都是赞美奶奶的勤俭持家的。奶奶说,这不算数,我们是要向外面人提意见,怎么写起自家人来了呢?

但是,孩子弄不懂,她们终觉得奶奶太好。

(《新民报晚刊》1958 年 3 月 11 日,署名:高唐)

## 不让猫鼠共处

黄浦区饮食行业在“双反”中,职工揭发的浪费现象中,有一项是有些大饮食店里养着很多猫,少的养二三只,多的养六七只。这些猫原是养来捕鼠的,可是店里鱼肉荤腥太多了,猫都吃得肥肥胖胖,不想再吃老鼠肉,于是猫鼠共处,大家吃公家东西。除“七害”运动开展后,职工们贴大字报建议,停止供养这些猫。

鼠类猫狂日,猫不司其职。猫多鼠更多,互处无间隙。厨中有佳肴,奔走相呼接。猫喜鱼肉鲜,鼠喜仓粮积。阔哉诸店家,供应无吝色。好景终不常,晴天来霹雳。全城搞七无,首使老虫灭。老虫灭,猫失业,怪你当初懒性成,今朝出处应愁绝。

(《新民报晚刊》1958 年 3 月 14 日,署名:大郎)

## 绿　化　词

兰香菊影雨无嫌,飞翠流青总未兼。春后扦杨成活易,明年软绿复晴檐。(栽柳)

若爱甘香种木香,墙阴架得木香棚。儿童戏逐浓香里,披叶分花比蝶忙。(种木香)

(《新民报晚刊》1958 年 3 月 17 日,署名:端云)

## 四季花开一巷中

梅花谢后委春泥,再问芳时未有期。忽报冲寒楼外树,一枝爽白发辛夷。

几家桃柳及门栽,柳欲飞绵桃自开。深巷斜阳蜂蝶闹,乱红香过隔墙来。

簇簇枇杷一树金,榴花似火复如银(石榴花也有白色的一种)。秋来摘入儿童手,浮紫摇红满袖巾。

数缸翠盖气脩然,何用深塘十亩连。爱听邻家新妇说:朝来初放并头莲。

悬索攀藤种豆(扁豆)瓜(丝瓜),当时景物似田家。可怜暖瓦风檐下,开遍轻黄浅紫花。

桂花和雨落萧萧,糖渍留香缀饼糕。一部绿云腾笑语,谁家新熟紫葡萄。

西风昨夜送芙蓉,历乱阶台一串红。剩有傲霜千本菊,尚流清艳入新冬。

我住在新闸路的一条弄堂里,这弄堂有六十来幢房子。十几年来,只看见一份人家架过一个葡萄棚,一份人家种着一棵高大的夹竹桃,还有一份人家栽着一部紫藤花,此外便不再有什么花树可看了。我想再过二三年,上面这些诗里的境界,会一一出现在我们的弄堂里。上海的绿化工作抓得这样紧,人们的兴头又是那样高,我的想望,一定不会落空的。

(《新民报晚刊》1958年3月22日,署名:高唐)

## 绿色长廊

南桥将起绿云衢,直自江头接海隅。摇紫曳红明琥珀,飞青沉碧拟珍珠。篷开时逐香风转,衣润多教蜜露敷。安得延伸三百里,苍苍一望到西湖。

一年多以前,有个住在南桥的朋友到上海来谈起,那里的几个农业社,要计划从闵行到海盐的一段公路上,架起一座长长的葡萄棚来,让汽车就在棚下通行。这样不但绿化了公路,也使农业社添了一种副业生产。

这个计划,后来如何实行,没有再打听下去。可这是个多么美好的设计!不但希望它早些实现,还希望这个公路上的葡萄棚,能够从上海一直架到杭州,修成一条二百多公里的绿色长廊,成为祖国锦绣山河中一个突出的景致。

(《新民晚报》1958 年 4 月 15 日,署名:高唐)

## 花 园 草 屋

真是天翻地复图,莫看小小一门居。岂徒七害常年灭,直使纤尘触手无。群树荫深全舍绿,一灯光照两房都(注)。清安景象来何自?为有春风到草庐。

注:普陀区福新里的大多数人家,都是装一盏电灯的,他们在板壁上开一个洞,电灯悬在中间,灯亮的时候,既照着前面的客堂,也照着后面的卧房。从这里不但看出他们勤俭持家,也看出他们的心手之巧。

(《新民晚报》1958 年 4 月 19 日,署名:大郎)

## 临水词:复兴公园作

桃花数瓣落春波,柳叶拖青作浅涡。比似惊鸿桥下影,人来桥上看双鹅。

鹅,在动物园内,见报头照片。

爱看繁艳洛阳花,爱吃新焙龙井茶。隔岸木桃烧若火,几行杨柳罨人家。

坐爱汤汤水一池,花香时借好风吹。睡莲不共春兰发,且让儿童放钓丝。

池边小憩。这个池子里原来有睡莲,夏日开花,香气甚烈。

(《新民晚报》1958 年 4 月 19 日,署名:端云)

## 平民村、福新里杂诗

前几天的一个早晨，去访问了中山北路的平民村和福新里。这两条弄堂，以前都是秽乱不堪的棚户区，现在都已改变面貌，福星里且已成为卫生模范里弄了。这些小诗，除了记录他们除害工作外，也涉及了一些其他的新鲜气象。

来访后村油菜田，腾腾杀气欲冲天。大刀劈下枪挑起，一队将军尽幼年。

平民后村的油菜田里，还有苍蝇。一群孩子在那里灭蝇。他们每个人一手执着蝇拍，一手拿着一枝竹扦，扦端又缚了一根针子，将拍死的苍蝇用针尖挑起，放在玻璃瓶里。

当初蚊阵每成灾，病死千家孰见哀！今日金盆齐下罩，宵来战况励于雷。

平民村有一条沟（排水道），所有的蚊虫都在这里滋生。近几年来，这里的居民，每天晚上，都出动灭蚊。他们每家都用一只空面盆，盆的里面涂上一层薄薄的肥皂，到沟边蚊子聚集的地方去兜捕，一夜间往往歼敌无算。

此地何曾似产房，居然净榻亦明窗。邻家互助殷勤惯，母女担来水满缸。

在福新里，一份人家的主妇上一天才生下一个孩子，但是她的家收拾得都非常干净。我们去时，有母女二人挑了一担水进来，给产妇家倒在缸里。她们是互助小组，有了生病或者临产的主妇，小组里就有人来帮同料理家务。

日营精舍庆安居，艳说儿孙到老夫。蝇拍长悬门内外，胜他端午挂菖蒲。

福新里有个老妈妈在一星期内，至少有两次把全部家具搬到弄堂里来统体洗刷；她家的玻璃窗，一天至少要擦三次。因此你的手碰到那里，那里都是一尘不染。真是一间精舍。老妈妈健得很，她的丈夫是工厂的先进生产者,儿子和孙子都在工作,所以她也快乐得很。

肥料还同废料分,练成老幼尽骄军。明知好事无难办,却要经常又要勤。

居委会外面是一块空地,那里放着两只垃圾箱,一只标的肥料箱,一只标的废料箱。我在两只箱边守候了一些时候。一个老妈妈把一畚箕笋壳倒在肥料箱里,一个女孩子把一炉煤灰倒在废料箱里,她们都没有错。她们为什么没有错?这就是一个不简单的问题,也就是福新里所以成为模范里弄的问题。我想了好久。

(《新民晚报》1958 年 4 月 20 日,署名:高唐)

## 小黑板报

黑板天天出“报”勤,诸儿能画也能文。今朝咸蛋蒸鲜蛋,明日多云到少云。爸爸下周“祖国颂”,妈妈后晚“信陵君”。近来大妹真进步,测验经常吃五分。

家里的楼梯口,挂着一块小黑板,孩子们天天在上面写“黑板报”。它的内容有:菜单、气象预报、各人的文娱节目,也有批评,也有表扬。总之花色繁多,品种也不少,这个八句头的诗里是包含不尽的。

(《新民晚报》1958 年 5 月 5 日,署名:高唐)

## 过同寿里,记所闻见

春风吹过起明波,巷净门清美事多。入室儿欢兼媪悦,巡檐绿曳复青拖。七无安用三年计,六好争修一纸罗。从自亲邻敦睦后,看来到处气祥和。

(《新民晚报》1958 年 5 月 12 日,署名:大郎)

## 喜高盛麟登台上海

去年江汉记相逢，明察清谈款款通。不是人民垂手救，哪来今日透心红？曾头市（即《一箭仇》）里髯光逸，草上坡（《铁笼山》）前霸势雄。大业原知精不已，但为家国托贞忠。

去年到汉口去，看了很多次高盛麟的戏，也跟他见过几次面，从他的谈话里以及听高百岁谈高盛麟的一些情况，使我这个旅人的心情激动得无法平静下来。激动的原因，不单是他在表演艺术上的日进无疆，更多的是他在组织上帮助下的政治思想上转变的那些感人事例。

上海人是熟悉高盛麟的。当你在欣赏他的超然绝艺以后，再看看报纸上关于他近年来走的政治。

（按：《一箭仇》的理髯口，和《铁笼山》的起霸，都是高盛麟最优美的演技。）

（《新民晚报》1958 年 5 月 16 日，署名：大郎）

## 六一前夕

三妹初穿七彩裙，哥哥衫色白如银。昨宵队会迟迟散，今日红巾灿灿新。歌唱“小尖兵”响彻（注），及身所有事躬亲。不因欢乐忘劳动，被枕门窗绝点尘。

（注：《做个小尖兵》是歌名。）

（《新民晚报》1958 年 6 月 1 日，署名：高唐）

## 牵牛攀藤、晚香玉苞青记事

泥松雨沃催新绿，根株识是晚香玉；垂直牵牛生意足，藤须先向悬绳触。于今只要待三伏，两者花开都簇簇：牵牛清早开墙角，夜来香(晚香玉又一名称)满流堂屋。记得种花当三月,小女移根儿土掘。少日种花情最笃,盼花犹盼收成熟。再过年头十五六,好向农田学播谷。

(《新民晚报》1958 年 6 月 3 日,署名:端云)

## 近事二题

◆ 学习总路线

难禁初读已开颜,读过三回满是欢。提起信心迈起步,向前道路条条宽。

◆ 盼"红旗"

愿循正路好依归,还仗务虚去尽非。别有盛年饥渴感,朝朝暮暮盼"红旗"。

(《新民晚报》1958 年 6 月 5 日,署名:高唐)

## 端阳杂忆

角黍初三煮满锅,儿时口腹此堪图。分明身在颠危日,从不伤心为大夫。

小时候,故乡(嘉定县)在端阳前二日就吃粽子了。孩提之辈,只晓得粽子好吃,至于吃粽子是为了纪念屈原这一故事,是在很大以后才晓得的。

老黄小白饰斑斓,喧渡龙舟一日间。安得明年招我往,看它重绕应奎山。

从前嘉定每逢端阳,必闹龙舟。记得有老黄龙、小白龙、青龙等等舟名。龙舟集中的地方,在应奎山下的一条河上,这里,自朝至暮,热闹极了。

端阳常例有荤腥,蒜瓣香调石首烹。豆腐一方双蛋拌,麻油数滴盐花清。

端阳的饭桌上，红烧石首(黄鱼)是必然有的。还有用几只煮熟的咸蛋和鲜蛋与豆腐同捣烂，加麻油，洒清盐，非常好吃。

悬蒲焚艾洒雄黄，百毒诸虫哪会光？岂似今朝除害急，“六无”门榜过端阳。

幼时，到了端阳节，总要写很多“五月五日天中节，诸虫百毒尽消灭”的红纸条，贴在门上、墙壁上，到了正午，还要烧艾叶，挂菖蒲，壁角落头，到处泼雄黄水，说是可以驱除虫害。

(《新民晚报》1958年6月20日，署名：高唐)

## 护　树

记从栽树夏初临，到此枝头渐作阴。已可摇凉供过客，更烦晓唱听佳禽。新株多恐风姨虐，幼叶还防虫害侵。设计周详勤爱护，累他稚子惯操心。

(《新民晚报》1958年6月25日，署名：高唐)

## “甘居中游”吟

举世人人赶上头，问君何故滞中游？中游从不留常客，住不多时便倒流！

奔腾万马似风雷，有客频呼慢慢来。逐尽后尘多寂寞，何如着力一鞭催。

呻吟观望一齐除，好趁东风便直驱。鼓足劲头上马吧，从今耻再说“甘居”。

(《新民晚报》1958年6月29日，署名：高唐)

## “七一”献宝，祝党生辰

但凭志气不通神，赖有东风教养亲。鼓足劲头成大业，快持奇宝祝长春。西方从此听闻骇，中国于今日月新！先进纷纷齐出手，问君何以答良辰？

(《新民晚报》1958年7月1日，署名：大郎)

## 木　工

真家实伙动工程，积木多玩厌亦生。凳脚太高锯呀呀，榫头欲接凿丁丁。休嫌木匠年还小，总喜儿童手更灵。智慧原从劳动得，让他搞去漫相轻。

——儿童杂事诗

(《新民晚报》1958年7月13日，署名：高唐)

## 戳穿方识是脓包

中东今日盗如毛，它不逃时莫让逃。吃相虽同虎样猛，其皮却用纸来包。人民怒极威随壮，贼子心虚胆易销。不戳穿它它算狠，戳穿方识是脓包。

群魔舞爪又张牙，只要当心莫怕它。敢向门前伸一腿，快从脑后砸三耙。疯狂自纵焚身火，尸骨终教就地埋。算定兽兵命运恶，离家休想再回家。

(《新民晚报》1958年7月25日，署名：高唐)

## 题　漫　画

西亚人民气概豪，挥拳喝令恶魔逃。来同狼虎汹汹狠，去与尘沙滚滚消。它挟野心成野兽，汝将钢笔替钢刀。少儿也解和平乐，仇爱分明着意描。

(《新民晚报》1958年8月11日，署名：高唐)

## 野兽的“自由消遣”

贝鲁特，自遭强盗群侵入，惶惶全市不安居，虽移寸步须防贼。岂惟贼，贼比馋狼更贪得！如今寇焰愈嚣张，“自由消遣”命令公然出！野兽焉能有自由，自由只是将人食；野兽焉能任消遣，灾深祸重哪堪说！“自由消遣”云何哉，杀掠奸烧是其实。但看正义必然伸，盗贼横行无几日。一朝民愤比天高，定将魔爪条条折。来时个个活，去时只剩残骸骨。还将兽骨烧成灰，遥向大洋彼岸掷。告艾克：血腥卖买做千桩，桩桩注定无收获，权将此货当礼物，好把白宫墙粉刷。

从九日起侵黎美军总部决定：每天准许二千名美国侵略军官兵进入贝鲁特市区“自由消遣”。也就是叫兽兵们可以公开的、明目张胆的在贝鲁特市区内无恶不作。制短歌斥之。

(《新民晚报》1958 年 8 月 13 日，署名：高唐)

## 叔叔，吃一杯茶

此时站上始停车，争献清凉一碗茶。长夏多同骄日斗，当头微赖绿阴遮。少儿常以劳为乐，过客相看笑且夸。有个婆婆关切道：“再来几辆好回家。”

(《新民晚报》1958 年 8 月 20 日，署名：高唐)

## 送大铁门荣行

开开闭闭为谁忙？合派良材大用场。巷内更无人露宿，不劳寒夜蔽风霜。

弄堂口的两扇大铁门，已经拆下来去支援工业“抗旱”。这两扇门，从前曾经替弄内露宿的人挡过风雪，如今早已没有露宿的人，正好把它化无用为有用。

锥锥凿凿一齐催，促驾人人笑口开。今日送行非惜别，只因汝去作钢材。

大铁门卸下来的时候，围观的人都拍手欢呼。

喜看堂堂两扇门，登车直向熔炉奔。让它“帅”帐先升坐，还有儿孙在后跟。

大铁门去了以后，弄内居民，把每幢房子的铁门和窗台上的铁栅也都拆下来支援工业去了。

（《新民晚报》1958年8月29日，署名：端云）

## 近诗四首

行囊背上似行军，我为征人送一程。已做夫妻三十载，者回真见汝年轻。

本月五日清晨，妻随新成区妇女劳动大军出发赴闵行修建公路。二十年来，她一直做着家庭妇女；目前，我家里还有四个孩子，一向有个保姆；九月间，保姆走了，由她一人操作家务，如今又摆脱了家务，参加社会劳动。她这一步是跨得大的，她知道，跨这一步也是应该的，不但无虞颠扑，而且于人于已，都有好处。

披青叠翠带新霜，辛苦盘中语莫忘。不是农民千滴汗，城中哪得菜根香？

到了工地的第四天，她写信来说，第二天一早，在农村里帮农民扛青菜。她立刻体会到：我们日常吃的一果一蔬，都是农民用很大的劳力换来的，不单是粒粒皆辛苦的盘中餐而已。她又说，上海人家（包括自己家里）吃起青菜来，把外面的叶子，随意丢弃，真是糟塌了东西，也轻视了别人的劳动，实在不应该的。

灯前儿女话娘亲，不数归期指屈伸。争道阿娘肩上物，明朝又重几多斤。

妻信上说，在工地上她分配到的工作是坌土和抬土；开始时抬得少一些，但她相信，将来会每天增加的。

这几天，到了晚上，孩子们聚集灯下，常在纷纷议论，一个说，妈妈今天可扛六十斤了，一个说，也许已经超过八十斤了。

凌空舞尽短长锹，换得中年气力遒。喜汝身临天地阔，回头莫再媿苏州。

这首诗的末一句，有一段小小的故事：今年十月二日，是我们的孙女儿周岁之期。这娃娃生在苏州，祖母还没有看见过哩。于是妻在九月三十日晚上到苏州去。她满以为第二天是国庆，儿子、媳妇会陪她去逛逛园林。想不到一到苏州，苏州人都在炼钢，儿子在指挥运输；媳妇在打矿石；连亲家母也转在土高炉旁边。要陪她扯扯家常都没有功夫，何况东逛西游了。她弄得非常尴尬，只好搭了二日的夜车回到上海。当时，我写了一首诗跟她开玩笑，我的诗是这样说的："倾城士女懒梳头，朝暮群为钢帅谋。九月吴门闲客少，弄孙愧煞一妪妪。"现在想来，就是上面这个故事，正是促使她这一回毅然报名参加集体劳动的原因之一。

(《新民晚报》1958 年 11 月 16 日，署名：高唐)

## 看 菊 展

园林到处有停车，一市争开十色花。何必枫林坐爱晚，"卷帘"斜日照"悬崖"。

"帘卷西风"与"悬崖"都是菊种名称。

(《新民晚报》1958 年 11 月 22 日，署名：端云)

## "竹 火 车"

行若游龙势蜿蜒，一群娃子乐如仙。但勤阿母田间业，无虑其儿陌上颠。忽向水边临树下，时从村后到庄前。"车厢"铺就新棉被，"旅客"融融取次眠。

从外埠的一张报纸上看到，四川开县镇东人民公社，有人创造成功了一种“竹火车”，使托儿组带娃娃的效率提高了八倍。

它说这种“竹火车”的构造很简单：用一个方形的木轿椅做车头，一个长方形的竹轿椅做车尾，车头和车尾用两根大竹竿连接起来，中间放八个竹圈椅，下面装上几对木滚子做车轮。一个“竹火车”可以装十个不会走路的小娃娃，由一个人操作就行了。

保育员们都说：过去背一个、抱一个，现在用“竹火车”，一人可以带十个，真好极了。

（《新民晚报》1958 年 12 月 19 日，署名：高唐）

## 寒夜即景

儿童灯下写诗忙，一首诗成唱一场。不觉风霜窗外满，但闻室内蜡梅香。

（《新民晚报》1959 年 1 月 17 日，署名：端云）

## 将军去当兵，给战士理发

戎旅生涯暖似春，官兵到处闹同群。健儿头上青青发，曾受将军爱抚亲。

我请将军手略停，何妨少剪二三分？让他多长三分发，更好冲冠指敌人。

南京部队领导机关的萧望东中将，在去年曾下连队当兵。他跟士兵们同吃、同住、同操练、同劳动、同娱乐，还给士兵理发。

（《新民晚报》1959 年 1 月 19 日，署名：大郎）

## 压岁钱

春朝奶奶好排场，封袋红红放枕旁。硬币五分成两对，纸毫一角附三张。莫将花炮惊同伴，不买长刀或短枪。直待学期开始了，户名记入小银行。

到现在还有很多保存着一个旧的习惯，给孩子们压岁钱。老一辈的人更有意思，到了年三十的深夜，等孩子们已经熟睡的时候，才把压岁钱封起来，放在孩子的枕头边。

在从前，孩子把这些钱去买花炮，买仿制京剧武戏里的一些道具。但现在的孩子们则都舍不得去买玩具，而是去存在学校里的小银行里，他们就是热爱储蓄，热爱自己的“企业”。

（《新民晚报》1959 年 2 月 10 日，署名：高唐）

## 扎一只纸老虎灯

花样新翻老虎灯，一燃蜡烛显原形。皮将纸裹周身白，骨劈竿成数片青。额上招牌悬美帝，项间绞具套刑绳。夜来押到街头去，喊打群儿欲逞能。

明天是阴历十三，旧俗，是上灯的日子。再过二天就到元宵，过灯节了。替孩子们扎一只纸老虎灯，让这个坏东西出来现现世，也算花样新翻。

（《新民晚报》1959 年 2 月 19 日，署名：高唐）

## 送　泥

映日红巾满一堤，此来要夺半塘泥。试随农父偕劳动，实与群儿好课题。微颤小唇正记数，惯挥双手欲忘疲。归来喜对爷娘说，曾送田头十石肥。

——齐微二韵同押

（《新民晚报》1959 年 3 月 2 日，署名：高唐）

## 广　播　台

儿童节目方开始，广播新装土制机。先讲“一家”陶姥姥，最尊舍命向姨姨。巧将矢石弹群雀，动足脑筋打个谜。绿化尖兵大合唱，隔年歌子也新奇。

孩子们用马粪纸造了一个收音机，自己来举行一次儿童节目。他们轮流着“播音”，有人讲“我的一家”，有人讲向秀丽同志的故事，有的讲怎样灭雀，有的教听众猜谜。后来又一齐唱了个“绿化近卫军”作为结束。

（《新民晚报》1959年3月16日，署名：高唐）

## 大明湖殖鱼

春风吹绿柳堤沿，湖上收鱼第一年。岂止明湖供眺赏，而今高产不输田。

银鳞翻尽一湖蓝，乐煞渔人恣意探。终是水乡鱼米好，济南丰盛似江南。

大明湖，是济南的著名的胜地之一。但是，在解放前，已被蹧蹋得几乎变成了一个污泥坑。解放后，经过人民政府的修建，才恢复了它原来的清丽面貌。更好的是，现在，这里已不止是一个游览区，而且还是一个渔业生产区。从去年春天开始，湖里养殖了大批的鱼苗后，现在已经获得了丰富的收获——单是今年春节前后，就捕捞了两万多斤。（据《山东画报》）

（《新民晚报》1959年3月23日，署名：高唐）

## 送　肥　忙

午潮初上橹声连，棹过长波又短川。郊外方张春播网，江头尽载运肥船。好风直助东流水，明日能膏万顷田。欢乐终由辛苦换，秋来丰产看粮棉。

(《新民晚报》1959年3月28日,署名:高唐)

## 扫烈士墓

大场遥野绿连云,来上铮铮烈士坟。念到欧阳当日事,直垂小手立斜曛。

幼柏青青插墓前,今朝高不及人肩。待它霜干风枝大,长护忠骸千百年。

孩子随着同学到了大场。他们是为了悼念欧阳立安特地来瞻拜烈士坟场的。回来之前,在烈士墓前还植了树。他们多么盼望自己种的树能够成活,让它们永远荫复着烈士们的忠贞骸骨。

(《新民晚报》1959年4月3日,署名:端云)

## 春游

飞红掷绿闹晴郊,近日儿童乐事饶。已到龙华窥古塔,爱看大象访南娇。非关小脸今朝美,原为春阳特地描。既识耕耘谙植物,更知宝贵是勤劳。

(《新民晚报》1959年4月30日,署名:高唐)

## 赌场成乐园

马上好精神,园林景色清,问儿骑何往?要去北京城。尘土也羶腥,当年跑马厅,万家倾复尽,人畜一喧腾。

现在的人民公园这块地方(包括人民广场在内),解放前叫跑马厅。所谓跑马,不是什么体育表演,而是供给人们掷注赌博的,所以跑马厅,其实是一个大赌场,是英国殖民者榨取中国人钱财的地方。

(《新民晚报》1959年5月21日,署名:端云)

# 北京路诗抄

用兵狭道早无论，穴蚁相争亦旧痕。我走陈家浜外路，几回错过舅家门。

从前全北京路“瓶颈地带”最突出的地方，要算陈家浜一段：在那狭狭的街面上，二辆公共汽车对面开来，总要擦肩而过。从早到夜，车辆始终拥塞，使人想起古人论狭道用兵如蚁斗穴中的话，正可以譬喻那种情况。因为这样，我们的市政当局开始拓宽北京路时，最早就从这里着手。当马路拓宽以后，我几次经过那里，都认不清舅父住的那条景星里，因为旧有的那些标识，都已湮没在广阔的路面上了。

江流倒灌雨滂沱，学校家庭便隔河。欲渡每劳民警背，将归还受老师驮。自从拆屋沟埋管，无复升潮路有波。到此欢呼“行得也”，不须临水唤“哥哥”。

张家宅外、泰兴路口是一段低洼地区，常是一雨成河。孩子们在北京路第四小学读书，雨天上学，到此便须涉水。今年在这里经过几个月的日夜施工，不但拓宽了马路，还重埋了地下水管，工程已在“五一”前完成。

桐阴取得十分凉，门外年来轮轨忙。可惜灵园辞世早，不能亲手让高墙。

从黄家沙到北京路的一段石门二路，一路和十二路有轨电车一向在这里经行。可是这里的路面很窄，尤其西边一段的人行道，只能容一人行走，电车里的人伸手出去，几乎可以触及人家檐角。二十年前亡友吴灵园的住宅就在这条路上，他看到这种情况，非常不安，曾经写信给当时租界的工务局，要他们来拓宽这条马路，他表示不但愿意拆除自己的围墙，必要时还愿意拆除他自己的房屋。但是租界的工务局没有理他，因为当时的外国人是走不到那条路上的。到了现在，这里不但把马路开阔，路旁还种了法国梧桐，已是绿叶成阴了。

黄黄浦水接天蓝，一路墙岩次第劖。他日泥城桥畔立，向东隐隐见江帆。

北京东路的“瓶颈地带”也是很多的。这些突出路面的房屋,犹如山路的岩壁,看起来自有一种险障的感觉。我们的市政当局前两年先将胡庆余堂一段的马路修宽,后来又拓宽了山西路一段,现在又在河南路、四川路一带施工。

(《新民晚报》1959 年 6 月 7 日,署名:端云)

## 闻得故乡油菜丰收

细细圆圆粒粒匀,打油纸上染香云。多情写下勤劳绩,一邑丰收一国闻。

《人民日报》和本市各报上都刊登了嘉定油菜丰收的消息。有的报上,还把打油后的一股油香,也渲染了出来,使读者不仅看到了农民在丰收后的喜悦,也看到了他们劳动果实的美好。

待看明年更大年,花开卅里练河边。故园四月金黄海,不是当初负郭田。

我的故家在嘉定城里,是一处半村半郭的地方。在我幼年,到了春天,这些负郭田园,菜花怒放,已经觉得很好看了。但想起现在绵亘数十里,是一片金黄的海洋,怎么不教我心向往之呢!

(《新民晚报》1959 年 6 月 18 日,署名:高唐)

## 跌 荡 之 声

投老江干遇菊朋,几回接耳更心倾。不知跌荡饶何意?但觉人间最此声。

这首诗是当年有位老先生在上海看了言菊朋的戏,写来赞美他的。

“跌荡”二字,照原来的解释是豪放的意思,也包括不检点的意思。但在上面这两句诗里,显然还有很多意思。据我看,他把跌荡既解释为苍凉沉郁,又解释为荡气回肠;还有,凡是言菊朋创造的那一种说不出、话不像而是滞人神意的声腔，这“跌荡”二字，也都把它形容在内了。

（《新民晚报》1959年6月28日，署名：端云）

## 看《墙头马上》作

吕布雄奇赵宠痴，誉君好戏已千词。忽逢盛世花争发，更向上头领一枝。

走马长衢复短街，灵葩不碍一墙遮。洛阳有女甘违世，不作寻常媚俗花。

（《新民晚报》1959年6月30日，署名：端云）

## 消 夏 新 词

似沸骄阳似沸蝉，高梧垂柳巷门前。卅年闹市居家惯，听得蝉声第一年。

在上海的闹市里住了三十多年，昨天，在弄堂外的行道树上，第一次听到蝉声。这些行道树，都是三年前栽种起来的。

扁豆花红上小楼，过墙来惹白牵牛。最怜一盎“蓬头绿”，满眼清凉直到秋。

开红花的扁豆和开白花的牵牛，都是异种。这几年到了夏天，我在窗台上，总是放着一盆“蓬头绿”。“蓬头绿”是一种草，绿得非常清鲜。在烦暑的时候，望着它，真会有心目生凉之快。它的名字也很好，真像没有梳过的乱发，蓬蓬松松地复盖在花盆上面，使人一看到会立刻想着它的名字而觉得好笑。

（《新民晚报》1959年7月7日，署名：高唐）

## 夏　　蔬

江城长夏满清蔬，茭白丝瓜复扁蒲。簇簇萝边菘韭嫩，红红篮里柿(西红柿)椒(灯笼辣椒)粗。干烧轻辣烹豇豆,熟拌香油泼落苏。更有新传公社法,自夸巧手殖蘑菇。

每天经过小菜场,看见堆放着的蔬菜,丰盛极了。方才在场仔细看了一下,回家以后,写了上面这首诗。但在五十六个字里,我怎么也写不完郊区农民供应城市的多种多样的蔬菜名目。例如毛豆、黄瓜、南瓜、韭黄、小白菜、蓊菜等,都没有包括进去。

(《新民晚报》1959 年 7 月 18 日,署名:高唐)

## 消夏新词

老来初剖海棠青,猛忆儿时坐小庭。捞起井中黑酒鬼,风檐待看月东升。

市上有一种绿皮绿肉的香瓜,名字叫海棠青,雅得很。这种瓜在嘉定的四乡,都有出产,但我们那里的人,因为它绿得深,并且近乎黑了,所以叫它黑酒鬼,倒也俗得可爱。

入汤面滑不粘牙,若有砂糖稍稍加。毛豆添香也助色,一锅当饭食南瓜。

南瓜与面疙瘩同煮,很好吃,可以当饭。这也是嘉定一带农村的吃法。现在家家都有面粉,可以一试。

(《新民晚报》1959 年 7 月 20 日,署名:高唐)

## 丰收乐

岂止农家有笑颜,路人到此尽多欢。松江原盛鱼兼米,"城北"能排廪若山。早割已教和汗下,晚收更待带霜看。明朝又绿新秧叶,拂拂如眉出水间。

本市郊区松江县城北人民公社的早稻,已开始收割。图片上是光明生产队的女社员喜获早稻丰收。

(《新民晚报》1959 年 7 月 29 日,署名:高唐)

## 外　　滩

江水滔滔日夜流，飞翔时复见闲鸥。从将鹰爪狼牙拔，始免残脂腾血抽。十里车声连一岸，四时花气涌高楼。酣游是处祥和地，谁识“铜人”旧码头！

三十年前头，每天早晨坐了一路电车，在南京路外滩下车。三十年后的今天，也是每天早晨坐了一路电车在南京路外滩下车。南京路外滩这地方对我是这样的熟悉。

在三十年前，南京路外滩上海人是叫它“铜人码头”的，因为这里竖立着一个英国殖民者头子的铜像。也就在放这个铜人的地方，现在我们经常搭起台来，作为宣传反帝、反殖民的场地。

（《新民晚报》1959年8月21日，署名：高唐）

## 中央商场

塑胶进口货成堆，梳子皮包碗碟杯。自我崇洋迷信破，滚他“油污嗳斯哀”（U·S·A）！要将正气驱邪气，方识良材尽我材。跃进浪潮冲激后，换来民族美丰裁。

南京路四川路口的中央商场，本来是美制货物充斥的地方，但从去年起，这里已由国产品占了统治地位。这个改变，不仅是因为这里的营业人员拔除了迷信洋货的思想，更重要的是，我们的国家实在挣气，造出来的东西使人满意。

还有使我感动的是中央商场旁边的一家“东海”食品店了。这家店原来有个洋名字叫“马尔司”，自从公私合营以后，不但变换了经营方式，连外表也都变了。记得去年美国鬼子在我台湾海峡地区军事挑衅的时期，这家店把一个橱窗布置成一座中国老式的厅堂，顶上挂着宫灯，中间挂着一个中堂和一副对联，联文是“拥护周总理声明，一定要解放台湾”，那中堂写的就是总理声明的全文。在梅红纸上，写着浓墨端楷的字,看起来鲜明庄丽,给人的印象非常深刻。

(《新民晚报》1959 年 8 月 22 日,署名:高唐)

## 抛 球 场

抛球往事考难详,近为抛球设一场。恶犬更无巡夜吠,加油每听助威忙。昔怜把盏僧颜冷,今喜投篮意气扬。试看健儿装备美,“连长记”里满橱窗。

南京路河南路一带有个老地名叫抛球场。前三年,这里拆除了一排瓶颈房屋后,果然设立了一个篮球场。早先这一排房屋都是开的洋行,夜里都用洋人和洋狗看门。经过那里,不提防常常被铁栅内的恶犬吓了一跳。

正是现在放篮球架子的地方,以前是一家专售精贵食品的店铺叫沙利文洋行。我在这里曾经写过一首诗,诗里有两句是:“碗底咖啡黄似酒,座中客貌冷于僧。”从前的光景,就是这样:不是浮糜,便是颓丧。看了目前活跃在篮边的青年人,对照又多么强烈。

(按:连长记是上海最大的一家体育用品商店,就在这个篮球场的斜对面。)

(《新民晚报》1959 年 8 月 23 日,署名:高唐)

## 闹 市 书 城

此间“屋屿”久劖除,广厦深藏万卷书。“别发”蟹行终断命,新华气势耀通衢。求知大众争探索,放学儿郎每附趋。为与人生营养美,岂徒口腹任贪图。

慈淑大楼的对面,原来也是一排突出在路面的房屋(在我的诗里称它“屋屿”),开着陆稿荐、北万兴等吃食店。四年前这排房屋拆除了,所有新盖的三层楼房,开了一爿新华书店。多么开阔的门面。

凭我的记忆,在旧上海的南京路上,是没有一家书店的;噢,有一家，那是英国人开的、专门卖英文书的别发洋行，它的位置靠近外滩，在和平饭店的东隔壁。

（《新民晚报》1959 年 8 月 24 日，署名：高唐）

## 城西公社杂诗

城南枣熟忆儿时，北郭年来果种奇。才是新秋桃采罢，故园近又结冰梨。

公社有大小三个果园，北郊的一个，种着水蜜桃与梨树，近来正是梨子熟了的时候，这两种果子，在嘉定，都是以前没有的品种。

望里葱茏水稻田，老农笑乐话丰年。客来若在斜阳下，一绿蓬蓬欲染天。

看了牌楼生产队一大片一大片的、种着亩产千五百斤争取二千斤的水稻田，真是叫人叹赏不已。第七队的一位老农民对我们说：现在正在毒日头的照射下，稻田还不大神气，再过两个钟头，看起来就会更加挺括。

连夜田头看掌灯，万家弄水几曾停。用完气力随能长，苗死何能重返青？

田间的抗旱工作是紧张的，方法是多样的。时间都从夜里一直到上午十时以前。我们向农民道辛苦时，他们却说，作物枯死了，就完了；多用点气力，还会来的。

长足棉花十五台，有些含蕾有些开。有些结得棉铃大，铃老有些吐絮来。

又是一大片一大片的棉田，那些干高枝繁的棉花上，有花蕾又有鲜花；有棉铃也有已经绽出白色的棉瓤，在一株上它们都是四代同堂哩。后来听社员说，去年的棉花，只有八台，而今年都长了十五台。

（《新民晚报》1959 年 8 月 29 日，署名：高唐）

## “康强之塔”

楼外楼头沸管弦，黄金散尽七重天。酣歌恒舞成消歇，救死扶伤策万全。药物纷呈储宝库，苍生何幸得甘泉。行人未入春江市，遥指康强一塔巅。

上海市第一医药公司的大楼，是上海最高的建筑物之一。因而有人称它为上海人的“康强之塔”。

这地方在三十年以前，人们叫它楼外楼，天蟾舞台，曾经开在这里。翻造了这座大楼以后，它是永安公司的新厦，称为新永安公司。但很多人又称它为七重天，因为当时在它的七层楼上，开了一所供饮食而又供跳舞的场子，名为七重天。不但是销金窟，也是制造罪恶的渊薮，旧上海的一块坏地方。

（《新民晚报》1959年8月30日，署名：高唐）

## 打扮大庆里

车马喧阗旧巷门，当初具是六缸浑。直将烟赌介巫窟，化作勤劳俭朴村。笼竹今来新试浴，向阳何处不承恩？装成一样迎佳节，定看衰颜刻喜痕。

在南京路的闹市中，大庆里是一条最大也是最老的弄堂。这条弄堂，前临南京路，后面九江路，西边西藏路，东通云南路，这是它的大；当三十年前我到上海，它的外貌已经斑斑剥剥的不知受了多少年的风侵雨虐，可知它的老了。

三十年来，我一直经过大庆里，它总是尘垢满身，从没有看到被人修理过。在半个月前，它同全市许多建筑物一样，搭起了脚手架，装点门面，这几天已经焕然一新了。

（《新民晚报》1959年8月31日，署名：高唐）

## 夜登体育俱乐部楼上，望人民公园作

年来始许我攀登，不计红楼有几层。祖国苦心勤养育，出门健将尽飞腾。已多游客尤多树，近看河流远看灯（人民广场路灯）。是在人民天下也，更谁回首话“西青”。

体育俱乐部大楼在国际饭店与华侨饭店的中间，从前这里是西侨青年会，上海人又叫它“西青”，又是一处中国人不大好进去的地方。

（《新民晚报》1959年9月4日，署名：高唐）

## 新　绿　地

兽蹄神迹两消沉，翁仲老家不可寻。前日来看犹白地，今朝重过欲成阴。才为大道添鬟饰，又替公园戴翠簪。更有行人工说笑，公园昨夜育宁馨。

在南京西路面对黄陂北路的一块空地上，前一时有很多妇女，在耙土的耙土，运砖的运砖，工作得很紧张。到昨天（五日）重过这里时，已修建起一方绿地来了。

今年春天，在人民大道西端的一带三角形地段上，种满了花木，好比替大道插上了鬟花；如今又把前面说的那个地方辟为绿地，又宛似给人民公园戴上了一枝碧玉簪。有个走路人说得有趣，他说，一夜工夫，人民公园生下一个小公园了。

解放以前，这地方因为有两个石翁仲，曾经闹过一阵笑话。其实这里原是跑马厅的马厩，以前都叫英国流氓霸占过几十年的。

（《新民晚报》1959年9月7日，署名：高唐）

## 节 日 清 晨

望人民广场上空作。

一夜喧歌一夜灯，江城直似水晶城。高天也布清华景，初月如镰伴晓星。

清晨四时，人民广场万炬齐明，如同白昼，天上则一弯新月，晓星灿然。

映得红旗曙色开，汽球冉冉上升才。朝霞涌出晴天日，迎接英雄队伍来。

（《新民晚报》1959年10月1日，署名：大郎）

## 马陆小诗

已因入药断丝瓜，寸土难安野草家。晚种今年留扁豆，初冬还放紫红花。

村里的篱边墙角，目前还在开着扁豆花。记得夏天来时，这些地方大都种的丝瓜。如今，瓜已老，络已干，镇上的药店里都在收购这种新鲜药材了。

不教可用片材遗，造物真能发万奇。老幼咸争收入广，家家团坐剥花萁。

棉花杆从前是作为燃料处理的，现在发现棉杆皮的纤维可以制用品、造纸浆，于是剥棉杆皮也成了农民的生产任务。社里争取今年要剥皮四千担，每担可得价六元。

（按：嘉定一带的人称棉花杆为花萁。）

河浜尽种水浮莲，绿涨青流满一船。闻道猪群冬饲足，丰登早麦看明年。

河浜里、溪荡间都种的水浮莲。这是社员为猪群准备的冬粮。

（《新民晚报》1959年11月22日，署名：大郎）

## 迎春杂句

歌呼一片出田村，浩荡东风浩荡恩。想见团圆灯影里，举杯同庆拔穷根。

大年夜,闻本市各县人民公社都在欢乐声中,分配完毕。

梅红纸上墨痕浓,竞榜春联一巷中。盛世所逢皆吉庆,但书勤俭好家风。

年初一早晨,见弄内春联有作。

花王定号既年年,犯雪凌霜特地妍。杏欲羞嗔梅欲恼,如何汝又占春先?

人民公园牡丹怒放。

青春乐事每无穷,培育新苗赖好风。为使儿曹亲科技,夜来值日少年宫。

静安区少年宫成立之日,儿子值夜班于此。

(《新民晚报》1960 年 1 月 30 日,署名:大郎)

## 木桶滚滚来

夜来春更闹,千街灯亮,万家腾笑。美绝风光,铺遍城南旧道。试看图中人物,终不安心陈套。也要把手工生活,一朝除掉。
无须铇斧交施,传送一条龙,奔流来到。开动机床,木盖登时车好。钉桶连声轧轧,必然比,手箍牢靠。何致此?心雄志高思巧。

——调寄《玉漏迟》

(《新民晚报》1960 年 3 月 16 日,署名:大郎)

## 图书馆即景

车间才得一抽身,争向书丛觅宝珍。何事求知情若渴?待通科技胜通神。

结队儿童放学回,夕阳照得笑颜开。入门先问新书目:可有连环图画来?

饭余便去上中班,顺道图书馆里弯。摒却油盐柴米累,读书好借晚灯闲。

（这里的图书馆，以三种读者最多：工人、少年儿童和妇女。妇女大多是不久前走上工作岗位，更渴求充实自己的文化。）

（《新民晚报》1960 年 4 月 18 日，署名：端云）

## 里弄新竹枝

水攻火逼既频频，除害能清在认真。无复夏天惊晓梦，一家铺板扰群邻。

邻家把所有的铺板，用沸水煮，用火喷射，这样几次以后，把臭虫和虫卵都消灭干净。想来今年夏天，他们不会再一早晨就把铺板放到弄堂里来着地碰击了。

（《新民晚报》1960 年 4 月 25 日，署名：端云）

## 里弄新竹枝

想起当年伊拉爷，当场送命"瘪螺痧"。姬姬蝇拍随身带，一见苍蝇便咬牙。

弄堂里有一位勤拍苍蝇的老妇人，时常给人家讲她的伤心故事，原来她的丈夫在二十年前是患"瘪螺痧"（霍乱）死的，因而恨苍蝇入骨，见蝇即打。

（《新民晚报》1960 年 4 月 27 日，署名：端云）

## 筱爱琴赞歌

听完"赋子板"，座中受激动。都言杨桂英，斗争何其勇。复称筱爱琴，表出心头痛。美哉此造形，直向人间种。何以得成功？诀窍焉从奉？党话必须听，谦虚问群众。政治和业务，一样深功用。期得心先红，才专无须恐。至理只一条，筱爱琴能懂。

下厂复下乡，又到前沿去。针线随身携，时替征衣补。一朝晕海船，离岸还行路。强支越重山，不教扶一步。行行抵营地，登场逐歌舞。曲终下后台，人来道辛苦。看她直摇头，含笑相告诉："战士百艰辛，我劳何足数？"坚强若此人，宜入英雄谱。

上海文教群英会代表、沪剧演员筱爱琴的英雄事迹是说不完的。这里只写她扮演《星星之火》里杨桂英一角的成功，在福建前线向解放军战士慰问演出时的一些片段而已。

（《新民晚报》1960 年 5 月 17 日，署名：高唐）

## 种出花儿朵朵金

一架葡萄一院阴，慈云还比绿云深。张张圆脸知精养，习习清风会至心。小手相携皆好友，娇喉微啭似灵禽。初苗方被勤培种，种出花儿朵朵金。

前两天，我访问了黄浦区的新建托儿所。最使我留下深刻的印象是，这里所有的设备都是为了孩子们的安全而用过一番思虑的。比方说，天热了，这里的每间屋子，都装上了风幔。这风幔就是老式理发店的拉风，保育员们费了很大工夫，用布和三夹板装制起来的。做这样的土风扇，不仅节省了钱，也节约了电力。更重要的是：电扇的风力大，怕吹坏了孩子；也怕那种摇头电扇会使孩子发生损伤事故。

时刻担心损发肤，深谋保健为群雏。练成件件皆娴技，学就人人是大夫。凡欲求医归一巷，不教有病问通衢。最难大雨如绳下，埋首田头摘野蔬。

在这家托儿所楼上的一间小屋子里，放着许多野菜。这种野菜，打我小时候就看惯了的，但现在怎么也叫不出它的名字。一位同志告诉我，这叫野甜菜。她一说野甜菜，我立刻想起全国文教英雄陈荣军的事迹。去年陈荣军把野甜菜熬了汤，给托儿所的孩子们喝，一夏天孩子们就没生痱子。这里的保育员一看到这个经验，立刻冒着大雨，下乡去采摘。我看见的这些野菜，都是她们从雨头里摘下来的。

谈起了野甜菜,我连带知道这个托儿所的保健工作,做得比较出色。一般的预防接种,不必说了,多数的保育员,不但都学会了注射,还学会了推拿。有好几个孩子,发烧过了三十九度,都叫推拿好了。这里有了隔离室,还要办小医院。她们说,不让一个受托的孩子,向外面医院去求诊,有毛病都来归我。负责保健的吴琴华同志,是从仁济医院下放支援里弄的,有了这样一位内行,办小医院自有更大的信心了。

肯将人子如亲子,此志能明况力持。片虑不萦远客梦,群居定胜在家时。与人只有许多便,干己都忘一字私。闻道红笺连日下,投来满纸感恩词。

在这里听说有这样一个故事:里弄里有夫妻两人都调到外埠去工作了,临行前来向托儿所要求,把两个原来半托的孩子改为全托。按规章,这里是不收全托的,但考虑结果,还是答应了他们。因此所里要有一个保育员专做全夜班,来照顾这两个孩子。

起初,孩子的父母还不大放心,每隔两星期,总要回上海来看一次。有一回,两个孩子告诉爸爸妈妈说:“从前,妈妈在星期天,都要带我们上公园去玩;现在,这里的阿姨也是一样,每个星期天都带我们上公园玩的。”就是这几句话,听得夫妻两人非常感动。他们从此知道,这里保育员的工作,做得如此细致;也从此知道,孩子们在阿姨身边,跟在自己身边,完全一样。其实,他们还没有想及这点:托儿所的教育比家庭教育好得多;放在阿姨身边,还远胜于放在自己身边呢!

(《新民晚报》1960年6月1日,署名:高唐)

## 儿童杂事诗

庭园处处满晨曦,动作还如号令齐。我是大家小朋友,哪能唤我小姨姨?

里弄托儿所里,新来的保育员还不善于教孩子们体操。于是红领巾来帮阿姨们的忙了。红领巾教阿姨体操,也教孩子们一道体操。

练就新歌过巷东,听歌乐煞老公公。公公也自怜童稚,故事每天说不同。

红领巾们为了对退休工人的尊敬，使老年人得到怡悦，便经常去唱歌给他们听。老年人则为他们讲许多孩子们没听过的故事，孩子们一面听，一面把故事记在自己的小本子上。

（《新民晚报》1960 年 6 月 6 日，署名：端云）

## 看《罗森堡夫妇》作

只为爱和平，遂遭美帝忌，诬以间谍名，三年沉狱底；狱底尽幽黯，懔然持正气。群奸慑以威，群狗诱以利；凡彼利与威，不受高人睨。奸邪没奈何，行动尤猥鄙；顿时张獠牙，欲令善良毙。夫妻闻临难，互把坚贞励；往日最相亲，信念无差异；各凭信念坚，生死何加意？儿女亦所珍，幼小原难弃；然而爱儿女，哪可违真理？何况亲亡儿女存，自有更多人可倚。斧钺去投身，未曾一流涕！我待戏终场，盈襟皆热泪。野兽纵疯狂，留日必无几。一对英雄去已遥，犹有亿万英雄继。扫绝邪氛会有期，将看阳光铺满地。

（《新民晚报》1960 年 6 月 26 日，署名：大郎）

## 蔬菜田边

豇豆棚连豇豆棚，棚深行密得阴凉。昨从豇豆棚前过，一地都栽苋菜秧。

青青矮矮辣椒丛，自泌辛香辟害虫。多喜农家高主意，借它余烈护新菘。

近来，上海县七一公社的几个生产队，在插种蔬菜上，都变换了一些方式。因为米苋最怕高温，它的幼苗，一碰着烈日的蒸炙，就会枯死。于是社员们将它移植在豇豆棚下面。豇豆是不畏骄阳的，又生得枝繁叶盛，既使苋菜抗御了高温，又让它在一片本来是闲弃了的田地上生长起来，使上海市民不断地吃到这种佳蔬。

在夏天,种鸡毛菜(菘菜)也是一桩难事。它既怕干热,又怕虫害,往往不等它长大,叶子上已被虫子蛀蚀了很多洞眼。因此农民们把它插种在辣椒林下,使鸡毛菜也受到辣椒的荫覆;而最大的好处,那些食叶的害虫是不敢去碰辣椒的,非但不敢碰辣椒,连种在辣椒旁边的其他植物,害虫也不敢染指,于是,鸡毛菜更安然成活了。

(《新民晚报》1960 年 7 月 14 日,署名:大郎)

## 淮海路晨操

千家同亦一街同,列阵真疑着地龙。已助青春腰脚健,常临晓日发肤融。能招凉爽因多树,自绝尘沙不碍风。少刻开门迎顾客,脸边犹泛逗人红。

(《新民晚报》1960 年 7 月 25 日,署名:端云)

## 台风侵沪前夜作:里弄竹枝词

北挺台风势未降,看来又要过春江。深宵一阵铃声起,相唤家家关好窗。

月光昏暗乱云奔,忽有人来夜叩门。为道台风侵更近,晒台不要放花盆。

很多人家把花盆放在晒台的栏干上,恐为台风吹落巷中,发生事故,故受人劝告。

台风汛里接新邻,校舍宽宏好寄身。政府于民关注切,安排都是避风人。

对门的职工业余中学的每个课堂里,在台风到来之前,总有许多新邻迁入。因为这些人家的房屋都比较陈旧,街道办事处将他们安排进来,以策安全。

(《新民晚报》1960 年 8 月 8 日,署名:端云)

## 迎 佳 节

诗歌盈壁画盈庭,结绿披红一巷灯。向日尘沙浑不染,今朝统体更晶莹。(里弄大扫除)

新图剪就两边排,稻穗钢花各系怀。一盎绿浮球藻小,窗明几净是初揩。(小学生布置卧室)

也学农家种十边,把锄直赶良辰前。中秋秧发深秋大,好吃经霜菜叶鲜。(种秋蔬)

歌呼三面好红旗,练唱经宵众阿姨。盛会明朝添节目,座中乐煞小东西。(幼儿园的阿姨,将为孩子们演出歌唱节目)

(《新民晚报》1960 年 9 月 30 日,署名:大郎)

## 题牛车运稻图

牛背何人意气豪,几回笑顾稻堆高。信知公社多威力,叱使盐沙长绿苗。四野机声喧脱粒,平畴镰影正开刀。崇明初接“三秋”战,战阵浑同骤涨潮。

车轮辘辘辗田头,重载何曾息老牛。大地禾光披若锦,高秋天色灿于绸。试栽应念人工巧,连熟还凭干劲遒。真是世间奇事也,荒滩夺得稻丰收!

(《新民晚报》1960 年 10 月 17 日,署名:高唐)

## 近 事 三 首

精详一字漏何曾,真理前头眼倍明。改却年来贪早睡,夜深未灭读书灯。

连夜读毛主席著作。末七字用陆游成句。

烦它再去敌西风,自觉融然暖又松。晒晒搓搓还拍拍,十年旧袄胜新缝。

从箱底翻出旧棉袄，连晒几个太阳后，再揉揉它，拍拍它，穿起来松暖有如新制。

笑看每月账单来，大省开家电与煤。手下留神心有数，节家用聚国家财。

在思想重视和合理使用下，我家连月节约电灯和煤气，费用从去年年底到现在，已逐渐减少达百分之五十以上。

（《新民晚报》1960 年 11 月 8 日，署名：端云）

## 山 芋 二 首

爱看群儿动箸忙，腾腾桌上满生香。近来每食难忘记，甘薯真成好食粮。

捣泥入口香如栗，乍嚼酥甜胜似饴。最是晚来心上暖，一盂甘薯进琼糜。

夜餐，每以山芋泥和粳米粥同食，甘美无伦。宋陆放翁有“一杯山药进琼糜”之诗，故仿其句。

（《新民晚报》1960 年 11 月 20 日，署名：端云）

## 崇 明 速 写

——新海农场所见。

珍珠万斛溅如泉，是处粮仓欲接天。一岁几回抗雨旱，今年三熟夺禾田。直凭铁汉凌云志，不许闲鸥卜宅眠。数茎芦花还作志，冬来聊复缀绵绵。

——这里一年前是芦塘，现在则遍地粮仓矣。

雄师百里筑围堤，堤内群机已动犁。城市支前多好意，芦滩从此变良畦。何来连种三收熟？但看深翻一望齐。久久徘徊应有悟，工农双手永双携！

——过拖拉机站。场内有许多个这样的拖拉机站。

畚金筛玉笑谈中，经岁全除向日穷。争地何曾嫌海阔，修堤再不怕潮凶。故持斩棘披荆勇，立奏驱咸引淡功。更喜青春收获美，年来炼得一心红。

——从前的“北大荒”上，今年设立了丰收粮的加工场。

先趁清晨饱一餐，将临战阵意多欢。车前耙后人添劲，地广泥稠畜不闲。呼叱牛群连垄上，喜成秋播动眉端。悬知来岁清明近，小麦离离定耐看。

——牧牛队员的晨餐。场内有一部分田地，土质奇烂，拖拉机不能耕作，赖牛力耙地，能翻得又深又匀。

（《新民晚报》1960年12月7日，署名：高唐）

## 冬郊诗抄

小麦陇头秀欲齐，花萁到处复霜畦。数间临水农家宅，时有金鸡绕屋啼。

连村稻垛累如丘，屋角晨餐饲老牛。上学儿童棉袄厚，过桥滚滚像皮球。

前天早晨，来到了东郊，沿着公路看两边农村的情景，记下了上面的两首诗。究竟是冬天，田野里是静得多了，比不得公路上，车如流水，人声喧闹，热气如潮。

轮轨东来更不闲，市郊去去复还还。大军齐趁晨曦暖，束发轻装上早班。

在公路边，看见一队修筑电车路轨的妇女大军。她们戴着工作帽，雄健地走向工场。等到下午，我回来时又经过这里，则见她们都酣战在工地上，有的铲石块，有的抬土，看得出她们劲头之高，劳力之强，都不输男子。

英雄披带自随身，道是同行语更亲。我去炉前求感受，中途先遇夺钢人。

公路上,碰着几位钢厂的工人。我问他们到钢厂的路怎样走的,不料他们就是这家钢厂的工人,于是就跟着他们走了。他们,身上都穿着石棉的工装,帽子上还有遮光眼镜,那打扮,便是炉前的加料工人。这天我在钢厂的平炉车间看了出钢,也从炼钢工人的冲天干劲中,鼓舞了自己。

(《新民晚报》1960年12月24日,署名:端云)

## 寒夜即事

盖得柴帘作暖房,黄昏庭院护蔬秧。儿童也解防霜冻,也念农家此刻忙。

北风窗外吼声粗,巷底有人远远呼。酣睡深宵严盖被,房间莫放煤球炉。

休将盆水门前倾,用意邻翁出至诚。只为夜寒易结冻,朝来恐碍路人行。

哥哥故事发音洪,小脸灯前尽动容。舍己为公池八妹,互将心志托英雄。(池八妹舍己为公的壮烈事迹,见十一日《文汇报》)

(《新民晚报》1960年1月12日,署名:端云)

## 踏青词

流空时度一声莺,才接桃花柳又迎。望里绿肥储料足,平畴开满紫云英。

晴春天色青如缎,敷野花光黄似绒。油菜田深人迹少,一群蝴蝶一群蜂。

(《新民晚报》1961年4月8日,署名:端云)

## 即景

品类虽殊未异称,土香一院许同登。入秋白扁兼红扁,近夏银藤杂紫藤。曲槛高墙停串蝶,风檐暖瓦系罗绳。知谁口眼添多福,我亦楼头往往凭。

春末,邻家的银藤和紫藤并时开花。现在,我家的白扁豆和红扁豆也次第着花矣。

(《新民晚报》1961年7月8日,署名:高唐)

## 题书画扇页

豪言壮语自成篇,墨色鲜匀彩色妍。从此夜凉生扇底,要他小女念炉前。一餐饱饱牛添力,百亩汤汤水满田。读罢开颜濡大笔,为题三字祝丰年。

孩子买来一柄素色的折扇。她在一面抄录了几段炼钢工人的豪言壮语,另一面画了一只正在噬青的老牛。

她自己很得意,她的爸爸看了,也很欢喜。因成律句。

(《新民晚报》1961年7月16日,署名:高唐)

## 农村竹枝词

年轻姊妹髻双丫,担桶提壶到水涯。芦粟林中穿一径,自来宅后灌番茄。

檐前屋角种南瓜,时伴炊烟一缕斜。烧火何人看不见,家家新画灶头花。

唱工也带做工俱,三尺儿童挂白须。过客笑呼娘在唤,唤来庭下咬珍珠。

在农村里走了一天。上面的几首小诗是晚归时看见的一些景物,觉得很美,很有趣。最末的一首是记几个孩子在场上"做戏",把玉蜀黍的须挂在嘴上。直到妈妈喊他们吃珍珠米了,才一哄而散。

(《新民晚报》1961年7月27日,署名:高唐)

## 唐云以笔二枝、砚一方见赠，作小诗奉谢

山水浑茫不敢近，暮年颇想学瓜茄。分明传世任家物，若与高唐总是奢。

笔为任匽叔（伯年子）在世时定制者，已三十年旧物矣。

不须钱买石头坚，分取唐家一片田。从此晨兴无个事，与君随意寄诗笺。

（《新民晚报》1961 年 9 月 3 日，署名：高唐）

## 三 十 年 前

一九三一年九月十八日，日本军国主义者出兵侵略东北。那时我在上海。如海深仇，泪痕血迹，永久难消。就当时情况，至今记忆犹清者，演为小诗，涉笔所至，仍不自禁其眥裂发指也！

横尸盈野血长流，杀掠奸烧几罢休！回首卅年肠尚断，教人终世记深仇。

寇占沈阳后的二十天内，仅抢劫达一千五百起，杀人放火，不计其数。

且流热泪振呼声，未语先知愤激情。破指自将鲜血写，写成遗嘱念先生。

上海举行抗御外侮的民众大会上，每个人都热血沸腾。有位青年，上台演讲，未待开口，已晕厥过去；另一位青年，当场咬破指头，写孙中山先生遗嘱。

白旗如雪斗西风，横目游行有小童。更有一城佳子弟，争先杀贼请从戎。

上海小学生也参加游行示威，更多的青年男女，请缨杀敌，恐后争先。

文人掉转绵绵笔，此日都成指贼矛。记得贺公诗激忿：鹊巢岂

肯让群鸠?!

上海文艺界人士,也都讨伐日寇。记得贺天健先生写过一首长诗,有:“榻旁睡着鼾已久,一夕鸠占何皇皇?昨夜朔风揭户开,倭奴十万卷地来……”等句。

不图自救必然亡,大字猩红记两行。自昔列强都是鬼,如何好与鬼商量!

国民党政府将日寇劫夺东北的事件诉于“国联”。结果怎样呢?有一家报纸,用木刻大字的红色标题,来说明当时所谓列强的态度:“各国对日似已谅解,我不自救,必亡!”

当年盗种未成灰,狼狈相依蠢动来。美帝凶残逾暴日,放开血手正栽培!

今天,我们已不是“九一八”时期的中国了;但应该时刻警惕的是:美帝国主义正在复活这批日本的盗种,制造再度侵略我国的阴谋!

(《新民晚报》1961 年 9 月 18 日,署名:高唐)

## 棉田吟

驱“瘟”手上有喷筒,寂寞干戈草几丛。不向田头横剑戟,噬青今为老牛供。

棉花从幼苗到成长,要冲过重重难关,虫害是一个很大的关口。红蜘蛛更是棉花的大敌。旧时代的农村,一发现这种害虫,说是“瘟花”,把干戈草插在田里,作为降邪的武器。这当然是迷信。如今用药液除虫,即令它是瘟神,只要喷筒一举,便可彻底干净地消灭之。

我在奉贤县的棉花田间行走,一位社员指着河滩边的一丛青叶子对我说,这就是干戈草。草长如带,比粽箬狭一些,我用手去摸它的两边,好锋利,差点把手指都划破了。我对社员说,现在它只能充当燃料了。社员说,不,把它铡碎,喂耕牛,是好饲料。

长才有女作传人,夫在河东教学勤。三尺娃儿花袋小,一天也捉十来斤。

在光辉生产队的棉花田里，碰着捉花能手张金贤。她带领了一群孩子在一道捉花。孩子中有一个是她的十五岁的姑娘，还有一个小女儿，才五岁，不肯在家里呆着，也跟随妈妈下地来了。

看她们捉了一阵花后，就坐在田头休息。妈妈抱着小女儿，大女儿蹲在旁边。大女儿原在对河南汇县的一家中学里读书，她的爸爸是这个学校的教师。因为眼红妈妈的田里生活做得好，要求回家学种田，父母依顺了她。如今，她的劳动成绩已经赶上了妈妈。

张金贤对我说，人家称赞她为捉花能手，不是说她捉得快，是说她捉得干净，每一朵花，不作兴留一些残絮（俗称鼻涕花）。现在大女儿才是又快又干净，也才是捉花能手。说到这里，姑娘笑了，而妈妈笑得更甜。

到眼心中有主裁，好桃定有好花开。梗红絮白瓤肥大，都自婆婆手里来。

在另一队里，又遇见一位精于选种的老婆婆，她叫吴小福。我跟着她一起下田，一起捉花。她告诉我，选花种第一要看梗子是红的；再看棉桃，头上尖，下半身又圆又壮；等到开花，花要挑得大，四瓣、五瓣的都是良种；棉籽要又浑长，又饱满。这样的种，只要播种得宜，管理得法，收成定是一部好花。

（《新民晚报》1961年10月25日，署名：高唐）

## 看戏绝诗

听歌每惜黑头稀，闻道君来可豁眉。两看包髯真俏绝，定知此是好姚期。

李长春演《铡美案》与《赤桑镇》，李为裘盛戎弟子，此来还拟贴演《姚期》。

长袖如波糯亦遒，佳腔似酒涌无休。最怜数点女儿泪，不到伤心不肯流。

饰演陈三两的演员是张曼玲。在“受审”一场戏里，赃官两次用刑，她没有哭，但听到那赃官就是自己教养出来的、分别了十二年的亲兄弟时，这才伤了她的心，而忽然泪满其颡。观众说，若不是演员的"神与戏化"，这眼泪不可能掉得正是时候的。

我何能状汝聪明？而况汝年如此轻！归去一街灯火里，清歌妙舞话梅英。

《卖水》是刘长瑜的绝唱，是歆动每一个观众的好戏。散了戏，我走在北京路上，只听见前前后后的行人，都在谈论着梅英这个丫头，都谈得那么眉飞色舞。

一亮浑同石一尊，卅年弃置此重温。截江不使冲天劲，水上常山戏便瘟。

钱浩梁演《截江夺斗》，此戏已三十年没人动了，不想于青年演员中见之，真是可喜！

趟马能知功底厚，店房白口润于环。须知红柳村前女，自昔求才此最难。

《悦来店》店里的十三妹，功夫在于腰腿，也在于京白。这二者刘秀荣都非常出色，因此她这个戏给人的印象是水净沙明。

这个戏，在王瑶卿先生盛年时是一绝，刘秀荣是王先生给说的戏，的确是不错的。

（《新民晚报》1961 年 12 月 12 日，署名：高唐）

## 麒剧杂咏

当我二十五岁以后，开始与周信芳先生论交，从此看他的戏，看得很多。这里选了五出戏，都是他的生平杰作，写成小诗，来庆祝他登台六十周年的纪念。这些戏里，两出是白胡子的，三出是黑胡子的。照个人的喜爱，觉得周先生的白胡子戏比黑胡子戏更好，而白胡子戏，也不光是这两出最好，比如我更爱他的《南天网》、《桑园寄子》。不过他演得不是顶多，而我现在写的，则都是他在这三十年间常演的戏，也是我常见的戏罢了。

不知何物阻咽喉？痛甚应无泪可流！我本心肠如木石，逢场每效女儿柔。

《青风亭》最好的一场戏是“赶子”：张元秀听张继保生母念血书时的做工，和儿子分别时的大段白口，都是赚人眼泪的杰作。

郎当铁索唱凄凉，好戏何曾忽一场？口舌不饶堂上吏，老儿至竟辣于姜！

看了《四进士》，认为“偷书”的唱以及三公堂的白口都是精华；其实最后一场，更是好戏。“公堂之上上了刑”的大段摇板，开始时唱得沉郁苍凉，到了“你在柳林写状犯法你是头一名”时，又那么高昂激越，既好听，也耐人寻味。

引路登楼戏耐看，小锣紧打客心寒。郓城托出刘唐美，只在襟边与扇端。

《刘唐下书》不过是十来分钟的一场戏，但明快简净，使看的人每分钟都感到赏心悦目。周先生演《坐楼杀惜》，现今著名的花脸裘盛戎和袁世海都曾扮过刘唐。

衣角飘时翅角摇，袖波弄处杂讥嘲。若将喜剧归麒派，唱到《开山府》自高。

假如说麒派戏里也有喜剧，《打严嵩》该是最好的一出。论做工，在踢袍上，振动帽翅上，舞弄水袖上，都有丰富的戏料。

此时但笑大夫愚，双眼真如雾里舒。借箭若从身段看，一舟江上走徐徐。

周先生演《群英会》的鲁肃，称为“活鲁肃”。在“草船借箭”这场戏里，自始至终给人的感觉是这个人在船上。若使不会演戏的孔明放在旁边，那么那个人硬是在台上。

（《新民晚报》1961年12月24日，署名：高唐）

## 春来杂句

书成款款复条条，近算远谋莫动摇。求取完成临六十，而今起步赶春朝。

近一月来,我对今后自己的学习上、写作上和工作上都订了一些项目,要求在五六年内也就是在我六十岁以前,把这些事都做好。行动起来,便趁春朝。

曾把江山点染佳,闻因岁晚欲脂车。廿年倾倒黄家笔,愿为春来写永嘉。

春节前一天,宗英同志从温州回上海过节。年初一,给她写了一封拜年信,信上附带说,我在等待着读她的文章。我预料她温州回来以后,一定会用如沸的情怀,来描写故乡的山水,描写前两年她曾经下放过的、目前正在准备春耕的那个公社。在剧影演员中,黄氏兄妹——宗江和宗英的文章,都是我从来心折的。

满盘果饵满篮蔬,十味甘芳杂酒脯。书与吴中儿子曰:归来快试阿娘厨。

小年夜,写信给苏州的儿子,告诉他今年妈妈把年夜饭做得很丰盛,邀他回家过节。

(《新民晚报》1962 年 2 月 8 日,署名:高唐)

## 长风公园二首

却趁晴辉丽,融然熨发肤。一城难得水,此地况成湖。过艇初谙棹,群儿学把锄。隔四田舍在,能赁片椽无?

园内外有农田,少年儿童到此,恒就田家问耕耘之术,为意甚欢。

丛柳浮新绿,盈盈落鬓端。我为老者态,山尚幼儿颜。何待花堪折,应怜树耐看。逡巡成极悦,嗟赏欲忘还。

(《新民晚报》1962 年 3 月 20 日,署名:端云)

## 龙华诗抄

龙华道上辟尘沙,一树当门灿若霞。独犯霜风矜艳质,我来遂见早桃花。

昨天上午，趁着风和日丽，到龙华游春。一眼瞥见公园里有一树桃花，冲寒怒放。据园里的花工说，这是一株早桃花，只要连暖几天，就会数十株数百株的一齐发放了。

错过盛开赏玉兰，樱花欲谢晚梅残。主人笑指僧房外，谷雨来看古牡丹。

游龙华古寺，顺便进去望望雪悟和尚。在他的禅房外面是一个很大的庭院，院里杂莳花木，其中就有一丛清咸丰年间栽植的牡丹，岁岁花时，招来无数游人。目下茎芽长得正好，只待谷雨过后，立夏以前，这里就要出现天香国色了。

龙山龙水野畴平，油菜花黄麦叶青。愿待清明瓜落种，一犁春雨助春耕。

从龙华镇到龙华公墓须步行半小时。经过龙山路、龙水路的两旁，都是农田。一位泗联公社的社员与我同行，听他说，过了清明要落瓜秧，最好下几场春雨，对瓜事有利，对小熟的收成也有好处。

记事碑前认血痕，每随小队仰忠魂。老来何敢忘先烈，垂手年年谒墓门。

龙华公墓即龙华烈士公墓。这一天先我而至者，已有上千名红领巾。我便跟着他们在每个烈士墓前，记姓名，读事迹。每年游春，过烈士墓，我必入内展拜，持礼甚敬。

石疖松斑点染匀，前山笑语后山闻。缘山不满千竿竹，亦已萧萧绿入云。

龙华公墓的对面是漕溪公园。园中架石为山，山不高，但上下栽松竹，穿行过此，自饶幽趣。

不用柳丝浮鬓绿，何须花片点衣红？土山湾下徐行过，自戴春光入市中。

沿漕溪路，过土山湾步行入市口号。

(《新民晚报》1962年4月1日，署名：高唐)

## 花　果　词

寻常能见榴花黄，亦有榴花洁似霜。却讶前人贪弄火，一团红艳写端阳。

榴花亦有黄白二色者，白花较稀。

秋老江南始供花，猱升常倚一枝斜。年年驱惯饥鸟雀，知是红袍与白沙？

枇杷开白色花，为小球形，流香甚烈。旧家有老树一株，果甘美而不知是何品种。

（《新民晚报》1962 年 6 月 5 日，署名：高唐）

## 溪 口 诗 抄

当时山下逞兵锋，老寇狰狰小寇从。今日连城佳子弟，一生心事服田农。

溪口疗养院在武岭山下，屋多地广，风景清绝。这里从前是武岭中学，乃是蒋介石匪帮特务启蒙的地方，蒋介石且自任校长。他每到溪口，必到校办公，而且还要向学生训话。如今溪口也有一家中学，那是农业中学，我去参观了学生的宿舍。

先生无病亦郎当，片枕来分午梦长。溪水轻流山鸟静，如何竖子弄刀枪！

在疗养院吃过午饭，打了一个中觉。据院中人说，那个房间，正是当年蒋介石的校长办公室。房间的外面有一座可容千百人的大厅，便是蒋介石毒害青少年，亲口教给他们反人民本领的场地。

（《新民晚报》1962 年 6 月 14 日，署名：高唐）

## 高　花

盆栽每胜地头栽，连日高抽十数台。更似棉花工吐艳，一台开过一台开。

浅紫酣红各耐看，安排瓦盎寄清欢。泥它风雨闲窗下，待我归来一展颜。

从花市买得盆栽蜀葵，株发甚高，花开自下而上，连朝不断。

眼中十色染窗纱，疑向天边接媚霞。长念甘棠湖上住，起来贪看一庭花。

数年前至九江，住甘棠湖上，客舍庭院中，植蜀葵百余株，南来千里，正及芳时，花多至十数色，为生平未见。

昔爱清霜万穗红，野塘薄暮敌秋风。年来我忽谙轻艳，却在先生数笔中。

秋草先生以所绘蜀葵见赠，作色甚美，耐人欣赏。诗前二句说秋蓼，蓼亦高花。

（《新民晚报》1962 年 6 月 21 日，署名：端云）

## 观高盛麟《挑滑车》放歌

幼年所学一家杨（小楼），旋采周家（信芳）复取张（盖叫天姓张）。不管哪家还哪派，悦人心目是高郎！

分明厚重看来轻，投放皆从百炼成。不喝彩真难过也，挑车连喝两三声。

几次旋身风似急，望中浮动灿如云。近来我也知收敛，故把痴心托与君。

（《新民晚报》1962 年 6 月 24 日，署名：高唐）

## 菖兰两首

客梦今宵不到家，橹声月色又朝霞。东湖痴福消难尽，百顷波光十亩花。

数年前，在武昌东湖作客，客舍临湖，其左有十亩花田，皆植菖兰。在上海，年年买菖兰为瓶养，到此乃始见地栽花，真大观也。晨起，立花田间，花为桃红色，朝日烛之，艳光刺双目，顾身上，不觉衣鬓皆朱。

红酣绿媚看成团，淡紫轻黄十色间。雨过行人归去晚，停车犹自买菖兰。

今年上海菖兰产量高，售价亦廉。

国际饭店下面，有花贩载菖兰盈车，色彩甚多，凡六七枝仅索一角，购者云集。

（《新民晚报》1962 年 7 月 12 日，署名：端云）

## 瓜田忆

瓜田谷雨染初青，田父相邀助压藤。盼得收成过小暑，几番笑语共车亭。

是乡甚少种棉花，老虎黄时一驻车。绝爱五龙庙外路，田头惯卧廿斤瓜。

五龙庙在金山淞隐新农公社，产老虎黄西瓜，为瓜中殊品。

（《新民晚报》1962 年 7 月 26 日，署名：端云）

## 淀山湖诗抄

食到斯乡知米软，水因澄澈识鱼鲜。眼中望去粘天绿，都是今年好稻田。

西来浪重近湖颜，停午扬舲过淀山。正是江南新雨后，河唇放得数牛闲。

几忘仓外日当头，时有轻凉背上流。天阔风高波亦大，人来先受一湖秋。(游湖后三日立秋)

便欲寻幽从旷远，温柔未必胜粗疏。江南看惯烟和水，第一销魂是此湖。

(《新民晚报》1962年8月12日，署名：高唐)

## 秋花二首

渐觉香铺枕，随成梦里花。一帘灯影下，几簇玉簪斜。片土虚培植，深瓶与减加。犹防飘别院，小女落窗纱。

从晚香玉着花以至落市，余家瓶供不绝。昔年曾移根栽数茎于墙下，终不活，活亦不成花。叹为恨事。

凝妆如待客，一领水红衣。攀涉惟丛竹，徘徊见紫薇。却因孤更俏，最爱绿成围。忽被晴云托，花光活欲飞。

近游佘山，看竹而已。遇雨，止于山腰，忽见一树紫薇，着花甚繁，妍丽如岭上云霞，悦尽人目。紫薇，儿时称"肉痒树"，故乡庭院中旧物也。

(《新民晚报》1962年8月26日，署名：端云)

## 周信芳先生将演《一捧雪》喜成律句

卅年常爱看苍头，仍此须髯仍此喉。更俟十年容有继，若论并世暂无俦。广华走雪如波袖，丞相登城似炬眸。记得蓟州堂下坐，悲歌快听玉杯搜。

《一捧雪》的"替死"一场，最为精彩，髯口、水袖和眼神都极优美。

诗中"广华"是《南天门》里的山名，第六句指《跑城》，皆为名重当年的麒剧。

(《新民晚报》1962年9月11日，署名：高唐)

## 看煞雁来红

路人染作醉人腮，何必秋风待雁来。数日蓬蓬犹自绿，明朝焰焰已成堆。能教“一串”（注）容光减，恰傍高唐宅角开。时趁斜阳归去也，疏篱短槿久徘徊。

上海的街道绿化工作，真有几个地方做得好的。右面这首诗，是称赞我家邻近的一段绿化地带。从夏末到现在，这里的雁来红长得非常绚丽，因为种得多，看起来像一盆一盆的火。照理说，在烈日当空下，看大红大紫是不舒服的，但看起雁来红来，都水汪汪的有一种滋润的感觉。坐在公共车子上的人，只要经过这里，都会被那红光吸引，回头去看一个无厌无休。从此我才知道文字里的“惊红”二字，用得真妙。

我说的这地方，在北京西路近江宁路口。到了这里，朝北一望就看见了。这地方叫陈家巷，绿化工作是里委会做的，有专人负责。这专人乃是位能人，在一带空地上，范以疏篱，一年到头，辛勤培植，使花开不绝。与雁来红并时开放的，还有大量的鸡冠，也有几株蓼花；这些都是红花，因为在雁来红前面，它们都显得失色了。这一种观赏植物，以前上海的园林里也很少见，近年不但机关的花圃里普遍栽培，连绿化街道也用到它了。

雁来红又名老少年，红的是叶子，花很小，生在叶腋间，它像巨型的苋菜，也是秋后收子，来年夏初下种。……好了，不写了，再写下去，要变成植物教科书了。

（注：“一串”指一串红，亦花名。）

（《新民晚报》1962年9月22日，署名：高唐）

## 答黄永玉

永玉书来，述黑妮趣事，用打油体答之。

横行直走近如何？常是妮妮巧想多。不改横行宰了罢，老兄下酒面拖拖。

黑妮从大连海湾带回一只螃蟹，妮妮要把螃蟹改造，教它只许直走，不许横行。

逐兔常奔老远波，肉香夜满几砂锅？女儿不弄枪和弹，端坐湖滩画野鹅。

夏天，黑妮随一家人到郊外露营，父亲打猎，女儿则常为野禽写生。

(《新民晚报》1962 年 9 月 23 日，署名：大郎)

## 嘉定杂诗

碧血陶庵迹已衰，徒从僧舍认苍苔。儿时不解怜贞魄，枣熟西林打几回。

下午拜谒叶池，这是明末抗清英雄侯峒曾殉节处。但再要去凭吊二黄先生(淳耀、渊耀)殉难的西林庵，则为崇楼所遮，几乎渺不可寻。我在小时候叫西林庵为西隐寺，古木森森，风景幽绝。也是这般天气，常到寺前打枣，老和尚总会指着某处墙头，说是二黄先生在吊死前口喷鲜血，射于砖上。其实血迹已认不得了，有的只是一抹苔痕而已。

潭光山色无迁异，但见高碑植水中。自小惯从乡土狎，不知人事尽英雄。

孔庙前的汇龙潭和应奎山是嘉定风景区。山上丛树中，近年立一石碑，纪念革命先烈。烈士都是乡人，其中有我的同学，也有老师，投老归来，望之肃立。

尊经阁外换新装，古柏门前气郁苍。一到两庑廊下立，归来犹似少年郎。

嘉定的孔庙是受保护的文物单位。四十年前，孔庙旁边有一家小学，我曾在这里读书。尊经阁下，明伦堂前，都是孩子们喧逐的地方。如今也未改旧观。

昔时门径几曾谙，惟有高天似旧蓝。安得雕鞍重坐稳，扬鞭一路出城南。

我的老家在张马弄。这地方原来的环境是:“负郭田园八九顷,向阳茅屋两三间。”如今也都盖满了新楼。老家门前,本来有一条通往城南的小路,我少时骑了一匹马,常在这小路上来回驰骋。如今这小路已改建为机动车辆入市的干道了。

(《新民晚报》1962 年 10 月 10 日,署名:高唐)

## 春节竹枝词

岁朝邻媪有欢颜,儿未归来女未还。赶积春肥肥果树,洞庭红满采东山。

洞庭红,桔名。

鸡豚数味列春筵,饭罢依依绕膝前。争听阿爷谈往事,似儿年尽送穷年。

彩绸蝴蝶掩双丫,绯色衣裳粉色鞋。扑朔迷离傍地走,绣成兔子满帮花。

今岁卯年,小女儿的棉鞋上有绣兔子者,甚美。

老人含笑诫儿童:且戏金盆一转中;连日风高干也久,宵来莫放入云龙。

金盆转与入云龙,皆花炮名。

(《新民晚报》1963 年 1 月 27 日,署名:端云)

## 郊行

◆ 秧田

向阳数亩傍横塘,肥足泥松水有光。雨后(谷雨以后)料应成一绿,漪漪来看似眉秧。

◆ 早稻浸种

浸种催芽复发根,根须已及二三分。悬知不待端阳到,百里郊田绿过云。

◆ 三茄移植

儿童未识三茄小，道是娇花冷不胜。今日移根门外去，长成红紫满田塍。

◆ 油菜花田

花深浑不辨西东，我亦匆忙似蜜蜂。望里黄云因水断，隔河一树碧桃红。

(《新民晚报》1963 年 4 月 19 日，署名：端云)

## 端阳新竹枝

仗剑何能斩鬼魔，门头枉自插菖蒲。悬来蝇拍新纱绿，举手能勤害必除。

旧时风俗，端阳节在门上插菖蒲，称为蒲剑，用以驱邪除鬼。现在有些人家，不插菖蒲，而把苍蝇拍挂起来，说，这才是除害祛病的良方。

大夫故事说周详，爱国贤人未忍忘。裹得满盘新箬粽，朝来烹作一厨香。

孩子们在家里帮着包粽子，一边包，一边谈屈原沉江故事，说得很详细，也很激动。

调金和玉列樽前，鸡蛋清酥鸭蛋鲜。豆腐盐花同拌碎，端阳美味故乡传。

上海乡郊习俗，在端阳这天，做一只别致的小菜：用熟鸡蛋、咸鸭蛋与豆腐一同拌烂，再加以盐花，味极可口。

(《新民晚报》1963 年 6 月 25 日，署名：端云)

## 国庆节前夕记事诗

高棉绽絮连云白，晚稻拖金接远青。一片旌旗飘隔岸，几番锣鼓闹前塍。但闻百里千家笑，岂止丰年五谷登？将为生辰庆祖国，

今来喜气四郊腾。——沪闵道上

长街十里点尘无,接踵行人接毂车。炫采履裳多款式,喷香果饼满窗橱。铺行如画新梳洗,广宇齐云饰项珠。料得中秋前夜月,清光虚与照江隅。——南京路上

却趁秋阳入广场,歌呼声助气昂扬。眼前惟觉青春美,心底多欣祖国强。好戏争看台阁过,锦园齐放百花香。悬知一市游行处,老幼相携喜欲狂。——看游行排练

前天在人民广场看体育队伍和文艺队伍的游行排练。在文艺队伍里,各个剧种都用一出好戏来装置一乘台阁,例如电影的《燎原》,沪剧的《巧遇记》,话剧的《接过雷锋的枪》,以及京剧的《唐赛儿》等等。

(《新民晚报》1963 年 9 月 30 日,署名:端云)

## 北桥杂诗

秋老江南到北桥,北桥新搭"楼台"高。悬知金雨潇潇下,油菜伸腰麦秀苗。

磐磐约有几多围,足细头尖腹自肥。雨虐风饕都不怕,任他饥雀绕场飞。

今年的北桥公社,在晚稻收成后,堆成巨大的稻垛,赶得耕种完毕,然后脱粒。这些稻垛,脚下用稻柴垫底,头上用稻柴加盖,防止雨水,保护谷粒。附图是北桥公社的稻垛,只搭成一半,可知成形以后,是怎样的一个庞然大物了。

脚边蚕豆渐抽芽,秋种村人劲越加。料想明年春到早,开花未必待桃花。

"落脚花"应捉已齐,田头到处晒花萁。那边不晒田头者,还待高阳催絮肥。

(《新民晚报》1963 年 11 月 23 日,署名:高唐)

## 春节二日记事

朝暾深巷寂无哗，喜报争传到万家。一纸东风吹得劲，春城何处不飞花？

年初一，第一个来敲我家门的是投送《解放日报》的邮递员同志。

推车人亦着新衣，队队轻车去若飞。底事岁朝闲不得，郊田到处索春肥。

过黄陂路，见肥车成队。

爷爷奶奶发如霜，爆竹孙儿放广场。乐得爹娘相对曰：长成也去守边防。

参观人民公园“百花百景展览会”。百景中有《光荣人家》一景，即题其意。

已过春朝八十年，于今旧俗一时迁。不烧冥镪先人用，不与诸孙压岁钱。

听老岳母讲家庭的革新事迹。

归来一步一回头，去去留留去复留。人自可亲地可爱，朝阳永是照山沟。

观豫剧《朝阳沟》影片。

早晨海岛附书来，年夜风光只倒霉。学店家家争涨价，穷人头上落惊雷！

香港友人来信说，下学期起香港学费狂涨，穷人子弟无法就读。

（《新民晚报》1964年2月16日，署名：端云）

## 深雪行三首

深雪坚冰顷刻空，千军万马气豪雄。时防举步衰躯踬，常有扬威战士同。极目能看三里白，每人都置一心红。歌呼风尚佳如许，我党先居育植功。

四十年来海上居，新风定与旧风殊。任教敷地漫天降，遂被群人快手除。帚比身高孺子弄，铲当杖用老翁扶。自惭诗笔多贫拙，难写街头壮丽图。

十七晚上的一场雪，下得比上一天更大。十八早晨，从石门二路沿北京路步行至外滩，途中所见，都是激动人心之事。老年人因步履艰难，常有好心人来搀他们一把，而这些好心人，又都是正与冰雪作斗争的阵上人也。

车厢人在语连连，所语今多到雪边。不向梅花问消息，却将心事托农田。麦苗茁长应无恙，蚕豆惊寒或倒眠。忽起欢声过菜市，飞青流翠菜新鲜。

这一天乘十六路电车回家，过北京路、新闸路两个菜场，并记车中闻见。

(《新民晚报》1964 年 2 月 20 日，署名：高唐)

## 看京剧《社长的女儿》杂咏

宽袍广袖尽离身，塑出风流现代人。一样繁弦追急管，座中快意眼前新。

王宝山扮的社长，张南云扮的林继红(女儿)，林敏兰的大秀和李多芬的妈妈，这些老生、青衣、花旦和老旦，一上了现代剧舞台，就是现代人物的形象，他们变得快，变得好，变得又多么可爱。

抓住当前一字题，唱腔做派两随宜。记将摇板连流水，是夜归来学唱麒。

第一场小红回乡，踩坏了公社的一两根麦子，她还不以为意，社长就趁此机会教育女儿了。先是大段说白，接下来便唱“一滴水能汇成汪洋大海……”，到最后的“你若不把一字爱，这共产主义的红花怎样开?”这一段，宝山同志唱得很动听。我因为喜爱这段唱词，把它唱成麒派的摇板，转为流水，也有一种激昂的味道。

座上人夸续正刚，偶然喷吐有佳腔。最怜初试新型后，死脸能翻活脸庞。

续正刚同志是旧京剧的唱工老生，脸上无戏，内行称为“死脸子”。但演了现代戏，脸上的戏料很多，所以观众惊奇地说，演现代戏，竟是给演员在表演艺术上最好的锻炼。

鼓松河上荡轻舟，烈士陵前血影浮。赖有阿爷当舵稳，女儿才得住清流。

社长和女儿划着船上烈士陵去。社长把乌云压顶，风浪太大，你要站稳脚跟的话，警告女儿。这短短的一场戏，在现实生活的动作里，掺用了一些传统京剧的身段，很自然，也很好看。

（《新民晚报》1964 年 3 月 1 日，署名：大郎）

## 看戏杂诗

渡坡涉水过长桥，眼底山村景物饶。唱到丰收心上喜，恍闻空谷调门高。

天边霞接脸边霞，望得前山盼到家。尽态穷姿驴背上，一场行路灿于花。

京剧现代戏《两块六》“行路”一场，青年演员李炳淑的身段繁复，悦人心目。

忍泪行歌忍泪听，胡琴鼓板几曾停。回头说尽辛酸事，迸作言家跌宕声。

不挂长髯着便装，老生老旦未分行。青灯拥得娇儿坐，击节来听反二簧。

《柜台》的特点是唱工多，扮杨正林的言少朋，唱的是“言派”；扮杨大妈的张少楼，则唱老生腔，还有一段反二簧哩。

送肥一记是佳题，二嫂何因方向迷？记取左边大路在，莫教往右陷深泥！

《送肥记》是个喜剧，它紧俏而又风趣，引得台下笑声不绝；但在笑声中，却使观众深刻地接受了爱护集体利益的教育。

风仪前辈自从容，短袖居然舞亦工。培养新花应着力，新花已是十分红。

《送肥记》是童芷苓主演的,《审椅子》是李玉茹主演的。这两位前辈演员,演老戏固然出色,演现代戏也无不对工。周信芳先生曾说,老一辈的演员,都应该为现代戏鸣锣喝道。童、李便都是鸣锣喝道之人。

(《新民晚报》1964 年 3 月 21 日,署名:大郎)

## 看《芦荡火种》作

红灯荡外有风波,身入风波待若何!齿冷眼尖心似铁,还擎只手斗群魔。

自把艰危负一身,水云深处掩交亲。指挥若定真能技,演绝芦边种火人。

"茶坊斗智"和"开方授计"都是精彩的场子。名演员丁是娥、石筱英等的演技,洗练精湛,令人赏爱。

(《新民晚报》1964 年 4 月 14 日,署名:高唐)

## 艳说两渔轮

誓将落后一翻新,成事果然全靠人。学到手时拚命赶,而今艳说两渔轮。

寸阴不许手边溜,破网群争彻夜修。人自英雄船自老,还从海上夺丰收。

任他风急更波深,风急波深宝可寻。明日万家餐桌上,都因鱼美念忠心。

凡不知者学则知,若逢先进便称师。虚心真比金丹好,攻到难关便克之。

亲密无间共一船,岂徒痛痒互关连。因知高产从而得,携手弟兄同向前。

上海市海洋渔业公司第二渔轮队二五一、二一九号渔轮,是海洋渔业生产上的马力小、机器老、设备差、船速不一的姐妹船。这对姐妹船，向来被大家称为“小老虎”，船上共有三十二个人，其中有十九个人是一九五八年后走上渔业生产岗位的，二十岁左右的青年占一半以上。现在，船长刘满根、刘子祺都不到三十岁。

几年来，他们以顽强战斗精神，同风浪斗争，经常获得高产，成绩一直名列前茅。去年，又提前七十三天完成全年生产任务，捕捞得三万九千零六担水产品，获得了生产冠军。这次，他们被评为五好集体，出席市财贸方面五好集体、六好职工大会。

（《新民晚报》1964年5月16日，署名：高唐）

## 海滨半日

——松江漕泾公社杂咏

白杨万树护长堤，堤下高禾一望齐。任是秋来潮涨急，浪头总比穗头低。

棉花新库起如楼，却趁晴天着力修。下月来看花未尽，冬冬战鼓闹三秋。

今年棉花丰收，正在赶修棉花仓库。

堤外时传笑语声，横枪年少自成营。今来爱听儿童说：“再过三年我亦兵。”

寒宵追迹定成擒，不为霜风恋暖衾。何事都夸儿女勇？此人此地寇仇深。

听女民兵谈冬夜演习事。当年日寇在此登陆。

（《新民晚报》1964年9月29日，署名：高唐）

## 里弄新风赞诗

邻区某里居民，年来在街道党组织的教育下，发扬劳动人民阶级感情，邻里间互助团结，出现了说不尽的动人事迹，使人闻之感奋。寒夜不寐，作小诗三首。以志心中愉悦。

群处融然一巷深，动人事迹耐人寻。早传比喻添砖瓦，是好邻居胜宝金。尽在车间多着力，不须家务暂经心。最难美事成风气，自古所无有则今。

阳光万道照江城，里弄今来越朗清。自以助人为乐事，互将佳志答平生。衰翁不觉孤居苦，稚子都无昼梦惊。说与闲人宁解得，世间竟有此高情。

千家竟似一家亲，好事多因出好人。从听惊雷动大地，遂教穷巷得青春。“无”兴“资”灭终须是，俗易风移定当真。都在红旗飘拂下，前程更有几番新。

(《新民晚报》1964 年 11 月 18 日，署名：高唐)

## 欢歌冬泳

那天虽说已春朝，恰是冬天近末梢。跳水池边人簇拥，健儿卅五为冬泳。北风吹欲裂肌肤，入水英雄眉更舒。年长者才四十过，胡家少女方三五。扑通声里水中潜，管甚寒天数九严。为蛙为蝶或为仰，游动自如多花样。冲波劈浪去如飞，泅渡武装势亦威。欢呼岸上犹倾瀑，岸上人皆衣絮服。又闻万掌鼓成雷，遍体淋漓出水来。三字壮言“老适意”，我惊一女多豪气。分明池水苦深寒，人恃顽强便不难。若问顽强来何自？顽强最要修奇志。划冰搏雪众儿郎，意志何人不似钢。

立春前二日，在上海跳水池参观工人业余游泳队举行的冬季游泳表演。那天跳水池标志的气温纪录是摄氏零下二度，水温四度。

(《新民晚报》1965 年 2 月 12 日，署名：高唐)

## 奉城诗画

缘河柳浸晚来潮，春雨新添绿一篙。最是罱泥人早起，并舷接橹出虹桥。

茎高叶大盛开花,苜蓿深浓可没鞋。喜报春来第一事,今年此地绿肥佳。

今年奉贤的蚕豆长得特别高大,草头也长得特别肥壮。除了一部分留为食用外,大多用来作为绿肥。

要留如发剔如针,心细眼尖芒上分。此是成粮第一步,从知粒粒尽艰辛。

有两次跟着社员一道选谷种。为了将来庄稼长势好,产量高,选种的要求非常严格。在一酒盅的谷种中,有四颗不及格的,便要返工。

(《新民晚报》1965 年 4 月 11 日,署名:高唐)

## 乡居 · 奉贤干校(一九七三)

此身端合老锄边,岁岁丰登看稻棉。娱目无如霜雪月,傲人长似脚腰肩。自赊余暑供清读,乍下清帷得好眠。蓑笠明朝牛背上,浑忘唐某已衰年。

◆ 怀超构

形迹疏时情转亲,文章到老辨艰辛。冶为剔透玲珑体,五十年间第一人。

(出处:上海诗词学会"诗选"编委会编《上海近百年诗词选》,百家出版社,1996. 10,第 328 页,署名:唐大郎)

## 看 戏 杂 咏

◆ 搜孤救孤

识汝犹当少小时,此材少小已英奇。老来我渐谙神韵,直是浑雄李白诗。

余门遗范此能承,何况风标如许清。料得万家灯火下,眉开话尽好程婴。

张文涓师余叔岩，扮演程婴，风韵清洒，神态感人。四十年前就看她的戏，现在又看她的戏，更觉得是一种享受。

◆ 金玉奴

眼前莫惜龟年老，刻划穷酸谁似君？不向程门数流派，南昆领出几营军。

俞振飞扮莫稽，刻划穷秀才的那股酸劲，真是一绝。他是程继先的学生。文化大革命前，他领导上海戏曲学校，出了一批又一批的昆剧人材，都是他的门墙桃李。

十年妖火未烧残，重睹能行白牡丹(注)。欲问传神何处修？含词忍笑腻于檀。

金玉奴是童芷苓扮的。好多人看了她的这一出戏，都肯定她是荀派的唯一传人。我把她的演唱之好，概括为本诗的最后七个字，不知是否恰当。这七个字是前人一首《游仙诗》里的成句。

(注:荀慧生早年的艺名叫白牡丹。

◆ 四进士

学麒不像流于俗，学若过头宁不足。两者君皆把握牢，知君能为先人续。

激扬沉稳杂苍凉，犯上老儿辣似姜。冤狱从来皆大狱，袖波髯浪闹公堂。

看了周少麟的《四进士》，好。说得保守一点，有他父亲周信芳的七分风范。他很聪明，勤于钻研，父亲的衣钵，他是会继承下来的。

(《艺术世界》1979 年第 1 期[7 月出版]，署名:高唐)

# 打油诗(1956.8—1957.4)

## 一 路 听 歌

一路听歌一路行,伯华声貌本倾城。江西亦有追船女,皖上都闻严凤英。送罢京娘跨宁镇,归程申曲接王丁。明明锚已抛黄浦,几被“梁兄”误绍兴。

若干时前,有个朋友从汉口坐轮船到上海,谈起轮船在航行中不断播送戏剧唱片,为旅客解闷。这原是很平常的事,但不平常的是这里放送的唱片,往往随地域之换,而变其剧种。

譬如船在离开汉口码头时,唱片都放的汉剧,尤以陈伯华唱的汉剧为多;船将到九江,唱片便放起赣剧的《秋江》来了;船过安庆、芜湖,洋洋盈耳的又都是黄梅戏的声腔;过南京,过镇江,则听到的都是淮剧和扬剧;等到将近上海,丁是娥、王雅琴等的沪剧来了;可是船在黄浦江里靠了码头,船上却用越剧唱片送客,大概船上的播音室认为,越剧起始于嵊县,发扬于上海,故把它列为上海的地方戏了。

朋友又说,船上这种放送唱片的方式,他觉得很有意思。我听了也觉得很有意思,所以把他的话记录在一首打油诗里。诗如上,不知读者看了,也觉得还有些儿意思否?

(《新民报晚刊》1956年8月28日,署名:高唐)

## 四 出 戏

偏爱难禁作事乖,开支下月稍些加。十娘沉怒推书舫,赵女装疯选伯华。盗马不忘贤寨主，盘夫听煞“那冤家”（注）。忽因兴到三轮坐，丁府来寻老太爷。

近来，我想买四种唱片，这四种唱片是四出戏，是我近年来最最喜欢听的四出戏。是哪里四出呢？计开：

川剧《归舟投江》——陈书舫唱。

汉剧《宇宙锋》——陈伯华唱。

京剧《盗马》——裘盛戎唱。

越剧《盘夫》——金采风、陆锦花唱。

买了唱片，势必还要买唱机，这个开销就大了。因为落地收音机里附带的电动唱机买不起，而那种摆在糖炒栗子摊头上，哗啦哗啦唱给走路人听的话匣子，不想买。那怎么办？到底给我转出了一个念头：等我想着要听这些戏文的时候，就带了唱片去找老画家丁悚先生。丁先生近年来正在闭门颐养，他看见老朋友去，不但欢迎，而且会打开他家一只四十年以上的古董唱机，一张一张放给我听的。这老头子就是这样，他永远快乐，永远是兴致勃勃的。

（注：《盘夫》里有二句唱词：“那冤家半句阴来半句阳，我兰贞不是当初诸葛亮。”）

（《新民报晚刊》1956年9月11日，署名：高唐）

## 草纸断档

勿知到底啥名堂，草纸常常要断档？头痛老婆蹓菜市，心惊小子上茅房。为怜薄薄轻轻拭，怎奈重重面面光。吓得鄙人宁便急，早晨不想喝盐汤。

小菜难买，说的人很多了。这两天，拉矢用的草纸，又告第二次断档。用户们又在奔走相告，称不便焉！

现在舍间买到的一种代替品，比原来的草纸价钱贵，是一张张轻轻飘飘的纸，比之孩子们的描红纸、我小时候临起《玄秘塔》来写“唐故左街……”的那种竹帘纸，还要薄一些。这样就很不方便，大人们也许会当心一点,可也要费很大的劲,用打太极拳的“致柔”方法,来从事这项善后工作。但左一个对折,右一个对折,到折叠成一个小方块了,还未必能揩得干净,因为这种纸另一个特点,它是两面光的。至于孩子们用起来,那就非常糟糕了,他们不当心,动作粗卤,一碰即破,所以他们的手指头上,每天总有一两次闹得很不清洁卫生,而常常让他们的母亲着恼。

(《新民报晚刊》1956 年 9 月 30 日,署名:高唐)

## 锻炼小组

要求“体协”发衣裳,上下猩红号码黄。莫笑袒胸排肋骨,尽堪犯晓敌风霜。一公尺外高能跳,二百米遥跑亦“行”(注)。谁信高唐临五十,冠军犹自夺乒乓。

机关里“体协”成立半年了,又成立了锻炼小组。每星期规定三个早晨,到体育场去,进行的活动是跳高、跳远和赛跑。

我也要求加入锻炼小组,正向“体协”申请给我置一套红色的运动衫裤。近年来,跟青年同志们一道,对体育活动发生了强烈的兴趣。上半年,机关里举行乒乓赛,我得了乙组冠军,也领到了奖品:一条毛巾,一块香肥皂。

(注:“行”音“杭”,沪语。)

(《新民报晚刊》1956 年 12 月 12 日,署名:高唐)

## 写　话

姨姨伴汝弄娃娃,再弄皮球扑克牌。只等妈妈片刻到,定夸宝宝十分乖。却看小脸徐徐展,还把泪痕慢慢揩。爷自粗疏娘冒失,任教稚子独行街。

有人叙述他在派出所里时,看见一位女公安人员,把一个迷路的儿童,从啼啼哭哭哄骗到眉开眼笑。现在把他的话写成旧诗,只有后面两句,是作诗人自己说的。

(《新民报晚刊》1957 年 3 月 20 日,署名:高唐)

## “快 酒”吟

“快酒”如何酿得成?一张方子记分明:先将清水加颜料,香料加完入酒精。

自来水替鉴湖浆,哪有新蒸糯米香?却笑酒徒浑不管,只凭醉眼认黄汤。

近来大家都吃到一种“快酒”,有人把这种酒的“酿制”方法告诉了我。我把它记录成为二首打油诗。

本来饮酒这件事,于健康帮助不大,饮这种酒更恐于健康无益。所以奉劝各位,还是少饮,最好不饮。

(《新民报晚刊》1957 年 4 月 21 日,署名:高唐)

# 书信两则

## 唐大郎致吴承惠

承惠：

信收悉。之方回苏州不久，就来函说你要返上海，所以我一直在等待着，一个多月了，踪影杳然，也不知什么缘故。刘、严两个，我已经不大要谈了，要谈还是谈谈十里红、至尊宝，她们的灵魂，可能是圣洁的。近来又复看了《悲惨世界》，引得我几乎也在相信上帝和灵魂了，你道笑话不笑话？

我的身体，其实不好。今年大暑的日子，出外乱兜，那是我的一股犟劲，要多出些汗，近来风凉些了，反而孵在家里的时候又多了。所看的朋友，有几个的确平时不多来往的，比如虞老、黄裳、熙春夫妇。下星期二，要去看趟佐临。这个朋友，一直跟我很好，我也时常惦念着他，尽管振飞是我四十年的老友，却没有这种感情。

黄裳先来看我，我理应去回访一次，他要我读一读《娜娜》，说是杰构，月初把这本书借来了，我们的刘夫人已看完，我将开始展卷。

今年黄梅汛里，闷得发慌，想念许多朋友，准备写《仿渔洋怀人三十二首》，才写了十来首，天大热，就搁笔，到如今也没有续写。而这十来首中，就有一首是怀我兄的：

> 闻有新词欲附航（之方函云，你有新词将寄我一阅），好将轻唱换苍凉。怜渠濯遍秦淮水，几见风流郑妥娘？（当年予倩的《桃花扇》，舞台人物的形象，我最欣赏的不是香君而是妥娘）

其他的，再抄几首：

许我闲时任卷舒，多情深护碧纱厨。白头无复红颜顾，赖有红梅伴老奴。（永玉）

殷勤国手护群雏，常使千家念大夫。我不多求长命术，知君自有炼丹炉。（王玉润）

文殊况复以诗鸣，一与倾谈见性情。异地归来谁识得，先生至竟是书生。（陈凡）（“文殊”是佛学上的名词，我把它作文雄、文豪解，料无不可）

输诚护短当初惯，饮博歌呼是弄痴。任使旁人唤桑老，对君犹似李生时。（培林）

形迹疏时情转亲，文章到老辨艰辛。冶为剔透玲珑体，五十年间第一人。（超构）（予为文字生涯，将半个世纪，于同人著述，服膺林放不置）

唱随永是乐闺房，闲逐黄、华觅醉乡。造物厚人人亦厚，几曾憔悴到潘郎。（际坰）（兄以今年所摄俪影寄予，并说在京至友，惟永玉与君武二三子而已）

还有三四首，待你回上海时给你看吧，希望在你回上海时，我已完成了三十二首。有一首怪诗，也抄给你。这是我读了《贝姨》以后被两个书中人物迷住了，特别是玉才华这一个“雌中怪杰”。

蓬门初识绮罗香，无尽名都发宝藏。世上俄惊雷绝响，楮间长使玉生光。苦修命妇终成‘佛’，极唱瑶姬合署王。欲问倾城争塑得？以姜为骨桂为肠。

还有一首是因为汤修梅制了《集龚》八首寄来，是吹捧我的，我便写了一首律诗还他：

疏顽如旧诗犹腻，俊士所贤迂士呵。从与红颜亲渐少，遂于白发恨无多。裁云剪月真长技，碎锦零纨尽好歌。显祖远孙君或是，临川报答到仁和。（定公于玉茗堂倾倒备至，可于《文人珠玉女儿喉》一诗见之）

修梅与之方通信不绝，他也在填词，寄了几首给我，还是可以的，真想不到此公也好这一手也。

朋友中君武、祖光，上海的佐临、柯灵、骏祥、白音都已处理，这些人过两天都想去看看他们。于伶也已处理，结论很好，只是犯路线上的错误而已，可谓透底搞清。

最后，郑重托你一件事，盼在三四天内就给我回信。请你仔细想一想解放前后在报纸上专门搞影剧方面文字的人，编辑、采访人员之外，报社外部写作者，例如文化局的陶雄、卫明等，以及替名演员写吹捧文字的，如龚义江、许姬传，还有如黄沙、傅骏、金枫以及评弹团有哪些会写写的人，都要。我也是受人之托，自己知道的有限，不能不仰求你帮一个忙。你寄来以后，如再有想到的，还要陆续写来，我不厌其多，望你不厌其烦。

就这样吧。祝你早结鸾俦。

弟云旌

中秋

（选自刘衍文、艾以主编《现代作家书信集珍》，汉语大词典出版社1999年版，此信约写于“文革”后期。）

## 大郎诗简

几次想来看你，只怕辞海地方，人多屋小，未便打扰，为此迟迟未果。近时我身体尚好，常在外面走动。闻得老夏在上海养病，不知你那里有无消息，乞告一二。

毓刚隔一个月总要来看我一次，前两天中原也来过（因为我去望他们，他们都不在家，他是来回访我的），小英更聚首较多。

梅雨时节，我想为《仿渔洋怀人三十二首》。写了十首，梅雨一过，天热了，就此搁笔，到今天也没有续下去。

这十首中，有一首是为林放写的。

形迹疏时情转亲，文章到老识艰辛。冶为剔透玲珑体，五十年间第一人。（予治文字生涯将半个世纪，所见同人著述，服膺林放不置）

有一首是为桑弧写的。

输诚护短当初惯,饮博歌呼是弄痴。任遣旁人唤桑老,对君犹似李生时。

待我写足了三十二首都抄给你看,可能有些是“得意之作”,比如桑弧的一首,写出了某种情感。

你介绍我读《贝姨》,我读了,有些章节,一读再读,真喜欢它。曾经写了一首七律:“蓬门初识绮罗香,无尽名都发宝藏。世上倏惊雷绝响,楮间长使玉生光。苦修命妇终成佛,极唱瑶姬合署王。欲问倾城争塑得?以姜为骨桂为肠。”你道我无聊不无聊呢?即此带住,敬问超构兄合家愉乐。

弟云,廿八日

**超构附笔:**

大郎(唐云旌)去世十年了,重读他写的这封信和诗,音容笑貌,宛在目前。现在发表于他主编过的《夜光杯》上,也算是一种纪念和追思吧。

此信写于“文革”结束后,我们初出“牛棚”的时候。那时他已退休,我在《辞海》编辑部做南郭先生。信中有些恭维老朋友的话,似有互相标榜的气味。但要知道,那还是“与人奋斗,其乐无穷”的年代,我们同在“牛棚”生活了十来年。“形迹疏时情转亲”,这点友情也算是经过“牛棚”考验的了。那么,说些恭维的话,互相慰问,不也是一种“相濡以沫”的意思吗?好在我们都是极普通的“爬格子”朋友,并非什么大闻人,想来是不会招致“我的朋友胡适之”的讥诮的。当然大郎写诗时不一定想得这么多,他是惯于在友朋间戏谑打油的幽默家,但是他的爱好朋友,却是真诚的。《怀人三十二首》似乎没有完篇,真是可惜呀!

(《新民晚报》1990 年 8 月 12 日)

# 一部连续几十年的私人观察史

（《唐大郎文集》代跋）

唐大郎的名字，现在可能也算得上轻量级网红了，知道的人并不少，甚至有学者翘首以盼，等着更为丰富的唐大郎作品的发布，以便撰写重量级的论文和论著。这是我们作为整理者最乐意听到的消息。现在，皇皇大观12卷本的《唐大郎文集》的最后一遍清样，就静静地摆放在我们的书桌上，不出意外的话，今年上海书展上，大家就能看到这部厚厚的文集了。

唐大郎是新闻从业者，俗称报人，但他又和史量才、狄平子、徐铸成等人有所不同，他是小报文人，由于文章出色，又被誉称为"小报状元""江南第一枝笔"。几年前，我曾在一篇小文中阐述过小报的地位和影响："上海是中国新闻界的重镇，尤其在晚清民国时期，几乎撑起了新闻界的半壁江山，而这座'江山'，其实是由大报和小报共同打造而成的。大报的庙堂气象、党派博弈与小报的江湖地气、民间纷争，两者合一才组成了完整的社会面貌。要洞察社会的大局，缺大报不可；欲了解民间的心声，少小报也不成。大报的'滔滔江水'和小报的'涓涓细流'，汇合起来才是完整的、有着丰富细节的'江天一景'。可以说，少了这一泓'涓涓流淌的鲜活泉水'，我们的新闻史就是残缺不全的。一些先行一步、重视小报、认真查阅的研究者，很多已经尝到甜头，写出了不少充满新意、富有特色的学术论文。小报里面有'富矿'，这已经成为越来越多的专家学者的共识。我始终认为，如果小报得到充分重视，借阅能够更加开放，很多学科的研究面貌一定会有很大的改观。"现在，我仍然这样认为。《唐大郎文集》的价值，就在于这是一个小报文人的文集，它的文字坦率真挚，非常接地气；它的书写涉及三教九流，各行各业；它更是作者连续几十年的私人观察史，因之而视角独特，内容则极为丰富多彩；而且，如果我记得不错的话，这是小报文人第一次享受这样高规格的待遇：12卷本，400万字的容量。有心的读者，几乎可以在里面找到他想要找的一切。

为了保持文集的原生态，除了明显的错字，我们不作任何改动，例如当年的一些习惯表述，有些人名的不同写法，等等。我们希望，不同专业的学者，以及喜欢文史的普通读者，都能在这部文集中感受来自那个时代的精神氛围，从中吸取营养，找到灵感，得到收获。

这样一部大容量文集的出版，当然不是我们两个整理者仅凭努力就可以做到的，期间受到来自方方面面的帮助是可以想象的，也是我们要衷心感谢的。这里尤其要感谢唐大郎家属的大力支持，感谢黄永玉先生、方汉奇先生、陈子善先生答应为文集作序，还要感谢黄晓彦先生在这个特殊的疫情期间为之付出的辛劳。他们的真情、热心和帮助，保证了这部文集的顺利出版。请允许我们向所有关心《唐大郎文集》的前辈和朋友们鞠躬致意。

张 伟

2020年6月5日晨于上海花园